SARAH MARTENS

FÜR IMMER
AN DEINER SEITE

Roman

Rowohlt Taschenbuch Verlag

Originalausgabe
Veröffentlicht im Rowohlt Taschenbuch Verlag,
Kirchenallee 19, 20099 Hamburg, Mai 2025
Copyright © 2025 by Rowohlt Verlag GmbH, Hamburg
Die Nutzung unserer Werke für Text- und Data-Mining im Sinne von
§ 44b UrhG behalten wir uns explizit vor.
Covergestaltung FAVORITBUERO, München
Coverabbildungen Adobe Stock; Shutterstock
Karte © Imke Trostbach
Satz aus der Dolly Pro bei CPI books GmbH, Leck
Druck und Bindung GGP Media GmbH, Pößneck
ISBN 978-3-499-01581-6

Kontaktadresse nach EU-Produktsicherheitsverordnung:
produktsicherheit@rowohlt.de

Für Dich

Prolog

Mit wehenden Ohren rannte Sam über die Wiese. Seine Pfoten stoben durch das hohe Gras und drückten die nassen Halme zu Boden. Er bellte freudig. Auslauf war das Allerbeste! Jedes Mal, wenn er das Klimpern des Schlüsselbundes hörte, horchte er in seinem Zwinger auf. Er wusste, dass es dann entweder etwas zu fressen gab oder er nach draußen durfte. Sonst döste er den Großteil des Tages auf seiner halb zerfetzten Lieblingsdecke, die er schon in seinem alten Zuhause genutzt hatte – so lange, bis sein Herrchen mit einem Krankenwagen weggebracht worden war. Sam hatte den Mann seitdem nicht mehr gesehen. Das Heulen von Sirenen machte ihn immer noch nervös.

Hier aber, wo alle von den Schottischen Highlands sprachen, waren nicht die Geräusche der Stadt, sondern das Rauschen des Windes, das Gebell anderer Hunde und das Zwitschern von Vögeln die Töne, an die er sich gewöhnen musste. Sam liebte es immer noch, viel und schnell zu laufen und sich den Wind kühl um die Nase wehen zu lassen. Und er liebte es, wenn er etwas Neues entdeckte.

Mit seiner Schnauze wühlte er jetzt im schlammigen Boden unter einer der hohen Espen, die die Auslaufwiese des Tierheims säumten. Er zog an einem Stock und legte sich mit seiner Beute auf die Wiese. Konzentriert nagte er mit seinen spitzen Beißern an dem nass-morschen Holz und würgte, als zu viel Rinde absplitterte und er sie fast verschluckte.

«Sam, komm her», rief die Frau, die er fast täglich sah und

an der er so gerne schnupperte. Sie roch ständig nach anderen Hunden und nach Leckerli. «Sam, los, komm!»

Er rannte zu der geteerten Fläche am Anfang der Wiese. Dort, vor dem kleinen Holzhaus, an dem es immer einen Napf mit frischem Wasser gab, standen zwei Bänke. Auf der einen saß ein Mann und neben ihm die Frau, die jeden Tag so lustig mit dem großen Klimperding klapperte und die alle Kendra nannten. Sie hatte immer etwas Leckeres in der Hosentasche.

Sam winselte. Das hatte schon immer gut funktioniert, um noch einen Keks zu bekommen. Er schnupperte. Seine Nase roch den Duft von nassem Gras und den betörenden Geruch von Pansen.

Nur kurz war er abgelenkt, als eine Möwe laut aufschrie, dann konzentrierte er sich auf das Leckerli, das Kendra ihm hinhielt. Begeistert wedelte er mit dem Schwanz, schleckte sich mit der Zunge übers Maul und legte sich ihr vor die Füße. Er blinzelte gegen die Sonne. Kendra sprach so schön melodisch, dass Sam sich geborgen fühlte.

Der Mann, der mit leicht hängenden Schultern neben Kendra saß, hatte schon einmal vor seinem Zwinger gestanden. Sam erkannte seinen Geruch und seine Stimme gleich wieder. Er mochte ihren ausgeglichenen Klang und die Art, wie der Mann «Sam» sagte.

Die beiden sprachen ruhig miteinander. Jedes Mal, wenn Sam dabei seinen Namen hörte, stellte er die Ohren kurz auf.

«Daniel, ich möchte einfach nicht, dass Sam noch einmal so eine traumatische Situation erlebt», sagte Kendra. «Dass sein Herrchen zunächst ins Krankenhaus und dann ins Pflegeheim gekommen ist, war nicht leicht für ihn. Hunde leiden genau wie wir Menschen unter Einsamkeit. Sam ließ sich in den ersten Tagen fast gar nicht beruhigen.»

«Ja, ich weiß. Ich möchte ihn auch nicht noch einmal so einer schlimmen Situation aussetzen. Seine Bezugsperson soll Emma sein, nicht ich.»

«Und warum bringen Sie Emma dann nicht mit?»

Sam dämmerte weg, als eine längere Gesprächspause einsetzte.

«Emma ist noch nicht bereit ... Sie ...» Die Stimme des Mannes, den Kendra eben Daniel genannt hatte, kippte, wurde leiser. «Emma ... Emma stehen sehr schwere Zeiten bevor. Ich möchte nicht, dass sie allein ist – und ich glaube, ein Hund würde ihr helfen. Also, nicht irgendein Hund, sondern Sam!», sagte er nachdrücklich.

Sofort rutschte Sam etwas näher an Daniel heran, stupste ihn am Fuß. Daniel war ein guter Zweibeiner, er verstand sofort und begann, ihm den Kopf zu streicheln. Sam brummte genüsslich.

«Sie glauben gar nicht, wie gerne ich mich zusammen mit Emma um Sam kümmern würde», fuhr Daniel fort, «aber es wird nicht gehen. Ich weiß, wie viel ich von Ihnen verlange, aber Emma und Sam würden sich gegenseitig helfen, davon bin ich überzeugt. Emma ist ganz wundervoll, sie wird alles dafür tun, dass Sam sich bei uns wohlfühlt – und ich werde die passenden Voraussetzungen dafür schaffen. Bitte! Sie wird ja auch nicht mit ihm allein sein, sie hat Unterstützung. Ich kann Ihnen versichern, dass niemand vorhat, Sam wieder zurück ins Tierheim zu bringen. Gemeinsam werden die beiden ihr Glück wiederfinden», sagte er mit fester Stimme.

Sam spürte, wie die weiche Männerhand seinen Kopf streichelte und dabei immer wieder liebevoll über seine Ohren strich. Er setzte sich auf und legte seine Schnauze auf den warmen Oberschenkel des Mannes. Wieder schloss er die Augen und genoss die Berührung.

Er hörte, wie Kendra sich räusperte. «Daniel, ich kann Ihnen nichts versprechen. Wir geben unsere Tiere nicht ab, nur weil jemand glaubt, dass sich wer anders über einen Hund als Geschenk freut. Erst recht dann nicht, wenn unser Ansprechpartner ...» Sie machte eine Pause und suchte nach den richtigen Worten. «... gar nicht vor Ort ist.»

Daniel holte tief Luft. «Ein Hund hat immer zu unseren Plänen gehört. Wie die Hochzeit, zwei Kinder, vielleicht auch drei. Und irgendwann eben auch ein Familienhund. Emma und ich werden keine Kinder haben. Die Hochzeit im Sommer werde ich nicht mehr erleben.» Er zögerte. «Das brauche ich weder Ihnen noch mir schönzureden. Ich habe einfach nicht mehr viel Zeit, aber Emma hat sie. Und Sam hat sie auch. Das sind alles keine optimalen Voraussetzungen, ich weiß. Ich würde mir so wünschen, dass es anders wäre, aber das, was ich noch tun kann, das möchte ich tun. Doch selbst, wenn Sie mir jetzt sagen, dass das mit Sam nicht klappt, werde ich nicht lockerlassen. Ich will nicht irgendeinen Hund für Emma, ich will Sam!»

Sam schaute erst zu Daniel und dann zu Kendra. Er versuchte zu verstehen, warum sie die ganze Zeit über ihn sprachen. Er mochte es wirklich gern, wie Daniel seinen Namen sagte, und wedelte freudig mit dem Schwanz.

«Sam mag Sie», sagte Kendra schließlich. «Ich glaube, er mag Sie sogar sehr.»

«Und ich mag Sam», antwortete Daniel. «Emma wird ihn lieben, glauben Sie mir, Kendra. So wie Sie Ihre Schützlinge kennen, so kenne ich Emma. Sie wird Sam guttun. Das verspreche ich Ihnen.» Sam hörte das Lächeln, das den Klang seiner Stimme veränderte und sie noch freundlicher erscheinen ließ. «Sie wird Sam guttun, wirklich – und er ihr. Mehr, als Sie es jetzt vielleicht für möglich halten!»

Sam ließ sich noch einmal streicheln und legte sich dann wieder auf den Boden, den Kopf dieses Mal mit geschlossenen Augen zur kaum noch wärmenden Wintersonne gedreht.

Während Kendra und Daniel sprachen, döste er ein – mit dem beruhigenden Gefühl, dass Daniel einen Plan hatte. Und dass es dabei um ihn ging.

1

Irgendwann würde er sie fragen. Das war ihm in dem Moment klar gewesen, als sie sich das erste Mal geküsst hatten. Emmas Lippen waren so weich und schmeckten so süßlich, dass es Daniel fast um den Verstand brachte. Jedes Mal, wenn sich ihre Lippen berührten, vergaß er alles um sich herum. Noch nie war sein Herz so aus dem Takt geraten wie bei Emma.

Dabei hätten er und Emma sich fast gar nicht kennengelernt. Als sein bester Freund Steve, den er bereits seit Kindheitstagen kannte, ihm mitteilte, dass auch eine Freundin von Carol beim Abendessen dabei sein würde, hatte Daniel nur mit den Schultern gezuckt. Er verstand gar nicht, warum Steve und Simon, den er an der Uni kennengelernt hatte, ihn unbedingt verkuppeln wollten. Deshalb hatte er schon absagen wollen, doch sein bester Kumpel war hartnäckig geblieben.

«Emma wird dir gefallen, Daniel, wirklich. Und falls nicht, haben wir trotzdem einen schönen Abend. Simon bringt seine neue Freundin Lucy mit. Sie und Carol haben sich von Anfang an gut verstanden. Du mochtest sie doch auch. Ich weiß nicht, warum das bei Emma anders sein sollte. Du musst sie ja nicht gleich heiraten.»

Also hatte Daniel – wie jedes Mal – gleichmütig genickt und sich auf einen Abend mit einer großen Portion Smalltalk eingestellt.

«Und? Was machst du so im Leben? … Oh, Fotograf! Wie spannend! … Was fotografierst du denn am liebsten? … Steve und Carol haben mir ja schon so viel von dir erzählt! ... Du kommst auch aus Inverness? ... Und fürs Studium bist du also nach Edinburgh gezogen?»

Dann gingen die Gespräche meist in die Phase über, in der seine Gesprächspartnerin und er versuchten, Gemeinsamkeiten zu finden.

«Komisch, dass wir uns nie über den Weg gelaufen sind. ... Ich war früher meist in Bertie's Pub. Und du? ... Kennst du Rob? Wir sind zusammen zur Schule gegangen. Den kennt hier doch jeder.»

Aber mit Emma war es anders gewesen. Emma hatte ihn so lange ignoriert, bis er ihr zwischen zwei Guinness zugeflüstert hatte: «Ich habe mir den Abend auch anders vorgestellt.»

«Ach ja, wie denn?», hatte sie amüsiert gefragt.

Da waren ihm zum ersten Mal ihre Grübchen aufgefallen, die sich stets in ihre pfirsichfarbenen Wangen gruben, wenn sie lächelte, und die intensiv grünen Augen, die vor Energie und Lebensfreude nur so sprühten. Er hatte sich in ihrem Blick verloren. Kurz hatte es ihm die Sprache verschlagen. Er hatte etwas Originelles erwidern wollen über das eingefädelte Abendessen mit Freunden, doch da ihm plötzlich die Worte fehlten, lächelte sie nur und wandte sich dann wieder ab, um den anderen von einem Straßenkünstler zu erzählen, der sie und Lucy bei einem Ausflug nach Glasgow erschreckt hatte.

«Wirklich, ich war mir sicher, dass es einfach nur eine Statue war», erklärte sie, «aber plötzlich schnellte seine Hand vor, und ich bin dermaßen zusammengezuckt, dass ich das Set mit den Nachtisch-Schälchen, die ich zu Hannahs Geburtstag gekauft hatte, einfach fallen ließ. Ihr glaubt gar nicht, wie schnell der Typ rennen konnte!» Sie lachte, und wieder funkelten ihre Augen. «Hannah hat dann leider nur zwei Schälchen bekommen. Aus den anderen hätte sie sich höchstens noch ein Kunstwerk aus Mosaikscherben machen können.»

«Und Emmas Schwester Hannah ist wirklich nicht der künstlerische Typ», ergänzte Lucy in Daniels Richtung. «Ganz im Gegensatz zu Emma, die sehr kreativ ist», betonte sie und sah ihn an. «Also vermutlich ähnlich wie du als Fotograf.» Emma kniff sie unter dem Tisch leicht in die Seite. Lucy räusperte sich. «Jedenfalls kennen Emma und ich uns schon seit der Grundschule.»

Dann griff Lucy nach der Schale mit dem Tomaten-Rucola-Salat, stellte ihn vor sich ab und bugsierte mit einem großen Besteck geschickt zwei Ladungen der mediterranen Köstlichkeit auf ihren Teller. Nur die Oliven pulte sie heraus und schob sie zu Simon herüber.

«Und wir sind seitdem beste Freundinnen», fügte Emma hinzu und legte ihren Arm um die Schultern der etwas kleineren Lucy.

«Du bist Künstlerin?», fragte Daniel interessiert.

«Nicht wirklich. Ich male ganz gerne und experimentiere häufig mit Acrylfarben. Aber das ist nur ein Hobby. Ich studiere Innenarchitektur.»

Nie hätte er an jenem Abend damit gerechnet, dass sie nur zwei Jahre später über Möbel und Wandfarben diskutieren würden und in ihr erstes gemeinsames Zuhause zogen. Daniel war es gewesen, der das kleine Townhouse am Rande von Inverness mit Blick auf den River Ness für sie beide entdeckt hatte. Die Immobilienagentur, mit der er häufig zusammenarbeitete, hatte ihn gebeten, ein paar Fotos von dem Objekt zu schießen, um es in die Vermietung zu geben. Aber als Daniel das kleine Törchen zwischen den Rhododendronbüschen geöffnet hatte und die halb ausgetretenen Treppenstufen hochgegangen war, hatte ihn das Haus mit der Backsteinfassade in seinen Bann gezogen. Lächelnd hatte er die weiße Holztür aufgeschlossen, die dringend einen neuen Anstrich benötigte.

Jedes Mal, wenn er Objektfotos machte, stellte er sich vor, wie das Gebäude auf eine Familie, einen Geschäftsmann oder ein älteres Paar wirken mochte. Von Emma hatte er gelernt, leere Häuser in Gedanken einzurichten. Nicht nur einmal hatte er sie mitgenommen und mit ihr über die potenziellen Mieter oder Käufer spekuliert, die zu der Immobilie passten.

Dieses Haus, es war perfekt! Nicht für irgendwen, sondern für ihn und Emma. Er rief sie an, noch bevor er die ersten Bilder vom Inneren gemacht hatte.

«Komm schnell her, das musst du sehen», hatte er am Handy gesagt und war dann voller Vorfreude von einem Raum in den nächsten gelaufen. Er stellte sich vor, wie die Dielen kurz nach dem Aufstehen unter Emmas und seinen Schritten knarzten und wie sie im Winter mit einem heißen Kakao oder einem Glühwein vor dem kleinen Kamin saßen, der in der Ecke des Wohnzimmers stand. Ihm gefiel der Gedanke, Emma auf einem davor liegenden Lammfell bis tief in die Nacht zu lieben, während der Regen an die alten Blenden des Hauses prasselte.

«Na, benötigst du wieder Einrichtungshilfe?», hatte Emma verschmitzt gefragt, als sie außer Atem die wenigen Stufen zum Townhouse hochgesprintet war.

Daniel hatte sie in seine Arme gerissen, ihr einen Kuss auf die verführerisch glänzenden Lippen gedrückt und sie wortlos ins Haus gezogen. Hand in Hand waren sie von Raum zu Raum gegangen, und er hatte Emma angesehen, dass sie das Gleiche empfand wie er.

«Könntest du dir vorstellen, hier mit mir einzuziehen?»

Emma hatte ihn angestrahlt, hatte sich in seine Arme geworfen, und gemeinsam hatten sie in der Küche des Hauses auf gekachelten Fliesen in Schachbrettoptik getanzt. Das Klackern von Emmas Absätzen und ihr Lachen füllte das Haus da schon mit Leben. Und nur wenige Tage später trugen sie die ersten Farbeimer hinein und strichen jeden Raum in einer anderen Farbe.

Bei dem schmalen Raum neben dem großen Schlafzimmer hatten sie sich für ein neutrales Türkis entschieden. Irgendwann sollte dort ein kleiner Junge oder ein kleines Mädchen einziehen. Daniel hoffte, dass ihr Kind Emmas Grübchen haben würde. Und auch wenn ihr gemeinsames Leben gerade erst begann, so war er schon voller Vorfreude auf die Zukunft.

Tatsächlich liebte er das Leben mit Emma in diesem Haus, und die Hochzeit war für ihn nur der nächste logische Schritt. Schon ging er an keinem Juweliergeschäft mehr vorbei, ohne die Auslage mit den Eheringen zu betrachten. Er blätterte durch Reiseprospekte und las in Internetforen von traumhaften Zielen für ihre Flitterwochen. Und er überlegte, wo er Emma die Frage aller Fragen stellen sollte. Im London Eye? Oder unterhalb des Inverness Castle – an jener Stelle, an der sie sich das erste Mal geküsst hatten? Vielleicht wartete er aber auch zu Hause auf sie, dekorierte das Wohnzimmer mit Kerzen und Rosen ...?

Daniel machte sich so viele Gedanken darüber, diesen Moment so besonders wie möglich zu gestalten, dass Monate um Monate vergingen. Monate, in denen sie sehr viel Schönes erlebten: Ausflüge nach Glasgow, Aberdeen und Edinburgh, Grillfeste mit den besten Freunden, Abende auf ihrer kleinen

Dachterrasse, an denen sie unter eine Decke gekuschelt in den Sternenhimmel schauten. Oder auch jener Badetag am Loch Ness, bei dem Daniel nicht nur einmal behauptete, von irgendetwas Großem am Fuß gekitzelt worden zu sein.

Dann eines Tages lagen sie beide auf einer karierten Decke auf der Wiese vor Emmas Elternhaus, und Emma klagte so lange über ein missglücktes Vorstellungsgespräch in einem Innenarchitekturbüro, dass Daniel ihr irgendwann mit einem langen Kuss den Mund verschloss.

«Das Leben ist viel zu kurz, um sich zu ärgern», sagte er schließlich. «Komm, lass uns über etwas Positives reden. Hier und jetzt.» Er griff nach ihrer Hand, verschränkte seine Finger mit ihren und forderte Emma auf, ihm etwas zu zeigen, was sie besonders schön fand. Er spielte dieses Spiel häufig. Immer wenn Emma sich zu sehr aufregte oder bedrückt schien.

«Was ich Schönes sehe? Na, dich!», sagte sie meist zuerst. Und erst dann blickte sie sich suchend um und schaute, ob sie irgendwo eine Katze entdeckte, einen Schmetterling, ein hüpfendes Kind oder eine glücklich lächelnde ältere Dame. Gemeinsam überlegten sie sich, was diese wohl Schönes erlebt haben könnten.

Emma kuschelte sich an Daniel, schaute mit ihm in den blauen Himmel, in dem Schäfchenwolken vorüberzogen, und erklärte: «Ich mag diese Picknickdecke, auf der wir liegen, weil ich darauf schon mit Hannah gespielt habe, als ich noch klein war. Hier, genau an dieser Stelle. Und ich mag den Duft von frisch gemähtem Gras. Und ohnehin gibt es nichts Schöneres, als barfuß über taunassen Rasen zu laufen.»

Dann war Daniel dran.

«Ich mag diesen Ort besonders, weil deine Eltern und auch Hannah mich mit offenen Armen aufgenommen und mir von

Anfang an das Gefühl gegeben haben, hier immer willkommen zu sein.»

Emma lächelte. «Und ich freue mich darüber, dass du in mein Leben getreten bist und jetzt hier mit mir auf dieser Decke liegst und auch diesen Moment so besonders machst.»

Als Nächstes entdeckte sie eine Hummel, die schwerfällig von einer Blüte plumpste, freute sich über einen Zitronenfalter und forderte Daniel schließlich auf, mit ihr Wolkenbilder zu raten.

«Das habe ich auch als Kind schon so gerne gemacht», erklärte sie. «Los, schau einfach nach oben und sag mir, was du siehst!»

«Ich sehe nur Wolken, wirklich.» Aber dann sah er es auch: eine Wolkenformation, die mit etwas Fantasie einem Elefanten ähnelte. Und eine, in der er die Umrisse Italiens erkannte. Es waren sehr viele Schäfchenwolken, die so fluffig waren, dass sie ihrem Namen alle Ehre machten.

Mit dem Daumen streichelte er immer wieder über Emmas Handrücken, drückte ihr ab und an einen Kuss auf die Stupsnase und zwirbelte mit seiner anderen Hand neben der Picknickdecke an den Grashalmen herum, die der Rasenmäher nicht erwischt hatte.

Plötzlich schrie Emma mehr als verzückt auf, als sie in einer Wolkenformation ein großes Herz entdeckte.

«Daniel! Ein Herz! Schau, das ist ein Zeichen!» Sie lachte, sodass ihre Grübchen sich weiter vertieften und ihr Gesicht mit einer so schönen Röte überzogen wurde, dass Daniel sich noch mehr in sie verliebte.

Das war er, der richtige Moment. Schnell drehte Daniel aus dem Grashalm, den er in den Fingern hielt, einen Ring, setzte sich auf und fragte Emma, ob sie seine Frau werden wollte.

Sie sagte sofort Ja. Und in ihren Augen entdeckte er dabei so viel Liebe, dass er jedes Mal, wenn er später an diesen Moment dachte, Gänsehaut verspürte.

2

An dem Tag, an dem Emma und Daniel in Bertie's Pub die Verlobung feierten, regnete es zum Bedauern von Emma in Strömen.

«Wir hätten lieber einen Föhn statt einer Torte mitbringen sollen», sagte Daniel, als sie aus dem Taxi stiegen und in ihre Lieblingskneipe gingen. Die wenigen Schritte vom Bürgersteig bis zum Eingang reichten, um Emmas Wimperntusche verlaufen zu lassen.

Ihre Freunde und Familien waren bereits vor Ort und warteten zwischen bunten Lichterketten und kitschigen Herzluftballons, um sie hochleben zu lassen. Sie riefen ihnen Glückwünsche zu, wollten wissen, wann es an die Familienplanung ging, und stießen mit Sektgläsern auf sie an.

Emma warf ihre mehr als schulterlangen, kastanienbraunen Haare nach hinten und lachte befreit. Sie war in ihrem Leben angekommen, hatte die tollsten Freunde der Welt und das Glück, die Liebe ihres Lebens heiraten zu dürfen.

Lucy, die einen eleganten schwarzen Overall trug, drückte Emma an sich. «Zur Hochzeit würde ich wasserfeste Mascara empfehlen», sagte sie lachend. «Schwarze Wimperntusche auf einem weißen Kleid macht sich nicht so gut.»

«Habe ich hier etwas von einem Brautkleid gehört?» Daniel legte seine Arme von hinten um Emmas Taille und küsste sie in den Nacken.

«Untersteh dich, weiter nachzufragen», schimpfte Emma. «Da wirst du dich noch ein paar Monate gedulden müssen.

Ich verrate dir nichts, aber auch gar nichts.» Sie schob ihn von sich, und Daniel ging zu Steve, dem er freundschaftlich auf die Schultern klopfte. Steve sollte sein Trauzeuge werden. Emma hatte Lucy gefragt. Sie erinnerte sich noch genau an das Gespräch.

«Lucy, ich wusste zwar in der Grundschule nicht, wen ich irgendwann mal heiraten würde, aber ich wusste schon immer, dass ich dich als meine Trauzeugin haben möchte.»

Lucy hatte vor Freude gequiekt.

«Oh, das wirst du nicht bereuen, das verspreche ich dir. Ich werde die beste Trauzeugin aller Zeiten sein. Hochheiliges Ehrenwort.» Sie hatte eine feierliche Miene aufgesetzt, ihre Finger zum Schwur gehoben und Emma so stürmisch in die Arme genommen, dass beinahe beide das Gleichgewicht verloren hatten.

«Hey, ich will mir nicht den Knöchel brechen», hatte Emma gerufen, «und womöglich auf Krücken zum Altar schreiten müssen.»

«Was? Wie schnell ist die Hochzeit denn? Du bist doch nicht etwa schwanger?»

Emma hatte abgewinkt. «Nein, nein, wir heiraten im Sommer. Ich möchte unbedingt eine Sommerhochzeit.» Sie strahlte. «Wir haben uns schon ein schönes Restaurant ausgeguckt mit einem traumhaften Außenbereich. Da möchte ich mit Daniel um Mitternacht barfuß auf dem Rasen tanzen.»

«Du hoffnungslose Romantikerin!»

Lucy hatte recht. Dabei war sie nicht immer so gewesen. Erst mit Daniel war diese Art Liebe in ihr Leben gekommen. Eine Liebe, die sie alles um sie herum vergessen ließ, die die Welt plötzlich so klein machte, weil Daniel in ihr so groß wirkte.

Ihre Augen suchten den Pub nach ihrem Verlobten ab, und Emma lächelte, als sie Daniel entdeckte und er ihren Blick erwiderte. Sie hatten sich entschlossen, ihre besten Freunde, ihre Familien und ihre Nachbarn zur Verlobungsfeier einzuladen.

Daniel war der Ansicht, dass man im Leben jede Gelegenheit nutzen sollte, um zu feiern und Zeit mit Freunden zu verbringen. «Noch sind wir jung», pflegte er stets zu sagen. «Noch sind wir alle zusammen. Das sollten wir ausnutzen.» Daniel war ein absoluter Optimist, er liebte das Leben und gab Emma das Gefühl, dass auch hier in diesem Pub die Sonne schien, obwohl es draußen weiterhin regnete und der Regen unaufhörlich auf die Straße prasselte.

Emma tanzte. Sie hatte die Arme in die Höhe gereckt und wippte zum Klang der Musik, die sie und Daniel in den letzten Jahren begleitet hatte: Coldplay, Robbie Williams, Ed Sheeran, Pink und Westlife. Emma hatte sich «I Wanna Grow Old With You» als eines der Lieder ausgesucht, die ein Sänger in der Kirche zum Besten geben sollte. Jetzt aber tanzte sie zum Klang der Bässe von Oasis, sang aus voller Kehle mit, obwohl Daniel ihr schon damit gedroht hatte, die Dusche in ihrem Townhouse zusätzlich schallisolieren zu lassen.

Sie sah, wie Daniel sie beobachtete und wie er dann seinen Fotoapparat herausholte, um sie wie so häufig zu fotografieren.

«Ein besseres Motiv als dich gibt es für mich nicht», sagte er immer, wenn sie behauptete, nicht fotogen zu sein. Und Daniel gelang es tatsächlich, sie genau so abzubilden, wie sie sich fühlte.

Emma freute sich schon auf die Bilder von der Feier, die er an die Wohnzimmerwand heften würde. Der Ort war für Fotos von Familienmitgliedern und Freunden, ganz besonders aber für Schnappschüsse von sich und Emma vorgesehen. Es gab dort unter anderem die Aufnahme von ihr auf der Wiese vor ihrem Elternhaus, kurz nachdem Daniel ihr den Antrag gemacht hatte. Voller Stolz hielt sie den aus einem Grashalm gedrehten Ring in die Kamera.

Ein anderes Foto zeigte Lucy, die mit Emma in einem Café in Edinburgh saß und an einem Cappuccino nippte, der ihr bereits einen ordentlichen Milchbart beschert hatte. Eine Aufnahme war von Simon, der in seinem Garten am Grill stand und mit konzentrierter Miene Bratwürste wendete. Auch ein Bild von Carol und Steve hing an der Wand, wie sie mit verträumten Blicken ins Lagerfeuer schauten und sich dabei so eng umarmt hielten, dass Daniel sie an jenem Abend nie allein vor die Kamera bekommen hatte. Selbst Daniels Eltern, Michael und Claire, die meist sehr distanziert wirkten, bekamen auf seinen Fotos eine ganz andere Aura. Dann wirkten sie endlich so, wie er sie immer beschrieben hatte: wie liebende Eltern, für die der einzige Sohn immer an erster Stelle stand. Beide schauten mit so liebevollem Blick in Richtung des Fotografen, dass Emma keinerlei Zweifel daran hatte, dass sie alles für Daniel tun würden.

An der Fotowand hingen auch Bilder von ihrer Nachbarin, Mrs. Campbell, die am Gartenzaun stand und Emma die Post herüberreichte. Auf Mrs. Campbell war immer Verlass. Sie schaute nach dem Haus, wenn Emma und Daniel nicht da waren, kümmerte sich um die Pflanzen im Garten, nahm Briefe und Pakete entgegen und behielt auch Emma und Daniel selbst stets genau im Blick – ebenso wie die Freunde, die sie besuchten.

Emma war überzeugt davon, dass Mrs. Campbell jeden ihrer Gäste schon in scheinbar belanglose Gespräche verwickelt hatte, um allen auf den Zahn zu fühlen.

Es gab auch Fotos von Lindsay und Clark, von Kelly, Mabel und vielen anderen Freunden und Kollegen. Besonders gern fotografierte Daniel auch Emmas Neffen, die immer, wenn sie Daniel beim Fotografieren entdeckten, der Kamera Grimassen schnitten. Meist waren Liam und Lucas aber so sehr in ihr Spiel vertieft, dass sie nichts bemerkten. Es gab Bilder von Lucas beim Legospielen und von Liam, der gerade das Radfahren lernte. Und Fotos von beiden zusammen, wenn sie sich den neuesten Comic von Lucky Luke anschauten. Emma hatte Daniel von Anfang an erklärt, dass die beiden schlimmer seien als die Dalton Brothers.

Auf den Fotos, auf denen neben den Jungs auch Hannah oder ihr Mann Grant abgelichtet waren, sah man vor allem Emmas Schwester an, dass die beiden Frechdachse sie komplett in ihren Bann gezogen hatten. Immer wieder kritisierte Emmas Mum die ältere Tochter und versuchte sie davon zu überzeugen, dass beide Söhne eine strengere Erziehung bräuchten. Aber Hannah hob dann immer machtlos die Hände und lächelte warm.

Gerade tanzte Hannah mit Grant und hielt erst inne, als sie die Eltern entdeckte, die gemeinsam an der Bar standen und Tequila tranken. Die Überraschung war ihr ins Gesicht geschrieben.

Emma war genauso fassungslos wie sie.

«Mrs. Emma Elliott, bitte einmal in die Kamera lächeln», forderte Daniel sie auf. «Ich kann Sie zwar auch mit einer entsetzten Miene wie dieser fotografieren, aber dann wirken Sie wirklich nicht sonderlich fotogen.»

Emma schnaubte. «Moment mal! Ich bin schließlich immer noch eine Wilson», tat sie empört. Als sie aber wieder zu ihren Eltern schaute, die mit verzerrten Gesichtern in Zitronenscheiben bissen, lachte sie. «Na gut, vielleicht ist es doch nicht so schlimm, eine Elliott zu sein.»

«Definitiv nicht. Dafür werde ich schon sorgen. Nur noch ein paar Monate, Emma. Dann sind wir endlich verheiratet.» Er nahm sie liebevoll in die Arme, und sie grub ihre Nase in die Kuhle zwischen seiner Schulter und seinem Hals und küsste ihn.

Daniel machte ein Selfie von ihnen. Wange an Wange in ihrem Lieblingspub, verliebt lächelnd und mit Freunden und Familie im Hintergrund.

Emma war überzeugt, dass er auch dieses Bild an die Fotowand heften würde. Spätestens im Sommer kämen dann neue Fotos dazu, Emma in ihrem Boho-Brautkleid mit feinster Stickerei und kleinen Perlen, die auf das Korsett gestickt waren. Sie hatte das Kleid erst im vergangenen Monat zusammen mit Lucy, Hannah, Carol und ihrer Mum ausgesucht. Passend dazu hatte sie sich für eine weiße Stola und einen kurzen Schleier entschieden. Sie konnte es nicht abwarten, ihr Kleid endlich anzuziehen und mit einem Brautstrauß aus ihren Lieblingsblumen am Arm ihres Vaters durch das Kirchenschiff auf Daniel zuzuschreiten. Es gab vermutlich wenige Momente im Leben, die so bedeutungsvoll und emotionsgeladen waren wie der Gang zum Altar.

3

Rosafarbene Rosen und weiße Callas hatte sich Emma für ihren Brautstrauß gewünscht. Sie hatte so darauf hingefiebert, in ihrem Brautkleid zum Altar zu schreiten, das Rosenbouquet fest in den Händen haltend, ihren Blick voller Liebe auf Daniel gerichtet. Sie beide waren füreinander bestimmt. Daniel war die Liebe ihres Lebens. Der Mann, mit dem sie alt werden wollte. Mit dem sie eine Familie gründen und noch mit weit über 80 Jahren im Gras liegen und in die Sterne schauen wollte. Noch nie in ihrem Leben war sie sich einer Sache so sicher gewesen. Und noch nie in ihrem Leben hatte sie einen derartigen Schmerz verspürt.

Emma konzentrierte sich auf den Regentropfen, der an der Speiche ihres schwarzen Regenschirms hing und sich lange nicht lösen wollte. Wie durch Watte hörte sie die Stimme des Pfarrers, der in einem Meer aus rosafarbenen Rosen ein paar Meter vor ihr stand und von Daniel sprach.

Sie hatte so viele Monate davon geträumt, Daniel in der kleinen Kirche mit Panoramablick auf den Beauly Firth das Ja-Wort zu geben, inmitten von rosafarbenen Rosen und weißen Callas und umringt von ihren Freunden und ihren Familien. Sie wusste, dass Daniel ihr immer Halt und Kraft gegeben hätte – in jeder schwierigen Situation ihres Lebens. Doch ausgerechnet jetzt, da sie ihn am meisten brauchte, war er nicht da.

Emma schluchzte auf und spürte unmittelbar den festen Griff ihres Dads um ihre Schultern und die Hand ihrer Mum an ihrem Rücken. Daniel würde sie nie wieder umarmen. Er würde ihr nie wieder die Tränen wegküssen und ihr sagen, dass sie gemeinsam alles schaffen konnten. Emma und Daniel. Daniel und Emma.

Es war nicht fair, dass sie nun ohne ihn weitermachen musste. Warum nur? Warum?

Emma schaute zu den regenschweren Wolken, die sich über ihnen gesammelt hatten. Es gab Zeiten, in denen sie Regen geliebt hatte. Dann, wenn sie und Daniel es sich zusammen unter Decken gemütlich gemacht hatten. Wenn sie sich beim Prasseln der Regentropfen auf das Dachfenster geliebt hatten. Daniel hatte ihr stets das Gefühl gegeben, vollkommen zu sein, die glücklichste Frau der Welt zu sein. Sie wusste nicht, warum sie ohne ihn weitermachen sollte. Er war ihre Zukunft gewesen. Aber jetzt waren die gemeinsam gelebte Vergangenheit und die Zukunftsträume, die sie geteilt hatten, so schmerzhaft, dass Emma sich darauf konzentrieren musste, überhaupt zu atmen.

«Irgendwann werde ich nicht mehr da sein», hatte Daniel vor ein paar Wochen zu ihr gesagt, als sie abends aneinandergekuschelt auf ihrem Sofa gesessen hatten.

«Das will ich gar nicht hören», hatte Emma erwidert.

«Doch, Emma, du musst. Weil es unausweichlich ist.»

«Ich will aber nicht.» Sie hatte geschluchzt, woraufhin Daniel ihr wie so häufig seit der Diagnose das tränennasse Gesicht geküsst und sie fest in den Arm genommen hatte. Nur hatte er dieses Mal nicht gesagt, dass alles wieder gut werden und er für immer an ihrer Seite sein würde. Nein, Daniel war *austherapiert* – so hatten es die Ärzte genannt. Es gab keine Chance mehr für ihn. Keine Chance mehr für sie als Paar. Nicht in diesem Leben.

Emma ließ ihren leeren Blick über die Menge schweifen, die sich am Grab versammelt hatte. All die Freunde und Familienmitglieder waren da, die im Sommer zusammen mit ihnen ihre Traumhochzeit hätten feiern sollen. Einige mit Tränen in den Augen, andere mit versteinerten, leeren Gesichtsausdrücken. Und wieder andere, die voller Mitleid zu ihr schauten. Ja, es war nicht nur Daniel gestorben, auch ein Teil von Emma war für immer fort.

Sie versuchte, sich an den Klang von Daniels Stimme zu erinnern, und bekam sofort Panik bei dem Gedanken, seine Stimme nie wieder zu hören. Sie wollte ihn nicht loslassen. Sie wollte ihn umarmen, ihn küssen, sich an ihn schmiegen. Ihre Nase in die Kuhle zwischen seinem Hals und seinem Schlüsselbein drücken und seinen Duft einatmen. Sie wollte, dass seine Bartstoppeln sie beim Küssen kitzelten. Wie oft hatte sie sich darüber beschwert – und wie glücklich wäre sie jetzt, wenn ihr wenigstens das geblieben wäre. Was war schon die vergessene Schmutzwäsche im Bad oder das benutzte Glas auf dem Esszimmertisch? Chaos bedeutete Leben.

Doch nun lag er in einem schlichten Holzsarg unter einem Trauerbouquet aus Rosen und Callas.

«Ich liebe Dich für immer, Deine Emma» hatte sie auf die Schleife sticken lassen. *Ich liebe Dich für immer.*

Es waren Daniels letzte Worte an sie gewesen. Er hatte ihr versprochen, für immer bei ihr zu sein. Aber gab es wirklich ein Leben nach dem Tod? War er jetzt bei ihr? Schaute er aus dem Himmel auf sie herab? Emma hoffte auf ein Zeichen, aber stattdessen öffnete der Himmel seine Schleusen, und der Regen schwemmte ihre Hoffnungen davon.

Ihr war so schrecklich kalt, dass sie zitterte. Sie wollte sich aus der Umarmung ihres Dads lösen, hatte aber keine Kraft dazu. Wenn ihre Eltern und Lucy ihr heute Morgen nicht geholfen hätten, wäre sie nicht einmal aus dem Bett gekommen.

«Emma, du musst aufstehen.» Ihre Mum hatte an ihrem Bett gesessen und ihr sanft eine von Tränen nasse Haarsträhne aus dem Gesicht gestrichen. «Schatz, du musst aufstehen. Wir müssen gleich los.»

Wie in Trance hatte sich Emma aufgesetzt und an dem Tee genippt, den ihre Mum mitgebracht hatte. Dabei hatte sie fassungslos auf die leere Bettseite neben sich geschaut, wo Daniels Lockenkopf auf dem Kissen hätte liegen müssen. Wie oft hatte sie sich am Morgen noch für einen Augenblick an seinen warmen Körper geschmiegt? Und wie oft waren sie dann beide viel zu spät aus dem Haus gehastet, weil sie nie genug davon bekamen, einander nah zu sein? Aber irgendwann in den letzten Wochen war Daniel gar nicht mehr aus dem Haus gegangen. Er war immer schwächer geworden.

Es hatte Emma an diesem Morgen unendlich viel Kraft gekostet, sich anzuziehen. Lucy hatte ihr eine schwarze Hose und eine dazu passende Seidenbluse rausgelegt. Und nun stand sie statt in Weiß und hübsch geschminkt mit verweintem Gesicht und dunklen Augenringen vor dem Pfarrer, der sie im Sommer hätte trauen sollen. Und zwar vor all ihren Freunden und Verwandten, die diesen besonderen Moment mit ihnen feiern wollten.

Immer wenn sie im Kreis ihrer Liebsten zusammen gewesen waren, war es für Emma und Daniel ein Fest gewesen. Emma konnte sich an so viele glückliche Momente erinnern, an Familientreffen zu Weihnachten und Ostern, Geburtstagsfeiern und Sommerfeste und viele Ausflüge. Sie dachte an das Grillfest bei Lucy, bei dem sie bis zur Morgendämmerung Stockbrot gebacken hatten. An die Wanderung in den Schottischen Highlands, bei der Daniel steif und fest behauptet hatte, er hätte Nessie gesehen. Und an so viele weitere schöne Erlebnisse, bei denen Daniel am Ende fast immer ein Gruppenfoto von allen gemacht hatte. Von verschwitzten und glücklichen Gesichtern, die lächelnd und erschöpft in die Kamera blickten.

Emma wurde noch schwerer ums Herz, als sie daran dachte, dass er nie wieder dabei wäre, wenn sie Ausflüge machten oder Feste feierten. Obgleich der Platz in ihrem Herzen für immer Daniel gehören würde. Er war so präsent, dass sie kaum Luft bekam.

Sie schaute in die teils verweinten, teils versteinerten Gesichter der Anwesenden. Daniels Mum schluchzte laut, sie hatte Mühe, sich auf den Beinen zu halten, und wurde von ihrem Mann gestützt. Daniels Dad starrte auf den schnörkellosen Sarg, in dem sein Sohn lag.

Lucy hingegen fixierte ihre Schuhspitzen. Sie zeigte keinerlei Gefühlsregung, bewegte sich nicht. Nur ab und an warf sie einen verstohlenen Blick zu Emma hinüber, die direkt vor der Grube stand, die für Daniel ausgehoben worden war. An den Seiten war die Grabstelle abgedeckt mit künstlichem Rasen und gefestigt durch Planken, die das vorzeitige Abrutschen des seitlichen Erdreichs verhindern sollten.

Daniels Trauzeuge Steve, sein guter Freund Simon, zwei seiner Onkel, Hannahs Mann und ein Kommilitone aus Studienzeiten standen mit Seilen in den behandschuhten Händen an den Planken. Jederzeit bereit, Daniel sanft in die Erde hinabzulassen.

Steve wischte sich mit dem Handrücken über die Augen, schaute fassungslos auf den Sarg und das darauf liegende Blumenbouquet. Der Regen prasselte erbarmungslos. Die zuvor noch strahlend schönen Rosen waren bereits lädiert, einzelne Blätter lagen verstreut auf dem Holzdeckel.

Ausgerechnet Rosenblätter! Eigentlich hätten die Blumenmädchen sie in der Kirche verstreuen sollen. Emily und Summer, die Kinder ihrer Cousine Leanne, hätten sicher ganz entzückend in ihren weißen Kleidchen ausgesehen. Wie Leanne ihnen wohl erklärt hatte, dass die Hochzeit nicht stattfinden würde? Lebten alle wie zuvor weiter? So, als ob nichts geschehen war? Würden sie nach der Beerdigung ihre schwarzen Klamotten abstreifen – und alles wäre gut?

Emma schaute in den wolkenverhangenen Himmel, der erdrückend wirkte. Sie konzentrierte sich auf die Geräusche um sie herum, hörte das monotone Platschen des Regens auf ihrem Schirm, das Schnäuzen in Taschentücher, das Hüsteln und immer wieder das Weinen und Schluchzen der anderen.

Verdammt, das hier war nicht richtig! Sie alle hätten sich im Sommer zur Hochzeit sehen sollen. Nicht hier, nicht in einem solchen Rahmen – und schon gar nicht mit Daniel als einzigem Protagonisten.

Wenn sie wenigstens beide gestorben wären, dachte Emma. Doch so schlecht und verzweifelt sie sich auch fühlte, so schlecht sie auch atmen konnte: Ihr Körper lebte weiter. Ließ sie jeden Morgen aufwachen, um sie dann nur Sekunden später schmerzhaft daran zu erinnern, dass ein Teil von ihr für immer fehlte.

Da drangen die Worte des Pfarrers an ihr Ohr. «Wir alle wissen, wie gerne Daniel gelebt hat und wie sehr er bis zum Schluss am Leben festgehalten hat.»

Emma hatte Pfarrer Francis bereits als Kind gekannt. Er hatte sie getauft und sie bei ihrem Schulabschluss gesegnet. Mit ihm hatten sie und Daniel das Traugespräch geführt, denn er sollte die Zeremonie durchführen. Jetzt war Emma froh, dass er Daniel kennengelernt hatte und nicht über einen Fremden redete. Eigentlich hätte Emma eine Rede halten sollen, aber sie hatte nicht die Kraft dazu. Es fiel ihr schwer zu sprechen, ihre Gedanken in Worte zu fassen. Wie oft lag sie weinend wach und rief nach ihm? «Daniel, bitte komm zurück zu mir!» Oder auch: «Lieber Gott, wenn es dich wirklich gibt, dann mach, dass ich aus diesem Albtraum erwache!» Aber nichts passierte. Von Schluchzern geschüttelt drückte sie stets Daniels Kissen an sich und fiel irgendwann in einen tiefen und traumlosen Schlaf. Doch die Realität, die sie jetzt durchlebte, war schlimmer als jeder Albtraum.

Als der Pfarrer Daniels Sarg mit Weihwasser segnete und Steve und die anderen Sargträger ihn in die Erde hinabließen, begann Emma zu schreien. Sie schrie so verzweifelt wie noch nie in ihrem Leben: «Daniel! Daniel!» Und immer wieder: «Daniel!»

Niemand tat etwas. Alle schauten sie nur mitleidig an, stimmten in ihr Weinen mit ein oder warfen ihr verstohlene Blicke zu.

Ihr Dad umfasste ihre Schultern noch fester, ihre Mum streichelte ihr weiter beruhigend über den Rücken. Aber auch sie konnten Emma nicht helfen. Sie konnten nicht verhindern, dass schon bald die erste Schaufel Erde mit einem lauten Platschen auf Daniels Sarg geworfen wurde. Emma und Daniel gab es nicht mehr. Emma war jetzt für immer allein.

4

In den ersten Tagen nach der Beerdigung fühlte sich Emma wie in Watte gehüllt. Sie war vollkommen übermüdet und erschöpft. Sie fand keine Ruhe, konnte mit dem Verlust Daniels keinen Frieden schließen und brach immer wieder in Tränen aus. Und wenn sie doch einmal für ein paar Stunden schlief, war das Erwachen so schrecklich, dass sie sich wünschte, nie wieder einzuschlafen. Nur ein paar Sekunden lang schien die Welt normal. Doch spätestens, wenn sie sich im Bett zur Seite drehte und auf Daniels unberührtes Kissen blickte, kam alles mit voller Wucht zurück und nahm ihr für einen Moment die Luft zum Atmen. Emma bekam dann jedes Mal Panik, hatte das Gefühl zu ersticken und war überzeugt davon, dass ihre Lungen tatsächlich versagten. Denn ihre Brust schmerzte ganz so, als ob jemand mit aller Kraft zudrücken würde und verhindern wollte, dass sie weiterlebte.

An diesem Morgen blieb ihr Blick an einem Bild hängen, das in einem einfachen Holzrahmen auf der Kommode stand. Das Foto zeigte sie und Daniel bei einem Ausflug nach Edinburgh. Das war gerade einmal ein Jahr her. Sie waren durch die Pubs gezogen und dann halb beschwipst zum Edinburgh Castle gelaufen. Dort, unterhalb der Burg, war das Foto entstanden, bei dem sie beide angeheitert in die Kamera grinsten. Ob Daniel da schon krank gewesen war? Womöglich hätten die Ärzte ihn da noch retten können? Aber als er erste Symptome verspürte, war die Krankheit schon so weit fortgeschritten, dass er keine Chance mehr gehabt hatte.

«*Unheilbar.*»

Emma verstand das Ausmaß dieser Diagnose erst jetzt, da Daniel für immer fort war.

«Möchtest du zu seinem Grab gehen?», hatte ihre Mum sie in den Tagen nach der Beerdigung schon mehrfach gefragt. Doch Emma konnte nicht. Sie fühlte sich nicht gewappnet für das Leben da draußen, jenseits der Tür. Sie wollte weder mit jemandem sprechen, noch wollte sie sehen, wie die Blumen auf Daniels Grab verwelkten. Jeder Tag, der verging, war ein Tag mehr, der sie von Daniel trennte.

Jetzt waren es schon elf Tage. Die schlimmsten elf Tage ihres Lebens. Das hätte Emma vor ihrer Familie und ihren Freunden jedoch nicht zugegeben. Sie bemühte sich, auf Mails und Nachrichten zu reagieren, alle zu beruhigen und so zu tun, als ob sie die Sache im Griff hätte. Sie bestand lediglich darauf, allein im Haus zu bleiben. Hier fühlte sie sich sicher.

Die Wahrheit aber war, dass sie niemanden in ihr Häuschen lassen wollte. Emma ertrug den Gedanken nicht, dass sich jemand in Daniels Sessel setzte oder aus dem Glas trank, aus dem er zuletzt getrunken hatte.

Plötzlich klingelte es an der Tür. Emma stutzte, dann rappelte sie sich mühsam hoch und schlich zur Videosprechanlage.

Hannah stand vor der Tür, in der Hand einen Gugelhupf, den sicher ihre Mum gebacken hatte. Sie blickte besorgt in die Kamera.

«Hallo?», fragte Emma. Sie bemühte sich, mit entspannter Tonlage zu antworten. Nur so konnte sie sichergehen, dass Hannah, ihre Eltern und alle anderen sie noch länger in Ruhe ließen.

«Emma, ich bin es. Lässt du mich heute rein?»

«Äh ... Hier sieht es ganz chaotisch aus. Ich ... ich bin in letzter Zeit nicht zum Aufräumen gekommen.»

«Wenn du magst, dann helfe ich dir!» Nahezu flehentlich blickte Hannah, die ihre langen Haare heute offen trug, mit ihren großen blauen Augen in die Kamera.

«Oh, das ist nicht nötig, das schaffe ich schon allein.»

Allein – nie zuvor hatte Emma darüber nachgedacht, wie schlimm es sich anfühlte, wirklich allein zu sein.

Hannah zog die Augenbrauen hoch, und Emma ahnte, dass die große Schwester ihr nicht abnahm, dass sie zurechtkam. Aber Hannah spielte das Spiel mit.

«Na gut, aber versprich mir, wenigstens etwas zu essen. Ich stelle dir einen Gugelhupf hierhin, ja? Holst du ihn bitte rein?»

«Okay», antwortete Emma, obwohl sie nach wie vor keinen Hunger verspürte. Auch nicht auf ihren Lieblingskuchen.

Hannah wandte sich zum Gehen, drehte sich aber noch einmal um. «Emma, brauchst du noch was?», fragte sie.

Ja, Daniel, dachte Emma. Ich brauche Daniel. Aber das wird niemand von euch verstehen.

«Nein, ich habe alles. Alles okay. Mach dir keine Sorgen, ich komme zurecht.»

Emma wartete und atmete dann erleichtert aus, als Hannah zögernd die Stufen hinunterging und aus dem Aufnahmebereich der Videokamera verschwand.

Langsam ließ sie sich an der Wand hinunterrutschen. Für heute hatte sie es geschafft. Sie wollte nicht, dass ihr jemand beim Aufräumen half oder sie unter die Dusche zwang. Sie wollte ihr Zuhause nicht verlassen, denn hier hatte sie das Gefühl, die Zeit mit Daniel noch etwas länger festhalten zu können. Bei halb geschlossenen Rollläden, eingemummelt in seinen Schlafanzug und mit seinem Kissen fest vor der Brust. Dabei roch es kaum noch nach ihm.

Emma war noch nicht bereit, ihn gehen zu lassen. Und als sie zurück nach oben gehen wollte, fiel ihr Blick auf ein Foto, das Lucy von ihnen auf der Isle of Skye gemacht hatte. Daniel hatte auf dem Bild seine Arme um sie geschlungen. Und für einen klitzekleinen Moment glaubte Emma, seine tröstende Umarmung auch jetzt zu spüren.

5

Die Freunde waren eng zusammengerückt: Lucy und Simon, Carol und Steve, Emma und Daniel. In ihren bunten Windjacken boten sie einen farbenfrohen Kontrast zu der in graue Wolken getunkten schroffen Felsenlandschaft. Daniel hatte seinen linken Arm fest um Emma gelegt und schmiegte sich an sie. In der rechten Hand hielt er seine Kamera und versuchte damit, die Freunde ebenso einzufangen wie die dramatischschöne Landschaft hinter ihnen.

Die Gesichter, gerötet von der Anstrengung der Wanderung, wirkten erschöpft, aber alle schauten glücklich in die Kamera.

Mit aller Macht kämpften die letzten Sonnenstrahlen gegen das aufkommende Unwetter an. Sie bohrten sich durch die Wolken und setzten Lichtpunkte auf Felsen und Grasflächen, deren Halme sich im Wind wie Skispringer zu neigen schienen.

Emmas offenes Haar wehte wild umher, legte sich ihr immer wieder vor die Augen. Mit der linken Hand versuchte sie, es zu bändigen und sich die Strähnen aus dem Gesicht zu halten. Sie lächelte zu Lucy hinüber, die sich ebenso wie Carol in weiser Voraussicht einen Zopf gebunden hatte.

«Nun mach schon», lachte Carol. «Mir wird langsam echt kalt, und ich würde gerne noch vor dem nächsten Regenguss wieder im Warmen sein.»

«Dann schaut doch einfach mal alle nett», antwortete Daniel und setzte genau das Lächeln auf, das Emma schon bei ihrem ersten Treffen umgehauen hatte.

«Los, näher zusammen!», rief sie.

«Steve, zieh nicht so eine Grimasse», stöhnte Daniel. «Wir wollen doch wenigstens ein Foto haben, auf dem wir alle gut aussehen!»

Dann riefen sie im Chor: «Cheeeese!»

Als Daniel sich die Aufnahme anschließend ansah und zufrieden nickte, schaute Emma ihm über die Schulter. Tatsächlich lachten sie alle in die Kamera. Es war ein Bild voll praller Lebensfreude. Und die bunten Windjacken, aufgebläht vom Wind, sorgten für genau die intensiven Farbtupfer, die jede Gewitterwolke verblassen ließen.

Seit Wochen hatte Daniel versucht, sie zu einem Ausflug auf die Isle of Skye zu überreden. Er hatte nicht zu viel versprochen, die knapp dreistündige Anreise mit dem Auto hatte sich gelohnt. Der sensationelle Ausblick auf die wilden, geologischen Formationen des Quiraing verschlug ihr den Atem. Sie trat ein paar Schritte vor, kaum dass Daniel eine weitere Serie an Fotos geschossen hatte.

«Kommt, lasst uns noch ein paar Meter höher steigen», sagte Steve, der die Gegend sehr gut kannte, und trieb die anderen an. «Dort, von der höchsten Stelle des Steilhangs, haben wir einen noch besseren Blick auf die Bucht von Staffin und die Berge von Torridon.»

Lucy seufzte, folgte Steve dann aber ebenso wie die anderen.

Der Wind pfiff immer stärker, und sie mussten sich gegen ihn anlehnen und viel Kraft aufbringen, um die letzten Meter zu bewältigen. Daniel reichte Emma die Hand und zog sie hinter sich her. Schritt für Schritt, bis sie schließlich an der

Stelle standen, die den spektakulärsten Ausblick überhaupt bot.

«Wow!», hauchte Emma und bemerkte gar nicht, dass Daniel nur Augen für sie hatte. Er schaute sie mit so viel Liebe und Funkeln im Blick an, dass kein Gewitter der Welt dieses spezielle Leuchten in seinem Gesicht hätte vertreiben können.

«Daniel, das ist so wunderschön hier!», rief Emma. «Danke, dass du mich hierhergebracht hast.» Er war schon immer derjenige in ihrer Beziehung gewesen, der sie zu Unternehmungen antrieb und für so viele schöne Momente in ihrem Leben gesorgt hatte. Manchmal konnte sie ihr Glück noch immer nicht fassen – und in ein paar Monaten wäre genau dieser unglaubliche Mann ihr Ehemann.

Sie steckten bereits mitten in den Planungen für die Hochzeitsreise, hatten sich für ein kleines, romantisches Cottage in Cornwall entschieden. Denn dorthin, nach St. Ives, hatten sie ihre erste gemeinsame Reise gemacht. Und dort, am langen Sandstrand, hatte Daniel ihr erstmals seine Liebe gestanden, und Emma fand nichts romantischer, als genau dorthin zurückzukehren. Dieses Mal mit Ring am Finger und der Gewissheit, dass sie nicht nur ein schönes Wochenende mit einem besonderen Mann verbringen würde, sondern er das ganze Leben lang an ihrer Seite wäre.

Lucy, Simon, Steve und Carol waren vorausgegangen, hatten sich mit ein paar schnellen Handyfotos begnügt und befanden sich bereits auf dem Rückweg zum Parkplatz. Emma aber wollte diesen Moment noch etwas genießen, in der Umarmung von Daniel, der von hinten seine starken Arme um ihre Taille geschlungen hatte. Sie lehnte sich an, schloss die Augen und genoss das Rütteln und Pusten des Windes an ihren Haaren und ihrer Jacke.

Spielerisch biss Daniel ihr ins Ohrläppchen und brachte sie dazu, ihre Augen wieder aufzureißen und ebenso spielerisch nach ihm zu schlagen.

«Jetzt lass mir doch diesen einen Moment», lachte sie. «Diesen Aufstieg hier mache ich so schnell nicht noch einmal. Ich bin immer noch außer Puste.» Nahezu empört schaute sie auf ein frei laufendes Schaf, das blökend eine Ebene unter ihnen mit scheinbarer Leichtigkeit am Hang entlanglief.

Sie war sicher, dass Daniel sie halten würde, und lehnte sich etwas vor, breitete dann ihre Arme aus und ließ zu, dass der Wind so heftig nach ihr griff, dass sie das Gefühl hatte, abheben zu können.

«Ich fliege!», schrie sie. «Ich fliege.»

Emma wurde übermütig, lehnte sich noch weiter vor, hörte das Zerren des Windes an ihrer Jacke und spürt nach wie vor die feste Umarmung ihrer großen Liebe. «Ich bin die Königin der Welt!», brüllte sie gegen den Wind an.

«*Meine* Königin bist du!», rief Daniel, wirbelte sie zu sich herum und riss sie an sich. Innig küsste er sie, ignorierte das Gejohle der Freunde, die sie aus der Ferne beobachteten.

Er lachte. Und wie immer, wenn er lachte, hatte Emma das Gefühl, dass seine Sommersprossen über sein Gesicht tanzten. Sie legte ihre Arme um seine Taille, und er tat es ihr gleich. Ihr Herz zerplatzte beinahe vor Glück.

Emma winkte den anderen zu, küsste Daniel noch einmal und seufzte, weil der Tag viel zu schnell vorbei war. Sie hatte noch auf ein kleines Picknick mit dieser grandiosen Aussicht gehofft, doch die Regenwolken wurden träge und schickten sich an, hier ihre nasse Fracht gen Erde zu werfen.

Daniel griff nach Emmas Hand, streichelte mit seinem Daumen über ihren Handrücken. Er küsste sie auf die Wange.

«Emma, ich bin zwar nicht der Old Man of Storr, aber ich möchte mit dir alt werden. Du und ich für immer!», sagte er und wirkte dabei nahezu melancholisch.

«Wenn du irgendwann ein alter Mann bist, dann suche ich mir einen jungen», neckte Emma ihn und war erstaunt, dass er ihr Lachen nicht erwiderte. Doch der Wind trug ihre Irritation ebenso schnell fort wie den traurigen Gesichtsausdruck, den sie bei Daniel hatte aufblitzen sehen.

Lucy rief ihnen etwas entgegen, das Emma nicht verstand, und deutete auf den wolkenverhangenen Himmel über ihnen. Emma drückte Daniels Hand, und gemeinsam beeilten sie sich, zu ihren Freunden aufzuschließen.

In dem Moment, als die ersten Regentropfen auf sie herunterfielen, hatten sie die anderen eingeholt und bereits einen Großteil des Rückwegs zurückgelegt. Emma war es egal, dass sie bis auf die Knochen durchweichte. Sie würde sich nachher mit Daniel unter die warme Dusche in ihrem kleinen Hotelzimmer stellen. Seit sie ihn kannte, konnte sie auch den ärgerlichsten Momenten etwas abgewinnen – vielmehr freute sie sich sogar schon darauf, ihm schon bald seine nassen Klamotten abstreifen zu können und seine warmen Hände auf ihrer kalten Haut zu spüren.

Auf den letzten Metern zum Auto blieb Daniel plötzlich abrupt stehen und schnappte nach Luft. Er ließ Emma jedoch nicht genügend Zeit, um sich zu sorgen. Denn noch bevor sie ihn fragen konnte, ob alles in Ordnung sei, beugte er sich hinunter und pflückte einen der wilden Herbstkrokusse, die den Wegesrand säumten. Er drehte die violette Blume in seiner Hand, verneigte sich etwas ungelenk, aber mit einem spitzbübischen Lächeln, und reichte sie an Emma.

«Eine Blume für meine Blume», sagte er. «Die erste von

ganz vielen.» Er gab Emma einen Kuss auf ihr Haar und zog sie erneut an sich. Und obwohl bereits dicke Tropfen auf sie herabfielen, blieben sie einen Moment so stehen. Mit Blick auf den wilden Atlantik, dessen Wellen bedrohlich gegen die Küstenklippen rauschten.

6

Emma lächelte matt, als der Bote ihr einen großen Strauß Blumen in die Hand drückte. Sie fragte sich, wer ihrer Freunde oder wer aus ihrer Familie sie dieses Mal aufmuntern wollte. Hannah vielleicht? Oder Lucy? Vielleicht auch ihre Mum, die ihr seit Daniels Tod so häufig wie noch nie sagte, dass sie von allen geliebt wurde.

Als Emma den Empfang quittierte, sagte der Mann: «Das ist einer der größten Sträuße, die ich heute ausliefere. Da hat Sie jemand ziemlich gerne.»

«Danke», sagte Emma leise und schluckte den Kloß in ihrem Hals hinunter. Es war ihr erster Valentinstag ohne Daniel.

Vermutlich erwartete der Bote jetzt, dass sie sich überschwänglich freute, aber es war ihr egal, was andere über sie dachten. Früher wäre sie so ungeschminkt nie vor die Tür getreten, sie hätte wenigstens noch kurz Lippenstift aufgetragen. Den Lippenstift, den Daniel so liebte und den sie bisweilen besonders dick auftrug, um sein Gesicht dann über und über mit Küssen zu benetzen. «Damit jede Frau sieht, dass du vergeben bist», hatte sie dann lachend gesagt. Dabei hatte Emma an seiner Treue nie Zweifel gehabt. Für sie beide war die Suche beendet. Tatsächlich hatte Emma schon an dem Tag, an dem sie Daniel das erste Mal gegenüberstand, gewusst: Dieser Mann war für sie bestimmt. Diesen Mann würde sie eines Tages heiraten. Und sie hatte fest daran geglaubt, dass er für immer an ihrer Seite war – so lange, bis das Schicksal ihnen einen brutalen Strich durch die Rechnung gemacht hatte.

«Tja, ich muss dann auch wieder los», sagte der Bote. «Schönen Valentinstag noch.»

«Danke, Ihnen auch», antwortete Emma pflichtbewusst und trat zurück in den Flur.

«Ach, eine Karte steckt auch noch im Strauß!», rief der Bote, bevor er wieder in seinen hellblauen und mit übergroßen Blumenstickern beklebten Lieferwagen stieg.

Erst nachdem sie eine große Vase aus der Vintage-Vitrine im Wohnzimmer geholt hatte, löste Emma das braune Papier, in das der Strauß eingeschlagen war. Zum Vorschein kamen ihre Lieblingsblumen, Rosen und Callas. Emma hatte ein kleines Kärtchen mit einem «Wir denken an Dich» erwartet, aber zwischen den Blumen steckte ein Briefumschlag, auf dem groß und mit ungelenken Buchstaben ihr Name stand.

Emma stockte der Atem, und sie zitterte, als sie Daniels vertraute Handschrift sah. Er hatte gewusst, dass er den Valentinstag nicht mehr erleben würde – und offensichtlich vorgesorgt.

Eine dicke Träne lief Emma die Wange hinunter und tropfte auf die Blüte einer weißen Calla. Mit immer noch zitternden Fingern öffnete sie den schlichten Umschlag und zog einen Brief hervor, den Daniel heimlich geschrieben haben musste.

Emma, mein Liebling,
ich wollte nicht, dass Du rosafarbene Rosen und weiße Callas
für immer mit meiner Beerdigung verbindest. Gib es zu, Du
hast mich vermutlich in ein Meer aus Rosen und Callas ge-
taucht ...

Die Buchstaben verschwammen vor Emmas Augen, und sie musste sich mehrfach die Tränen wegwischen, bevor sie weiterlesen konnte. Daniel war nicht einfach so gegangen. Nein, er hatte auch an die Zeit danach gedacht – an die Zeit ohne ihn.

Ich ahne, wie traurig Du bist. Ich bin es auch. Wir hätten noch viele gemeinsame Jahre haben müssen, und ich hätte Dir diesen Strauß am heutigen Valentinstag so gerne persönlich überreicht. Um Dein Lächeln zu sehen und Deine Nase zu beobachten, die Du immer so tief zum Schnuppern in die Rosen tauchst, dass ich mir Sorgen mache, dass Du Dich an den Dornen pikst.

Der Bote hat Dich direkt zu Hause angetroffen, oder? Emma, das passt nicht zu Dir! Du darfst Dich nicht verkriechen. Die Natur, die Du so liebst, ist nicht weniger schön, weil ich nicht mehr da bin. Du warst doch immer so gerne unterwegs und mit unseren Freunden zusammen. Die sind Dir geblieben, und ich weiß, dass Dich keiner von ihnen im Stich lassen wird. (Vorsichtshalber habe ich auch noch einmal mit einigen von ihnen gesprochen.)

Lass es zu, dass sie Dir helfen!

Ja, ich habe Dir immer gesagt, dass Du auch schön bist, wenn Du weinst, aber noch lieber habe ich Dich lächeln sehen. Lass es nicht zu, dass mein Tod Dir Dein wunderschönes Lächeln raubt! Geh unter Leute, hab Spaß, und sei offen für Neues. Es ist okay, Emma. Es ist okay, wenn Du lachst und neue Erinnerungen sammelst. Du weißt, wie gerne ich Teil davon gewesen wäre. Vielleicht bin ich es auch noch. Vielleicht bin ich Dir viel näher, als Du denkst. Meine Liebe zu Dir wird jedenfalls immer bleiben. Zweifle nie daran!

Auch unsere gemeinsame Zeit kann uns niemand nehmen, aber bitte, versuche, wieder glücklich zu werden! Es war immer mein größter Wunsch, Dich glücklich zu machen. Und glaube mir: Ich werde alles in meiner Macht Stehende tun, um Dir dabei zu helfen. Fühl Dich gedrückt und geküsst, mein Schatz! Ich liebe Dich für immer!

Dein Daniel

PS: Geh heute Abend bitte zu Deinen Eltern. Ich habe Pizza bestellt. Für Dich mit extra Zwiebeln.

Emma ließ den Brief sinken und weinte nun hemmungslos. Es kamen mehr Tränen als je zuvor in den vergangenen Tagen. Sie musste Daniel nicht krampfhaft festhalten. Er war immer noch bei ihr! Fast war es, als ob er sie tatsächlich kurz in den Arm genommen hätte. Wenn sie die Augen schloss, dann glaubte sie sogar, seine Anwesenheit zu spüren.

Als sie sich etwas beruhigt hatte, schnupperte sie an den Rosen. Der Duft war so intensiv, dass sie das erste Mal das Gefühl hatte, den Geruch nach Desinfektionsmitteln, der im Krankenhaus ihr täglicher Begleiter gewesen war, irgendwann wieder vergessen zu können.

Was sie jedoch nie vergessen würde, war der Schmerz, den sie verspürt hatte, als man Daniel aus dem Zimmer geholt hatte. Der Moment, in dem ihr klar geworden war, dass er sie nie wieder anschauen würde und sie sich nie wieder an ihn schmiegen könnte.

Wenn Emma Schuhe mit Absätzen trug, waren sie und Daniel fast gleich groß gewesen. Und wenn er sie fest in seine Arme schloss, konnten sich ihre Nasenspitzen berühren. Sie waren in jeder Hinsicht auf Augenhöhe gewesen. In den Tagen vor seinem Tod aber hatte Daniel es nur noch mit Mühe geschafft, sich in seinem Bett aufzusetzen.

Ja, er hatte recht, sie durfte nicht zulassen, dass der Schmerz alles zerstörte. Allerdings wusste Emma nach wie vor nicht, wie sie es schaffen sollte, heute Abend aus dem Haus zu gehen.

7

Am Abend stieg Emma das erste Mal seit Tagen wieder unter die Dusche. Als sie das Shampoo aus ihren Haaren spülte und das warme Wasser an ihrem Körper abperlte, fühlte sie ihre Lebensgeister zurückkehren. Zaghaft und verhalten, aber doch so stark, dass sie wusste, sie würde diesen Abend überstehen. Ein wenig freute sie sich sogar auf die Pizza. Das Wissen, dass Daniel noch einmal eine Bestellung für sie aufgegeben hatte, gab ihr Kraft. Er wollte, dass es ihr gut ging. Sie fühlte sich von ihm geliebt und verspürte sogar einen Funken Optimismus.

Als das Taxi eine knappe Stunde später vor dem Haus ihrer Eltern hielt, blieb Emma noch einen kurzen Moment sitzen. Hinter den Fenstern im Erdgeschoss leuchtete warmes Licht. Es war schmerzvoll zu sehen, dass sich hier nichts verändert hatte. Gleichzeitig aber war Emma froh, dass sich nicht *alles* verändert hatte.

Sie bezahlte den Taxifahrer, wünschte ihm noch einen schönen Abend und ging schnellen Schrittes auf die Haustür zu. Kaum hatte sie geklingelt, hörte sie das Stampfen der Füße ihrer kleinen Neffen, die wie immer einen Wettlauf machten und sich darum stritten, als Erster an der Tür zu sein.

Nachdem sie Lucas und Liam fest in die Arme geschlossen hatte, spürte sie einen dicken Kloß im Hals. Sie wusste, dass auch die Jungs Daniel schmerzlich vermissten. Und zum ersten Mal wurde ihr klar, dass nicht nur sie einen Verlust erlitten hatte. Dass sie in ihrer Trauer nicht allein war.

Schon trat ihre Mum heran. Emma versank in ihrer Umarmung und ließ ihren Tränen freien Lauf.

Der feste und kräftige Herzschlag ihrer Mum half ihr schließlich dabei, dass sich ihr Puls wieder beruhigte und sie gleichmäßig ein- und ausatmete. Als langsam auch ihre Tränen versiegten, fragte sie vorsichtig, ob Daniel tatsächlich Pizza bestellt hätte.

«Ja, das hat er. Du hast den Pizzaboten vielleicht um eine Minute verpasst», sagte ihre Mum und gab ihr einen Kuss auf die Stirn. «Wir sind in alles eingeweiht.» Verschwörerisch schaute sie dabei zu Emmas Dad und zu Hannah und Grant, die zu ihnen getreten waren und Emma nun ebenfalls begrüßten.

Gemeinsam gingen sie ins Esszimmer, wo der Tisch liebevoll gedeckt war und das Essen bereits auf sie wartete.

Ihre Mum rief dann die beiden Enkel, die auf der Suche nach dem Kater der Familie längst wieder das ganze Haus auf den Kopf stellten.

«Liam! Lucas! Nun lasst Alfie in Ruhe! Er bekommt euretwegen noch einen Herzinfarkt!»

Murrend setzten sich die beiden Jungs an den Tisch und stritten jetzt darum, wer neben Tante Emma sitzen durfte.

Emma musste unwillkürlich lächeln. Schließlich saß Liam rechts von ihr und Lucas links, doch als ihre Margherita aufgeteilt wurde, zankten sie sogleich über Emma hinweg um den besten Teil der Kruste.

Emma biss in die Pizza mit Salami, Champignons und extra Zwiebeln, die Daniel für sie bestellt hatte. Er hatte an alle gedacht. An die Pizza Hawaii für ihren Dad, die vegetarische für ihre Mum, die Vier-Jahreszeiten-Pizza für Hannah, die mit Meeresfrüchten für Grant und die Margherita für Lucas und

Liam. Daniel hatte immer versucht, die beiden davon zu überzeugen, auch mal eine Pizza mit Belag zu essen, aber die Jungs hatten sich standhaft geweigert. Dieses Mal hatte Daniel nicht versucht, sie von einem neuen Geschmack zu überzeugen. Stumm hatte er sich bemüht, jedem von ihnen etwas Gutes zu tun. Emma schluckte schwer.

Auch Hannah hatte Tränen in den Augen, als sie erst ein Stück ihrer Pizza aß und dann ihr Glas hob.

«Lasst uns auf Daniel anstoßen, ja?», sagte sie, und ihre Stimme kippte.

«Auf Daniel», sagte ihr Dad.

«Auf Daniel», stimmten auch ihre Mum und Grant mit ein.

Lucas wischte sich den etwas zu langen Pony aus den Augen. «Endlich kann ich in Ruhe meine Margherita essen.» Er kicherte und wurde rot, als seine Grandma ihn zurechtwies. Doch sie lächelte nachsichtig dabei.

Erneut musste Emma schwer schlucken, weil sie Daniel in dieser Runde so schrecklich vermisste – aber auch, weil sie glücklich war, im Kreis ihrer Familie zu sein. Hier fühlte sie sich gut aufgehoben. Und sie wusste, dass sowohl ihre Eltern als auch ihre Schwester alles dafür getan hätten, um Emma wieder lächeln zu sehen.

Liebe machte das Leben erst so richtig lebenswert, aber gegen Tod und Krankheit war selbst die Liebe machtlos.

«Deine Margherita sieht aber auch wirklich lecker aus», sagte Emma schließlich und wuschelte Lucas durch seinen rotblonden Lockenkopf. «Ob ich mal abbeißen darf?» Sie streckte ihre Hand aus, um nach einem Stück Pizza zu greifen, aber Lucas zog schnell den Teller weg. Sein Essen hatte er immer schon verteidigt.

«Nur im Tausch», protestierte er. «Aber deine mag ich

nicht. Viel zu viele Zwiebeln.» Er verdrehte die Augen und deutete an, sich übergeben zu müssen.

Emma atmete tief aus. Sosehr sie sich auch über die Pizza freute, so wenig durfte sie darüber nachdenken, dass Daniel sich nie wieder über ihren Zwiebelatem beschweren würde.

Sie erinnerte sich an den Morgen nach einem ihrer Pizza-Abende. «Hey, wag es ja nicht, mich zu küssen», hatte Daniel beim Aufwachen erklärt. «Hörst du?»

Er hatte sein Gesicht mit einem Kissen geschützt und war dann vor ihr durch seine damalige Wohnung geflüchtet. Er war über das Sofa gesprungen, hatte sich anschließend im Bad verbarrikadiert – und sie dann doch in seine Arme gerissen und leidenschaftlich geküsst.

«Emma, du machst mich fertig. Ich hasse Zwiebeln, aber ich kann dir einfach nicht widerstehen.»

Seine Lippen auf den ihren hatten sich wie Balsam angefühlt, und es war Emma wie immer schwergefallen, sich von ihnen zu lösen. «Daniel, ich muss los. Hör auf, ich muss zur Arbeit.»

Sie war viel zu pflichtbewusst gewesen. Jetzt würde sie jeden Job riskieren, um noch einmal, nur noch ein einziges Mal unbeschwert Zeit mit Daniel verbringen zu können. Er fehlte so sehr. Hier und jetzt und überall.

Emma lehnte zu ihrer eigenen Überraschung nicht ab, als ihre Mum ihr ein weiteres Stück Pizza auftat. Sie hatte gar nicht gewusst, wie viel Hunger sie eigentlich hatte. Seit Daniels Tod aß sie höchstens aus Gewohnheit, nie aber mit Appetit. Doch der war nun zurückgekommen. Sie aß ihre Pizza Stück für Stück und wusste, dass Daniel genau das beabsichtigt hatte. Sie musste ins Leben zurückfinden.

«Du darfst traurig sein, natürlich», hatte er im Krankenhaus zu ihr gesagt. «Aber lass niemals zu, dass die Trauer dich zerstört.»

Er hatte ihr nur mit keinem Wort gesagt, wie schwierig das werden würde.

8

Emma lag neben Daniel unter den gestärkten weißen Laken im Zimmer der Palliativstation des Krankenhauses. Sie hielten sich eng umschlungen, küssten sich und flüsterten miteinander. Das Bett war viel schmaler als das Boxspringbett, in dem sie so viele Nächte – und teils auch ganze Tage – seit Beginn ihres Zusammenlebens verbracht hatten. Es brannte nur eine kleine Lampe, die für ein schwaches, diffuses Licht sorgte. Gerade ausreichend, um Daniels Umrisse auch unter dem Laken noch zu erkennen.

«Daniel Elliott, du bringst mich um den Verstand.» Das Streicheln seiner Hände sorgte für einen wohligen Schauder auf ihrer Haut.

«Es tut mir schrecklich leid, aber du wirst dich etwas zurückhalten müssen.»

«Und wenn ich das nicht kann? Wenn ich hier über dich herfalle?» Emma lachte verlegen.

«Dann bekomme ich hier nachher noch Hausverbot und muss meine Koffer packen. Dabei habe ich mich doch gerade erst eingelebt», sagte er süffisant.

«Ich hätte nichts dagegen», flüsterte Emma. «Ich will dich wieder bei mir zu Hause haben.» Sie schmiegte sich eng an ihn, bemühte sich, nicht die Kanüle zu berühren, die in seiner Hand steckte. Rings um die Einstichstelle hatte sich die Haut entzündet. Es sah schmerzhaft aus. Das Morphium, das Daniel über diesen Zugang verabreicht bekam, war jedoch so hochdosiert, dass die Einstichstelle in seinem Handrücken vermutlich das geringste Problem war.

«Du weißt, dass das nicht geht, Emma.»

Sie streichelte ihm über die Wange. Sein Dreitagebart kitzelte unter ihren Fingerspitzen. Seitdem sie ihn kannte, war er immer darum bemüht gewesen, sich jeden Morgen zu rasieren. Nur manchmal, wenn sie über das ganze Wochenende nicht aus dem Bett kamen, hatte er diese kratzigen Stoppeln im Gesicht gehabt. Wenn er sie dann küsste, drückte sie ihn scherzhaft von sich, ihr Gesicht abgewendet. «Daniel, du zerkratzt mir die ganze Wange.»

Jetzt war sie im Gegenteil beruhigt, dass seine Bartstoppeln weiter wuchsen und sie auch seine Zehennägel schneiden konnte.

Auch wenn Daniel das beinahe unangenehm zu sein schien. «Lass ruhig, das musst du nicht machen», hatte er erklärt, als sie das erste Mal nach der Nagelschere greifen wollte. «Meine Mum kann sich darum kümmern. Und es gibt hier ganz wundervolle, hübsche Schwestern, die immer für mich da sind – auch in der Nacht», hatte er Emma gefoppt.

«So weit kommt es noch. Du würdest das Gleiche für mich tun.»

Genau das waren auch seine Worte gewesen, vor mehreren Monaten, als sie quicklebendig ihre Zukunft planten.

«Zwei Kinder, mindestens», hatte Daniel gesagt. «Und wenn du dann kugelrund bist und nicht mehr an deine Füße kommst, dann werde ich dir die Zehennägel schneiden und die Schnürsenkel zubinden. Oder du bekommst einfach ein Paar Birkenstock.»

«Mit Socken womöglich noch?», hatte Emma amüsiert gefragt. «Hey, ich habe Stil.»

«Hmm … Ist das so?» Er hatte so getan, als ob er noch überlegte. «Nun gut, dann muss ich dir die Zehennägel wohl auch lackieren.»

Heute hätte Emma sich gewünscht, dass Daniel lackierte Zehennägel hätte. Denn als sie vorhin seine Bettdecke angehoben hatte, um ihm die Füße zu massieren, die ständig kalt waren, hatte sie gesehen, dass die Haut unter den Nägeln bläulich schimmerte.

Jede Veränderung machte Emma Angst. Daniel wurde immer schwächer, und es schien, als ob auch das Funkeln in seinen Augen Tag für Tag mehr erlosch.

«Bitte, Daniel, komm nach Hause», sagte sie jetzt. «Nur noch eine Nacht.»

Er seufzte. «Emma, wir haben doch darüber gesprochen. Ich will nicht zu Hause sterben, lieber gehe ich in ein Hospiz. Ich habe nicht vor, dein Zuhause in einen Ort zu verwandeln, an dem alles an Krankheit und Tod erinnert.»

«*Unser* Zuhause», korrigierte Emma ihn. Sein Name stand ebenso auf dem Klingelschild wie ihrer. Sie hatten es auf dem Weihnachtsmarkt in Edinburgh anfertigen lassen, weil es Daniel so gut gefallen hatte. Es zeigte einen Jungen und ein Mädchen, die zusammen mit einem kleinen Hund vor einem bunten Haus standen. «Hier wohnen Daniel und Emma» stand darauf.

«Daniel, es ist *unser* Zuhause», wiederholte Emma.

Jedes Mal, wenn sie aus der Klinik nach Hause kam und das Klingelschild am Eingang ihres kleinen Häuschens erblickte, auf dem Daniels und ihr Name standen, verspürte sie einen Stich in der Herzgegend.

Durfte man so früh im Leben schon einen derartigen Albtraum erleben?

Daniels Duschgel, das nach Moschus roch, stand im Bad weiterhin neben ihrem Pfirsichshampoo. Es war noch halb voll und wartete nur darauf, dass er seinen bis vor wenigen Wochen noch muskulösen Körper wieder damit einrieb. Emma wusste nicht, wie häufig sie sich zu ihm unter die Dusche gestellt hatte, wie oft sie sich unter laufendem Wasser geliebt hatten.

Die Vorstellung, seine Hände nie mehr über ihren Körper gleiten zu spüren, versetzte Emma in Panik. Wie sollte sie die verbliebene Zeit mit ihm genießen? Zu groß war ihre Angst vor dem Danach, vor der Einsamkeit, vor den letzten Momenten mit ihm, von denen sie nicht wusste, welche es wären.

Die Nacht vor etwas mehr als einer Woche, in der Daniel einen Krampfanfall erlitten hatte und sie mit zitternden Fingern den Notruf gewählt hatte, war eigentlich eine ganz normale Nacht gewesen. Sie waren früh ins Bett gegangen. Emma hatte auf ihrem Handy noch einen Film gesehen, an dessen Titel sie sich nicht einmal mehr erinnerte, und Daniel war neben ihr eingeschlafen, bevor sie sich einen Gute-Nacht-Kuss gegeben hatten.

Sie durfte den letzten Kuss nicht verpassen! Irgendwann wäre es die letzte Berührung ihrer Lippen und das letzte «Ich liebe dich» – eines, an das sie sich für immer erinnern müsste.

Sie wusste, dass sie Daniel nicht umstimmen konnte. Sie hatten lange darüber geredet, und sosehr Emma auch gebettelt hatte, Daniel war unnachgiebig geblieben.

«Nein, auf keinen Fall», hatte er gesagt. «Für dich ist es leichter, wenn es so bleibt, wie es ist. Ich komme nicht mehr nach Hause.»

Emma war in Tränen ausgebrochen, und selbst Daniel, der auch nach der Diagnose lange Zeit so unerschütterlich und optimistisch geblieben war, hatte sich eine Träne aus dem Augenwinkel gewischt.

«Ich wünschte auch, dass es anders wäre. Aber es geht nicht mehr. Emma, ich werde sterben, schon bald», sagte er schwach.

Es war das erste Mal, dass er das, was die Ärzte ihnen vor ein paar Tagen mitgeteilt hatten, in eigene Worte fasste. Daniel schluckte, küsste Emma und drückte sie fest an sich.

«Du hast schon mehrere Tage geschafft, Emma. Du kannst ohne mich in unserem Haus leben.»

Sie beide sprachen nicht aus, dass ein paar Tage nichts gegen die Ewigkeit waren, die ihnen ohneeinander bevorstand.

«Versprich mir nur eins, ja?», bat er. «Egal, was passiert: Du musst leben! Ich will nicht, dass du dich verkriechst und in Trauer versinkst.» Er sah sie fest an. Noch nie zuvor hatten seine blau gesprenkelten Augen so traurig gewirkt. «Emma, wir hatten beide ein riesiges Glück, dass wir unsere Liebe so intensiv leben durften. Aber das Leben bietet viele Möglichkeiten und viel Schönes. Finde es – und sei offen für Neues! Das musst du mir versprechen, ja?»

Ein paar Tage später klingelte Emma nach der Schwester, weil Daniel wieder vor Schmerzen stöhnte. Die Krankenschwester hatte ihr erklärt, dass das Morphium nicht nur Daniels Schmerzen lindern, sondern auch sein ganzes Empfinden abschwächen würde. Er würde nicht begreifen, dass er im Sterben lag. Doch Daniel wusste es. Und bevor er eine höhere Dosis gespritzt bekam, bat er die Schwester, sie ein paar Minuten allein zu lassen. Er bestand darauf, dass Emma wieder zu ihm ins Bett krabbelte und sich noch einmal fest an ihn schmiegte.

Er nahm sie trotz der Kanüle, die in seinem Handrücken

steckte, fest in die Arme und flüsterte ihr ins Ohr, wie sehr er sie liebte und dass er sie gerne zu seiner Frau genommen hätte: «Emma, wir hatten ganz sicher andere Pläne als das hier.» Er schluckte und verzog vor Schmerzen das Gesicht. «Was hätte ich darum gegeben, dich noch heiraten zu können. Du wärst so eine wunderschöne Braut gewesen – meine Braut!» Er küsste ihre Fingerspitzen. «Für mich war von Anfang an klar, dass ich dich mal heiraten wollte. Damals und jetzt und auch in Zukunft.»

«Ich liebe dich», flüsterte Emma. «Ich liebe dich so sehr.» Sie benetzte sein Gesicht mit Küssen, schmiegte sich an ihn und wünschte sich mehr als alles andere, dass sie diesen Moment festhalten könnte.

Sie war nicht bereit, Daniel gehen zu lassen. Aber sie hatten nicht mehr viel Zeit. Sie hatten lange darüber gesprochen, und Daniel hatte ihr versichert, dass er mit sich im Reinen war, dass er seine Schmerzen nicht länger ertragen wollte. Er konnte es nicht.

Also versuchte Emma, sich zusammenzureißen, als die Krankenschwester wieder ins Zimmer kam. Sie rutschte von Daniels Bett, setzte sich auf den Besucherstuhl und streichelte Daniels Arm. Den Arm, der sie sonst so kraftvoll gehalten hatte.

Daniel war noch einige Minuten wach, dann wurde er immer müder. Er kämpfte gegen den ihn übermannenden Schlaf an, der ihm die Schmerzen erleichtern sollte.

Noch einmal lächelte er: «Ich liebe dich für immer», sagte er mit letzter Kraft.

Nur zwei Tage später schlief Daniel in ihren Armen für immer ein.

9

Das stürmische Klingeln an der Tür erinnerte Emma Ende Februar daran, dass sie an ihrem Geburtstag noch nie allein gewesen war. Und dass die über den Tag verteilt geschickten Glückwünsche ihrer Freunde und Familie nicht alles gewesen waren. Heute wurde sie dreiunddreißig Jahre alt. Es war zwecklos, ihre Anwesenheit im Haus zu leugnen. Die Rollos waren nur halb heruntergelassen, in der Küche brannte Licht. Jeder konnte sehen, dass sie zu Hause war. Ohnehin würde sie niemand woanders vermuten.

Seufzend drückte Emma auf den Türöffner, als sie über die Videosprechanlage in der Abenddämmerung Lucy, Hannah und die Kinder sah.

Das nun folgende Trappeln vieler Schritte und das aufgeregte Stimmengewirr machten ihr allerdings schnell klar, dass sie nicht allein gekommen waren. Auch Grant, Simon und Steve waren dabei, sie schleppten Getränkekisten in das kleine Haus.

«Happy Birthday, Emma!», rief Lucy und schob sich mit einem riesigen Karton, aus dem eine Papiergirlande quoll, an ihr vorbei in Richtung Küche. Lachend drehte sie sich zu Hannah um, die eine lavendelfarbene Tortenbox vor sich hertrug. «Hannah, du hattest recht. Wir müssen hier erst noch etwas dekorieren.»

Lucy ging schnurstracks in die Küche und stellte den Karton auf dem noch immer vom Frühstück krümeligen Tisch ab. Dann schob sie Emma in Richtung Badezimmer.

«So, meine Liebe – und du machst dich jetzt erst einmal schick. Frisch gewaschene Haare dürfen es zum eigenen Geburtstag schon sein – und überschmink wenigstens deine Augenringe. Du siehst so viel älter aus als dreiunddreißig.» Sie grinste. «So erkennt dich echt niemand wieder.»

Lucas und Liam liefen an ihnen vorbei. Lucas hielt die Fernbedienung in der Hand, und der jüngere Liam versuchte wie so häufig, sie ihm abzuluchsen. Emma lächelte. Nachher würden beide einträchtig vor dem Fernseher sitzen. Denn die Jungs stritten sich zwar um die Fernbedienung, selten aber um das Programm. Sie beide liebten Disney-Filme. Allerdings nicht die mit den Prinzessinnen, die Emma früher immer mit ihnen gucken wollte.

Hannah trat zu ihr. «Hier, mein herzallerliebstes Geburtstagskind!» Sie gab Emma ein Wangenküsschen und hielt ihr dann zwei Kleider hin, die sie ganz schnell aus Emmas Schrank gezogen haben musste. «Such dir eins davon aus. Schlabberlook wollen wir heute nicht. Wir haben uns doch auch etwas Anständiges angezogen.» Hannah drehte sich zu Lucy um, die ein am Bauch gerafftes auberginefarbenes Samtkleid trug.

Emma fand, dass es ihr außerordentlich gut stand.

Lucy strahlte – und Emma verspürte einen Anflug von Neid, als sie im Bauchbereich der Freundin eine deutliche kleine Wölbung sah. Als Lucy ihren Blick bemerkte, wandte sie sich schnell ab.

«Simon, räumst du die Getränke in den Kühlschrank?», fragte sie ihren Freund, der jetzt eine Kiste mit Guinness scheppernd auf dem Boden in Schachbrett-Optik abstellte.

Simon nickte, trat jedoch zunächst zu Emma.

«Alles Gute zum Geburtstag!», sagte er und umarmte sie kurz, aber herzlich.

Danach schloss auch Hannahs Ehemann Grant sie in die Arme. Länger und fester als Simon, und ganz so, als ob er sie beschützen wollte. «Wir lieben dich, vergiss das nicht», flüsterte er ihr ins Ohr und gab ihr einen Kuss aufs Haar.

Unwillkürlich zuckte Emma zusammen. Lucy hatte recht, sie müsste unbedingt unter die Dusche. Sie schämte sich, dass ihre etwas mehr als schulterlangen Haare so fettig glänzten. Früher hatte sie immer darauf geachtet, dass ihr die kastanienbraune Mähne in sanften Wellen um die Schultern fiel.

«33 Jahre – das muss einfach gefeiert werden!» Grant drückte sie erneut und gab ihr unbeeindruckt einen weiteren Kuss auf den Kopf. Dann wandte er sich dem Kühlschrank zu. Mit einem Quietschen öffnete er die Tür und schaute mit gerunzelter Stirn auf das spärliche Angebot. Emma hatte seit Tagen nur das Nötigste eingekauft und meist nur Knäckebrot oder mal ein Stück Schokolade gegessen.

«Wie gut, dass wir an alles gedacht haben», rief er.

Lucy stieß Emma vorsichtig in die Seite. «Jetzt geh schon», quengelte sie. «Und bitte, Emma – lass dir Zeit. Wir kümmern uns um alles!»

Seufzend ging Emma die schmale Treppe hoch ins Bad und schloss die Tür hinter sich. Sie legte die Kleider, die Hannah ihr gegeben hatte, über dem Waschbecken ab und schaute ihr Spiegelbild an. Lucy hatte recht. Sie brauchte dringend etwas Make-up im Gesicht. So, wie sie jetzt aussah, hatte Daniel sie höchstens gesehen, als sie sich im Sommer vor einem Jahr bei einer Fährfahrt von Dover nach Calais den Norovirus eingefangen hatte.

Emma schnitt ihrem Spiegelbild eine Grimasse, dann öffnete sie die Glas-Mosaik-Tür zur Dusche und stellte sie an.

Als ihr wenig später das warme Wasser über den nackten

Körper perlte, fühlte sie, wie zumindest etwas von ihrer Energie zurückkam. Sie ließ sich tatsächlich Zeit, shampoonierte in Ruhe die Haare ein und entschied sich sogar, ihre Beine zu rasieren.

Mit einem Handtuch um den Kopf und eingewickelt in den großen flauschigen Bademantel, den Daniel ihr irgendwann zu Weihnachten geschenkt hatte, stieg sie aus der Dusche. Aus dem Wohnzimmer im Stockwerk unter ihr hörte sie Geräusche und Stimmen, die die unsägliche Stille vertrieben, die sie über Wochen umhüllt hatte.

Emma lächelte verzagt. «Du bist nicht allein», flüsterte sie ihrem Spiegelbild zu und trug sich – wie von Lucy gewünscht – etwas Make-up auf. «Gar nicht so übel, Emma», sagte sie schließlich und streckte ihrem Spiegelbild die Zunge raus.

Dann föhnte sie sich die Haare und entschied sich für das schlichte blaue Kleid, in dem sie sich immer besonders gut gefallen hatte.

Noch einmal atmete Emma tief durch und straffte die Schultern, bevor sie die Türklinke nach unten drückte.

Am Treppenabsatz blieb sie einen Moment stehen, schaute das Bild an, das Daniel zuletzt an die Wand nach unten gepinnt hatte: Es zeigte sie beide und ihre Freunde beim Ausflug zur Isle of Skye.

«Du fehlst mir so sehr, Daniel», flüsterte sie und wünschte sich, wenigstens noch einmal in seine Augen blicken zu können. Das wäre ihr größter Geburtstagswunsch.

Sie hielt sich am Treppengeländer fest, atmete ein weiteres Mal tief durch und ging dann mit lauten Schritten die Stufen hinunter. Sie wollte sich ankündigen, denn sie würde es nicht ertragen, wenn sie die anderen über sich reden hörte.

«Emma kommt!», schrie Liam und lief zum Treppenabsatz. Gefolgt von weiteren Gratulanten, die Hannah heimlich ins Haus gelassen haben musste.

«Happy Birthday, Emma!»

«Auf dich, Emma.»

«Hoch soll sie leben!»

«Cheers!»

Kaum war sie aus dem mit bunten Lichterketten und Blumengirlanden dekorierten Flur ins Wohnzimmer getreten, hallten ihr in verschiedenen Tonlagen Glückwünsche entgegen.

Ihre Neffen begannen mit ihren noch piepsigen Kinderstimmen, «Happy Birthday» zu singen, in das alle mit einfielen. Ihr Dad mit seinem dunklen Bass, ihre Mum, die wie immer mit glockenheller Stimme sang, aber wie in jedem Jahr den richtigen Einstieg verpasste, und Lucy, Carol, Mabel, Karen und all die anderen Freunde, die sie seit Daniels Beerdigung nicht mehr gesehen hatte. Sie alle lächelten Emma an, freuten sich mit ihr über das neue Lebensjahr und wollten ihr zeigen, wie gerne sie sie hatten.

Vor Rührung brach Emma in Tränen aus. Schnell ließ sie sich von jedem fest umarmen. Sie war erstaunt, dass sogar Mrs. Campbell und ihre Nachbarn Lindsay und Clark unter den Gratulanten waren.

«Tut uns leid, dass wir nicht schon eher vorbeigekommen sind», entschuldigte sich Lindsay und drückte Emma einen kleinen Strauß Blumen in die Hand.

«Alles gut», sagte Emma. «Ich habe mich ja auch sehr zurückgezogen.»

Heute aber bot sich ihr dafür keine Chance mehr, und Emma war selbst überrascht, dass etwas von der bleiernen

Traurigkeit der letzten Wochen verflogen war. Sie hatte nicht damit gerechnet, dass ihr tatsächlich Gesellschaft fehlte. Es störte sie nicht einmal, dass Lucas und Liam sich gemeinsam in Daniels Sessel quetschten und sich dort krümelnd und schmatzend über eine Tüte Chips hermachten.

Ihre Freunde hatten wirklich an alles gedacht. Sie hatten die Fenster aufgerissen und frische Luft in die Räume gelassen, hatten die Sofakissen aufgeschüttelt, das gröbste Chaos beseitigt und liebevoll das ganze Erdgeschoss dekoriert. Blumengirlanden waren über den Türrahmen platziert, über dem Esstisch hing ein Lampion, und auf den Fensterbänken brannten Kerzen. Ein buntes «Happy Birthday»-Banner war vom Bücherregal bis hinüber zum Schreibtisch gespannt, und Luftballons in verschiedenen Formen und Farben tanzten bei jedem Luftzug wie von selbst durch die Räume.

Seit Wochen hatte Emma sich nicht mehr so behütet gefühlt. Sie lehnte sich an die Schulter ihrer Mum und flüsterte ein «Danke». Dann ließ sie sich von Lucy in die Küche ziehen, in der ein kleines Buffet aufgebaut war. Würstchen, Fingerfood, Frikadellen und kleine Pizzen lagen auf bunten Tellern. Dazu gab es Pastries, Salate und auf der Küchenanrichte eine kleine Candy-Ecke. Alles war stilvoll hergerichtet, und darüber baumelte ein rosafarbenes Pappschild, auf dem alle Freunde und Verwandten unterschrieben hatten.

«Happy Birthday, Emma!», sagte Lucy.

Sie drückte die Freundin und dankte ihr. Gemeinsam kehrten sie ins Wohnzimmer zurück.

Aus der Anlage lief Musik. Liam und Lucas hatten längst das Interesse am Fernseher verloren, stattdessen hüpften sie zum Beat von irgendeiner Band, die Emma nicht kannte, auf dem Sofa. Niemand schimpfte deshalb mit ihnen, niemand ermahnte sie. Emma lächelte. Was war schon ein Sofa wert?

Sie bemühte sich allein schon aus lauter Dankbarkeit, mit jedem der Anwesenden ein paar Worte zu wechseln. Sprach mit Karen über das Wetter, mit Carol über deren neuen Job in einer Grundschule und mit ihren Nachbarn über die Asphaltierungsarbeiten, die in der kommenden Woche in ihrer Straße beginnen sollten. Sie alle schienen um Smalltalk bemüht. Nur Steve erwähnte Daniel und erinnerte Emma damit schmerzhaft daran, wie sehr ihm das Zusammensein mit den Freunden immer gefallen hatte.

«Komm, Emma, komm!» Lucas und Liam rissen sie aus ihren Gedanken. «Komm, hüpf mit uns!»

Emma schüttelte den Kopf, doch die Jungs zogen an ihr und bettelten. Und als Liam einen Schmollmund machte und sie fürchtete, dass er in Tränen ausbrechen könnte, streifte sie sich die Schuhe ab und stieg zu ihnen aufs Sofa.

Ihr Dad nickte ihr aufmunternd zu.

Lucy lachte. «Nun komm schon, zeig den beiden, dass du noch längst nicht vom alten Eisen bist.»

Also begann Emma, zu hüpfen. Erst zaghaft, dann immer höher und schneller. Sie boxte Luftballons zurück, die man ihr entgegenwarf, hielt Liams Hand ganz fest in ihrer und fiel erst mit den letzten Takten der Musik zurück aufs Sofa.

Es dauerte etwas, bis ihr Atem sich beruhigte.

«Jungs, stopp, ich kann nicht mehr. Ich habe nicht mehr das richtige Alter dafür.» Emma stimmte in das Lachen der anderen mit ein. «Kann mir bitte jemand ein gekühltes Getränk bringen? Immerhin ist heute mein Geburtstag!»

«Und wer Geburtstag hat», rief Carol, «bekommt auch Geschenke. Ta-daaaa!» Zusammen mit einem Glas Cola überreichte sie Emma eine kleine Präsenttüte, deren Henkel mit bunten und gekräuselten Schmuckbändern zusammengehalten wurden.

Emma freute sich aufrichtig über die Bodylotion aus ihrem Lieblingsshop und über all die anderen Aufmerksamkeiten: ein Tagebuch, einen Gutschein über einen Besuch in der neuen Wanderausstellung im Ort, neue Ohrringe, warme Socken, einen Schal und ein T-Shirt, auf dem ein Bild von Lucy und ihr abgedruckt war sowie der Schriftzug: «Wir schaffen das!»

Zuletzt überreichte Hannah ein Geschenk. Mit feierlicher Miene gab sie ihr eine cremefarbene Box, auf der eine riesige rote Schleife prangte. Ihr verschwörerischer Blick, den sie dabei den Eltern und Lucy zuwarf, entging Emma nicht.

Emma tat ebenso geheimnisvoll, als sie den Deckel der Box lüftete. Auf rosafarbenem Seidenpapier lag eine Geburtstagskarte, deren Design aus bunten Luftballons in Herzform bestand. Sie öffnete die Karte – und blickte fassungslos auf Daniels Handschrift. Sofort traten ihr Tränen in die Augen, und sie hatte Mühe, sich auf den Text zu konzentrieren.

Liebe Emma,
herzlichen Glückwunsch zum Geburtstag, mein Liebling. Ich wünsche Dir nur das Allerbeste für Dein neues Lebensjahr. Wenn ich mir – ja, ich weiß, es ist Dein Ehrentag – etwas wünschen darf, dann ist es das: Geh nach draußen, genieße das Leben und strahle wieder so schön wie die Sonne!
Damit Du dabei nicht allein bist, möchte ich Dir einen Kumpel von mir vorstellen: Sam!

Emma schluckte.

Sam und ich haben viel miteinander gesprochen. Gib ihm eine Chance, ja?

Ich liebe Dich für immer!
Dein Daniel

Was nur meinte er damit? Wer war Sam? Emma ließ den Brief sinken und strich über die Tinte, die schon viel zu lange trocken war. Im Wohnzimmer war es bis auf die leisen Klänge der Musik jetzt mucksmäuschenstill.

«Na, mach endlich auf!», rief Lucas und wollte schon das Seidenpapier wegreißen. Aber Hannah zog ihn mit festem Griff zur Seite.

«Das ist Emmas Geschenk», mahnte sie.

Emma gab ihrem Neffen einen Kuss auf die Stirn und hob dann mit zitternder Hand das rosafarbene Seidenpapier aus dem Karton.

Mit großen Knopfaugen schaute sie daraus ein Plüschhund an. Auf dem roten Dreieckstuch, das ihm um den Hals geknotet war, stand nur ein Wort: «Sam».

Zehn Wochen zuvor

Sam schaute mit seinen großen dunklen Augen genau in die Kamera. Seinen strubbeligen Kopf hatte Daniel mittig eingefangen. Die kleine Stelle mit der helleren Fellfarbe war ebenso gut zu erkennen wie die geschwungenen Brauen, die ihm eine Hunde-Denkerstirn gaben.

Daniel wusste bereits, dass Sam ein sehr aufgewecktes Kerlchen war. Und tatsächlich reagierte der Hund sofort, als hinter ihm ein Stock über die Wiese geworfen wurde. Blitzschnell schlug er einen Haken, drehte sich spielerisch um die eigene Achse und rannte dem Stock hinterher. Er hatte so viel Schwung drauf, dass er seine Vorderfüße viel zu spät zum Bremsen nach vorne schob und deshalb mit seinem Hintern über den gefrorenen Matsch schlitterte. Kurz wandte er sich irritiert um, schaute mit schlackernden Ohren zur Kamera und stürzte sich dann auf den Stock.

Triumphierend trug er ihn im Maul über die Wiese, bevor er sich mit nass glänzendem Fell einen Platz im Sonnenschein suchte und es sich bequem machte.

Die Kamera zoomte heran. Sam zog seine Augenbrauen hoch, hörte kurz auf, an seinem Stock zu nagen. Er legte den Kopf schief und blickte erneut direkt in die Linse.

«Willst du Emma das Video zeigen?», fragte Hannah, die sich bei Daniel untergehakt hatte und mit ihm und Sam durch die winterliche Landschaft streifte.

«Nein, noch nicht», sagte Daniel entschieden. «Emma

denkt, dass ich zur Behandlung beim Arzt bin. Aber es gibt keine Hoffnung mehr. Und ich will die Zeit, die mir noch bleibt, genießen und nicht nur im Krankenhaus herumhängen.»

Schweigend gingen sie hinter Sam her, der bereits wieder aufgesprungen war. Daniels Schritte waren nicht mehr so sicher wie noch vor ein paar Wochen. Er hoffte aber, dass er sich täuschte und seine Kräfte ihn noch nicht verließen.

Es lag Schnee, der Boden war halb gefroren, und der Wind blies in Böen. Sekundenweise sogar so heftig, dass Daniel und Hannah sich dagegen anlehnen mussten.

Einen Moment hoffte Daniel, dass der Tod sich so anfühlte. Wie ein kräftiger Wind, der einem unter die Arme griff und einen dann, wenn man ihm nachgab und sich von ihm tragen ließ, schmerzfrei gen Himmel hob.

Daniel kannte die an Rinder- und Schafweiden vorbeiführenden Wege durch die Highlands sehr gut. Er hatte es geliebt, durch die raue Landschaft zu joggen. Zumal es hier, in der Nähe des Tierheims, nur wenige Höhenmeter Unterschied gab. An den Stellen, an denen die Strecke unwegsamer wurde, hatte er die Anstrengung besonders in den Muskeln gespürt. Die Strecke hatte er trotzdem nicht abgeändert. Er hatte sportliche Herausforderungen immer geliebt und war nur langsamer gelaufen, wenn Emma ihn begleitete.

An der Stelle, an der der Weg so flach war, dass er hier im Winter sogar schon Langläufer gesehen hatte, hatte Emma immer beschleunigt.

«Du bekommst mich nicht», hatte sie lachend gerufen und zum Sprint angesetzt.

Daniel erinnerte sich genau an ihren letzten gemeinsamen Lauf: ihr kurzer Pferdeschwanz, der zwischen ihren schlanken Schultern lustig hin und her wippte. Die durchtrainierten Beine, von denen nur er wusste, wie sie sich anfühlten, wenn sie seinen Körper umschlangen. Und der Sport-BH, der sich unter ihrem eng anliegenden T-Shirt abzeichnete und dessen Verschluss immer etwas hakte.

Oh, was liebte und begehrte er diese Frau!

Er hatte Emma beim Sprint ein paar Meter Vorsprung gelassen, bevor er sie dann mit großen Schritten schnell einholte, sie von hinten umfasste und herumwirbelte.

«Hey, nicht!» Emma prustete. «Ich bekomme so keine Luft. Das ist nicht fair.» Spielerisch boxte sie mit ihren Fäusten auf ihn ein, bevor ihre Gegenwehr nachließ und sie ihn hingebungsvoll küsste.

«Du bringst mich auf eine Idee», flüsterte er. «Hier ist gerade keiner ...»

«Never», antwortete Emma. «Du musst wenigstens warten, bis wir zu Hause sind. Und duschen könntest du auch.» Sie rümpfte ihre Nase, die sich dabei niedlich kräuselte.

«Mit dir?», fragte Daniel anzüglich.

«Meinetwegen auch das.» Sie tat gleichgültig, damit er von ihr abließ und sie erneut davonlaufen konnte. «Also, jetzt schwing die Hufe», rief sie ihm über die Schulter zu. «Ich will nicht erst zur Abenddämmerung zu Hause sein.»

Daniel lachte und schloss wieder zu ihr auf. Hand in Hand liefen sie dann die letzten Meter bis zum Auto und ließen sich dort erschöpft in die Sitze fallen.

Im Herbst hatte Daniel komplett mit dem Training ausgesetzt.

«Du hast eingesehen, dass ich schneller bin, oder?», hatte Emma mit gequältem Grinsen gefragt.

Wie entwaffnet hatte er die Hände gehoben. «Ja, das jahrelange Training an meiner Seite zahlt sich allmählich aus.» Sie hatte mit einem Kissen nach ihm geworfen. «Aber nur, weil mich die Herbstmüdigkeit gepackt hat und ich mich gerade nicht fit fühle, heißt das nicht, dass du mir auch im Frühjahr davonläufst.»

Nun würde Emma im nächsten Frühling allein laufen – mit etwas Glück mit Sam an ihrer Seite.

«Ein guter Hund bist du», murmelte Daniel und wuschelte Sam, der ihm den Stock gebracht hatte, durchs Fell. Er nahm ihn an die Leine und stellte sich vor, wie Emma an seiner Stelle hier mit Sam spazieren würde. Vier Pfoten und zwei schlanke Fesseln in weiß-rosafarbenen Sportschuhen. Die hatte er ihr vor einem Jahr zu Weihnachten geschenkt.

«Boah, du wagst es, mir passend zur ganzen Festtagsschlemmerei Sportschuhe zu schenken?» Emma hatte empört getan und sich aus Protest ein riesengroßes Stück Christmas Cake in den Mund geschoben.

In wenigen Monaten sollte Emma eigentlich seine Frau werden. Er hatte bis vor ein paar Tagen noch fest daran geglaubt. Daniel schluckte schwer. Häufig, wenn er schlecht Luft bekam oder Schmerzen verspürte, wusste er nicht, ob seine Symptome sich verschlimmerten oder seine Psyche ihm einen gemeinen Streich spielte. Vier bis sechs Wochen hatte der Arzt gesagt. Vielleicht auch etwas mehr.

Zugegeben, Daniel fühlte sich nicht fit, aber ganz sicher auch nicht so, als ob er bald sterben würde. Insgeheim träumte er nach wie vor davon, Emma endlich zur Frau zu nehmen, sie über die Schwelle zu tragen und sie so intensiv zu lieben, dass sie mindestens zwei süße Babys miteinander bekamen.

Hannah lief schweigend neben ihm. Er hatte seinem Arzt versprechen müssen, nicht mehr Auto zu fahren. Meist fuhr ihn Emma. Doch in diesem Fall hatte er sie nicht in sein Fahr-ziel einweihen können. Emma hätte sofort Nein gesagt.

Vollkommen unverständlich, dachte er jetzt und schaute Sam an, der zwar mit ihnen Schritt hielt, aber bei jedem bereits markierten Baumstamm so schnell die Richtung änderte, dass er sich nicht nur einmal in der Leine verhedderte.

Hannah lachte, als Sam mehrfach komplett um sie herumlief und sie sich dann kaum noch bewegen konnte. Daniel drückte auf den Rückholknopf der Leine, ruckelte damit Hannah aber nur noch mehr an sich heran.

Sie hatte genau das gleiche schöne Lachen wie Emma. Auch wenn Emmas Lachen manchmal so heiser klang, als ob sie die ganze Nacht in einer Bar verbracht hätte.

«Leinenführung kann er nicht so gut, oder?», fragte Hannah spöttisch. «Ich weiß ja nicht, ob Emma die Geduld dazu aufbringt.»

Sie streichelte Sam, der spitzbübisch erst sie und dann Daniel anguckte. Ganz so, als würde er fragen, ob er das nicht gut gemacht hätte.

Mit einem Mal war Daniel die Nähe zu Hannah unangenehm. Er leinte Sam ab, griff aber sofort nach seinem Halsband.

Hannah wand sich aus der Leine und half Daniel, sich ebenfalls zu befreien. Sie griff nun ihrerseits nach Sams Halsband. Auf der Kleeblatt-Plakette, die daran baumelte, stand die Nummer des Tierheims. «Bringen wir ihn zurück», sagte sie bestimmt.

Als sie schon ein paar Meter gegangen waren, fragte sie: «Willst du das wirklich durchziehen?»

Sie musterte ihn mit so viel Bedauern in ihrem Blick, dass Daniel das erste Mal die tiefe Stirnfurche zwischen ihren Augen auffiel. Hannah war fast acht Jahre älter als Emma und sah ihrer Schwester so ähnlich, dass Daniel sich vorstellen konnte, wie Emma in einigen Jahren aussehen würde. Er hätte dann nach wie vor an ihrer Seite sein sollen – ebenfalls um einige Jahre gealtert, vielleicht mit einem kleinen Bauchansatz und etwas schütterem Haar, aber nach wie vor mit Emma verbunden.

Plötzlich hatte er wieder ihre Stimme im Ohr. «Lass uns irgendwas Verrücktes bei unserer Hochzeitsreise machen, ja?», hatte sie gesagt. «Fallschirmspringen in den USA, Canyoning in den Alpen, Tauchen mit Haien …»

«Auf keinen Fall! Ich möchte nicht, dass dich jemand anderes anknabbert außer mir», hatte er mit gespielter Empörung protestiert. «Damit wären auch die Seychellen raus.»

«Stimmt, aber das können wir auch immer noch als Rentner machen.»

«So lange willst du mit mir verheiratet bleiben?»

«Lass mich kurz überlegen …» Emma hatte an dem Stift rumgekaut, mit dem sie gerade am Küchentisch die Gästeliste für die Hochzeit schrieb. «Da unser Fest so teuer wird, sollten wir tatsächlich immer zusammenbleiben, damit wir die Kosten irgendwann wieder reinholen. Cornwall ist doch auch sehr schön.»

«Ach, du bist schrecklich pragmatisch.» Daniel hatte sich bemüht, einen möglichst traurigen Blick aufzusetzen, wodurch er Emma aber nur zum Lachen gebracht hatte.

Mittlerweile hatte er den traurigen Blick echt gut drauf.

«Daniel, wir sind auch noch da», holte Hannah ihn aus seinen Gedanken zurück. «Wir lassen Emma nicht allein, versprochen!» Sie war immer für ihre kleine Schwester da gewesen, das wusste Daniel von zahlreichen Erzählungen. Hannah hatte sich in der Nacht zu ihr ins Bett gelegt, wenn Emma als Kind weinend aus dem Schlaf hochgeschreckt war, und ihr so lange die Haare gestreichelt, bis sie nach Albträumen von Monstern wieder eingeschlafen war.

«Ja, ich weiß.» Daniel seufzte. «Aber nicht in der Nacht. Und auch dann nicht, wenn sie sich vor Kummer unter der Decke auf dem Sofa verkriecht. Sam hingegen würde es nicht durchgehen lassen, dass sie sich aufgibt.»

Und ich auch nicht, fügte er in Gedanken hinzu.

Er kniete sich hin, nicht darauf achtend, dass die verschneiten Grashalme seine Jeans durchweichten. Er nahm Sams Kopf in beide Hände und streichelte ihm über die flauschigen Ohren, die sich auch jetzt wieder strubbelig aufrichteten, als Daniel seinen Namen sagte: «Sam!»

Wie auf Kommando sprang er an ihm hoch, legte ihm die dreckigen Vorderläufe auf die Schultern und schleckte ihm einmal quer durchs Gesicht.

Daniel ruderte mit den Armen, versuchte, sich abzustützen und den Hund abzuwehren. Sam schaute ihm direkt in die Augen – nur eine feuchte Hundenase entfernt. Und Daniels Entscheidung war in dem Moment getroffen, als er platschend auf den Rücken fiel. Sam war genau der richtige Hund für Emma.

11

Wer sich lange zurückgezogen und mit Stille umhüllt hat, den stört plötzlich jedes Geräusch. Denn das Gehör zieht sich in einen Ruhemodus zurück und reagiert empfindlich auf jeglichen Lärm.

Für Emma war das Gebell, das ihr schon vor dem Tierheim entgegenhallte, ähnlich unerträglich wie das Kratzen mit dem Fingernagel über eine Schiefertafel. Es stresste sie ungemein. Wenn sie ihrer Familie und ihren Freunden nicht versprochen hätte, sich Sam wenigstens einmal anzusehen, wäre sie definitiv zu Hause geblieben. Nichts, aber auch gar nichts hätte sie in ein Tierheim gezogen.

Hannah hatte sie hergefahren, sich dann aber geweigert, mit ihr aus dem Auto zu steigen. Emma blickte sich noch einmal zu dem Geländewagen ihrer Schwester um, der auf dem Schotterparkplatz vor dem Gebäude unterhalb einer Espe stand. Vermutlich saß Hannah nun entspannt im Auto und hörte Musik, während sie selbst bei Nieselregen zum Eingang stapfte. Emma war versucht, wieder zurück zum Auto zu gehen. Aber darauf, sich dann vor allen rechtfertigen zu müssen, hatte sie noch weniger Lust als auf den Tierheimbesuch.

Sie ging weiter. Das Gebell wurde lauter – und Emmas Fluchtinstinkt größer.

Was hatte Daniel sich nur dabei gedacht, ihr einen Hund schenken zu wollen? Emma seufzte. Zugegeben, vor Ewigkeiten hatten sie einmal darüber gesprochen, sich vielleicht irgendwann einen Hund zuzulegen. *Vielleicht* und *irgendwann*. Aber Emma hatte Daniel auch klargemacht, dass sie keine Lust auf ausgedehnte Gassirunden am frühen Morgen hatte. Auch am Wochenende blieb sie liebend gerne im Bett und schlief sich aus.

Sie spürte, dass sie wütend auf Daniel war. Es war das erste Mal. Aber wie konnte er nur eine derart weitreichende Entscheidung einfach über ihren Kopf hinweg treffen? Auch wenn das in seinem Brief ganz anders geklungen hatte.

Emma rümpfte die Nase. Es roch nach nassem Hund. Kein Wunder, so viel, wie es in Schottland regnete! Sie würde sich Sam jetzt schnell einmal anschauen, kurz mit dieser Kendra reden, ihr die Lage erklären, und in ein paar Minuten säße sie schon wieder bei Hannah im Auto – ohne Hund. Dann könnte sie die Augen schließen und die Welt da draußen wieder ausblenden, bis sie endlich zu Hause war.

Eine große, breitschultrige Frau mit vom Matsch verschmierten Stiefeln wartete bereits am Eingang auf sie. «Happy Dog Shelter» stand mit bunten Lettern über der Tür geschrieben, umrahmt von Holzschnitten zweier Hunde, denen die kühle Witterung in Schottland bereits arg zugesetzt hatte.

«Wie schön, Sie endlich kennenzulernen, Emma. Ich bin Kendra.» Die Frau streckte ihr die Hand entgegen. Emma ergriff sie und war erstaunt über den kräftigen Händedruck. «Daniel hat mir bereits viel von Ihnen erzählt.»

Sie sprach Emma kein Beileid aus, aber ihr bedauernder Blick verriet, dass sie bereits wusste, dass Daniel nicht mehr lebte.

«Ich hoffe nur Gutes», murmelte Emma und musste unwillkürlich lächeln, als Kendra ihr versicherte, dass Daniel in den höchsten Tönen von ihr geschwärmt hätte.

«Bitte, kommen Sie mit rein, ich stelle Ihnen Sam gleich vor.»

Seitlich des Eingangs gingen nach links die Zwinger ab, aus denen Gebell und das Kratzen von Pfoten zu hören war, die über Gitter und Steinböden schabten. Als Kendra mit ihrem Schlüsselbund klimperte, wurde das Getöse augenblicklich noch lauter. Sie lachte. «Jetzt denken wieder gleich alle an Leckerli. Die stehen hier hoch im Kurs.»

«Kann ich mir vorstellen», antwortete Emma und rieb sich verstohlen die Nase. Je näher man nassen Hunden kam, umso mehr rochen sie nach nassem Hund.

Sie wollte hier so schnell wie möglich wieder weg, aber Kendra wurde auf dem Innengang gefeiert wie ein Popstar. Die Hunde standen auf ihren Hinterpfoten, kratzten am Gitter, winselten und schienen alle um Kendras Aufmerksamkeit zu buhlen. Für jeden von ihnen hatte sie ein paar nette Worte übrig und wurde nicht müde, Emma zu jedem Hund etwas zu erzählen. Sie berichtete über die Zahnprobleme eines kleinen Pinschers, der immer etwas faulig aus dem Mund roch. Stellte ihr die Yorkshireterrier Flippi & Flock vor, die zusammen vermittelt werden sollten, sich aber genauso ankeiften wie menschliche Geschwister. Und sie besänftigte den Rottweiler Rex, der beim Anblick von Emma so viel Radau machte, als ob er sie gleich anfallen würde.

«Sie müssen wissen, Emma, die Hunde reagieren in Gefangenschaft alle anders als im häuslichen Umfeld», sagte Kendra. «Glauben Sie mir, Rex führt sich hier auf, als ob er der Chef des Tierheims wäre. Aber er kneift sofort den Schwanz ein, wenn einer der Yorkshireterrier vor ihm steht. Nicht, Rex? Du bist eigentlich ein ganz sanfter Kerl.» Ihre Stimme klang so ruhig, dass Rex nun sogar aufhörte zu bellen.

Im nächsten Zwinger hingegen war es ganz still. Dort lag auf einer ausgefransten Decke der Hund, den Daniel für Emma ausgesucht hatte. Ein Mischlingsrüde, der seine Schnauze auf die großen, flauschigen Vorderpfoten gelegt hatte und Emma aus seinen dunklen Knopfaugen freundlich anschaute.

«Sam, los, genug ausgeruht», sagte Kendra. «Hier ist jemand, der dich kennenlernen möchte.»

12

Eine halbe Stunde später stieg Emma fluchend wieder zu Hannah ins Auto. Ihr heller Wintermantel war vollkommen verdreckt. Pfotenabdrücke und Matschspuren ließen das gute Stück, auf das Emma zu Studienzeiten so lange gespart hatte, wie Lumpen wirken.

«Na, hast du Spaß gehabt?», fragte Hannah und konnte sich ein Grinsen nicht verkneifen.

«Woher sollte ich denn wissen, dass er mich gleich anspringt?»

«Hunde machen so etwas nun einmal.» Sie startete den Wagen.

Emma nahm ein Taschentuch aus ihrer Hose, rieb über einen Matschfleck auf Höhe ihrer Brust und verteilte den Dreck damit nur noch tiefer in ihren hellen Teddymantel.

«Jetzt muss ich auch noch zur Reinigung», klagte sie. «Dabei will ich einfach nur meine Ruhe haben.»

Sie hörte selbst den trotzigen Unterton ihrer Stimme, die viel tiefer klang, seitdem Daniel nicht mehr da war. Ihr fehlte die Leichtigkeit – stimmlich und bei allem anderen. Jeden Morgen, bevor sie ihre Füße auf den roten Bettvorleger schob, musste sie so unglaublich viel Kraft aufwenden, um sich überhaupt aufzusetzen. Als ob sie mit unsichtbaren Schnüren fest an die Matratze gefesselt sei. Jeden Tag war es das Gleiche. Nur für ein paar Millisekunden fühlte sie sich wie die alte Emma. Dann, wenn sie noch davon ausging, dass Daniel neben ihr lag, wenn sie mit ihrer Hand nach ihm suchte – bis ihr mit der

Gewalt einer Abrissbirne klar wurde, dass er für immer fort war.

«Ich kann den Mantel für dich zur Reinigung bringen», bot Hannah an.

«Danke», flüsterte Emma leise und war erleichtert, dass sie nicht in die Innenstadt musste.

Erst vor einigen Tagen war sie erstmals wieder in einem großen Supermarkt gewesen. Die eingespielten Werbejingles, die dauerhafte Musikbeschallung und die vielen Menschen, die rücksichtslos mit ihren Einkaufswagen an ihr vorbeidrängten, hatten Emma überfordert. Also hatte sie die Obst- und Gemüseabteilung ausgelassen und war mit einer Flasche Wein, einer Tiefkühlpizza und einer Tafel Schokolade so schnell wie möglich nach Hause geeilt.

Aber leider war Emma am Morgen danach mit dröhnenden Kopfschmerzen aufgewacht. Was kein Wunder war. Daniel hatte wegen der Medikamente seit dem späten Herbst keinen Alkohol mehr getrunken, und Emma hatte ebenso wie er zu Wasser oder an guten Tagen auch einmal zu einer Cola gegriffen. Jetzt aber hatte sie nahezu den ganzen Wein allein ausgetrunken. Ohne mit Daniel über Geschmack und Herkunftsort zu fachsimpeln und darüber zu diskutieren, ob der Anbau von Wein in den Schottischen Highlands wirklich ein totaler Flop wäre.

«Also, was sagst du?», fragte Hannah sie.

«Nichts», antwortete Emma irritiert. «Ich sage doch gar nichts.»

«Ich meine zu Sam. Was hältst du von ihm?»

«Hmm ...», brummte Emma. «Ist halt ein Hund. Große Knopfaugen, etwas ungestüm. Was soll ich da schon von ihm halten?»

Sam war zweifelsohne ein hübscher Kerl und glich sogar dem Stofftier, das Daniel ihr geschenkt hatte, aber sie hatte weder den Wunsch, ein Haustier bei sich aufzunehmen, noch war es Liebe auf den ersten Blick gewesen. Vermutlich war Sam im Tierheim ganz gut aufgehoben. Dort kümmerte man sich um ihn.

«Holst du ihn nun zu dir?», fragte Hannah.

«Ich denke nicht. Was soll ich auch mit einem Hund?»

Ihre Schwester sah sie auffordernd an. «Er würde dir Gesellschaft leisten.»

«Ich brauche keine Gesellschaft, mir geht es gut.»

«Emma!!!»

«Lass mich einfach, ja?» Emma war sauer. Sie schluckte die Tränen runter, die brennend ihre Kehle hinaufdrängten, und war wütend, dass sie Daniel nicht mehr ihre Meinung geigen konnte. Was bitte hatte er sich bloß dabei gedacht? Erst ließ er sie alleine, und verlangte dann auch noch von ihr, dass sie sich um einen Hund kümmerte? Er hatte diese Idee nicht einmal mit ihr besprochen, sondern über ihren Kopf hinweg entschieden.

Und Hannah? Auch sie hatte nichts gesagt. Emma hatte erst im Nachhinein erfahren, dass Daniel seine Therapie vorzeitig abgebrochen hatte. Und dass Hannah ihn zum Tierheim gefahren hatte, um diesen unsäglichen Hund kennenzulernen. Aber wenn er schon Zeit außerhalb des Krankenhauses verbrachte, dann wäre es doch nur richtig gewesen, sie mit ihr, seiner Verlobten, zu verbringen! Sie hätte sicher noch früher frei bekommen. Graham, der Chef des Innenarchitekturbüros, in dem sie seit zwei Jahren angestellt war, verstand ja auch jetzt, dass sie in ihrer Situation noch nicht wieder arbeiten konnte. Und er hatte ihr versprochen, dass sich ihre Kollegen um ihre bisherigen Projekte kümmern würden – so lange, bis sie bereit war, wieder zurückzukehren.

«Süße, denk wenigstens in Ruhe darüber nach!», bat Hannah und bog in Emmas Straße. «Sam wird nicht ewig auf dich warten. Wenn du dich gegen ihn entscheidest, dann kommt er in eine andere Familie.»

13

Niemand ging am nächsten Nachmittag im Tierheim ans Telefon. Emma versuchte es mehrfach. Mit jedem Klingeln wurde sie nervöser. Sie hatte versprochen, an diesem Vormittag anzurufen und eine Entscheidung mitzuteilen, jetzt war es fast halb fünf.

Oh nein, die werden doch nicht schon geschlossen haben?, überlegte sie. *Was, wenn Sam bereits an jemand anderes vermittelt wurde? Daniel wäre sicher enttäuscht von ihr.*

Wieder ging der Ruf ab. Wieder nahm niemand ab.

«Verflucht, Daniel, warum tust du mir das nur an?»

Eigentlich hatte Emma entschieden, nur den kleinen Stoff-Sam zu behalten. Sie hatte ihn aus der Geschenkschachtel genommen, in der er noch immer gesessen hatte – und unter dem Seidenpapier auf dem Boden der Box einen zweiten Brief entdeckt.

Meine liebe Emma,

vermutlich fühlst Du Dich von meinem Geschenk an Deinem Geburtstag etwas überrumpelt. Aber ich möchte Dir meinen pelzigen Freund Sam sehr ans Herz legen. Wir haben bereits etwas Zeit miteinander verbracht, und ich bin mir sicher, dass Du ihn mögen wirst. Bei Regenwetter riecht er natürlich etwas streng, aber sonst ist er ein dufter Typ. Wir hätten zu dritt so viel Spaß gehabt! Was meinst Du, was für wunderschöne Spaziergänge wir gemeinsam gemacht hätten und wie viele

Abenteuer wir erlebt hätten. Ich weiß, dass Sam sehr gerne am Strand ist und es liebt, sich in die Wellen zu stürzen. Genau wie Du.

Leider hat es das Schicksal nicht gut mit ihm gemeint. Und statt am Strand auf und ab zu laufen, sitzt er schon viel zu lange in einem Tierheim-Zwinger. Dort wartet er auf Dich. Sei mir nicht böse, dass ich ihm schon von Dir erzählt habe. Er freut sich darauf, Dich kennenzulernen. Ich habe ihm versprochen, dass er es gut haben wird bei Dir.

Emma, Du weißt, wie gerne ich immer noch bei Dir wäre. Wie sehr ich es geliebt habe, Dich nachts in meinen Armen zu halten und meine Nase in Dein betörend riechendes Haar zu drücken. Dieses Shampoo mit dem Pfirsich-Duft habe ich immer besonders an Dir gemocht.

Es tut mir leid, dass ich nicht mehr da bin. Dass ich Dich allein lassen musste. Aber Du lebst – und Sam auch. Ihr wärt ein hervorragendes Team. Er braucht Dich – und ich glaube, dass auch er Dir guttun wird.

Bitte, Emma, tu mir einen Gefallen: Lerne ihn wenigstens kennen! Verbringe etwas Zeit mit ihm! Dann entscheidest allein Du, was Du machen willst.

Sam jedenfalls ist einverstanden und würde sich freuen, wenn er zu Dir kommen dürfte. Er hat mir seine Pfote darauf gegeben.

Ich liebe Dich für immer!
Daniel

PS: Die Visitenkarte des Tierheims habe ich Dir in die Geschenkbox gelegt. Aber da Du einen ebenso guten Spürsinn wie unser Freund Sam hast, hast Du sie vermutlich längst entdeckt.

Emma schaute an das Schlüsselbord an der Wand, sah Daniels Autoschlüssel und sprang auf. Seit Daniel gestorben war, war sie nicht mehr mit seinem Auto gefahren. Jetzt aber musste sie so schnell wie möglich zum Tierheim. Es blieb keine Zeit, Hannah oder Lucy anzurufen, sie musste selbst fahren.

Emma griff nach einer Jacke und ihrer Umhängetasche und nahm den Autoschlüssel, an dem der Herzanhänger mit «Emma & Daniel» baumelte, den sie ihm vor zwei oder drei Jahren zum Geburtstag geschenkt hatte. Dann öffnete sie die Haustür und hastete die Stufen nach unten. Beinahe wäre sie dabei auf der letzten, regennassen Stufe ausgerutscht.

Warum musste es in Schottland auch immerzu regnen?

Sie hielt sich die Tasche über den Kopf, um sich vor dem Regen zu schützen, sprintete zum Auto und ließ sich nur Sekunden später auf den Fahrersitz fallen. Doch sie fuhr nicht sofort los. Ihre Hand strich sanft über den Beifahrersitz, auf dem zuletzt Daniel gesessen hatte. Emma kämpfte gegen die Tränen und sah auf. Und erst in dem Moment wurde ihr klar, dass sie vergessen hatte, das kleine Tor zur Straße zu öffnen, dessen Elektrik seit Monaten nicht funktionierte. Sie hatte sich nicht mehr darum gekümmert, es war ihr egal gewesen. Daniel würde sein Auto nie wieder fahren.

Emma fluchte, sprang aus dem Wagen und drückte das Tor mit der Hand auf. Dann rannte sie zurück und startete den Motor.

Bitte, bitte, lass Sam noch da sein!, flehte sie in Gedanken. *Daniel hat ihn für mich ausgesucht!*

Sie war heilfroh, als das Auto direkt ansprang, wenn auch etwas stotternd. Ihr Dad hatte angeboten, den Wagen ab und an zu bewegen, damit die Batterie sich nicht entlud. Entschlossen schaute sie in den Rückspiegel und setzte das Auto in Gang.

Die Fahrt zum Tierheim kam ihr endlos vor. Kendra musste doch ihre Nummer auf dem Display des Telefons gesehen haben! Warum nur rief sie nicht zurück?

Verdammt! Emma hämmerte auf das Lenkrad ein. Jetzt tauchte vor ihr auch noch ein Traktor auf. War der ernsthaft bei dem Regen auf den Feldern gewesen? Sie konnte ihn unmöglich überholen und bremste ab.

Es dauerte eine gefühlte Ewigkeit, bis Emma das Schild zum «Happy Dog Shelter» sah. Sie fragte sich, wie glücklich ein Hund im Tierheim wohl sein mochte.

Emma wusste, dass Sam schon seit etlichen Wochen im Tierheim lebte, er war noch vor Weihnachten dort abgegeben worden.

Sie selbst hatte Weihnachten noch gemeinsam mit Daniel verbracht, auch wenn er da bereits viel geschlafen und starke Schmerzmedikamente benötigt hatte. Ob ein Hund Einsamkeit ebenso spürte wie ein Mensch? Ob Daniel ihm dieses Schicksal ersparen wollte?

Sie musste diesen Hund zu sich nehmen! Irgendwie würde es gehen. Hannah hatte ihr jegliche Unterstützung versprochen, denn Liam und Lucas würden nie wieder ein Wort mit ihr reden, wenn sie Sam nicht zu sich holte.

Als Emma mit quietschenden Reifen endlich auf das Tierheim zufuhr, war sie erleichtert, dass das Zugangstor noch offen stand. Sie stolperte fast aus dem Wagen und rannte im Laufschritt auf den Eingang zu, riss die Tür auf – und wich kurz zurück, als sie Kendra mit einem jungen Paar im Gespräch vorfand.

«Bitte, nein!», rief Emma. «Ich weiß, dass ich zu spät bin,

aber bitte … Sam muss unbedingt zu mir! Bitte, ich will Sam. Er wird es bei mir gut haben, wirklich.»

Sie konnte nichts gegen ihre aufsteigenden Tränen tun und schaute die Tierheimleiterin nur voller Verzweiflung an. Und sie ignorierte die fragenden Blicke des Paares, die auf ihr ruhten. Atemlos hielt sie sich am Türrahmen fest: «Bitte lassen Sie Sam zu mir!»

Es durfte einfach nicht zu spät sein.

14

Peinlich berührt saß Emma nur Minuten nach ihrem Zusammenbruch auf einer halb verrosteten Bank unter einem Wellblech-Vordach. Der Regen prasselte so laut darauf, dass Emma Kopfschmerzen bekam. Aber ohne Sam würde sie hier nicht weggehen, das war sie sich und Daniel schuldig.

Ihr Auftritt war mehr als unangebracht gewesen. Das wurde ihr jetzt noch einmal klar. Sie senkte den Blick, als das junge Paar, das ihren Tränenausbruch miterlebt hatte, mit einem kleinen Pudel das Tierheim verließ.

Emma seufzte. Die beiden waren nie an Sam interessiert gewesen. Und niemand, der einen Pudel haben wollte, würde sich für Sam entscheiden. Sie fragte sich, warum Daniels Wahl ausgerechnet auf ihn gefallen war. Es gab so viele Hunde hier. Emma war an den Außenzwingern entlanggelaufen. Laut bellenden Schäferhunden war sie begegnet, einem schläfrigen Bernhardiner und einem aggressiv kläffenden Dackel, der versucht hatte, durch das Gitter nach ihr zu schnappen. Außerdem war dort der Pinscher mit dem unangenehmen Maulgeruch untergebracht, er lief ständig im Kreis und schien verzweifelt nach seinem kupierten Schwanz zu suchen. Es gab so viele Hunde und Rassen: Warum ausgerechnet Sam? Zugegeben, er war ein schöner Hund, aber Kendra hatte bereits angedeutet, dass es mit ihm nicht immer einfach war.

Nachsichtig lächelnd kam Kendra auf sie zu. Wie die Mama eines Kindes, das gerade im Supermarkt wegen einer Lappalie einen Tobsuchtsanfall bekommen hatte.

Emma erhob sich. «Mrs. Spring, wirklich, es tut mir leid, ich wusste nicht ...»

«Kendra, bitte!»

Emma schluckte. «Gerne, Kendra. Also ich kann mich nur für meinen Auftritt entschuldigen. Wir hatten vereinbart, dass ich mich spätestens am Vormittag melde, und ich habe Panik bekommen, dass ich zu spät dran bin.»

«Sie wollen Sam also wirklich haben?»

Dieses Mal zögerte Emma nicht: «Ja, auf jeden Fall.»

Es war Daniels Wunsch gewesen, und sie würde es sich nie verzeihen, wenn sie den ausschlug. Auch wenn das bedeutete, dass sie sich jetzt um jemanden kümmern musste. Und dass sie bei Wind und Wetter ständig vor die Tür gehen würde.

Emma dachte daran, dass sie sich dringend eine wärmere Wachsjacke und neue Gummistiefel zulegen musste. Wenn es in Strömen regnete, hatte sie sich bislang immer Daniels Schuhe ausgeliehen, aber er hatte Schuhgröße 44, ihr reichte eine 39. Wenn Sam so stürmisch war wie beim letzten Mal, würde er sie aus den Stiefeln ziehen.

«Ich bin mir wirklich sehr sicher», sagte sie nachdrücklich. «Sam wird es bei mir gut gehen. Vermutlich haben Sie einen schlechten Eindruck von mir, aber Sie können Sam natürlich besuchen, sich unser Zuhause angucken, und ich schicke Ihnen auch gerne Fotos und Berichte.»

«Darüber freuen wir uns immer», sagte Kendra und rief dann eine blonde Mitarbeiterin heran, auf deren olivgrüner Weste neben dem Logo des Tierheims ein Name angebracht war: Lisa.

«Lisa, holst du Sam zu uns? Und vergiss seine Marke bitte nicht.»

Dann setzte Kendra sich auf die Bank und klopfte neben sich, damit auch Emma wieder Platz nahm.

«Ein Hund ist ein vollwertiges Familienmitglied und kein Spielzeug», sagte sie. «Wir sind froh, dass Sie sich so intensiv Gedanken darüber gemacht haben. Denn wir und unsere Vierbeiner haben nichts davon, wenn sie aus einer Laune heraus in ein neues Zuhause kommen. An Weihnachten ist das oft der Fall. Niedliche Fotos unterm Weihnachtsbaum und entzückte Gesichter. Aber wenn man dann zwischen den Jahren mit vollem Magen träge auf der Couch liegt und die neue Spielkonsole ausprobieren möchte, stört der Hund bereits.»

Sie schob sich eine ihrer angegrauten Haarsträhnen hinters Ohr.

«Falls Sie mit Sam also gar nicht klarkommen sollten, melden Sie sich bitte bei uns. Die Anfangszeit ist häufig schwierig. Sie müssen sich auf Sam einstellen und er sich auf Sie. Das ist für beide Seiten eine enorme Umstellung.» Sie lächelte. «Er wird zwar nicht die Zahnpastatube auflassen oder einen Teil Ihres Kleiderschranks beanspruchen, aber vielleicht wirft er Ihre geliebte Müslischale auf den Boden oder frisst das Salami-Brot, das Sie sich gerade zubereitet haben. Das Leben mit Hund ist unplanbar. Wir hoffen sehr, dass Sie zueinander finden, aber wenn Sie überfordert sein sollten, dann scheuen Sie sich nicht, Sam zurückzubringen.»

Emma schaute auf, als die Tür zu den Zwingern mit einem lauten Knall zuschlug und Lisa mit Sam an der Leine auf sie zukam. Sam legte den Kopf schief und schaute sie aus großen Augen an. Ganz so, als ob er Zweifel daran hatte, dass Emma sich wirklich sicher war.

«Hallo, Sam», sagte Emma und lächelte. Sie stand erneut

auf, ging ein paar Schritte auf ihn zu, kniete sich vor ihm hin und hielt ihm ihren Handrücken entgegen.

Sam neigte seinen Kopf in die andere Richtung, begann dann aber vorsichtig, mit dem Schwanz zu wedeln. Nach einem kurzen Zögern schleckte er Emma über die Hand. Es war ... feucht.

Sie biss sich auf die Unterlippe. Daran würde sie sich gewöhnen müssen.

«Braver Junge», sagte sie und tätschelte ihm den Kopf. Sein Fell fühlte sich überraschend weich und angenehm an.

«Wenn Sie mögen, gehen Sie ein paar Schritte mit Sam», sagte Kendra. «Dann gewöhnen Sie sich noch ein bisschen besser aneinander. Ich werde inzwischen im Büro die Unterlagen vorbereiten. Wir benötigen noch ein paar weitere Angaben von Ihnen. Die Schutzgebühr ist bereits bezahlt.»

«Die Schutzgebühr?», fragte Emma erstaunt. «Aber von wem?»

«Ihr Mann Daniel hat sie schon zu Jahresbeginn entrichtet. Er hat wirklich alles getan, um mich davon zu überzeugen, Ihnen Sam zu überlassen. Er hat Sie in den höchsten Tönen gelobt und es geschafft, dass ich von unseren Prinzipien abgerückt bin. Und ich denke, dass Sam sich bei Ihnen wohlfühlen kann.» Sie nickte Emma aufmunternd zu, dann bedeutete sie Lisa, Emma die Leine in die Hand zu drücken.

«Wissen Sie», fügte Kendra noch hinzu, «Sam wird hier nicht mehr als Tierheimhund, sondern als Pensionstier geführt.»

«Dann wäre er gar nicht zu einer anderen Familie gegangen?»

Kendra lächelte und schüttelte den Kopf. «Erst einmal nicht. Daniel war mit Ihrer Schwester hier. Sie hat versprochen, dass sie Sam notfalls zu sich nehmen würde.» Emma riss weit ihre Augen auf. «Aber Daniel hat mir immer wieder versichert, dass Sie hier eines Tages stehen werden und voller Überzeugung nach Sam verlangen würden. Und wie ich sehe, hat er sich nicht getäuscht.»

Ihr Blick verlor sich, und Emma war sich sicher, dass Kendra gerade an Daniel und an eine ihrer Begegnungen dachte.

«Daniel hat jedenfalls darauf bestanden, auch sämtliche Unterkunftskosten für den kleinen Racker zu zahlen», fuhr Kendra fort und schaute Sam liebevoll an. «Sogar eine großzügige Futterspende hat er dem Tierheim gemacht.»

«Er hat was?» Emma war mehr als überrascht.

Aber Kendra ging nicht auf sie ein. «Ich glaube wirklich, dass Sam sich bei Ihnen sehr wohlfühlen wird», sagte sie stattdessen. «Ich schlage vor, Sie starten jetzt zu einem kleinen Kennenlernspaziergang, und dann sehen wir uns in einer halben Stunde wieder. Sie sind per Handy erreichbar?»

«Ja, ich kann Ihnen gerne meine Nummer hierlassen», sagte Emma und setzte an: «Null, sieben, sieben –»

Kendra unterbrach sie lachend. «Die haben wir bereits. Sie steht auch auf Sams Marke.»

Erst jetzt bemerkte Emma den herzförmigen Anhänger, der an Sams rotem Halsband baumelte. «Sam» war auf der einen Seite eingraviert – auf der anderen stand Emmas Handynummer.

15

Sam entpuppte sich als einer der Hunde, denen statt eines Herzens auch ein Warnschild gutgetan hätte.

Daniel, ein Terrier-Mischling, ernsthaft?

Während sie im Dunkeln an die Decke ihres Schlafzimmers starrte, fragte Emma sich, warum er ihr nicht einen Hund ausgesucht hatte, der ihr beim Trauern auf dem Sofa kuschelig Gesellschaft leistete. Die ganze Nacht schon hatte sie nicht schlafen können. Sam tapste durchs Haus, seine Pfoten klackerten hörbar auf den Holzdielen.

Nicht dass Emma sonst gut schlafen würde. Häufig lag sie lange wach, wälzte sich im Bett und stand wieder auf, sobald die Laken komplett zerwühlt waren. Dann lief sie durchs Haus, ging nach unten ins Wohnzimmer, starrte auf die Bilder an der Fotowand und auf das Leben mit Daniel: das Picknick auf dem Campus ihrer Universität, das Weihnachtsfest, bei dem Daniel einen Hulk-Pullover trug und sich Liam und Lucas unter die Arme geklemmt hatte. Fotos von einem Spaziergang mit Daniel durch die Felder, dann die Aufnahmen von der Isle of Skye, auf denen sie alle so glücklich und erschöpft in die Kamera lächelten.

Hätten sie da schon ahnen müssen, dass es Daniel schlecht ging? Dass seine Rückenschmerzen und sein Gewichtsverlust nicht einfach nur stressbedingt waren? Emma wäre nie auf die Idee gekommen, ihn deswegen zum Arzt zu schicken. Daniel war jung und sportlich, er hätte noch so viele Jahre und Jahrzehnte vor sich gehabt.

Emma fluchte, als sie ein lautes Klirren aus der Küche hörte. *Was machte dieser Hund nur?*

Ihre Schwester hatte noch am Abend ein riesengroßes, kuscheliges Hundekörbchen vorbeigebracht, das Emma in der Nähe des Kamins platzierte. Aber Sam interessierte sich weder für das Körbchen noch für das Erdgeschoss, in dem er bleiben sollte.

Notgedrungen sprang Emma auf und lief in ihrem Nachthemd die Treppe hinunter. Sie machte überall Licht. Auf dem Küchenboden entdeckte sie die Scherben einer alten Vase, die Sam umgestürzt haben musste. Zum Glück hatte er sich nicht verletzt.

Als sie ihn ausschimpfte, flüchtete er auf klackernden Pfoten und mit wackelndem Hinterteil über die Treppe nach oben.

«Nein, nicht Sam, nein! Da oben hast du nichts verloren!»

Emma rannte ihm hinterher, sah, wie Sam einen Haken schlug, auf dem Holzboden ins Schlittern geriet und dann zur Seite stürzte. Blitzschnell rappelte er sich wieder auf und flitzte weiter.

«Nicht ins Schlafzimmer!», rief Emma.

Doch Sam stürzte so schnell hinein, dass sie sich fragte, ob er schon einmal hier gewesen war.

Bevor sie die Chance hatte, Sam zu erreichen und ihn am Halsband wieder nach unten zu zerren, machte er einen Satz, sprang zwischen die Laken und legte seine sabbernde Hundeschnauze auf Daniels Kissen. Direkt neben den kleinen Stoffhund, der ihm so ähnelte und der seit ihrem Geburtstag jede Nacht neben ihr schlief.

Emma erstarrte.

«Nein, Sam, bitte nicht!», rief sie erschüttert. Sie sprang

ebenfalls aufs Bett, warf den Stoffhund blitzschnell hinter sich, griff nach dem Kissen und verstand erst dann, dass Sam es als Spiel auffasste.

Sie zog an der einen Seite, Sam an der anderen. Emma bettelte, Sam knurrte. Keiner von ihnen gab nach.

Erst als es laut ratschte, ließ Emma das Kissen los – Sam hingegen nicht. Er stand jetzt auf allen vieren im Bett und drehte sich um die eigene Achse, während Emma fassungslos auf die Federn schaute, die in alle Richtungen stoben. Sie wirbelten durch die Luft und sanken dann so langsam und in so sanften Wellen auf die Matratze hinunter, dass Emma ihre Wut auf Sam einen Moment vergaß. Die anmutige Bewegung der Federn erfüllte sie mit einer Art innerem Frieden, ließ sie durchatmen und das Chaos um sie herum kurz vergessen.

Vor ein paar Tagen hatte Hannah ihr geraten, Daniels Sachen zur Seite zu räumen.

«Schwesterchen, ich sage doch gar nicht, dass du sie wegwerfen sollst, aber vielleicht ist es an der Zeit, ein paar Sachen in den Schrank zu verstauen?»

«Warum sollte ich das tun?»

«Weil du weiterleben sollst. Hier erinnert dich doch alles an Daniel. Aber du brauchst den Frühstückstisch nicht mehr für zwei zu decken.»

«Ich will es aber, ich will genau das!» Emma war laut geworden. Jeder mischte sich ein, jeder wusste genau, was das Beste für sie war! «Ich werde den Frühstückstisch auch weiterhin für zwei decken!»

«Aber Daniel ist nicht mehr da!»

«Er ist immer bei mir. Daniel liebt mich!»

«Ja, Emma, er liebt dich.» Hannahs Stimme hatte einen leisen, fast traurigen Klang angenommen. Sie zögerte. «Daniel hat dich wirklich sehr geliebt. Und die Liebe hört nicht einfach auf, wenn jemand nicht mehr da ist. Aber sie verändert sich. Sie macht dich nicht mehr glücklich. Sie lähmt dich, hindert dich am Weiterleben, daran, ohne ihn Freude zu empfinden.»

«Über was soll ich mich denn bitte noch freuen?», hatte Emma ihre Schwester angezischt. «Du hast alles, was dich glücklich macht. Du hast deinen Mann, deine beiden Kinder, alles läuft bei dir wie am Schnürchen. Und jetzt tauchst du hier auf und meinst, die Hobbypsychologin spielen zu müssen? Als ob ich Daniel eher vergessen könnte, wenn ich seine Sachen wegräume!»

«Das sage ich doch gar nicht. Es kann nur nicht immer so weitergehen.»

Emma hatte die Stirn gerunzelt. «Ihr seht mich gar nicht mehr. Ihr seht nur noch die Emma, die ich früher war. Immer angepasst, immer fröhlich. Mit der neuen Emma kommt ihr nicht klar. Ich sollte jetzt eigentlich meine Hochzeit planen, weißt du? Hast du auch nur ansatzweise eine Ahnung, wie es mir geht?»

Hannah hatte den Kopf geschüttelt, und in ihrem Blick hatte so viel Bedauern gelegen, dass Emma noch wütender geworden war. Wenn hier jemand das Recht hatte zu trauern, dann war sie es. Nicht Hannah oder ihre Mum oder Mrs. Campbell, die jedes Mal in Tränen ausbrach, wenn sie Emma sah.

«Ich mache Fortschritte, Hannah, wirklich! Ich trage Daniels Schlafanzug schon seit ein paar Tagen nicht mehr», hatte sie gesagt und sich geärgert, dass sie so etwas überhaupt vorbrachte, um sich zu verteidigen.

«Aber doch nur, weil du Schokoladeneis darauf gekleckert hast!»

«Das Schokoladeneis, das *du* ungefragt mitgebracht hast!»

Als Hannah gegangen war, hatte der Streit noch lange in Emma nachgehallt. Sie hatte bittere Tränen geweint – und sich daran erinnert, wie sie Daniels Pyjama irgendwann gezwungenermaßen in die Waschmaschine gestopft hatte. Sie hatte sich auf den Boden davor gesetzt und wortlos auf die Trommel gestarrt, in der seine Sachen in einem Meer aus Schaum versanken. Glitzernde Seifenkristalle und kleine Rinnsale schleuderten zusammen mit dem dunklen Zweiteiler um die Wette. Daniels Geruch, nach dem sich Emma noch immer so verzehrte, wich dem typischen Lavendel-Duft, den es in jedem zweiten Haushalt gab.

Die Reste seines Kissens hingegen waren ein Fall für die Mülltonne.

Doch als Sam sie mit unschuldigem Blick und weißen Federn an seiner feuchten Hundeschnauze fragend ansah, musste Emma das erste Mal seit Wochen herzhaft lachen.

16

Sam hatte wirklich Glück mit seinem neuen Zuhause. Nach dem lustigen Spiel mit dem Kissen hatte er seine halb zerfetzte Decke auf das weiche Bett gezogen und es sich gemütlich gemacht. Emma versuchte mehrfach, ihn runterzuschubsen, aber jedes Mal knurrte Sam sie an und fletschte seine Zähne – was bei ihr ebenso gut funktionierte wie bei Rex im Tierheim.

Emma hatte schließlich aufgehört zu schimpfen, sie nahm ihr Kissen und ihre Decke und ließ ihn in Ruhe.

Er hörte ihre Schritte und ihr Gezeter noch auf der Treppe, doch mit jedem Knarzen der Stufen wurde es leiser. Sam entspannte sich. Er wühlte noch etwas im Bett herum, bis er eine leichte Kuhle in die große Matratze gegraben hatte. Jetzt war es gemütlich – und es roch so gut. Sam schnupperte an den Resten des Kissens, mit dem er eben noch gespielt hatte. Ein wohliges Gefühl machte sich in ihm breit. Der Stoff roch irgendwie nach ... Sam schnupperte noch einmal. Ja, das roch eindeutig nach dem Mann, der ihn ein paar Mal im Tierheim besucht hatte. Dieser Daniel musste also auch schon mit diesem Kissen gespielt haben. Vermutlich war das nur schon etwas länger her, weil der Duft nicht mehr besonders stark war.

Sam gähnte und störte sich nicht an dem Speichel, der dabei aufs Bettlaken tropfte. Der alte Mann, bei dem er mal gewohnt hatte, hatte immer gesagt: «Sam, sabber nicht so viel.» Aber was sollte er tun? Zur Sicherheit schleckte er sich noch einmal übers Maul. Emma hatte schon genug mit ihm geschimpft. Nicht dass sie sich auch noch darüber aufregte, dass er aufs Bett sabberte.

Sam legte sich die linke Pfote übers Ohr. Jedes Mal, wenn er an einem neuen Ort war, musste er sich erst an die Geräusche gewöhnen. Er horchte länger in die Nacht. Sirenen gab es hier nicht. Das war gut, und es beruhigte Sam. Denn wenn er Sirenen hörte, dann bekam er Angst. Dann passierte etwas Schlimmes. Aber hier war er sicher. Und auch wenn Emma schimpfte, so war sie immerhin angenehmer als die beiden Hunde mit den Schleifchen im Fell, die sich im Tierheim die ganze Nacht über ankläfften. Ob er nun hierbleiben durfte? Es war auf jeden Fall besser als im Zwinger, er konnte überall hin, wo er hinwollte.

Ob er einmal aus dem Fenster schauen sollte, welche Möglichkeiten sich ihm noch boten?

Noch einmal schob er sich mit den Hinterläufen über das weiche Bett. Oh, Bettlaken! Weiche, gebügelte und schneeweiße Bettlaken – bis auf die Stellen, an denen seine Pfoten gelegen hatten. Als er am Bettrand angekommen war, lugte er über die Matratze auf den Boden. Da lag noch etwas Weiches, Rundes. Ein Teppich! Sam fühlte sich wie im Paradies.

Mit einem lauten Plumpsen ließ er sich aus dem Bett fallen. Er stellte die Ohren auf und horchte. Im Haus bewegte sich nichts. Also tapste er über den Teppich in Richtung Fenster, wobei sich seine Krallen bei jedem Schritt kurz verfingen und Fäden rissen. Auf dem Holzfußboden kratzte er sich die Fasern ab, die zwischen seinen Zehen hängen geblieben waren. Dann legte er seine Vorderpfoten auf das Fensterbrett und schob den Blumentopf, der dort stand, etwas zur Seite, damit er besser sehen konnte. Kurz erschrak er, als die Pflanze zu Boden glitt und die Erde sich auf dem Boden verteilte. Egal, erstmal würde er sein neues Revier inspizieren.

Im Licht der Straßenlaternen erkannte Sam geparkte Autos und Häuser, die alle gleich aussahen, und einen Fluss auf der anderen Straßenseite. Vielleicht könnte er dort morgen baden!

Er gähnte, löste die Vorderläufe vom Fensterbrett und lief mit allen vieren durch die Blumenerde, die zu seinen Pfoten lag. Er war unglaublich müde und wollte zurück aufs Bett. Morgen würde er sein neues Zuhause genauer erkunden.

17

Sam wackelte so wild mit seinem Hinterteil, dass Emma sich sicher war, er würde gleich das Gleichgewicht verlieren. Hechelnd stand er neben Daniels Auto und sah sie erwartungsfroh an. Er wirkte so, als ob er nicht abwarten könne, mit ihr einen Ausflug zu machen.

«Bilde dir bloß nichts darauf ein», sagte Emma. «Ich kann dich nur nicht allein zu Hause lassen. Nicht nach all dem Chaos, das du veranstaltet hast.» Sam legte den Kopf schief und schaute sie aus seinen großen dunklen Augen an. «Hast du das verstanden?», fragte sie.

Immerhin hatte er schuldbewusst gewirkt und den Schwanz eingezogen, als sie am Morgen fluchend die Laken von ihrem Boxspringbett gezogen hatte.

«Damit das klar ist, Sam», fuhr sie fort. «Das war eine absolute Ausnahme gestern. Mein Bett ist allein mein Bett. Du hast dein Körbchen, und ab jetzt hörst du auf das, was ich sage.»

Plötzlich neigte der Hund den Kopf zur anderen Seite und stellte die Ohren auf, weil eine Blaumeise an ihm vorbeiflog und seine Konzentration gleichzeitig mit davontrug. Sofort drehte Sam sich um die eigene Achse und stürmte mit wehenden Ohren durch den Vorgarten dem kleinen Vogel hinterher.

Emma rief nach ihm, doch Sam lief weiter, rannte von der Ausfahrt durch den Matsch des Blumenbeetes über die nasse Rasenfläche.

«Sam!», brüllte Emma. «Sam, komm zurück!»

Er bellte mehrfach, dann trottete er wieder zu ihr. Ohne Blaumeise.

Emma war erleichtert. Sie öffnete den Kofferraum, griff nach einem alten Handtuch, das zwischen dem Verbandskasten und ein paar Plastiktüten lag, und rieb Sam damit die Pfoten trocken. Sie war heilfroh, dass sie in weiser Voraussicht bereits ein großes Badetuch auf die Rückbank gelegt hatte. Dieser Hund kostete sie jetzt schon den letzten Nerv.

Daniel, ein Hamster hätte es auch getan, echt!, dachte sie.

Kaum hatte sie die hintere Wagentür geöffnet, sprang Sam mit einem großen Satz hinein. Mit einer Pfote rutschte er ab, fand aber blitzschnell Halt, indem er sich gegen die helle Innenverkleidung der halb geöffneten Tür stemmte.

«Sitz!», befahl Emma.

Doch Sam quetschte sich bereits über die Mittelkonsole zwischen den Vordersitzen hindurch und setzte sich schnell, als Emma ihren Befehl noch schärfer wiederholte, auf den Fahrersitz. Scheinbar unbeteiligt schaute er aus der Windschutzscheibe nach draußen und reagierte erst wieder auf Emma, als sie die Fahrertür öffnete.

«Nach hinten mit dir!», schimpfte sie.

Sam legte seine Vorderpfote auf das Lenkrad und erschrak, als die Hupe ertönte.

«Jetzt rutsch wenigstens rüber, Sam», sagte Emma resigniert. «Das Fahren musst du schon noch mir überlassen, wenn wir in die Zoohandlung wollen.»

Sie beugte sich ins Auto, griff mit beiden Händen in sein Fell und schob den Hundekörper auf den Beifahrersitz. Sie rümpfte die Nase, sie hätte Sam heute Morgen unbedingt noch in die Badewanne stellen sollen. Er müffelte viel zu sehr nach nassem Hund. Emma war fast übel geworden, als sie die dreckigen Bettlaken abgezogen und in die Waschmaschine gestopft hatte. Seufzend richtete sie sich auf.

«Guten Morgen, Emma. Wie schön, Sie zu sehen.» Mrs. Campbell hatte durch Sams Aktion viel Zeit gehabt, an den Gartenzaun zu eilen. Dennoch schien sie ihre Strickjacke nur flüchtig übergeworfen zu haben, ihre Füße steckten in ausgelatschten Schlappen. «Sie haben jetzt einen Hund?»

«Ja, das ist Sam», antwortete Emma.

Er bellte wie zur Bestätigung, und Emma schaute ihn verwundert an. Noch hatte sie doch gar nicht entschieden, wie lange er überhaupt bleiben durfte.

«Das ist aber auch ein ausgesprochen hübsches Exemplar!» Mrs. Campbell zeigte sich begeistert und trat noch einen Schritt näher an den Gartenzaun heran. Dann verdüsterte sich ihr Blick, und sie schob mit einfühlsamer Stimme hinterher: «Emma, wie geht es Ihnen?»

Emma sah, dass die Nachbarin ernsthaft besorgt schien. Doch sie zuckte mit den Schultern. Was sollte sie auf die Frage auch sagen? Oft tat sie so, als ob es ihr gut ginge, und riss sich am Riemen, um nicht zu scharf zu reagieren.

Wie soll es mir schon gehen? Was glauben Sie denn? Daniel ist tot, und ich habe so viel Wut in mir, dass ich wie Dynamit in die Luft gehen könnte!

«Es geht einigermaßen, Mrs. Campbell, danke», sagte Emma, um Fassung bemüht. Sie dachte laufend an Daniel, aber sie wollte nicht mit jedem über ihn reden. Wollte nicht, dass ihre liebgewonnenen Erinnerungen wie gedankenlos dahingeplauderte Wörter davongetragen wurden.

«Beth, nennen Sie mich doch einfach Beth.» Bislang hatte ihre Nachbarin nur Daniel angeboten, sie beim Vornamen zu nennen, weil er – wie sie nicht müde wurde zu betonen – immer so charmant war. Daniel schaffte es einfach, dass jeder mit ihm befreundet sein wollte.

«Vielen Dank für Ihre Unterstützung, Beth», sagte Emma. «Ich hätte mich schon längst bedanken sollen.»

Tatsächlich hatte die Nachbarin ihr erst vor ein paar Tagen vom Markt einen Pappkarton mit Muffins und einen kleinen Strauß Osterglocken mitgebracht und auf die Fußmatte gelegt.

Emma stöhnte innerlich – diese unsägliche Fußmatte mit royal anmutenden Lettern, auf denen ihre und Daniels Initialen aufgedruckt waren, die sich eng umschlangen. Schon vor dem Betreten des Hauses erinnerte sie die Matte an das, was sie im Haus nicht mehr vorfinden würde. Die Einsamkeit begann nicht erst in den eigenen vier Wänden, sondern schon weit davor.

Die Nachbarin schien zu bemerken, dass Emma mit ihren Gedanken abschweifte, und lächelte sie bedauernd an. «Wenn irgendwas ist und Sie Hilfe brauchen oder einfach nur reden wollen, ich bin für Sie da, ja?»

«Danke», flüsterte Emma. «Ich muss aber auch jetzt los.» Sie hob die Hand etwas unbeholfen zum Gruß, wartete, bis Mrs. Campbell mit unsicheren Schritten zurück zu ihrem Haus gelaufen war, und ließ sich dann schwerfällig ins Auto plumpsen. Immerhin war Sam auf den Beifahrersitz ausgewichen.

Emma startete den Wagen. Nahezu gleichzeitig glitt auf der Beifahrerseite das Fenster hinunter, da Sam mit seiner Pfote aus Versehen den Hebel betätigt hatte. Neugierig steckte er seine Schnauze nach draußen. Emma zog ihn am Halsband zurück. Sie fröstelte und schloss die Scheibe auf Sams Seite wieder. Doch kaum war das Auto von der Auffahrt geruckelt, öffnete Sam das Fenster mit seiner Pfote erneut und zeigte ihr damit, dass er den Mechanismus längst durchschaut hatte.

«Sam, bitte, das Fenster bleibt zu», stöhnte Emma.

Doch Sam hatte seinen niedlichen Hundekopf schon wieder hinausgeschoben und genoss bei geschlossenen Augen den kühlen Fahrtwind.

18

Aufgeregt zerrte Sam an der Leine. Er musste im Paradies sein, und er wusste einfach nicht, wohin er gucken sollte. Hier roch es überall so gut. Nach anderen Hunden, nach Futter und nach irgendwas Undefinierbarem, was er noch suchen musste. Kaninchen vielleicht?

Sam lief das Wasser im Maul zusammen. Das hier musste das Geschäft sein, von dem Emma gesprochen hatte. Jetzt fasste sie die Leine noch fester, und sosehr Sam sich auch bemühte, er gewann höchstens ein paar Zentimeter. Emma wollte ganz offensichtlich nicht, dass er frei herumlief.

Wenn Zweibeiner an der Leine zogen, dann ging ihnen irgendwas gegen den Strich. Sam wartete geduldig. Vielleicht war Emma genauso fasziniert von den Gerüchen wie er? Kurzerhand drehte er sich zu ihr um und schnupperte. Aber Emma erwiderte nicht einmal seinen Blick. Sam gähnte. Dann halt nicht. Er könnte den Laden hier auch allein erkunden.

Emma sprach einen Mann an, der ein paar Futterdosen auf dem Arm balancierte. Wollte er damit zu ihm? Sam wedelte begeistert mit dem Schwanz und winselte voller Vorfreude. Doch so gut es hier auch roch, es gab kein Fressen für ihn, auch keine Leckerli. Kendra hatte immer Kekse gehabt. Er vermisste Kendra. Aber er war froh, dass dieser dauerkläffende Pinscher und die frechen Yorkshireterrier nicht mehr in seiner Nähe waren.

Hier gab es dafür viele andere Hunde. Und so viele Menschen, die ohne Tiere unterwegs waren. Was die nur alle wollten?

Sam hörte genau auf die Stimmen, als Emma mit dem Dosen-Mann sprach.

«Wir brauchen vor allem Futter», hörte er Emma sagen. «Und ich weiß gar nicht, was ein Hund sonst noch unbedingt benötigt. Spielzeug vielleicht?»

Sam bellte. Da stimmte er vollkommen zu.

Der Mann lächelte ihn an. Na endlich, der konnte ja auch freundlich. Dann stellte er die Dosen auf einem Regal ab – so hoch allerdings, dass Sam auch nicht darangekommen wäre, wenn keiner geguckt hätte. Die waren also gar nicht für ihn.

Doch als Emma einen Einkaufswagen nahm und hinter dem Mann durch die Gänge herlief, verstand Sam, dass er noch viel mehr und viel Besseres bekommen würde als nur Dosen. Das, was in Dosen war, war außerdem nicht immer gut. Blöd, dass man es von außen nicht schnuppern konnte.

Sam hielt brav mit Emma Schritt. Er lief genau neben ihr, so wie sein alter Herr es ihm beigebracht hatte. Dafür gab es immer Leckerli zur Belohnung.

Emma war wohl besonders stolz auf ihn, denn sie bugsierte zwei riesengroße Tüten Futter in den Einkaufswagen. Anschließend griff sie beherzt nach ein paar Päckchen, als der Mann sagte, dass Hunde ganz wild auf Pansen seien, und sie dachte sogar an einen großen Knochen für ihn. Seinen letzten Knochen hatte ihm Rex weggeschnappt. Ob er diesen hier auch verteidigen müsste?

Sam schleckte sich übers Maul, verhielt sich weiterhin brav. «Guter Hund», sagte Emma immer mal wieder. Sam bellte dann laut und zustimmend. Sogar andere Menschen drehten sich zu ihnen um, um zu gucken, welcher Hund so brav war.

Als Emma vor einem Regal mit Spielsachen stehen blieb, setzte Sam sich sogar hin. Dabei fühlte sich der Boden gar nicht gut an. Kalt irgendwie. Aber er wartete geduldig.

Emma überlegte lange, und gerade, als er sie schon auf einen besonders interessanten Ball aufmerksam machen wollte, wurde sie angesprochen. Sam brummte.

«Emma, wie schön dich zu sehen!» Eine Frau in einem Mantel, der fast die gleiche Farbe hatte wie Sams Fell, aber gar nicht nach Hund roch, blieb vor ihnen stehen. Sie wirkte unbeholfen und schlackerte komisch mit den Armen. Im ersten Moment sah es so aus, als ob sie Emma umarmen wollte, dann streichelte sie ihr jedoch nur den Oberarm.

Emma senkte den Blick und murmelte etwas, das Sam nicht verstand. Erst als er den Namen Daniel hörte, horchte er wieder auf. Daniel, der nette Mann, der mit ihm spazieren gegangen war und nach dem es in Emmas Wohnung ein wenig roch? Ob er wohl bald nach Hause käme?

Sam grübelte, aber sie sprachen nicht weiter über diesen Daniel. So, als ob er keine große Rolle spielte. Die Frau mit dem Fellmantel redete nun über das Regenwetter und über den Frühling, der hoffentlich bald besser werden würde.

Sam gähnte, ihm war langweilig. Er zog leicht an der Leine und merkte, dass Emma sie gar nicht mehr so fest hielt wie eben noch. Er schaute sie an, blickte dann zu der Frau, die immer noch auf Emma einredete. Niemand achtete auf ihn, niemand sah, wie er sich erhob und sich langsam auf die Bälle zubewegte. Er hatte jetzt lange genug still gehalten, er wollte spielen.

Trotzdem hielt Sam noch einmal inne, legte den Kopf schief und schaute erneut zu Emma. Das war jetzt die Gelegenheit. Mit einem Satz sprang er vor – und war ganz aufgeregt, als er merkte, wie Emma die Leine aus der Hand rutschte. Schon schnappte er nach einem der Bälle. Und als er Emma quieken hörte, rannte er los. Erst geradeaus durch einen langen Gang, dann am Ende in Richtung zahlreicher Hundekörbe.

Oh, roch es hier etwa nach Kaninchen?

Sam blieb kurz stehen, schnupperte und sah dann Emma auf sich zukommen. Ihre Schuhe klackerten auf dem Fliesenboden. Klack, klack, klack. Sam starrte sie an, hörte, wie sie seinen Namen rief.

Oh nein, das klang gar nicht freundlich. Er musste schnell hier weg.

Hastig wendete er sich in verschiedene Richtungen. Als Emma fast schon bei ihm war, stürzte er direkt auf sie zu, drehte aber kurz vor ihr ab, damit sie ihn nicht am Halsband erwischte. Er bog in den nächsten Gang ab und nahm die Kurve dabei so scharf, dass seine Beine ihn nicht hielten und er ins Schlittern geriet. Erschrocken riss Sam die Augen auf, als er viel zu schnell auf einen großen Turm aus Futterpackungen zu rutschte.

19

Emma saß mit Hannah in der Hollywoodschaukel im Garten ihres Elternhauses. Sie stießen sich mit den Füßen ab, und die Schaukel knarzte bei jeder Bewegung. Lauter und eindringlicher als noch vor einigen Jahren, aber immer noch mit der gleichen Frequenz.

Beide Schwestern schauten in die Ferne. Ihr Elternhaus lag an den Ausläufern des Naturreservats von Inverness auf einer leichten Anhöhe. Der gepflegte Garten, in dem sich in strenge Formen geschnittene Buchsbäume mit Rhododendronbüschen und Rosenstauden abwechselten, bot einen atemberaubenden Blick auf den Moray Firth. Im Winter waren die Hügel häufig schneebedeckt und verwandelten auch den Garten ihrer Eltern in eine unberührte weiße Landschaft, in der allenfalls die Spuren von Tieren zu sehen waren. Die Pfotenabdrücke von Familienkater Alfie waren jedoch höchstens im Türbereich zu erkennen, bei Schnee verzichtete er lieber auf Freigang.

Emma und Hannah schwiegen. Sie sahen Liam und Lucas zu, die zusammen mit Sam durch den Garten rannten. Gänseblümchen und Klee hatten sich ihren Weg durch den englischen Rasen gebahnt, lockten Schmetterlinge, Bienen und Hummeln an. In der Ferne zwitscherten Vögel, ab und an wurde die Idylle durch das Bellen von Sam durchbrochen.

Wie oft hatten sie hier schon gemeinsam gesessen und Geheimnisse ausgetauscht! Emma, die sich als Teenager bei Hannah über ihren ersten Liebeskummer ausweinte – der gemeine Will hatte nicht nur sie, sondern auch Katie, die Nachbarstochter, geküsst. Oder Hannah, die Emma in ihre Pläne einweihte, die Universität abzubrechen, weil das Wirtschaftsstudium in Glasgow sie viel mehr langweilte als ihr Café-Job in Inverness. Sie hatten hier auch gesessen, als Hannah von ihrer ersten Schwangerschaft erzählte.

Vollkommen unvermittelt hatte Hannah damals nach Emmas Hand gegriffen und sie auf ihren Bauch gelegt.

«Rate mal», hatte sie gesagt.

«Bauchweh?», hatte Emma gefragt. «Zu viel Pizza? Zugenommen?» Und dann erst hatte es ihr gedämmert. «Nein!», hatte sie gehaucht. «Du bist doch nicht ...?»

«Doch», hatte Hannah geantwortet. «Erst in der zehnten Woche, aber ich kann es gar nicht abwarten, mein Glück in die Welt hinauszuposaunen. Ich werde Mutter, Emma! Ich werde schon in wenigen Monaten ein kleines süßes Baby in den Armen halten.» In ihren Augen hatten Tränen geglitzert, und Emma hatte ihre Schwester überschwänglich auf die Wange geküsst.

«Ich werde Tante!», hatte sie in den Nachthimmel geschrien, die Arme emporgerissen und dabei mindestens so leuchtend gestrahlt wie der Polarstern am Horizont. «Ich werde Tante! Juchhuuu!»

«Psst!» Hannah hatte gelacht. «Mum und Dad wissen noch nichts davon. Ich wollte wenigstens die ersten zwölf Wochen abwarten, aber die Ärztin sagt, es sei alles in Ordnung. Emma, du glaubst gar nicht, was das für ein wunderschönes Gefühl ist. Freu dich drauf!»

«Ich muss erstmal einen gescheiten Partner finden», hatte Emma lachend erwidert. «Oh mein Gott, was für großartige Neuigkeiten. Was wird es denn? Ein Junge oder ein Mädchen?

Ach, ich habe neulich so eine wundervolle Kinderboutique entdeckt, die hatten ganz entzückende rosafarbene Kleidchen. Ich werde da alles leer kaufen.»

«Wir wissen noch gar nicht, was es wird, dafür ist es viel zu früh. Aber ich bin jetzt schon wahnsinnig aufgeregt. Grant möchte unheimlich gerne einen kleinen Jungen haben, mit dem er Polo spielen kann.»

«Gibt es nichts Spannenderes für Jungs? Football oder so?» Wieder hatte Emma gelacht. «Na, mir wird schon etwas Besseres einfallen als ein Polospiel. Wir könnten auch einfach im Firth Kajak fahren.»

«Nicht, bevor er oder sie nicht ordentlich schwimmen kann», hatte Hannah protestiert. Sie war schon immer sehr beschützend gewesen. Bei Emma – und wie sich dann später herausstellte auch bei ihren eigenen Kindern.

So wie vor ein paar Jahren saßen die beiden Schwestern auch jetzt in der Hollywoodschaukel, hielten sich an den Händen und schauten aufs Meer hinaus. Emma hatte sich schon wieder etwas beruhigt.

Nachdem Sam ein riesengroßes Chaos in der Zoohandlung angerichtet hatte und sich gleich mehrere Hunde auf das aus offenen Kartons platzende Welpenfutter gestürzt hatten, war Emma noch im Laden in Tränen ausgebrochen. Sie war mit der kompletten Situation, mit Sam, mit ihrem Leben überfordert. Und sie ertrug die Schimpftiraden des Geschäftsführers nicht, der ihr vorwarf, ihren Hund nicht ordentlich im Griff zu haben. Noch immer war sie in Gedanken in der Zoohandlung:

«Bei uns im Laden besteht Leinenpflicht!», hatte der Mann geblafft. «Die auffälligen Hinweisschilder am Eingang sollten Sie gesehen haben.»

«Aber Sam hat doch eine Leine», hatte Emma sich leise verteidigt, den Blick gesenkt wie ein Schulkind, das vor der versammelten Klasse vom Lehrer zurechtgewiesen wird.

Sie hatte versucht, ihre Tränen vor den neugierigen Blicken der anderen Kunden zu verstecken, die sie unverhohlen anstarrten. Warum machte dieser Hund ihr Leben nur noch komplizierter? Warum hatte Daniel gewollt, dass ausgerechnet *sie* Sam aufnahm? Er hätte doch ahnen können, dass es keine einfache Zeit für sie sein würde.

Sam hatte neben ihr gestanden und sie immer wieder mit seiner kalten Hundenase angestupst. Ganz so, als ob er ihr vermitteln wollte, dass sie nicht allein war. Schuldbewusst hatte er ausgesehen, doch niemand war auf den Hund sauer.

Dann hatte Emma plötzlich den festen Griff einer Hand auf ihrer Schulter gespürt. Louise Clark, die zusammen mit ihrem Mann Graham das Innenarchitekturbüro betrieb, in dem Emma arbeitete, und mit der sie sich vor wenigen Minuten noch unterhalten hatte, verschaffte sich Gehör.

«Jetzt lassen Sie das arme Mädchen doch in Ruhe», hatte sie deutlich und bestimmt gesagt. Und den Geschäftsführer, der vor Wut rot angelaufen war, darauf hingewiesen, dass eine Pyramide aus Futterkartons lediglich dem Verkaufsanreiz diente, aber nicht der Sicherheit von Zwei- und Vierbeinern. «Ich denke, es ist viel eher eine Entschuldigung Ihrerseits erforderlich», hatte sie erklärt. «Sie können froh sein, wenn dem hübschen Kerl hier nichts passiert ist.» Dabei hatte sie Sam zugezwinkert, der sofort aufjaulte, als ob er ihre Worte bekräftigen wollte. «Und überhaupt, hat nicht jedes Geschäft auch eine Haftpflichtversicherung?» Sie hatte nicht auf eine Antwort des Geschäftsführers gewartet, sondern sich an Emma gewandt. «Und wir gehen jetzt.»

Sie hatte ihr Sams Leine abgenommen und sie zum Ausgang geschoben.

«Um die Einkäufe kümmere ich mich gleich», hatte sie gesagt und war, nachdem Emma und Sam sich ins Auto gesetzt hatten, noch einmal in die Zoohandlung gelaufen. Ihr Gang hatte ebenso energisch gewirkt wie Louise selbst.

Wenig später war sie zurückgekommen.

«So, das ist erledigt», hatte sie erklärt, als sie den vollen Einkaufswagen auf Emma zuschob. «Die haben sogar noch zwei Beutel Futter als Entschuldigung obendrauf gelegt.»

Emma hatte sich gefühlt tausendfach bedankt.

«Nun reicht es aber», hatte Louise irgendwann gesagt. «Das ist unser Einstandsgeschenk für Sam. Graham hat sowieso die ganze Zeit überlegt, wie wir euch etwas Gutes tun könnten. Es tut uns so leid, was mit Daniel passiert ist.»

«Aber Graham tut doch schon so viel.» Für Emma war es nie selbstverständlich gewesen, dass ihr Chef ihr sowohl in Daniels letzten Tagen als auch nach seinem Tod zugesichert hatte, dass sie sich alle Zeit der Welt nehmen könne, bis sie wieder bei Kräften war. «Wir bekommen das irgendwie hin, Emma», hatte er gesagt. «Lass dich krankschreiben! Um alles andere brauchst du dich nicht zu kümmern. Dein Gehalt läuft weiter, und die aktuellen Projekte übernehmen die Kollegen.»

Louise hatte nun – anders als bei der Begegnung im Geschäft – alle Vorsicht abgelegt und nicht mehr versucht, das schmerzhafte Thema zu umschiffen. Sie schien auch nicht mehr so unnahbar wie zuvor, auch wenn sie durch den straffen Dutt, den sie täglich trug, immer etwas streng wirkte.

«Emma, du kannst dich jederzeit bei uns melden. Und wenn du bereit bist, wieder zu arbeiten, dann bring Sam einfach mit. Ich kläre das mit Graham.» Dieses Mal hatte sie Emma kurz umarmt und war dann quer über den Parkplatz des kleinen Einkaufszentrums zu ihrem eigenen Wagen gegangen.

Emma hatte danach noch ein paar Minuten im Auto gesessen. Sie hätte so gerne mit Daniel gesprochen, sich von ihm trösten lassen. Und sie stellte sich vor, wie er sie verteidigt hätte.

Die Tränen hatten ihr in den Augen gebrannt, als sie ihr Handy hervorholte und ihre Mum anrief.

«Mum, bist du zu Hause? Kann ich bitte vorbeikommen?»

«Ja, natürlich, ich bin hier. Egal, wo du mich brauchst: Ich bin immer für dich da. Soll ich dich irgendwo abholen?»

Die Sicherheit, die ihre Mum ihr vermittelte, hatte ihr dabei geholfen, sich wieder etwas zu beruhigen. Emma hatte sich in ein Taschentuch geschnäuzt und erklärt: «Danke. Ich bin in zehn Minuten da – mit Sam. Wir können beide etwas Aufmunterung gebrauchen.»

Sie hatte nicht gewusst, dass auch Hannah mit den Kindern bei ihren Eltern war. Als die Jungs sie im Garten entdeckten, hatten sie aufgeregt nach Sam gerufen.

«Tante Emma, können wir mit Sam spielen? … Bitte!», hatte Liam gebettelt.

«Oh wie cool, du hast ihn mitgebracht.» Auch Lucas war begeistert. «Du bist die beste aller Tanten!»

Die Brüder hatten sie umarmt und geküsst und waren dann vor Freude glucksend und kreischend mit Sam durch den Garten gerannt.

Auch jetzt sah Emma gerade wieder hinter einer der Hecken einen rotblonden Haarschopf und aufgestellte Hundeohren.

Hannah lachte. «Hast du das gesehen? Sie haben richtig viel Spaß miteinander. Ich habe die zwei schon lange nicht mehr so glücklich gesehen.» Voller Liebe schaute sie zu Emma hinüber und drückte sie an sich.

Schon kämpfte Emma, wie so häufig, mit den Tränen.

«Emma, uns allen fehlt Daniel. Auch deinen Neffen. Sie beten jeden Abend vor dem Einschlafen für ihn. Auch wenn Liam noch gar nicht richtig verstanden hat, was das alles bedeutet.» Sie schluckte. «Gestern hat Grant erzählt, dass er ihn gefragt hätte, wann Daniel denn endlich wiederkäme. Er hätte sich das schon so häufig gewünscht.»

«Ich wünsche mir dasselbe», sagte Emma. «Genau das. Nichts anderes. Jede Stunde, jede Minute, jede Sekunde des Tages. Ich kann an gar nichts anderes mehr denken.»

«Und genau deshalb hat er dir Sam geschickt. Genau deshalb. Daniel wollte, dass du abgelenkt bist, dass du nicht laufend an ihn denkst.»

«Aber wie soll ich das denn machen? Ich habe das Gefühl, gar nicht richtig Luft zu bekommen ohne ihn. Mir fällt das Atmen so schwer.»

Emma schluckte die Tränen runter und winkte dann Lucas zu, der freudestrahlend hinter einem in voller Blüte stehenden Rhododendronbusch auftauchte und ihr zurief: «Tante Emma, guck mal, Sam kann so genial Ball spielen.» Er warf einen seiner Spielzeugbälle quer durch den Garten, und Sam stürzte bellend hinterher.

«Ich glaube nicht, dass ich das mit Sam schaffe», sagte Emma. «Er ist so anstrengend.»

«Das sind sie alle – Hunde und Kinder.» Hannah lächelte verklärt. «Emma, Daniel wollte dir mit Sam etwas Gutes tun. Vertrau ihm. Du und Sam, ihr müsst euch einfach noch aneinander gewöhnen. Das passiert nicht innerhalb von 24 Stunden. Aber schau doch mal, wie glücklich die Kinder mit ihm sind. Auch sie leiden. Daniel war für sie der beste und lustigste Onkel der Welt. Weißt du noch, wie er sie immer hier durch den Garten getragen hat, als sie noch kleiner waren? Liam auf seinen Schultern und Lucas huckepack?»

Emma hörte ihre beiden Neffen aus vollem Hals lachen. Wenn sie die Augen schloss, fühlte es sich an wie der Sommer vor einem Jahr.

Daniel hatte ein blaues Shirt mit einer Segelschiffapplikation getragen, das er von einem Ausflug mit Freunden an die Atlantikküste mitgebracht hatte. Hannah und sie hatten mit ihrer Mum auf der Terrasse gesessen, während Grant mit ihrem Dad irgendwo im Haus über die Formel 1 und Lewis Hamilton fachsimpelte. Dad war der Meinung, dass Hamilton bei Ferrari viel besser aufgehoben wäre als bei Mercedes. Er konnte stundenlang darüber diskutieren, und Grant hielt meist dagegen.

Daniel hatte sich aus der Diskussion ausgeklinkt, auch weil Lucas und Liam laufend nach ihm verlangten. Jetzt hörte Emma die beiden nach ihm rufen, hörte, wie er sie lachend überraschte. «Ich fange euch!» Schon jagten die Jungs wieder durch den Garten. Meistens ließ Daniel dann, wenn er nur noch eine Schrittlänge entfernt war, von ihnen ab, um ihnen das Gefühl zu geben, einen Tacken schneller und schlauer zu sein als er.

Liam giggelte und warnte seinen älteren Bruder mit sich überschlagender Stimme: «Lucas, schnell, Onkel Daniel kommt. Er ist hinter dir. Schnell!»

Die Brüder hielten zusammen. Nach dem Fangen ließen sie sich von Daniel prustend durchkitzeln und anschließend mit vor Freude und Anstrengung roten Wangen durch den Garten tragen.

Daniel wäre ein so wundervoller Vater, hatte Emma damals gedacht und es nicht abwarten können, ihn mit den eigenen Kindern herumalbern zu sehen.

Sie öffnete wieder die Augen und fühlte sich geblendet von der Sonne, die in diesem Frühling noch heller zu strahlen schien als je zuvor.

Plötzlich schrie Liam auf. Er war hingefallen, weinte und rief nach Hannah. «Mummy, Mummy, es tut so weh!»

Hannah seufzte. «Vermutlich nur ein kleiner Kratzer, du kennst ihn ja.» Sie gab Emma einen Kuss aufs Haar, bevor sie aufstand, um nach ihrem Jüngsten zu sehen, der im Gras saß und neugierig sein Knie untersuchte.

Auch ihre Mum war nun aus dem Haus getreten.

Noch vor ein paar Monaten wäre Emma sofort aufgesprungen, um nach ihrem Neffen zu sehen, ihm ein Kühlpad zu holen oder ihn auf den Arm zu nehmen und so lange herumzuwirbeln, bis der Schmerz weggeschleudert war. Doch heute blieb Emma sitzen. Es kostete sie alles so viel Kraft, seit Daniel nicht mehr da war. Aufstehen, sich duschen und die Haare waschen, sich anziehen … Manchmal war sie mit sich selbst komplett überfordert. Wie nur sollte sie da auch noch die Verantwortung für einen Hund wie Sam tragen?

Ihre Mum trat zur Hollywoodschaukel. Dankbar lächelte Emma sie an, als sie sich zu ihr setzte.

«Komm her, mein Mädchen», sagte sie und zog Emma an sich.

Emma legte den Kopf auf ihrer Schulter ab, so wie sie es früher immer getan hatte, wenn ihre Mum ihr eine Geschichte vorlas. Ihre Mum nutzte immer noch das gleiche Parfüm, und wenn Emma die Augen schloss, dann fühlte sie sich genauso geborgen wie als Kind.

Sie ließ die Umarmung zu und spürte, wie heiße Tränen in ihr aufstiegen. «Er fehlt mir so, Mum», flüsterte sie. «Daniel fehlt mir so unglaublich.»

20

Emma saß mit den Anmeldeunterlagen zur Hundeschule auf ihrem Bett. Sam war bei ihr. Denn nachdem er jeden Abend wie selbstverständlich auf schnellen Pfoten die Treppe zum Schlafzimmer genommen hatte, hatten sie einen Kompromiss gefunden. Sam durfte mit ins Schlafzimmer, musste aber in seinem Hundekörbchen schlafen.

Das Schnarchen des Hundes störte Emma kaum. Meist fiel sie so müde ins Bett, dass es nur Sekunden dauerte, bis sie eingeschlafen war. Sam forderte tagsüber ihre ganze Aufmerksamkeit. Und so war sie auch an diesem Abend froh gewesen, als sie die letzte Gassirunde hinter sich hatten und es in Richtung Schlafzimmer gehen sollte. Nur noch einmal kurz durchlüften und dann ab ins Bett, hatte sie gedacht. Doch kaum war sie in der Küche verschwunden, um sich noch eine Tasse Tee zu machen, hatte Sam das Fliegengitter der Terrassentür aufgedrückt und war in den Garten gerannt.

«Sam, komm sofort wieder rein! Sam, hörst du?»

Aber Sam war stumm geblieben. Kein Gewinsel, kein Bellen, nichts. Fluchend hatte sich Emma ihre Stiefel angezogen und das Außenlicht angeschaltet.

«Sam, jetzt komm endlich wieder rein!» Mehrfach hatte sie nach ihm gerufen, bis er schließlich aus einer dunklen Ecke auf sie zugeschossen kam – mit fliegenden Ohren, heraushängender Zunge und so viel Speed, dass sie zur Seite springen musste. Sie wollte keine dreckigen Pfoten auf ihrem azurblauen Nachthemd haben, allerdings auch keine im Haus.

«Sam, stopp! Halt sofort an, du kannst auf keinen Fall mit den dreckigen Pfoten …» Weiter kam sie nicht, denn Sam war längst an ihr vorbei ins Haus gelaufen und mit einem Sprung aufs Sofa gehechtet. Dort hatte er seinen Kopf auf die schlammigen Pfoten gelegt und getan, als ob er schliefe.

«Du machst mich wahnsinnig, wirklich», hatte Emma geklagt und überlegt, ob sie an diesem Abend lieber einen Teebeutel mehr in die Tasse hängen sollte.

Sie wusste nicht, wie Hunde auf Kamille oder Johanniskraut reagierten, auf jeden Fall schlief Sam auch ohne Tee tief und fest. Wobei Emma ihre Zweifel hatte, ob er sich nicht oft schlafend stellte, denn kaum war sie eingeschlafen, schlich er sich zu ihr ins Bett. Das merkte sie spätestens am Morgen, wenn sich seine Krallen in ihrem Nachthemd verhakten oder er sie beim Strecken fast mit seinen Pfoten aus dem Bett stieß.

So ging es nicht weiter. Ihr Vater hatte recht, Sam musste unbedingt in die Hundeschule.

Erneut warf sie einen Blick auf ihren vierbeinigen Mitbewohner, der sich eine von Daniels Pantoffeln in sein Körbchen gezogen hatte und anrührend zwischen den Pfoten hielt. Sam schnarchte – und Emma hatte endlich Zeit für sich.

Sie öffnete den Umschlag, den ihr Vater ihr gegeben hatte, und zog die Papiere hervor. Ein Flyer der Hundeschule, ausführliche Anmeldeunterlagen, der Prospekt über eine Haftpflichtversicherung für Hunde – und ein etwas kleinerer Briefumschlag, auf dem in der ihr liebsten Handschrift ihr Name stand. Emmas Herz machte einen Satz. Sie hatte nicht gewusst, dass es einen weiteren Brief von Daniel gab.

Eine Weile starrte sie den Umschlag an, unfähig, ihn in die Hände zu nehmen. Sie kam sich vor wie in einer Zwischenwelt, denn plötzlich spürte sie wieder die intensive Verbindung zu Daniel und die überbordende Liebe, die sie füreinander empfunden hatten. Sie hatte das Gefühl, nur die Hand nach ihm ausstrecken zu müssen und von seiner Liebe umhüllt zu sein. Unsichtbar zwar, aber doch so stark, dass sie sich weniger erbärmlich fühlte als den Rest des Tages.

Sanft fuhren ihre Fingerspitzen über Daniels Handschrift. Emma lächelte bei dem Gedanken, dass er es war, der diesen Umschlag zuletzt berührt hatte, dass seine Fingerspitzen über die gleiche Stelle gefahren waren wie ihre. Sie atmete tief durch, öffnete das unscheinbare Kuvert und faltete den sorgfältig geknickten Brief auseinander.

Liebste Emma,

Du glaubst gar nicht, wie sehr ich mich freue, dass Du Sam zu Dir genommen hast! Dein Dad hatte nämlich die Anweisung, Dir diesen Brief nur im Fall der Fälle zu geben. Irgendwie ist da auf ihn doch mehr Verlass als auf Hannah. Ich wette, sie hätte sich so oder so erweichen lassen und Dir irgendwie davon erzählt. Dein Dad hingegen ist verschwiegen wie ein Grab.
Blöde Redewendung, oder? Irgendwie hat alles eine andere Bedeutung bekommen ... Aber keine Sorge, falls ich mich in Deinem Dad getäuscht haben sollte und Du den Brief öffnest, obwohl Dich Sam an den Rand des Wahnsinns getrieben hat: Ich werde mich natürlich nicht im Grabe herumdrehen.
Jedenfalls fürchte ich, dass Sam genau das tun wird: Dich in den Wahnsinn treiben. Er ist so ein lieber Junge (wenn er schläft) und hat genau die Energie, die Dir vermutlich fehlt.
Emma, ich habe es kaum ertragen können, zu sehen, wie Deine Kräfte gemeinsam mit meinen geschwunden sind. Wie gerne

*hätte ich Dich fest in den Arm genommen und Deine Sorgen
weggeküsst. Dabei war genau ich derjenige, der Dir so viel
Kummer bereitet hat. Es tut mir so leid, mein Schatz!*

*Als ich Dich bat, meine Frau zu werden, hatte ich vor, Dir der
beste Ehemann zu sein und Dir das schönste aller Leben zu
schenken. Hätte ich gewusst, was uns bevorsteht, was Du ertragen musst ...*

*Ach, ich weiß es auch nicht. Ich hätte Dir all das gerne erspart.
Du fragst Dich jetzt vermutlich, warum ich Dir zusätzlich
noch Sam aufbürde, oder? Aber wenn ich mich damit heraus-
rede, dass Du als Kind immer einen Hund haben wolltest und
ich ihn Dir nun schenke, würde ich es mir zu leicht machen.
Die Wahrheit ist, dass ich, kurz nachdem wir erfahren haben,
dass uns nicht mehr viel gemeinsame Zeit bleibt, einfach raus-
musste. Irgendwohin, wo diese Nachricht weniger gewaltig
wirkte.*

*Wenn man die Erde aus dem All betrachtet, wirkt sie so ver-
dammt klein. Wir Menschen sind dann nicht mehr als Nano-
partikel, die niemand aus dem All mit bloßem Auge erkennen
kann. Und unser Schicksal, so groß es auch wirken mag, ist
aus Sicht des Universums nichtig.*

*Aber ich schweife ab. Ich bin also hoch zu den Klippen von
Dunnottar Castle gefahren, habe mich gegen den Wind ge-
lehnt und meinen ganzen Kummer, meine unsägliche Wut,
meine Sorgen hinausgeschrien. Verschluckt von Windstärke 7,
die all das für einen Moment davongetragen hat. (Ich kann Dir
das übrigens wärmstens empfehlen, weil es wirklich guttut
und befreiend wirkt.)*

Ich war einfach wütend auf mich, auf die Welt, auf alles.

*Emma, Du bist eine so wundervolle Frau, und Du hast es nicht
verdient, dass Du so etwas durchmachen musst. Verdammt,*

unser Leben hätte ganz anders aussehen müssen! Und ich finde den Gedanken unerträglich, Dich allein lassen zu müssen.

Aber dann bin ich auf dem Heimweg am «Happy Dog Shelter» vorbeigekommen und hatte plötzlich diese Idee. Eigentlich wollte ich nur kurz gucken, doch da habe ich Sam gesehen. Er lag in einem kleinen Zwinger, hatte seine Pfoten unter seine halb zerfetzte Hundedecke gelegt und schaute kurz zu mir auf, als ich vorbeiging.

Wirklich, Emma, auch wenn ich nicht krank geworden wäre, ich hätte ihn zu uns geholt. Da lag so viel Traurigkeit und Sehnsucht in seinem Blick, dass ich mich nicht von ihm abwenden konnte. Gehofft habe ich, dass es bei Dir genauso sein wird.

Ich weiß, dass Du selten Umarmungen zulässt, dass Du Dich nicht sofort wieder verlieben wirst (doch irgendwann wird auch das passieren, und es ist wirklich okay, Emma), aber Sam kannst Du an Dich heranlassen. Er wird Dir zuhören, wenn Du ihm etwas erzählen möchtest. Er wird an Deiner Seite sein. Und wenn Du traurig bist, wird er seine Schnauze auf Deinen Oberschenkel legen und Dich aus seinen großen treuen Augen anblicken. So hat er es bei mir auch immer gemacht, wenn ich ihn besucht habe.

Sam kann Dein bester Freund sein, wenn Du es zulässt.

Aber leider hat die Sache auch einen kleinen Haken. Und da Dein Dad Dir vermutlich die Anmeldeunterlagen für die Hundeschule gegeben hat, ahne ich, dass Du schon weißt, auf was ich hinauswill: Sam kann sehr lieb, aber auch sehr störrisch sein. Er hört nicht immer, ist eigensinnig und hat einen ausgeprägten Spieltrieb.

Hat er meine Pantoffeln eigentlich schon zernagt? Ich hoffe jedenfalls, dass es meine und nicht Deine sind. ☺

Jedenfalls ist er nicht bissig, das habe ich extra erfragt. Kendra hat im Tierheim schon viel mit ihm gearbeitet. Sam zu vermitteln, ist nicht ganz einfach, da er wirklich sehr viel Aufmerksamkeit braucht. Gib sie ihm! Lass zu, dass er Dich ablenkt. Hör auf, laufend an mich zu denken!

Unsere gemeinsame Zeit nimmt uns niemand, aber Du musst anfangen, nach vorne zu schauen. Geh mit Sam in die Hundeschule, bring ihn vor die Tür. Du hast jetzt die Verantwortung für ihn. Du kannst und darfst Sam nicht im Stich lassen!

Ja, ich verlange viel von Dir, aber Du musst auch für mich weiterleben! Das Leben kann so schön sein. Genieße es!

Und jetzt, mein Liebling, steh auf! Geh wieder zur Arbeit und entsorge bitte wenigstens meine Pantoffeln. Du musst ja nicht unbedingt warten, bis Sam sie komplett zerbissen hat.

Ich würde Euch so gerne zusammen sehen. Ich bin mir sicher, dass Sam Dich genauso vergöttert, wie ich es getan habe. Er ist ein toller Hund, wirklich. Du musst ihm nur Zeit geben.

Dein Vater hat Dir die Anmeldeunterlagen für die Hundeschule hoffentlich VOR Beginn des Kurses gegeben? Ich habe für Sam nämlich bereits bezahlt und reserviert, allerdings war erst Mitte April wieder ein Platz frei. Vielleicht hast Du Lisa auch schon kennengelernt? Sie arbeitet gemeinsam mit Kendra im Tierheim und wird den Kurs zusammen mit einem Tierarzt aus der Gegend leiten, sodass Du auch viel über die Erste Hilfe am Hund erfahren wirst.

Grüß Deinen Dad und die anderen auf jeden Fall ganz lieb von mir! Ich hab immer gerne Zeit mit Deiner Familie verbracht. Sie lieben Dich mindestens so sehr wie ich.

Fühl Dich umarmt, mein Schatz! Ich liebe Dich für immer!
Dein Daniel

PS: Nachricht an Sam: Pass bitte gut auf Emma auf! Ein besse-
res Frauchen kannst Du nicht haben. Und ärgere sie bitte nicht
zu sehr, okay?

21

Emma brachte Sam schon am kommenden Tag wieder nach draußen. Kurz hielt sie am Gartenzaun, um ein paar Worte mit Mrs. Campbell zu wechseln und ihr für die Sandwiches zu danken, die sie am Abend vor die Haustür gestellt hatte. Dabei ließ sie sich den neuesten Klatsch aus der Nachbarschaft erzählen.

«Jedenfalls mache ich mir etwas Sorgen um Lindsay und Clark», erklärte Mrs. Campbell schließlich. «Die beiden sitzen sonst ja abends immer gerne mit Decken zusammen auf der Veranda und trinken ein Glas Wein oder Grog, aber nein, nichts. Vor ein paar Tagen habe ich sie laut streiten hören, seitdem habe ich sie nicht mehr gesehen. Also ein bisschen Gedanken mache ich mir deswegen schon.»

«Ach, wahrscheinlich ein ganz normaler Beziehungsstreit», beschwichtigte Emma sie. «Das kommt überall vor.»

Sie schluckte, als sie bemerkte, dass es eben nicht überall vorkam. Daniel und sie hatten sich allenfalls über Kleinigkeiten gestritten. So nichtig, dass sie sich an die Gründe kaum noch erinnern konnte.

«Meinen Sie?» Die Nachbarin blickte sie fragend an. «Oder sollte ich da nicht vielleicht mal nach dem Rechten schauen? Vielleicht haben sie sich ja auch getrennt. In der Parallelstraße ist erst vor ein paar Tagen ein Umzugswagen vorgefahren. Kennen Sie die Familie Smith? Jedenfalls hat sie ihren Mann verlassen und soll jetzt zu ihrem Liebhaber gezogen sein, dabei ist sie schon 60! Unglaublich, oder? In dem Alter geht man doch wirklich davon aus, dass man das zu schätzen weiß, was zu Hause auf dem Sofa hockt. Also ich hätte meinen Richard auch noch länger behalten. Aber wem sage ich das?» Sie tätschelte Emma über den Zaun hinweg den Arm, dann beugte sie sich zu Sam und streichelte ihm den Kopf.

Emma und Sam tauschten Blicke aus, und Emma kam es so vor, als ob der Hund genauso spöttisch die Augenbraue hochzog, wie Daniel es manchmal getan hatte.

«Sam und ich machen heute einen Ausflug», sagte Emma. «Wir müssen dann auch jetzt los. Nicht, Sam?»

Er wedelte mit dem Schwanz und zog wie zur Bekräftigung an der Leine. Emma hatte sie ihm noch im Haus angelegt, um zu vermeiden, dass sie ihn wie beim letzten Mal erst fünf Minuten durch den Garten jagen müsste. Immerhin hatte er noch keine Bekanntschaft mit Mrs. Campbells Kater gemacht.

In ihrer freien Hand hielt Emma die Anmeldeunterlagen für die Hundeschule, die sie noch zur Post bringen wollte. Bereits in ein paar Tagen ging es los.

Da die Post direkt neben ihrer Arbeitsstelle lag, ließ sie ihr Auto dort stehen und beschloss, den Kollegen einen spontanen Besuch abzustatten und kurz mit ihrem Chef zu reden.

Wenig später stand sie vor dem Innenarchitekturbüro, in dem sie seit zwei Jahren arbeitete – und zögerte. Sie griff Sam ans Halsband, wie um sich seiner Unterstützung zu versichern. Doch als die Tür genau in dem Moment aufging, in dem Emma überlegte, ob sie nicht vielleicht doch erst in der kommenden Woche einen Versuch starten sollte, hatte sie keine Wahl mehr.

«Oh, hallo, Mabel», sagte Emma und freute sich aufrichtig über den Aufschrei ihrer Lieblingskollegin, die sie überschwänglich umarmte.

«Emma! Wie schön! Wir haben dich hier alle so vermisst. Wann kommst du zurück? Sag bitte, dass du wiederkommst.» Kurz veränderte sich ihre Miene. «Du willst doch nicht kündigen, oder?»

Emma schüttelte den Kopf und sah belustigt zu, wie Mabel sich dann zu Sam herunterbeugte. «Und was bist du denn bitte für ein süßer Hund?» Sie griff ihm hinter die Ohren und ließ sie durch ihre Finger gleiten. «Was hat der bitte für ein tolles Fell! Nutzt du irgendeine spezielle Fellpflege?» Sie richtete sich auf. «Los, ihr müsst unbedingt reinkommen. Mein zweites Frühstück kann ich auch später kaufen.»

Mabel packte Emma am Handgelenk und zog sie hinter sich her ins Büro.

«Leute, schaut mal, wer da ist», rief sie. Und dann: «Graham, das musst du unbedingt sehen, du wirst nicht glauben, wer uns besucht.»

Die Kolleginnen und Kollegen stellten sofort die Arbeit ein und sahen auf. Kelly, die ihren Schreibtisch direkt neben dem von Emma hatte, eilte als Erste zu ihr. Wie immer trug sie ein adrettes, figurumschmeichelndes Kleid im 50er-Jahre-Stil. Sie drückte Emma fest an sich, küsste ihre Wange und beteuerte mehrfach, wie froh sie sei, sie endlich zu sehen.

Der sonst eher zurückhaltende Derek schien für einen Moment versucht, sie ebenfalls zu umarmen, streichelte ihr dann aber nur unbeholfen den Arm und ging unter dem Vorwand eines wichtigen Kundengesprächs nur Sekunden später wieder an seinen Arbeitsplatz zurück.

Auch all die anderen schienen sich aufrichtig über das Wiedersehen mit Emma zu freuen. Sie plapperten auf sie ein, machten Sam Komplimente, streichelten ihn und berichteten über die neusten Projekte.

Selbst ihr Chef Graham nahm sie kurz und fest in den Arm.

«Louise hat mir erzählt, dass sie dich neulich getroffen hat», sagte er. «Und das ist also Sam?»

Emma nickte und war fast schon etwas stolz, da sich ihre Kollegen alle um Sam geschart hatten und um seine Aufmerksamkeit buhlten. «Ja, Sam wohnt jetzt bei mir», erklärte sie. «Wir ... also ich wollte fragen, ob ich bald wieder anfangen kann. Vielleicht sogar schon kommende Woche?»

Es war seltsam, aber erst hier, in ihrem Büro, bemerkte Emma, dass sie die Arbeit vermisste. Wie oft hatte sie früher bis spät in die Nacht mit den Kolleginnen zusammengesessen und über Entwürfe diskutiert, neue Projekte gepitcht oder sich mit Mabel in die Teeküche zurückgezogen, um gebannt zu lauschen, wenn diese von ihren neuesten Eroberungen berichtete? Mabel war gerade 40 geworden und hatte nicht die Absicht, sich zu binden. Sie war der Ansicht, dass es auf der Welt so viele tolle Männer gab, dass es schade wäre, sich nur für einen zu entscheiden.

«Stell dir mal vor: Irgendein Schotte und ich für immer? Das kannst du vergessen!», hatte sie bei einer Gelegenheit gesagt.

«Daniel ist auch Schotte», hatte Emma erwidert. «Und mich hätte es nicht besser treffen können.»

«Eben! Daniel ist vergeben, und ihr lebt monogam.»

Jetzt fragte sich Emma, was Mabel in den vergangenen Wochen wohl erlebt hatte. Normalerweise war sie immer auf dem Laufenden, doch schon lange meldete sich niemand mehr bei ihr, um über Belanglosigkeiten zu sprechen.

Mabel beugte sich zu ihr. «Das wäre ja riesig, wenn du so schnell zurückkommen würdest, ich habe dir so viel zu erzählen.» Bedeutungsschwanger zwinkerte sie ihr zu.

«Bist du denn bereit, wieder zu arbeiten?», fragte Graham besorgt. Seine Stirn hatte so tiefe Falten, dass Emma sicher war, dass er sich schon den ganzen Tag über irgendetwas Sorgen machte.

«Ja, das bin ich», antwortete Emma zu ihrer eigenen Überraschung. Unwillkürlich schaute sie zu ihrem Schreibtisch herüber und sah den Bilderrahmen, der neben ihrem Telefon stand. Wie oft hatte sie beim Telefonieren auf das Foto geschaut, das sie und Daniel bei einem kleinen Segeltörn vor Inverness zeigte? Von der Gischt ganz nass, hatten sie sich in ihren orangefarbenen Schwimmwesten aneinandergeschmiegt und beide strahlend in die Kamera geguckt. Sie liebte dieses Foto, aber hätte sie die Kraft, es sich täglich anzusehen?

Emma seufzte. Sie hatte die Arbeit als Innenarchitektin immer geliebt und spürte jetzt die leise Hoffnung, über ihre Zeichnungen wieder klare Formen und Strukturen in ihr Leben zu lassen.

«Allerdings habe ich jetzt Sam», sagte sie mit einem kleinen Bedauern in Richtung ihres Chefs. «Und ich weiß gar nicht, ob er allein zu Hause bleiben kann. Das könnte ich natürlich versuchen, aber ich hätte ihn lieber bei mir.» Sie verschwieg, dass es besser wäre, Sam rund um die Uhr im Auge zu haben.

Nur kurz zögerte Graham, dann gab er unter dem Gejohle der Umstehenden nach. «Nun gut, dann haben wir ab sofort eben einen Bürohund», sagte er lächelnd in die Runde. «Er kann ja unter deinem Schreibtisch liegen, Emma.» Er nickte. «Komm nächste Woche noch mal in mein Büro, damit wir die konkreten Details deiner Rückkehr besprechen können, ja? Ich hätte da auch mit der Einrichtung eines kleinen Ladenlokals ein wirklich schönes Projekt für den Wiedereinstieg.»

«Danke», flüsterte Emma und wickelte Sams Hundeleine verlegen um ihre Finger.

Sie und Sam würden nun einen geregelten Tagesablauf haben. Vermutlich würde das ihnen beiden guttun.

Mit erhobenem Zeigefinger richtete sich Graham noch einmal an die Kolleginnen und Kollegen, bevor er wieder zu seinem Büro schritt. «Die Raucherpausen sind ab sofort gestrichen. Wer unbedingt an die frische Luft will, nimmt den Hund mit! Nicht dass der hier noch an irgendeinem Schreibtisch sein Beinchen hebt.»

22

Als Emma mit Sam wieder ins Auto stieg, fühlte sie sich erleichtert. Sie war froh, dass sie mit Graham und dem Team hatte sprechen können. Und die Aussicht auf die Arbeit im Büro verursachte ein aufgeregtes Kribbeln in ihrem Bauch.

Sam saß neben ihr auf dem Beifahrersitz. Sie hatte es aufgegeben, ihn von der Rückbank überzeugen zu wollen. Gerade bewegte er mit der Pfote wieder den Fensterheber und streckte dann seinen Kopf in den Fahrtwind.

«Sam, pass auf», ermahnte Emma ihn, als sie den Wagen startete. «Nicht dass du noch eine Bindehautentzündung bekommst. Ich habe keine Lust, dich zum Tierarzt zu schleppen. Wir haben etwas anderes vor.»

Emma wollte an die Klippen, die Daniel in seinem Brief erwähnt hatte. Sie wusste zwar nicht, an welcher Stelle er genau gestanden hatte, aber er war häufiger nach *Dunnottar Castle* gefahren. Sie wollte ihm nah sein. Und jedes Mal, wenn sie an einem Ort war, an dem auch Daniel schon gewesen war, hatte sie das Gefühl, ihn besonders intensiv zu spüren.

Sie konnte sich sogar noch an den Tag erinnern, an dem er nach Dunnottar gefahren war. Er hatte sie angerufen, als sie im Büro an einer Skizze für Graham arbeitete. «Ich muss ein paar Fotos machen und lasse mich mal wieder ordentlich durchpusten», hatte er erklärt. Er hatte dabei gelacht. Und bis gestern hatte Emma nicht einmal geahnt, dass hinter seiner Fröhlichkeit ernsthafte Sorgen gesteckt hatten. Daniel war ihr immer so ausgeglichen und geerdet vorgekommen. So, als ob seine Gedanken höchstens in der Sänfte eines Kinderkarussells im Kreis fuhren – und nicht so wie bei ihr in einer rasanten und kurvigen Achterbahn.

Unmittelbar nach Daniels Tod war Emma diese Achterbahn wie eine Schussfahrt in die Tiefe der Hölle vorgekommen. Auch das Zusammenleben mit Sam hatte sie ordentlich durchgeschüttelt. Die Aussicht aber, bald schon mit der Arbeit zu beginnen, fühlte sich in diesem Moment wie ein sanfter Looping an.

Sie drückte auf das Gaspedal, es machte ihr kaum noch etwas aus, wieder Auto zu fahren. Noch immer war der Wagen wie ein Kokon, darin fühlte sie sich geschützt, aber immerhin sah sie endlich mehr als die eigenen vier Wände. Denn ständig auf Fotos zu starren und die Erinnerung an eine glückliche Zeit vor Augen zu haben, machte Emma nur noch mehr klar, wie beengt und einsam ihre Welt ohne Daniel war.

Jetzt war sie bereits mehr als 20 Meilen aus der Stadt herausgefahren, in der sie alles an ihn erinnerte – es fühlte sich wie ein Befreiungsschlag an. Mit jeder Meile entspannte Emma sich etwas mehr, eine halbe Stunde hinter Inverness schaltete sie sogar das Radio an. Der Moderator sprach über den neuesten Klatsch aus der Promi-Welt, nur um dann wieder den Streit zwischen Prinz William und Prinz Harry zu thematisieren. Emma hörte aufmerksam zu. Die Geschichten aus dem Königshaus hatte sie immer geliebt.

Als kurz danach ein Medley von Robbie Williams gespielt wurde, drehte sie die Musik auf und erwischte sich sogar dabei, wie sie bei «Candy» mit den Fingern im Takt auf das Lenkrad klopfte. Sie beschleunigte noch etwas mehr und konnte es plötzlich nicht mehr abwarten, zu den Klippen zu gelangen.

Nach einer langgezogenen Kurve entdeckte sie endlich die ersten Ausläufer des Dunnottar Head.

«Hey, Sam, aufwachen», sagte sie sanft. Er war auf dem Beifahrersitz eingedöst, und Emma gestand sich ein, dass Sam ein wirklich hübscher Hund war, als er nun seine großen dunklen Augen aufschlug. «Ich habe dir doch versprochen, dass wir einen Ausflug machen, oder?»

Sam setzte sich blitzschnell auf und drückte seine feuchte Nase am Fenster platt, das daraufhin leicht beschlug. Emma löste die Blockierung und ließ die Scheibe hinunter. Sam bellte. Frische Meeresluft strömte herein, füllte Emmas Lungen und erinnerte sie an ihre Kindheit – und daran, dass ihr Dad immer gesagt hatte, dass man mit Kummer und Sorgen ans Meer fahren sollte. Spätestens mit der Ebbe würden die Sorgen hinfortgetragen. Mal mit sanfter, mal mit gewaltiger Kraft, doch immer so, dass die Sorgen kleiner würden.

An einem Aussichtspunkt parkte Emma den Wagen und stieg aus. Sam folgte ihr über den Fahrersitz, denn wie so häufig war er viel zu ungeduldig und konnte es nicht abwarten, dass Emma ums Auto herumging und ihn hinausließ.

Sam blieb neben Emma stehen, schaute zu ihr hoch.

«Schau, da drüben ist das Dunnottar Castle», sagte Emma. Sie hatte die Burg einmal zusammen mit Daniel besucht. Er war häufig für Shootings hier gewesen, und sie verstand, warum Hochzeitspaare ausgerechnet vor dieser Kulisse ihre Fotos machen wollten.

Die Burg in schottisch-gotischer Bauweise lag atemberaubend schön auf den Klippen, die an drei Seiten vom Meer umspült wurden. Emma bemerkte den Geschmack von Salzwasser auf ihren Lippen, hörte das laute Rauschen der Brandung. Der Wind wehte durch ihr Haar und auch durch Sams Fell, sogar so kräftig, dass Emma nur noch mit Not seine Hundenase erkennen konnte.

Sam rückte näher an sie heran. Beruhigend streichelte Emma sein Fell und forderte ihn dann auf, mit ihr zu kommen.

Es waren nur wenige Leute unterwegs. Zu stark blies der Wind heute an dieser Stelle. Doch Emma wollte von ihrem Vorhaben nicht ablassen. Nicht jetzt, da sie eine Entscheidung getroffen hatte.

«Komm, Sam, wir gehen da rüber. Dann haben wir einen noch besseren Blick auf die Burg, und vielleicht bietet uns der Fels da vorne auch etwas Schutz.» Sie deutete auf einen Felsvorsprung unterhalb von Dunnottar Castle und steuerte ihn an.

Sie mussten sich gegen die Windböen anlehnen, setzten Fuß um Fuß und Pfote um Pfote weiter auf die Klippe zu.

Ob Daniel hier gestanden hatte, als er über seine Diagnose nachdachte?

Aus einem Impuls heraus kniete Emma sich neben Sam und umarmte ihn. Sie vergrub ihre Nase in seinem Fell. Es roch nach dem Hundeshampoo, das sie gekauft und erst neulich angewendet hatte – aber abgesehen von dem Bergamotteöl roch es auch weiterhin nach Sam. Emma ging auf, dass ihr der Geruch nach Hund deutlich lieber war als der nach Desinfektionsmitteln. Sam erinnerte sie nicht ans Krankenhaus. War es das gewesen, was Daniel wollte? Ein Neuanfang ohne Vorbelastung?

«Vielleicht schaffen wir beide es doch zusammen», sagte sie.

Sam rückte näher an Emma heran und schleckte ihr über die Hand.

«Du glaubst auch daran, oder?», fragte sie dann und war

dankbar dafür, dass sie nicht alleine hier war, sondern Sam an ihrer Seite hatte.

Emma schmiegte sich an ihn und schaute mit ihm auf die tosenden Wellen des Meeres unter ihnen. Sie spürte Sams Herzschlag, seine Wärme, seine Ruhe. Trotz des immer kräftiger werdenden Windes hielt Sam es hier mit ihr zusammen aus, saß einfach neben ihr und zeigte ihr, dass sie auch jetzt nicht alleine war. Er schaute sie auch nicht komisch an, als sie wieder aufstand und mit kleinen Schritten näher an den Rand der Klippen ging.

Für einen Moment hatte Emma das Gefühl, dass das Meer nach ihr rief und dass sie dem Ruf folgen müsste. Doch dann spürte sie wieder Sams Nähe, hörte sein Bellen, das sie aus ihren Gedanken riss.

Das war es, was du wolltest, oder, Daniel?

Emma lächelte Sam an, ließ ihren Blick dann hoch zu den Wolken wandern. Ob Daniel sie hier sah? Ahnte er, warum sie hergekommen war?

Die Wolkendecke war so dicht, dass Emma auch mit viel Fantasie weder Tiere noch Herzen darin ausmachen konnte. Aber plötzlich riss die Wolkenformation auf, und der blaue Himmel und die Sonne, die sich dahinter verborgen hatten, kämpften sich durch all das Grau.

Das war der Moment, in dem Emma die Arme weit ausbreitete. Sie lehnte sich gegen den Wind, der ihr unter die Arme griff und ihre Jacke aufplusterte. Sie ließ sich tragen, schaute auf die unter ihr liegende See und tat genau das, was Daniel ihr empfohlen hatte: Sie schrie und schrie und schrie.

Emma schrie so lange, bis der Wind ihr die Stimme zu nehmen schien und sie sich endlich etwas befreiter fühlte.

23

Die Stelle oberhalb der steilen Klippen am Dunnottar Castle hatte für Daniel eine ganz besondere Bedeutung. Er liebte den rauen Kontrast zwischen den Felsformationen, den grünen Hängen und der mystisch wirkenden Burg. Nirgendwo sonst hatte er so schöne Sonnenuntergänge erlebt wie hier.

Als er zum ersten Mal mit Emma hier gewesen war, hatte er sie im späten Licht des Tages vor den dramatischen Konturen der historischen Burgmauern fotografiert.

«Hey, Dunnottar Castle ist viel interessanter als ich», hatte sie protestiert. «Schau es dir an! Es hat Jahrhunderte überdauert. Mittelalter, Renaissance, Barock. Hast du schon einmal etwas so Schönes und Beeindruckendes gesehen?»

«Ja, dich!» Daniel hatte immer wieder auf den Auslöser gedrückt. Emmas kastanienbraunes Haar eingefangen, zerzaust von der frischen Brise der Nordsee, in der das warme, goldene Licht der untergehenden Sonne für zauberhafte Farbspiele sorgte. Ihre niedlichen Grübchen. Die Begeisterung in ihren Augen, wenn sie über das Schloss sprach, und die Liebe in ihrem Blick, wann immer sie ihn ansah. Es war nicht die Ruine, die so magisch war. Es war ihre Liebe zueinander.

Doch all die Magie, die er seit seiner ersten Begegnung mit Emma empfunden hatte, war mit einem Mal zerstört.

«Unheilbar ... Zu weit fortgeschritten ... Weitere Tests machen ... Nicht viel Hoffnung ... Leider ist der Tumor inoperabel.»

Kerzengerade hatte der Onkologe an dem weißen Schreibtisch gesessen, auf dem sich grüne Patientenakten stapelten. Er hatte in Unterlagen geblättert und ihn nur kurz angesehen.

Der kann doch nicht über mich sprechen, oder?, hatte Daniel gedacht. *Der wird die falschen Unterlagen haben. Ich bin noch jung. Viel zu jung. Das geht einfach nicht.*

Emma hatte ihn aufgezogen, als er ihr von seinen zunehmenden Rückenschmerzen erzählt hatte.

«Ich habe es dir schon immer gesagt. Versuche es mal mit einer entspannten Tea-Time. Gönn dir eine Pause und schufte nicht die ganze Zeit allein im Garten. Darum können wir uns auch im kommenden Jahr kümmern.»

Es war ihr ebenso wie ihm nicht in den Sinn gekommen, dass er ein ernsthaftes Problem haben könnte. Daniel hatte den Arzttermin nur auf Drängen seiner Mum ausgemacht. Und auch, um gute Schmerztabletten für seinen Rücken verschrieben zu bekommen.

«Ich trinke doch keinen Tee, wenn ich Lust auf Guinness habe», hatte Daniel lachend geantwortet.

«Paddington Bear hat das auch gemacht – sogar mit der Queen.»

«Als ob die Queen Guinness trinken würde!» Allein die Vorstellung war für ihn absurd. Die Queen bei einem Glas Guinness, möglicherweise noch mit dem amtierenden Premierminister und Charles an ihrer Seite?

«Mr. Elliott, hören Sie mir noch zu?» Der Arzt hatte ihn aus seinen Gedanken gerissen. «Ich hätte Ihnen gerne etwas anderes mitgeteilt, aber auch die Untersuchungen aus dem Labor haben es bestätigt: Sie haben Bauchspeicheldrüsenkrebs, der leider schon weit fortgeschritten ist. Wir haben bereits Metastasen in der Leber und in der Lunge gefunden. Ich fürchte, wir können kaum etwas für Sie tun.»

Daniel hatte nur noch einzelne Gesprächsfetzen aufgeschnappt. Es gäbe Möglichkeiten der Schmerzlinderung … Die Palliativmedizin leiste Großartiges … Nein, eine Operation sei wirklich keine Option. Er wusste nicht mehr, ob er genickt oder ungläubig mit dem Kopf geschüttelt hatte.

«Es tut mir wirklich sehr leid, Mr. Elliott!»

Der mitleidige Blick des Arztes schien plötzlich bis in sein Innerstes zu dringen, auch die wiederholte Nennung seines Namens irritierte Daniel. Und erst recht die Aufnahmen der Radiologie, die der Onkologe ihm auf einem hochauflösenden Bildschirm zeigte.

Rechts oben in der Ecke stand tatsächlich sein Name: Daniel Elliott. Daneben sein Geburtsdatum. Nein, es gab keinen Zweifel mehr: Es ging tatsächlich um ihn.

An jenem Tag an den Klippen hatte Daniel auf das unendliche Grau der Nordsee geschaut, die Hände zu Fäusten geballt und tief in den Taschen seiner Wachsjacke vergraben. Die Wellen schlugen mit aller Kraft gegen die Steilwände, die Gischt sprühte ihm ins Gesicht. Aber er wandte den Blick nicht ab, er versuchte nicht, seine Augen zu schützen. Möwen kreischten über ihm, flogen im Sturzflug in Richtung der Wasserkante, stoben dann wieder in die Höhe.

In Daniel brodelte es immer mehr, die ganze angesammelte Wut, seine Verzweiflung, sein Kummer. Mit der Kraft einer Urgewalt überfielen sie ihn, bahnten sich ihren Weg an die Oberfläche. Und Daniel schrie. Er schrie sich alles aus dem Leib, schrie gegen das Gekreische der Möwen und das Gebrüll der Wellen an und ließ den rau tobenden Wind für einen Moment seinen Schmerz mit sich reißen. Er spürte das Salzwasser auf seiner Haut – und merkte erst dann, dass es seine eigenen Tränen waren, die ihm unaufhörlich die Wangen hinabliefen. Unaufhaltsam und schnell. Wie sein eigenes Schicksal, auf das er keinen Einfluss mehr nehmen konnte.

Es war das erste Mal, dass er keine Fotos am Dunnottar Castle schoss. Er machte keine Bilder von den begrünten Hängen, über denen die Möwen kreisten, keine Aufnahmen der untergehenden Sonne, die der Burg noch wie von Zauberhand gemalte goldene Konturen verpasste, und auch keine Bilder von der unter ihm tosenden Brandung.

Auch am späten Abend, als er sich mit Steve in Bertie's Pub traf, war er nicht empfänglich für die Details, die sonst seine Aufmerksamkeit erregt hätten. Schon zigfach hatte er die bunten Glaseinsätze zwischen den Streben der schmiedeeisernen Eingangstür bewundert und fotografiert, die sich immer noch mit dem gleichen Knarren und Knarzen öffnete wie schon zu Studentenzeiten. Je nach Lichteinfall und Tageszeit schimmerten die Scheiben in unterschiedlichen Farben und spiegelten das Licht der Straßenlaterne in stetig neuen Nuancen wider.

Das Licht im Pub hingegen war eher schummrig, und nicht selten hatte Daniel an den Einstellungen seiner Kamera gespielt, um die historische Atmosphäre bestmöglich einzufangen. Immer wenn er Fotos von einem Guinness oder einem herzhaften Scotch Pie schoss, achtete er darauf, auch die Silhouetten der Pubbesucher im Hintergrund einzufangen. Er liebte den Geruch von Malz und Hopfen, der ebenso zum Pub gehörte wie das fröhliche Gemurmel und das mal gedämpfte, mal obszön laute Lachen angetrunkener Gäste.

An diesem Abend aber blieb sein Blick an den alten Fotografien hängen, die zwischen Bierdeckeln und Postkarten an den Wänden prangten: die Küstenwiesen von Nairn Beach, auf denen Wildblumen in den schönsten Farben blühten. Eine Schafweide irgendwo im Landesinneren, auf der Lämmer grasten. Der Loch Dochfour, an dem sich im Hochsommer ein paar Mädchen in ihren Bikinis sonnten.

Daniel wurde schmerzlich bewusst, dass fast Winter war. Und dass er den nächsten Sommer womöglich nicht erleben würde.

«Wie lange noch?», hatte er den Arzt gefragt.

«Das können wir gar nicht genau sagen, Mr. Elliott. Jeder Krankheitsverlauf ist anders. Mit viel Glück und den passenden Therapien ...»

«Wie lange noch?», hatte er mit scharfem Ton wiederholt.

Daniel hatte den Arzt eindringlich angesehen. Er erinnerte sich genau an das kalte Metall der Stuhllehnen unter seinen Händen, den Schweiß auf seiner Stirn und den sterilen Raum, der leicht abgedunkelt war, damit er auf den Aufnahmen der Radiologie noch besser sehen konnte, dass da etwas in seinem Körper war, was dort nicht hingehörte. Aber waren das wirklich seine Aufnahmen? Bestand nicht doch die Möglichkeit, dass sie vertauscht worden waren? Dass es einen anderen Daniel Elliott mit gleichem Geburtsdatum gab? Er hatte doch nur Rückenschmerzen gehabt. Ganz normale Rückenschmerzen.

Der Arzt hatte sich geräuspert. «Nun, so genau lässt sich das wirklich nicht sagen. Wochen, Monate. Mit etwas Glück vielleicht ein Jahr. Leider ist Bauchspeicheldrüsenkrebs sehr aggressiv und schreitet schnell voran.» Er hatte Daniels Blick fest erwidert. Er machte das nicht zum ersten Mal. Nein, Daniel war sicher nicht der Erste, dem er so eine Hiobsbotschaft überbrachte.

Ein Jahr? Was bitte war ein Jahr? Und wenn es doch weniger wäre? Würde er noch einen Frühling erleben? Einen Sommer?

Er und Emma wollten im Sommer heiraten! So lange müsste er noch durchhalten! Aber das würde er schon schaffen, oder? Hey, es ging ihm doch gut. Es waren doch nur Rückenschmerzen, die manchmal ebenso schnell verschwanden, wie sie aufgetaucht waren.

«Es tut mir leid», hatte der Arzt noch einmal gesagt. «Es tut mir wirklich leid.»

«Mir auch», hatte Daniel gemurmelt und sich gefragt, wie man sich eigentlich in einer Situation verhalten sollte, die weit jenseits dessen lag, was die eigene Vorstellungskraft ertrug.

«Hey, hallo? Hörst du mir überhaupt zu?» Steve grinste ihn an und hielt ihm ein Guinness hin. «Jetzt komm schon, da treffen wir zwei uns spontan, und dann scannt dein Fotografengehirn alte Aufnahmen ab und analysiert, was du selbst besser gemacht hättest?» Er lachte. «Berufskrankheit, oder?»

Daniel nahm Steve das Glas ab und prostete ihm zu. Seinem Freund aus Kindheitstagen, der ihm in all den Jahren ein treuer Gefährte gewesen war. Mit dem er als Jugendlicher nach Stonehenge gefahren war, mit dem er sich in Edinburgh eine Studentenbude geteilt hatte und der Jahre später ebenfalls in die Heimat zurückgekehrt war.

Die Gläser klirrten, als sie miteinander anstießen. Daniel hörte das Rauschen des eigenen Blutes in den Ohren, das Stimmengewirr in der Kneipe, die schwingende Tür zur Küche. Gelächter, Rufe, ein Teller und Besteck, die zu Boden fielen. Dann setzte Live-Musik ein. Jetzt hörte er Steves Stimme kaum noch, sie klang mit einem Mal so fern – als ob er ihm bereits entglitt.

Erneut bildeten sich Schweißperlen auf Daniels Stirn. Es war doch nur ein ganz normaler Abend, sagte er sich. Sie waren schon so häufig gemeinsam hier gewesen. Manchmal sogar mit Carol und Emma.

«Wie geht es Carol eigentlich?», fragte Daniel und bemühte sich um die Art von Normalität, die es in seinem Leben vermutlich nicht mehr geben würde.

Steve winkte mit einer lässigen Bewegung ab. «Ach, weißt du, sie und Lucy haben in letzter Zeit so häufig über Babys gesprochen, dass Carol an nichts anderes mehr denken kann. Erst waren es die Brautmodengeschäfte, vor denen sie ständig stehen geblieben ist. Jetzt schaut sie auf Strampler und Kinderwagen. Ich sag's dir, wenn ich da nachgebe, dann sitzen wir hier nächstes Jahr nicht mehr zusammen.» Er lachte.

Nächstes Jahr. Was wäre nächstes Jahr? Daniel starrte auf sein Glas, wischte mit dem Daumen über die Wassertropfen, die den Schriftzug «Guinness» bedeckten.

Babys. Er würde niemals ein Baby haben. Daniel nahm einen großen Schluck seines Bieres und hörte kaum zu, als Steve davon sprach, dass sie vielleicht in ein oder zwei Jahren alle gemeinsam Familienausflüge machen könnten.

Warum hatten Emma und er die Familienplanung überhaupt aufgeschoben? Ja, sie wollten reisen, ihre Zweisamkeit genießen, erst heiraten, dann Kinder bekommen. Er wusste, dass sie all diese Träume mit ihm teilte.

Eine Liebe wie mit ihr hatte er noch nie erlebt. Auch wenn sie, wie alle Paare, mal aneinandergerieten: Er konnte es nie abwarten, abends nach Hause zu kommen und sie in seine Arme zu schließen. Emma um sich zu haben, gab ihm das Gefühl, wie auf Wolken zu schweben.

Nur heute wollte er es vermeiden, ihr in die Augen sehen

zu müssen. Er ertrug den Gedanken nicht, ihr das Herz zu brechen und ihr Vertrauen in ihn und sich als Paar zu zerstören. Sie hatten sich doch versprochen, gemeinsam alt zu werden.

Liebling, ich bin noch mit Steve unterwegs, tippte er in sein Handy. *Warte nicht auf mich. Wir haben einiges zu besprechen. Es wird spät werden.*

Doch er schickte die Nachricht nicht ab, sondern änderte den Text.

Emma, sorry, ich habe noch einen längeren Termin heute. Es wird spät. Warte nicht auf mich, ja? Wir sehen uns morgen beim Frühstück!

Er würde ihr auch später nicht verraten können, was er mit Steve zu besprechen hatte. Ja, er wusste nicht einmal, ob er Steve überhaupt in sein Vertrauen ziehen sollte. Vielleicht nicht jetzt, sondern irgendwann? Aber der Arzt hatte ihm deutlich zu verstehen gegeben, dass er nicht mehr unendlich Zeit hatte.

Schweigend hörten sie der Live-Band zu, die oft unter der Woche in Bertie's Pub auftrat. Eine Sängerin, die mit rauchiger Stimme 90er-Jahre-Lieder sang, wurde von drei Musikern unterstützt.

Daniel empfand den Bass als viel zu dumpf, es pochte in seinem Kopf. Aber war es wirklich nur der Bass? Er rieb sich die Schläfen, starrte auf die aus massivem Eichenholz gefertigte Theke, die sich entlang der Stirnseite des Raumes erstreckte. In dem Regal dahinter stand eine beeindruckende Auswahl an Whiskys und anderen Spirituosen. Der Barkeeper hatte ein Tuch über seiner breiten Schulter liegen und unterhielt sich angeregt mit einer Frau an der Theke, die fast zu ihm herüberzukriechen schien.

«Mir geht es nicht gut», sagte Daniel schließlich und beugte sich vor.

«Hm?» Steve schaute ihn nur kurz an, bevor er weiter mit seinem Fuß im Takt der Musik wippte.

«Steve!» Daniel brüllte gegen die Live-Musik an und stockte, als er endlich die volle Aufmerksamkeit seines Freundes hatte. Er musste es ihm einfach sagen, er konnte es nicht länger für sich behalten. Doch Daniel schluckte. Wenn er es aussprach, dann hatte es noch einmal ein ganz anderes Gewicht, dann würde sich alles verändern. Er und Steve wären nie wieder so unbefangen miteinander wie jetzt. Allerdings hatte sich für Daniel ohnehin längst alles geändert.

«Ich werde sterben», sagte er deshalb nur in Steves Ohr. «Bald.» Dann griff er zu dem Guinness, das vor ihm stand, und kippte es in einem Zug hinunter.

Später in dieser Nacht war das Stimmengewirr aus der Kneipe in weiter Ferne. Daniel stand vor dem Haus, das er erst vor zwei Jahren mit Emma bezogen hatte. Der Wind rauschte in den Blättern des Rhododendronbusches, der ihrem Heim einen Touch kitschiger Romantik verlieh. Irgendwo in der Ferne maunzte eine Katze.

Daniels Hand lag auf dem kleinen Törchen vor der Auffahrt. Seine Finger waren klamm, das Metall unter seiner Haut fühlte sich nass und kalt an. Unschlüssig blieb er stehen, betrachtete das Haus, in dem er bis zu seinem Lebensabend wohnen wollte. Er hatte an Kinder gedacht, an einen Familienhund, der mit ihnen durch den kleinen Garten laufen sollte. An sich und Emma, wie sie irgendwann mit grauen und weißen Strähnen in den Haaren auf den Stufen der Veranda sitzen würden.

Nie hätte Daniel damit gerechnet, dass er all das *nicht* erleben sollte. Es war nicht fair. Und plötzlich beschlich ihn das Gefühl, keine Luft mehr zu bekommen. Er räusperte sich und schaute auf das Haus, das er so liebte.

Emma hatte das kleine Licht im Flur angelassen. «Damit du auch weißt, dass jemand auf dich wartet», hatte sie ihm erklärt, kaum dass sie eingezogen waren.

«Und nicht, damit dann auch andere wissen, dass jemand zu Hause ist?», hatte er sie gefoppt.

«Einbrecher?», hatte sie gefragt. «Dann kommst du hoffentlich schnell und rettest mich.» Sie hatte ihn angegrinst. «Hey, mach dir keine Sorgen. Ich habe mehrfach mit Hannah und meinen Eltern *Kevin – Allein zu Haus* geguckt. Ich habe zwar keine Vogelspinne hier, aber all die anderen Tricks habe ich auch drauf. Vor allem den mit dem Bügeleisen.» Sie hatte gelacht.

Wenn Emma bügelte, dann hatte sie meist Kopfhörer auf, hörte ihre Lieblingsmusik und trällerte so herrlich schräg mit, dass Daniel nie wusste, ob er lachen oder lieber in den Garten flüchten sollte.

«Eine Vogelspinne würde uns gerade noch fehlen», hatte er erwidert. «Dann doch lieber einen Hund, oder?»

«Vergiss es, Daniel. Ich weiß genau, wie das endet. Plötzlich muss ich dann ständig mit ihm raus. Nein, nein, auf keinen Fall. Solange ich mich um dich kümmern muss, habe ich keine Zeit für einen Hund. Es reicht doch, dass ich dir das Frühstück zubereiten muss.»

«Ich bekomme ja wohl kaum morgens nur einen Napf mit Trockenfutter.»

«Eben. Du bist weitaus betreuungsintensiver.»

«Punkt für dich», hatte er geantwortet.

Daniel atmete tief durch, trat durch das Törchen und kramte nervös nach den Schlüsseln in seiner Tasche. Er hatte dieses Geräusch schon als Kind geliebt, das Klappern von Schlüsseln, das Öffnen der Tür. Es bedeutete, dass seine Eltern nach Hause kamen, dass sie als Familie wieder zusammen waren, dass es jemanden gab, der zu ihm gehörte.

Wie man sich wohl fühlte, wenn niemand mehr nach Hause kam? Er hatte nie zuvor darüber nachgedacht, wie viele letzte Male es im Leben gab. Aber irgendwann würden Emma und er sich ein letztes Mal küssen, ein letztes Mal umarmen. Irgendwann würde er ihr zum letzten Mal sagen, wie sehr er sie liebte – und irgendwann würde er zum letzten Mal sein eigenes Haus betreten. Aber nein, das war nicht jetzt!

Daniel widerstand dem Drang, die Haustür laut ins Schloss fallen zu lassen und die Wut, die sich wie bei einem Dampfkessel den Weg durch seine tiefe Traurigkeit bahnte, herauszulassen.

Nein, es war nicht fair. Das Leben war absolut nicht fair. Er streifte seine verschlammten Schuhe ab und ließ sie achtlos im Flur stehen. Emma würde ihm am Morgen ordentlich die Leviten lesen. Aber er brauchte genau das: Normalität. Er wollte nicht, dass sie und seine Freunde ihn mit anderen Augen sahen. Er wollte keinen Mitleidsbonus.

Den hatte er auch vorhin im Pub nicht gewollt.

«Hey, Dude, das ist doch jetzt ein Spaß, damit du meine ganze Aufmerksamkeit hast, oder?» Steve hatte ihn fragend angesehen.

Doch Daniel war ernst geblieben, und Steves zuvor heiterer Gesichtsausdruck hatte sich mit einem Mal geändert.

«Mit so etwas würde ich nicht spaßen», hatte Daniel gesagt. Und dann beschwichtigend hinzugefügt, dass er ein Kämpfertyp sei und es sicher schon bald eine passende Therapie für ihn gäbe. Er habe zwar manchmal Rückenschmerzen und weniger Energie als sonst, ja. Aber er fühle sich nicht sterbenskrank.

Steve hatte sich für einen Moment mit der Antwort zufriedengegeben. Doch dann bestellte er zwei Shots und später noch zwei.

«Das ist nicht fair», hatte er schließlich mit Tränen in den Augen gesagt, nachdem Daniel ihm von dem Arztbesuch erzählt hatte. Davon, dass der Onkologe ihm wenig Hoffnung machen konnte, dass der Tumor aggressiv sei und man ihn lediglich palliativ behandeln könnte.

«Nein, fair ist es nicht.»

Steve hatte nach seiner Hand gegriffen, sie gedrückt. Nur für einen kurzen Moment. Aber mit so viel Bedauern in seinem Blick, dass Daniel geahnt hatte, dass seine Ehrlichkeit nun für immer zwischen ihnen stehen würde.

Wie sollte er das also Emma antun? Er konnte ihr nicht davon erzählen. Noch nicht.

«Steve, aber bitte kein Wort zu den anderen, ja? Ich muss das erst einmal sacken lassen.»

Die Wahrheit war, dass er keine Ahnung hatte, wie er es Emma oder seinen Eltern beibringen sollte. Das war keine lange Reise, die bevorstand und von der er Karten und WhatsApp-Fotos schicken würde. Das war ein Abschied für immer.

Daniel schluckte und machte das Licht im Flur an. Nein, noch ging es ihm gut. Er müsste nur lange genug durchhalten, bis es eine Therapie für ihn gab und er geheilt werden könnte.

Bis dahin würde er alles dafür tun, dass Emma glücklich war. Er würde ihr noch genug Kummer bereiten. Aber noch nicht jetzt. Nicht, solange es ihm noch gut ging.

Langsam stieg er die Holztreppe nach oben. Er versuchte dabei, die Stellen zu meiden, an denen die Treppe besonders knarzte. Er kannte die Stellen genau.

«Hey, derjenige, bei dem die Treppe zuerst knarzt, muss das Geschirr spülen.» Wie sehr Emma dieses Spiel liebte! Natürlich verlor er jedes Mal. Aber was gäbe er nun dafür, wenn er noch über Jahre ihre Teller spülen könnte.

Jeder Schritt kostete Daniel so viel Kraft. Weil ihm mit jedem Schritt schmerzlich bewusst wurde, wie alltäglich und selbstverständlich bislang alles für ihn gewesen war. Er schaute auf die Bilder von Emma und sich, die die Wand nach oben säumten. Pärchenfotos. Zu Hause vor dem Kamin, im Garten der Eltern, bei Ausflügen. Und sogar ein verwackeltes und schlecht belichtetes Foto unter dem Sternenhimmel war darunter. Sie lehnten Wange an Wange aneinander. Emmas Augen funkelten heller als die Sterne – vor Glück, vor Verliebtheit, vor Verzauberung. Nicht jeder durfte eine Liebe wie die ihre erleben. Und nicht jeder hatte das Glück, viel Zeit mit seinem Partner zu verbringen. Aber an dieser Wand war noch so viel Platz für Fotos und Erinnerungen. Für neue Bilder von Emma, wie sie voller Glück in die Kamera lächelte.

Nein, das konnte er ihr noch nicht nehmen.

Auf leisen Schritten ging er zum gemeinsamen Schlafzimmer. Die Tür war nur angelehnt. Daniel öffnete sie, blieb dann im Türrahmen stehen und betrachtete Emma. Sie hatte die kleine Nachttischlampe angelassen. Das Licht, das durch den hellen, mit Stoff bezogenen Lampenschirm strömte, durchflutete sanft den Raum. Emma hatte sich mit einer Blümchendecke zugedeckt. Ihre Haare lagen ausgebreitet auf dem übergroßen Kopfkissen. Sie sah so friedlich und glücklich aus, wenn sie schlief.

Daniel näherte sich ihr und setzte sich vorsichtig zu ihr auf die Bettkante. Zärtlich strich er ihr eine Haarsträhne aus dem Gesicht, ganz darauf bedacht, sie nicht zu wecken.

«Oh, Emma», flüsterte er und wischte sich mit dem Handrücken eine Träne aus den Augen. Er liebte sie so sehr. Er konnte sie nicht allein lassen und musste sich unbedingt etwas einfallen lassen.

24

Sam schnupperte interessiert an einem Teppich aus rosafarbenen und violetten Blüten. Er vergrub seine Nase so lange darin, bis er heftig niesen musste. Das hatte sich nicht angenehm angefühlt, er schüttelte sich. Trotzdem faszinierte ihn die Blumenwiese, auf die Emma ihn gebracht hatte.

«Schau mal, Sam. Ganz viele Gänseblümchen und Wilder Thymian und Löwenzahn», hatte sie gesagt und dabei so verzückt gewirkt, dass er direkt gewusst hatte, dass das hier was ganz Besonderes war.

Emma hatte ihn von der Leine gelassen. Aber wo sollte er zuerst schnuppern? An den Blumen, an den Bäumen oder an den Stellen, die schon nach anderem Hund rochen? Er war nicht der einzige Vierbeiner auf dieser Wiese. Zwei kleine Kläffer rannten ebenfalls rum. Außerdem eine Pudeldame und ein großer dunkler Hund, der ihn an Rex aus dem Tierheim erinnerte. Sam hatte keine Lust, sich mit ihm anzulegen, und lief lieber einen großen Bogen. Eine Hündin lag im Gras zu den Füßen ihres Herrchens und war vermutlich so vollgefressen, dass sie die Wiese noch gar nicht erkunden mochte.

Sam dagegen war bereits in jeder Ecke gewesen. Zwei Stellen hatte er markiert. Aber immer roch es so, als ob schon jemand vor ihm da gewesen war. Jetzt rannte er auf die andere Seite der Wiese und blieb an einem Zaun stehen. Hier grasten mehrere große, zottelige Tiere, die wie Kühe manchmal ein so dunkles und sonores «Muuuh» von sich gaben, dass Sam sich schütteln musste. Als er bellte, drehte ihm eines der Zotteltiere seinen riesigen Kopf zu und scharrte mit einem Huf. Sam wich zurück.

Dann hörte er seinen Namen. Emma rief nach ihm. «Sam», rief sie – und dann noch einmal: «Sam!»

Er reagierte nicht gleich. Erst als Emma erneut rief und ihre Stimmlage sich veränderte, horchte er auf. So klang sie sonst nur, wenn er gerade mit seinen Pfoten über das samtweiche und frisch gewaschene Laken auf ihrem Bett tapste.

Ihre Stimme klang scharf, aber das große Tier, das jetzt immer näher kam, war eindeutig die schlechtere Alternative. Sam rannte los. Er wurde jedoch so schnell, dass er mit seinem Hintern bremsen musste, weil er sonst in Emma hineingerutscht wäre.

Im letzten Moment sprang sie zur Seite.

«Sam, kannst du nicht einmal die schottischen Hochlandrinder in Ruhe lassen?», schimpfte sie. «Schau dir lieber die anderen Hunde an, die hier sind.»

Sam ließ seinen Blick schweifen und knurrte leise, da der große Hund ihn mit starrem Blick fixierte. Er wurde Rupert gerufen und war zum Glück angeleint.

«Klick» machte es da, und Sam seufzte, als auch etwas an seinem Halsband einschnappte. Er legte sich zu Emmas Füßen, gähnte herzhaft und schloss die Augen. Sollte Rupert ihn doch anstarren!

Als ein durchdringender Pfiff ertönte, riss er die Augen wieder auf und erhob sich. Emma tätschelte ihn kurz, und er rückte näher an sie ran.

Der Pfiff stammte von Lisa, die Sam noch aus dem Tierheim kannte. Da hatte sie allerdings immer nur mit Schlüsseln geklimpert. Sam wollte sie stürmisch begrüßen, aber der Druck an seinem Hals hielt ihn davon ab, wild herumzuspringen.

«Ich freue mich riesig, dass ihr alle hier seid.» Sie zog den Reißverschluss ihrer grünen Daunenweste etwas höher und lächelte in die Runde. «Mein Name ist Lisa, ich arbeite seit mehreren Jahren im ‹Happy Dog Shelter› und habe auch eine Hundetrainerausbildung gemacht. Zu Hause wohne ich mit meinem Schäferhund Rupert.»

Sam fletschte kurz die Zähne, aber Rupert drehte den Kopf weg.

«Die nächsten zehn Wochen werden wir uns jeden Samstag auf dieser Wiese treffen», fuhr Lisa fort. «Bei starkem Regenwetter weichen wir aus, aber dazu würden wir dann noch gesonderte Informationen schicken. Und das hier», sie deutete auf den Zweibeiner neben sich, «ist Dr. Benjamin Devlin, der das wunderschöne Cornwall für das noch schönere Schottland verlassen hat. Geimpft, entwurmt und –»

«Hey!», warf der Mann ein und lachte. «Also, ich bin Tierarzt. Ich impfe, entwurme und werde trotzdem oder vielleicht gerade deshalb manchmal gebissen.» Er sprach mit melodischem Akzent.

Leises Gelächter und lautes Gebell. Vor allem der kleine Pinscher kläffte ordentlich. Sam versuchte, ihn zu ignorieren, während Benjamin und Lisa über den Kurs «Mein vierbeiniger Freund und ich» sprachen. Tierärzte mochte Sam eigentlich nicht, aber die Stimme von diesem Exemplar klang überhaupt nicht bedrohlich, wenn auch ganz so, als ob er sich schon häufiger bei lautem Gebell Gehör verschaffen musste.

Sam gähnte erneut, als der Mann die anwesenden Herrchen und Frauchen aufforderte, kurz von sich zu erzählen.

«Einige der Hunde kenne ich noch aus dem Tierheim, und ich freue mich, dass sie so gut vermittelt werden konnten», sagte Benjamin noch. «Da ist zum Beispiel Lilly, die schon vor einiger Zeit ein neues Zuhause gefunden hat.»

«Und die immer noch nicht hört», warf ihr Frauchen lachend ein. Sie sagte, dass sie Amber heiße, zwei Kinder habe und dass Lilly ein verträumter, aber lieber Hund sei.

Sam schaute zu der Pudeldame Lilly, die sich wie eine Katze die Pfoten leckte. Dann erfuhr er noch, dass der kläffende Pinscher Goliath hieß. Dass der Hund mit dem komischen Schleifchen über den Augen zu einer gewissen Rachel gehörte und ein Yorkshireterrier war, der aber gar nicht in Yorkshire wohnte und der bei Regenwetter nie vor die Tür wollte. Und dass Rupert schon mehrfach in der Hundeschule dabei gewesen war und den Kurs fast selbst leiten konnte.

Lisas Schäferhund fixierte ihn schon wieder. Sam mochte so große Hunde wie ihn nicht sonderlich gern, aber er setzte sich aufrecht hin und versuchte, Ruperts Blick standzuhalten.

Lisa sprach über so rätselhafte Dinge wie «Bindungsverhalten» und «Verantwortung», über eine WhatsApp-Gruppe und dass sich alle beim Vornamen nennen würden. Das alles interessierte Sam nicht. Er versuchte jetzt mit seiner Pfote, einen Käfer platt zu drücken. Als ihm das nicht gelang, schnappte er nach ihm und kaute so lange genüsslich darauf herum, bis Emma fest an seinem Halsband zog, er daraufhin würgen musste und den zermatschten Käfer wieder ausspuckte.

«Viele verbinden mit einer Hundeschule nichts anderes als das Antrainieren von Kommandos», erklärte Lisa gerade. «Sitz, Platz, bleib! Ein Hund ist aber viel mehr als das. Er ist ein ständiger Begleiter, ein Freund fürs Leben. Auch wenn er nur eine begrenzte Zeit mit euch verbringen wird, mehrere Jahre, je nach Rasse und Alter sogar mehr als ein Jahrzehnt. Aber in dieser Zeit wird er euch – sofern ihr es zulasst – zum bestmöglichen Partner werden. Er wird zu Hause auf euch warten und nicht mehr von eurer Seite weichen.»

Sam schaute zu Emma, die mit gesenktem Blick ungefähr dorthin starrte, wo gerade noch der Käfer gewesen war. Sah sie etwa noch einen? Sam schob mit der Nase ein paar Grashalme auseinander und robbte ein Stück über den Boden. Sofort zog Emma an seiner Leine. Sam zerrte ebenfalls daran, die Wiese war so schön und roch so gut. Aber Emma gab nicht nach. Also setzte er sich wieder neben sie, auch wenn er es gar nicht abwarten konnte, wieder loslaufen zu dürfen. Aber Zweibeiner waren langsam und rannten nicht so gerne. Die meisten jedenfalls nicht. Dabei gab es doch nichts Schöneres, als mit den Pfoten durch taunasses Gras zu laufen und die Ohren im Wind schlackern zu lassen.

Erneut blickt er zu Emma hoch – und dann fiel sein Name.

«Sam ist erst seit ein paar Wochen bei mir», sagte Emma. «Er ist ein Geschenk meines Mannes.»

«Hoffentlich ein gewolltes!», warf der Besitzer des nervigen Pinschers Goliath ein. Er lachte mit einer ähnlichen Frequenz wie ein stotternder Automotor.

Sam setzte sich auf und betrachtete Emma, deren Hand sich zur Faust geballt hatte und die sich auf die Unterlippe biss. Sie blinzelte, und er fragte sich, ob sie etwas ins Auge bekommen hatte. Er rückte näher an sie heran und stupste ihre Hand so lange an, bis sich zwei weitere Zweibeiner vorgestellt hatten und Emma sich entspannte und ihm durch sein Fell fuhr.

Das hatte er gut gemacht, denn plötzlich ließ sie ihn von der Leine, und er konnte endlich losrennen. «Freies Spiel» nannten Lisa und der Tierarzt das.

Sam versuchte, vor Rupert bei dem einzigen Ball zu sein,

den dieser Benjamin in die Mitte der Wiese geworfen hatte. Doch der Schäferhund war schneller, er schnappte sich den Ball und sah Sam wieder einmal so an, als ob er ihn gleich angreifen würde.

Lisa trat hinzu und forderte Rupert auf, den Ball herzugeben. Zu Emma sagte sie, dass das freie Spiel ein wichtiger Bestandteil jeder Unterrichtsstunde sei.

«Hunde müssen sich auspowern», erklärte sie weiter. «Außerdem erhalten Benjamin und ich so einen besseren Eindruck von jedem von ihnen. Wir sehen, wie gut sie mit anderen Hunden interagieren, und sie sind nachher konzentrierter. So wie Kinder nach dem Spiel auf dem Pausenhof», fügte sie noch hinzu.

Sam mochte den Klang ihrer Stimme. Sie war nicht ganz so hell wie das Klimpern ihrer Schlüssel, aber auch nicht quietschend wie die Tür zum Tierheim, wenn diese schwer ins Schloss fiel.

Rupert hatte den Ball fallen gelassen und seine Vorderpfoten nach vorne gestreckt. Abwechselnd fixierte er Sam und das Spielzeug. Als Sam einen Schritt nach vorne machte, duckte Rupert sich so tief, dass Sam nur noch seine Augen und die aufgerichteten spitzen Ohren sah. Kurzerhand drehte er sich von ihm weg und rannte dann los. Er wusste, dass der Schäferhund ihm folgen würde. Und so war es auch. Aber kurz bevor Rupert nach ihm schnappen konnte, schlug Sam einen Haken, rannte zurück und stürzte sich auf den feuchten Ball, der nach Rupert roch. Sam biss hinein, schüttelte ihn wild umher und spuckte ihn erst aus, als er Ruperts Atem hinter seinem Ohr spürte. Dann warf er sich blitzschnell bäuchlings auf den Ball, damit sein Widersacher das Nachsehen hatte.

Doch kaum hatte er es sich richtig bequem gemacht, blies der Tierarzt in seine Trillerpfeife.

Emma griff nach Sams Halsband und zog ihn auf die Pfoten, und dann war sie da wieder: diese Leine, die seine Bewegungsfreiheit einschränkte. Sam jaulte kurz. Aber nicht so hysterisch wie der Pinscher, der an allem etwas auszusetzen hatte.

Emma lief los, und Sam lief neben ihr her. Wegen der Leine hatte er auch kaum eine andere Chance. Mit zur Seite geneigtem Kopf schaute er noch einmal wehmütig auf den Ball, der nun einsam mitten auf der Wiese lag. Er hätte gerne noch länger damit gespielt. Später vielleicht? Erst einmal lief er mit Emma komplett um die Wiese. Es ging an den hohen Espen vorbei, deren Holzstämme so gut rochen, dass Sam am liebsten dort sein Bein gehoben hätte, um sie zu markieren, und hin zu der Stelle, an der jede Menge Löwenzahn wuchs. Sam musste wieder niesen.

Dann zerrte er an der Leine, weil er zu den Hochlandrindern wollte, aber Emma zog am anderen Ende. Noch einmal versuchte Sam es mit etwas Gegenwehr. Zwecklos. Also trottete er weiter und gähnte gelangweilt.

Auch Emma sah nicht sonderlich interessiert aus und eher so, als ob sie mit ihren Gedanken ganz woanders wäre. Sam vermutete, dass sie sich auch nicht für diese Leinenführigkeit interessierte.

Er sah, wie Rupert ihn aus der Ferne erneut beobachtete. Nur kurz hatte der Schäferhund den Kopf gedreht, Sam angestarrt und dabei die Zähne gefletscht. Sam konnte das nicht länger zulassen, er musste sich auf Rupert stürzen. Er versuchte ein weiteres Mal, an Emma vorbeizukommen, doch sie hielt ihn fest an der Leine. Da lang ging es also nicht. Sam wich zurück, bis die Leine nicht mehr ganz so stark gespannt war. Dann tunnelte er Emma, rannte durch ihre Beine hindurch und stürzte nach links. Allerdings stürzte auch Emma – ohne die Leine dabei loszulassen. Sam spürte einen Ruck an seinem Hals, grub seine Krallen in den Boden und kam trotzdem nicht weiter.

«Sam!», schimpfte Emma, und er kniff den Schwanz ein. Er senkte den Kopf und drehte sich vorsichtig zu ihr um. Emma lag hinter ihm auf der Wiese. Ihre Augen waren verengt, eine tiefe, zornig wirkende Falte hatte sich auf ihrer Stirn gebildet.

Sam legte den Kopf schief. Wollte sie mit ihm spielen? Wohl eher nicht. Denn sie schimpfte weiter, während sie sich halb aufrichtete und dabei ihr Hinterteil rieb, auf dem ein großer grüner Fleck zu sehen war.

Da hörte er die freundlich klingende Stimme des Tierarztes. Na also, der zumindest war nicht sauer auf ihn. Sam wedelte mit dem Schwanz.

«Wie gut, dass ihr Sam hier angemeldet habt», sagte Benjamin lachend, und Sam entspannte sich etwas. «Das mit dem An-der-Leine-Gehen sollten wir echt noch etwas üben», fügte er freundlich hinzu. Nein, der Tierarzt war ihm definitiv nicht böse.

Lächelnd reichte Benjamin Emma die Hand und zog sie hoch. «Geduld! Bei Hunden braucht man viel Geduld», sagte er und fragte erst dann, ob sie sich wehgetan hätte.

«Nein.» Emma schüttelte den Kopf, sie klang nicht mehr ganz so wütend. Und dann endlich lächelte auch sie. «Sam treibt mich manchmal einfach in den Wahnsinn», sagte sie so weich, dass Sam sich traute, wieder näher an sie heranzurücken und seinen Kopf an ihrem Hosenbein zu reiben.

25

Drei Wochen später war Sam als Bürohund nicht mehr wegzudenken. Louise hatte sogar darauf beharrt, Sam auf der Webseite des Innenarchitekturbüros mit aufzuführen: *Sam, vier Jahre alter Mischlingsrüde, der für zusätzliches Chaos sorgt und unser Büro ordentlich aufmischt.*

Sam, so wusste Emma mittlerweile, war alles andere als zurückhaltend. Nach den ersten beiden Stunden unter ihrem Schreibtisch war er losgezogen, um die Räumlichkeiten zu erkunden. Dass er sich ausgerechnet bei Graham auf die kleine Besprechungscouch gelegt hatte und sich von dort aus tagsüber kaum vertreiben ließ, hatte den Chef schon einige Male nach Emma rufen lassen.

«Sam, ich habe gleich Kunden, geh wieder unter deinen Schreibtisch!» Graham hatte mit in die breiten Hüften gestemmten Armen vor ihm gestanden.

Müde hatte Sam kurz ein Auge geöffnet, ihn angeblinzelt und dann weitergeschnarcht.

«Hey, ich habe mit dir gesprochen!»

Natürlich hatte Sam so getan, als ob er ihn nicht hörte. Emma wusste, dass er immer auf stur schaltete, wenn er etwas nicht wollte.

«Sam, bitte.» Graham hatte nur einmal versucht, ihn von der Couch zu schubsen, und war sofort zurückgewichen, als Sam ihm die Zähne gezeigt und ihn angeknurrt hatte.

«Nachher beißt er mich noch.»

«Wird er nicht», hatte Louise gesagt. «Deine Cholesterin-

werte sind so schlecht, dass du auch für einen Hund unge-
nießbar bist.» Sie hatte ihn liebevoll in die Seite gezwickt.

«Was heißt denn: *auch für einen Hund?*»

Sie hatte mit den Augen gerollt. «Graham, lass dich endlich beim Arzt durchchecken! Deine Haut ist schon total fahl,
und wenn ich mir so ansehe, was du den ganzen Tag isst, dann
kann das einfach nicht gesund sein.»

Er hatte bei diesem Gespräch versucht, seinen Bauch einzuziehen, doch das täuschte nicht darüber hinweg, dass seine Anzugjacke schon längst nicht mehr zuging. Also schwieg
Graham und passte sich an die Umstände an.

Er kaufte Sam sogar eine Hundedecke, damit er dessen
Haare nicht mehr einzeln von der Couch klauben musste. Und
er aß jetzt nur noch heimlich. Allerdings meist mit Sam an
seiner Seite. Denn Sam stand sofort parat, kaum dass jemand
mit einer Verpackung knisterte oder den Kühlschrank in der
kleinen Teeküche öffnete.

Jetzt aber lag er unter Emmas Schreibtisch und döste vor
sich hin. Er sorgte dafür, dass sie sich nie alleine fühlte. Und
in Momenten tiefer Traurigkeit, die sie manchmal wie aus
dem Nichts überfielen, war er es, der sie tröstete und beruhigend seine Pfote oder Schnauze auf ihren Oberschenkel legte.
So wie Daniel es ihr prophezeit hatte.

«Emma, Lust auf einen Tee?», fragte Mabel und winkte
mit einer hübschen Dose. An ihrem Handgelenk klimperten
mehrere große Armreife. «Ich habe eine neue Sorte erstanden.
Schottischer Nebel-Tee mit Orangen- und Vanilleflavour.»

Emma verzog das Gesicht. «Ich weiß ja nicht, wo du immer
so abenteuerliche Mischungen auftreibst, aber wenn ich auch
einen Kakao trinken darf, komme ich mit in die Küche.»

Sie war über jede Pause dankbar, weil sie sich noch immer

nicht lange konzentrieren konnte. Graham hatte ihr schon diese Woche wieder ein eigenes Projekt gegeben: Emma sollte Vorschläge für die Umgestaltung eines kleinen Ladenlokals am Stadtrand von Inverness liefern. Das konnte sie sehr gut am Computer machen. Und doch schaffte sie es nicht, ganz in das Projekt einzutauchen. Immer wieder fragte sie sich, was Daniel dazu gesagt hätte und ob er als möglicher Kunde eher hellere oder dunklere Farbakzente bevorzugen würde.

Sie hatten sich immer hervorragend ergänzt. Daniels fotografisches Auge und sein besonderer Blick für Details hatten Emma oft geholfen, das Maximale aus ihren Projekten herauszuholen. Flehend schaute sie mehrfach am Tag das Bild von ihrem gemeinsamen Segeltörn an, das sie bei viel Wind und mit tief ins Gesicht gezogenen Kapuzen zeigte. Daniel hatte das Meer immer geliebt – egal bei welcher Witterung.

Was würdest du nur tun, Daniel?

Nie hätte Emma gedacht, dass ihr ganzes Selbstvertrauen mit seinem Tod verloren ging. Aufgaben, die sie vorher mit größter Selbstverständlichkeit und ohne viel nachzudenken erledigt hatte, stellten sie nun vor enorme Herausforderungen. Dabei hatte sie doch früher auch ohne Hilfe gearbeitet, bevor sie Daniel kennengelernt hatte. Aber er war so sehr zu einem Teil ihrer selbst geworden, dass sie seinen Verlust auch an dieser Stelle schmerzhaft spürte. Sie musste erst wieder lernen, ohne ihn zurechtzukommen und ohne ihn Entscheidungen zu treffen. Nur war sie dazu noch immer nicht bereit, weil sie sich noch viel zu sehr aufs bloße Überleben konzentrieren musste.

Emma richtete sich auf und folgte Mabel in die Teeküche, wo sie nach ihrer Lieblingstasse griff und sich eine heiße Schokolade zubereitete. Sam, der hinter Emma hergetrottet war, verzog sich gleich wieder, da ihn Heißgetränke nicht interessierten. Noch einmal wedelte Mabel verheißungsvoll mit ihrer Neuerwerbung.

«Nein, das kannst du vergessen», sagte Emma. «Schottischen Nebel-Tee mit Vanillegeschmack probiere ich garantiert nicht.» Sie schüttelte den Kopf und verzog erneut das Gesicht, als Mabel ihr die Dose direkt unter die Nase hielt.

«Orangen- und Vanilleflavour», korrigierte Mabel sie. «Man muss im Leben einfach mal was Neues ausprobieren.»

«Aber nicht, wenn einem gerade viel mehr nach Schokolade ist», beharrte Emma und rührte mit einem Löffel in ihrem Kakao herum.

Mit den Fingern fuhr sie liebevoll über den Schriftzug «My Queen», der in verschnörkelten Lettern über einem königlichen Porträt auf die Tasse gemalt war. Daniel hatte das Design eigenständig entworfen und das Konterfei von Queen Elizabeth durch ein stilisiertes Passfoto von Emma ersetzt. «Das, was Elizabeth für Philip war, das bist du für mich», hatte er grinsend gesagt und ihr die Tasse überreicht.

«Aber du hättest wenigstens mein Haar so lassen können, wie es ist», hatte Emma erwidert. «Seit wann bitte trage ich denn einen Dutt?»

«Ach, du glaubst gar nicht, wie gerne ich mit Photoshop spiele», hatte Daniel geantwortet, und Emma musste ihm recht geben. Er liebte die Fotografie und alles, was damit zu tun hatte. Deshalb hatte Emma auch, als er plötzlich über Tage seine Kamera nicht mehr angerührt hatte, begriffen, dass es ihm schlechter ging, als er zugab. Sie hatte sogar noch versucht, ihn zum Fotografieren zu ermutigen, doch nie wieder war der Auslöseknopf seiner Spiegelreflexkamera betätigt worden.

«Sag mal, hörst du mir überhaupt zu?», fragte Mabel und wiegte den Kopf hin und her. Die übergroßen Creolen, die sie trug, legten sich dabei auf die Schultern, und Mabel fluchte, als sich der Schmuck in ihrem Wollpullover verhakte. «Jedes Mal, wenn ich besonders große Ohrringe trage, habe ich nachher entweder Schmerzen in den Ohrläppchen oder ein Loch im Pullover. Oder die Dinger verhaken sich in meinen Haaren», jammerte sie.

«Versuch's mal mit einer Kurzhaarfrisur und weniger langen Ohrringen», empfahl Emma lachend.

Doch Mabel schüttelte vehement den Kopf. «Niemals! Ich finde die so schick, dass ich sie auch ausführen muss.»

Emma nickte. Mabel war ohne ihre auffälligen Ohrringe, extravaganten Röcke und Kostüme, die sie häufig auch bei der Arbeit trug, einfach nicht vorstellbar.

«Mark hat mir diese Creolen geschenkt», betonte sie nicht ohne Stolz, als Emma ihr dabei half, einen der Ohrringe aus ihrem Wollpullover zu befreien. «Wir kennen uns noch gar nicht lange, aber als wir am Wochenende shoppen waren, hat er sie mir gekauft.»

«Einfach so?» Emma überlegte, ob sie vielleicht Mabels Geburtstag vergessen hatte. Wochentage oder Daten besaßen für sie kaum noch eine Relevanz. Sie zählte nur die Zeit, die vergangen war, seitdem sie Daniel zum letzten Mal in ihre Arme geschlossen hatte. Es waren jetzt 121 Tage – und noch immer fühlte sie kaum eine Veränderung. Nach dem anfänglichen Schock begriff sie allerdings immer mehr, was es bedeutete, dass er nicht mehr da war. Er verpasste die Fliederblüte, und die Vögel im Garten zwitscherten ihre Lieder, ohne dass er die Fenster aufriss und Emma zurief, dass es wieder ein Gratiskonzert gebe. Und er überraschte sie bei der Arbeit nicht mehr mit Eis oder Pralinen.

«Na ja, ich war schon sehr deutlich und habe ihm mehrfach

gesagt, dass diese Creolen mir wirklich gut gefallen», sagte Mabel. «Wenn ein Mann nicht bereit ist, in mich zu investieren, möchte ich das lieber von Anfang an wissen.»

«Und? Ist Mark der Richtige?»

«Ach, ich teste mich noch aus», sagte Mabel und zuckte mit den Schultern. «Wer weiß, was ich sonst alles verpasse, wenn ich mich jetzt schon festlege.» Sie zwinkerte Emma zu. «Ich bin schon fast zwanzig Jahre in diesem Laden, da muss ich mich nicht auch privat noch so fest binden.»

Dann erzählte sie ungefragt weiter von Mark und seinen Geheimratsecken, bei denen sie befürchtete, dass sie sich in wenigen Jahren zu einer Halbglatze ausweiten könnten. Sie berichtete außerdem von einem geplanten Wochenende bei ihrem alten Schulfreund Thomas in London, bei dem sie nicht wusste, ob er sich nach seiner Scheidung nicht doch mehr für sie interessierte als nur dafür, ihr die neueste Ausstellung in der Tate Gallery of Modern Art zu zeigen. Und schließlich befragte sie Emma zu ihrer Meinung über die passende Garderobe bei einem ersten Date in einem Restaurant im Dunkeln.

«Mit Austin», ergänzte sie. «Ich bin deswegen ganz aufgeregt. Er hat so eine wundervolle Stimme, aber ich habe noch nicht einmal ein Foto von ihm gesehen.» Sie wirkte tatsächlich etwas nervös.

«Vielleicht ist er ja wie Austin Powers», mutmaßte Emma.

«Wer? Ich?», fragte Graham, der soeben zu ihnen in die Teeküche trat. «Ich nutze die Gunst der Stunde, Louise musste gerade kurz in die Reinigung», sagte er entschuldigend und öffnete dann den Kühlschrank, um ein Schinkenbrötchen daraus hervorzuholen. Er legte es auf der Arbeitsfläche ab und bereitete sich einen grünen Tee zu.

Mabel winkte lachend ab.

Auch Emma schüttelte amüsiert den Kopf. «Nein, so wirklich viel Ähnlichkeit hast du ja nicht mit Austin Powers», sagte sie.

«Zumindest nicht optisch», foppte ihn Mabel und klopfte ihm freundschaftlich auf die Schulter.

«Vielen Dank auch», sagte Graham und drehte sich kurz zum Tresen, um nach einer Serviette zu suchen.

Genau diesen Moment nutzte Sam, der wie immer durch das Knarzen des Kühlschranks angelockt worden war. Er stellte sich auf die Hinterpfoten, schnappte sich Grahams Schinkenbrötchen und raste damit aus der Küche.

«Sam!», rief Emma. «Komm sofort zurück!» Noch einmal rief sie laut: «Sam!»

«Hat er etwa wieder …? Oh nein!» Graham wurde rot und sauste mit donnernden Schritten hinter Sam her.

«Mist!», stöhnte Emma. «Der Hund hört einfach nicht. Dabei geht er jetzt sogar in die Hundeschule.»

«Jetzt gib mir mein Brötchen wieder!», rief Graham.

Emma ahnte, dass er weder das Brötchen noch den Schinken anrühren würde, nachdem beides schon halb in Sams Maul verschwunden war. Dennoch versuchte ihr Chef, Sam dazu zu bewegen, das geklaute Essen wenigstens wieder herauszurücken.

«Das läuft hier so nicht, mein Freund. Jeder kümmert sich um sein eigenes Futter, hörst du?» Er wurde noch lauter.

Als Emma eilig aus der Küche trat, hockte Graham in Vierfüßlerstellung vor dem Schreibtisch seiner Frau und sah Sam fest in die Augen. Der Hund lag unter dem Tisch und biss nur alle paar Sekunden einmal auf das Brötchen. Nicht aber, ohne dabei Graham aus den Augen zu lassen.

«Was ist denn hier los?» Plötzlich stand Louise im Raum.

Graham richtete sich so schnell auf, dass er mit dem Kopf gegen die Tischkante stieß und leicht zurücktaumelte.

«Ich, also ...», stammelte er und lief erneut rot an.

«Du willst doch wohl dem armen Hund nicht sein Fressen klauen? Wie weit sind wir denn bitte jetzt gekommen?»

Mabel trat nun ebenfalls herbei und grinste Emma an. Als ein weiterer Kollege wissen wollte, warum Louise sich so empörte, zuckte sie nur mit den Schultern.

«Nein, also der Punkt ist der, dass Sam ...» Weiter kam Graham nicht, denn Louise ergriff direkt wieder das Wort.

«Du willst dich doch wohl nicht mit einem Hund um ein Schinkenbrötchen streiten? Also echt!»

«*Mein* Schinkenbrötchen», protestierte er kurz und raufte sich dabei die wenigen Haare, die ihm noch verblieben waren. Doch es war zu spät. Sam hatte genüsslich Brötchen und Schinken vertilgt, kam jetzt wieder unter Louises Schreibtisch hervor und schleckte sich zufrieden übers Maul. Dann trottete er gemächlich und in stolzer Haltung an Graham vorbei.

«Ich habe noch Salat im Kühlschrank», bot Louise an, konnte ihren Mann aber nicht davon abhalten, nach der Tageszeitung zu greifen und sie nach Sam zu schleudern.

«Na warte, dir werde ich es noch zeigen», rief Graham.

Sam beschleunigte und stürzte sich unter Emmas Tisch.

Emma ging zu ihm und kraulte ihm die Ohren. «Na, warst du wieder schneller als der Chef?»

«Dieser Hund!», stöhnte Graham und verschwand mit hängenden Schultern in seinem Büro, dessen Tür er mit einem lauten Knall ins Schloss fallen ließ.

Louise lachte herzlich.

«Immerhin treibt er seinen Cholesterinspiegel nicht noch weiter in die Höhe», sagte sie und griff bereits nach dem Telefonhörer, um einige Telefonate zu führen. «Gut, dass Sam aufpasst!»

«Danke», flüsterte Emma, als sie wieder an ihrem Platz saß, und schaute voller Liebe auf das Foto von sich und Daniel. So anstrengend Sam auch war, er sorgte dafür, dass die Treppenstufen im Haus weiter täglich knarzten und sie einen Grund hatte, jeden Morgen aufzustehen.

Sam legte seine Schnauze auf ihren Oberschenkel und brummte wohlig, während sie ihm weiter die Ohren kraulte.

Daniel hatte gewusst, dass sie sich für Sam entscheiden würde – und er hatte auch fest damit gerechnet, dass sie irgendwann wieder an ihren Schreibtisch zurückkehren würde. Das wurde ihr jetzt – genau jetzt – bewusst. Denn als sie die mittlere Schublade ihres Schreibtisches aufzog, um daraus etwas Millimeterpapier und einen Bleistift zu entnehmen, entdeckte sie zwischen zwei Skizzenblöcken einen pastellfarbenen Umschlag.

Emma saß plötzlich kerzengerade, ihre Hände zitterten. Sie wusste nicht, wie Daniel es angestellt hatte, aber das war unverkennbar seine Handschrift – ein weiterer Brief an sie, der sie unvermittelt aufschluchzen ließ.

Daniel hatte sie nicht vergessen. Daniel war immer noch bei ihr.

«Alles in Ordnung?» Kelly, die nur ein paar Meter weit entfernt saß, wirkte besorgt.

Emma nickte, lächelte plötzlich beseelt. «Ja, danke. Alles in Ordnung. Ich ... ich brauche nur einen Moment.» Sie drehte den Umschlag in ihren Händen und wartete, bis sich ihr Herzschlag etwas beruhigt hatte und sie sicher war, dass niemand auf sie achtete. Erst dann öffnete sie das Kuvert und faltete den Brief auseinander.

Liebe Emma,

ich bin so stolz auf Dich! Wenn Du diesen Brief gefunden hast, dann bist Du wieder bei der Arbeit.

Es ist wichtig, dass das Leben weitergeht! Meine größte Sorge war es, dass Du Dich zu Hause verkriechst und verlernst, glücklich zu sein. Aber das Glück liegt in so vielen täglichen und kleinen Dingen – nicht nur in der Liebe. Und ich hoffe, ich muss Dich nicht daran erinnern, wie glücklich Dich auch Deine Arbeit immer gemacht hat!?

Du hast so tolle Kollegen (und ich wette, Mabel quatscht Dich immer noch mit ihren neuesten Eroberungen zu, oder?). Und Du liebst Deine Arbeit doch auch! Habe ich Dir eigentlich je gesagt, dass Dein Schreibtisch dort der beste ist? (Mal abgesehen von dem Foto von uns beiden, das ihn optisch enorm aufwertet!) Ich mochte immer den Blick von Deinem Platz nach draußen, da Du direkt in diese enorme Baumkrone schauen kannst. Weihnachtsbeleuchtung im Winter, die ersten Knospen im Frühjahr, das schattenspendende Blätterkleid im Sommer und im Herbst das bunte Laub, durch das Du immer so gerne schlurfst.

Emma, das Leben geht weiter – auch ohne mich. Lass Dich bitte darauf ein. Geh raus, genieße die Natur und das Leben, kümmere Dich um neue Projekte. Das kannst Du so gut. Du hast so ein tolles Händchen für Inneneinrichtung. Ohne Dich wäre unser Zuhause nie so ein wundervolles Zuhause geworden. Und zwar nicht nur, weil Du da warst, sondern weil Du es in diesen gemütlichen Ort verwandelt hast, an dem ich immer am liebsten war.

So, und jetzt nimm bitte Deinen Kugelschreiber, Dein Lineal oder was auch immer und fang an zu arbeiten. Ich bin stolz auf Dich!

Ich liebe Dich für immer!
Daniel

PS: Pass auf, dass Dich niemand erwischt, wenn Du während der Arbeit mal wieder Candy Crush spielst! (Ich kenne Dich doch!)

PPS: Nimm doch bitte dieses Foto von der Wand, an dem ich nach unserem Fish-&-Chips-Essen noch die Remoulade am Mundwinkel habe. Ich wette, dass sich bei uns alle die Klinke in die Hand geben, damit Du nicht alleine bist. Und so soll sich nun wirklich keiner an mich erinnern! ☺

26

Der Wochenmarkt war nur ein paar Häuserblöcke vom Büro entfernt. Emma war diese Strecke häufig gegangen, seit sie mit Graham zusammenarbeitete. Und jeden Mittwoch hatte Daniel sie, sofern es sich einrichten ließ, bei der Arbeit abgeholt, und sie waren Hand in Hand zu dem kleinen Platz geschlendert, auf dem regionale Händler in kleinen Holzhütten ihre Waren anboten. Gemeinsam hatten sie hier Obst und Gemüse gekauft, sich einen Tee mit etwas Shortbread gegönnt und die einzigartige Atmosphäre genossen: kulinarische Gerüche und ein Gemisch aus Klängen von klappernden Töpfen, dem Öffnen und Schließen mechanischer Kassen und fröhlichen Stimmen. Das Anpreisen von Waren durch die Händler mischte sich mit dem Gelächter von Kindern, die an einem kleinen Stand selbst Gebäck zubereiten durften, und dem fröhlichen Geplapper von Menschen, die sich zufällig auf dem Wochenmarkt trafen und sich über das Wetter, den neuesten Klatsch von Inverness und ihre Kinder austauschten.

Daniel hatte immer betont, dass der Markt die Seele des Ortes war. Häufig nahm er seine Kamera mit und überzeugte auf seine charmante Art ihm völlig Fremde davon, sich von ihm fotografieren zu lassen. Marktbesucher beim angeregten Plausch, Beschicker beim Anpreisen von Äpfeln, Eltern, die ihre Kleinkinder mit Milchbrötchen fütterten, Hundehalter, die ihre Vierbeiner lachend vom Wurststand wegzogen.

Am liebsten aber fotografierte er Emma. Wie sie genüsslich

in ein Stück Kuchen biss, mit einem Löffel klappernd in ihrer Teetasse herumrührte und ihn verliebt ansah.

«Emma, schau mich nicht so sexy an», hatte er bei einer Gelegenheit gesagt. «Doch nicht hier. Wir sind auf einem Markt. Ich bitte dich.»

«Ich werde doch wohl noch meinen zukünftigen Mann anschauen dürfen.»

«Aber nicht so. Wir haben gerade nur Mittagspause und sind inmitten von Menschen.» Schelmisch hatte Daniel sich umgesehen. «Aber vielleicht gibt es auch hier irgendwo ein lauschiges Plätzchen ...»

Emma hatte gelacht.

Seit sie sich kannten, hatte er sie zum Lachen gebracht und die Melodie ihres Lebens mindestens zwei Oktaven höher gehoben. Jetzt, ohne Daniel, war diese Melodie erstorben, und die Geräusche, die vorher ihr gemeinsames Leben untermalt hatten, bereiteten ihr Kopfschmerzen. Hämmerten ihr ähnlich wie das dumpfe, penetrante Geräusch eines Presslufthammers immer wieder ein, dass Daniel nicht mehr bei ihr war.

Emmas Hand schloss sich fester um Sams Leine. Nein, dieses Mal war es nicht so schlimm wie bei ihrem ersten Marktbesuch ohne Daniel. Jetzt wusste sie, dass sie die Strecke auch allein zurücklegen konnte, dass nicht jeder Vogel, der auf einem Baum ein fröhliches Liedchen zwitscherte, auch schon von Daniel gehört worden war.

«Sam, bei Fuß», sagte Emma und ließ die Leine lockerer, als er sich an ihre Seite gesellte und mit ihr Schritt hielt. «Braver Junge», lobte sie ihn und erinnerte sich an das, was der Tierarzt zum Belohnungsverhalten gesagt hatte: «Es ist wie bei euch. Wenn ihr etwas besonders gut gemacht habt, sei es bei der Arbeit oder in einem anderen Kontext, dann freut ihr euch über Lob und Anerkennung. Das ist bei Vierbeinern genauso. Und wer Lob erfährt und zufrieden ist, dem geht alles gleich noch viel leichter von der Hand – oder der Pfote.»

«Gleich bekommst du auch ein Leckerli», versprach Emma deshalb und lachte, als Sam damit begann, intensiv in der Luft zu schnuppern. «Ja, gleich sind wir da.»

Nur wenige Meter später wehte auch ihr der Duft von Gebäck, Kräutern und herzhaftem Käse in die Nase. Emma freute sich auf einen wärmenden Tee, denn noch waren die Vormittage kalt. Dennoch hatte sie sich heute für ihren leichten, pinkfarbenen Mantel entschieden.

Sie ahnte, was Daniel ihr gesagt hätte: *Emma, und wehe, du läufst nur noch in Schwarz herum. Klar, das ist für trauernde Witwen Tradition, aber man muss doch nicht alles mitmachen – und vor allem Rottöne stehen dir so gut. Lass wieder etwas Farbe in dein Leben, ja?*

Die Sätze hätten auch in einem seiner Briefe stehen können, die Emma stets so berührten. Sie halfen ihr dabei, Schritt für Schritt nach vorne zu gehen – und schmerzten sie doch ungemein. Ein Blatt Papier, das Daniel zuletzt berührt hatte, auf dem seine Worte standen, war mehr wert als alles Geld der Welt, und doch ersetzte es weder Gespräche noch Blicke noch die Umarmung, die sie so bitter nötig hatte.

Emma bückte sich und streichelte Sams Fell. Seit sie ihn gestern in die Badewanne gepackt und ordentlich eingeschäumt hatte, roch er etwas weniger streng nach Hund und viel mehr nach Bergamotte. Allerdings dachte sie jetzt noch mit Unbehagen daran, wie das Badezimmer danach ausgesehen hatte. Aber wie immer hatte Sam seinen unschuldigen Blick aufgesetzt – wie auch jetzt, als sie am Rand des Marktes standen.

«Untersteh dich, ja? Das hier ist ein Test. Wenn du dich ordentlich verhältst, gibt es heute ein extra großes Leckerli, ja?»

Sam legte den Kopf schief, und Emma wusste nicht, ob er damit sein Einverständnis signalisierte oder bloß wieder etwas anderes ausheckte. Für den Moment aber lief er folgsam neben ihr her und schien das Bad der Bewunderung zu genießen, das ihn nun erwartete. Kinderhände griffen nach seinem Fell, ältere Frauen schauten ihn verzückt an, und als er schließlich hörte, wie jemand seinen Namen rief, riss er so heftig an der Leine, dass Emma Mühe hatte, ihn zu halten.

«Sam, bist du das?»

Emma erkannte Lucys Stimme. Die Freundin sprach noch immer jeden zweiten Abend auf ihren Anrufbeantworter, aber stets ignorierte Emma ihre Rückrufbitten und antwortete stattdessen mit einer kurzen Nachricht aufs Handy. *Alles okay bei mir. Hoffe, bei dir auch! Viel zu tun gerade.*

Ihre Schwester hatte ihr mehr als einmal ins Gewissen geredet: «Melde dich bei ihr, macht etwas zusammen. Emma, sie ist immer noch deine beste Freundin.»

Ja, das war Lucy, aber jetzt, da sie ihren immer größer werdenden Babybauch vor sich hertrug, wusste Emma, dass sie die Freundin gerade nicht ertragen konnte.

Lucy ging mit weit ausgebreiteten Armen auf sie zu und drückte sie an sich.

Viel zu lange spürte Emma die zunehmende Rundung um ihre Körpermitte.

Sie löste sich aus der Umarmung und wandte den Blick von Lucys Bauch ab. In den Augen der Freundin nahm sie zunächst nur das Strahlen einer Schwangeren wahr und nicht den Ausdruck von Mitleid und Besorgnis, mit dem Lucy sie eindeutig bedachte.

«Gut siehst du aus», flüsterte Lucy.

Aber in Emmas Magengegend verkrampfte sich alles. Ja, sie hatte etwas Rouge aufgetragen und sich die Wimpern getuscht. Seit sie nicht mehr ständig weinte und die Tränen viel häufiger wegblinzeln konnte, wagte sie es wieder, sich zu schminken. Aber nein, es ging ihr trotzdem nicht gut.

«Danke», antwortete sie knapp. «Du auch.»

Die Leichtigkeit, die immer zwischen ihnen geherrscht hatte, war verschwunden. Emma fühlte sich in Lucys Gegenwart einfach nicht wohl, zeigte ihr Lucy doch mit ihrem wachsenden Bauch das, was sie mit Daniel niemals mehr würde haben können. Dabei hatte sie sich eine Familie mit ihm so sehr gewünscht!

«Hey, ich mache mir Sorgen um dich», sagte Lucy jetzt und streichelte über Emmas Arm. Sie schien den Hund an ihrer Seite nicht mehr zu beachten, schien konzentriert allein auf sich, die Freundin und das strampelnde Baby in ihrem Bauch. Emma wusste von Hannah, dass Lucy und Simon einen kleinen Jungen erwarteten.

«Brauchst du nicht», antwortete Emma etwas abweisender als geplant. «Ich komme zurecht.» Immerhin hatte sie es heute sogar auf den Marktplatz geschafft. Sie stand jeden Morgen auf, sie wusch sich, sie aß. Sie existierte.

Lucy nickte. «Aber wenn du mal Hilfe brauchst, ich bin da.»

Emma biss sich auf die Unterlippe. «Ja, das weiß ich, danke. Aber mal ernsthaft: Wobei willst du helfen? Daniel ist tot.» Sie erschrak über ihre eigenen, harschen Worte. Ihr traten die Tränen in die Augen, und gleichzeitig ärgerte sie sich, dass sie diese Wahrheit überhaupt ausgesprochen hatte. Vermutlich würde nun auch Carol bald wieder vor der Tür stehen und ihr sagen, wie leid ihr doch alles täte, wie sehr sie sie bedauerte. Aber Emma bedauerte sich schon selbst genug, und es störte sie, dass alle anderen ihr normales Leben weiterlebten, während ihres nie wieder sein würde wie zuvor.

Daniel, ich halte es einfach nicht aus ohne dich!

Nur kurz schaute sie Lucy an. Verdammt! Sie musste ihrer besten Freundin dieses Glück doch gönnen! Aber wenn Lucy nicht ausgerechnet jetzt schwanger wäre, würde es Emma zumindest etwas leichter fallen, sich von ihr umarmen und trösten zu lassen.

Sam zog an der Leine, und wieder einmal war Emma froh, dass sie sich für diesen chaotischen Hund entschieden hatte. Sie pfiff auf die Leinenführigkeit, jetzt hatte Sam das Sagen – und sie war mehr als dankbar dafür.

«Sorry, Lucy. Hat mich gefreut, dich zu sehen, aber ich muss jetzt echt los.» Sie zwang sich zu einem Lächeln. «Wir hören uns, ja?» Schon ließ sie sich von Sam davonziehen, der direkt auf den Stand mit Wurstwaren zusteuerte. Sie drehte sich nur noch einmal kurz um. «Alles Gute für dich und den Kleinen. Und schöne Grüße an Simon!»

Erst dann atmete sie hörbar aus.

«Danke, Sam», flüsterte sie. «Ich weiß gar nicht, was ich ohne dich gemacht hätte. Heute hast du dir einen langen Spaziergang so richtig verdient.»

27

Emma beeilte sich am Nachmittag, mit Sam Schritt zu halten. Hier im Craig Phadrig Forest, wo er frei laufen durfte, merkte sie, wie sehr ihre Kondition nachgelassen hatte, seitdem sie nicht mehr mit Daniel durch die Wälder lief. Zuletzt war sie mit ihm hier gewesen. Die Bäume, die noch im Herbst ihr Blätterkleid abgeworfen und sich in ihrer kompletten Verletzbarkeit gezeigt hatten, trugen nun im Mai längst wieder ein grünes Gewand. Und die zartrosafarbenen Blüten der Holzapfelbäume kündigten verheißungsvoll die kleinen, süßen Früchte an, die sie in wenigen Monaten tragen würden.

Es war das erste Frühjahr ohne Daniel, das erste mit Sam.

Emma stand auf einer Anhöhe und ließ ihren Blick über die von grünen Bäumen und Sträuchern gesäumten Waldpfade wandern, atmete den Duft von feuchtem Waldboden und moosbegrünten Baumstämmen ein.

Das war es also, was du wolltest, Daniel, oder? Du wolltest, dass ich mit Sam wieder rausgehe, dass ich die Schönheit der Natur für uns beide erlebe?

Er hatte es ihr mehrfach und mit anderen Worten in seinen Briefen geschrieben, aber erst in seltenen Momenten wie diesen, in denen sich in Emma zaghaft ein Gefühl des Wohlbefindens breitmachte, verstand sie, dass es tatsächlich irgendwie ohne ihn weiterging. Ganz so, wie sich der Pfad nach oben schlängelte, auf dem Sam gerade über Steine und Wurzeln sprang und dabei mal mit der Grazie einer Gazelle, mal mit der Behäbigkeit eines lahmenden Wildschweins landete – so würde auch Emmas weiteres Leben wieder bergauf verlaufen. Gespickt von jeder Menge Hürden, Stolpersteinen und kleineren und größeren Erdrutschen, die sie wieder ein Stück des Weges zurückwerfen würden. Dennoch würde es aufwärtsgehen.

«Puh, also ich merke wirklich, dass ich langsam alt werde», lachte Amber, die in ihrem roten Windbreaker ein paar Meter hinter Emma lief. Sie war Ende vierzig, lebte mit ihrem Mann und den zwei Kindern im Teenageralter zusammen und hatte sich Lilly ins Haus geholt, damit noch länger Chaos und Leben in der Bude wäre.

Emma war die Einladung zu einem gemeinsamen Spaziergang über die WhatsApp-Gruppe der Hundeschule gerade recht gekommen. Nach der heutigen Begegnung mit Lucy auf dem Markt hatte sie keine Lust gehabt, zu Hause zu sitzen und sich durch die Gedanken an Lucys Schwangerschaft und die anderen aus ihrer früheren Clique noch weiter runterziehen zu lassen – und davon, dass die Clique ohne Daniel nie wieder die gleiche sein würde. Außerdem hatte sie es Sam versprochen.

Amber hingegen kannte Daniel nicht, und Lisa hatte ihn nur einmal flüchtig gesehen. Genau das tat Emma im Moment gut: neue Bekanntschaften, die ihr nicht ständig vor Augen führten, dass sie zuvor fröhlicher gewesen war, und die sie genau so akzeptierten, wie sie momentan handelte und fühlte.

Kurz verlor Emma Sam aus den Augen. Er war zusammen mit Lisas Schäferhund Rupert vorgerannt. Die beiden kannten sich nun seit fünf Wochen, und abgesehen von einigen wenigen Raufereien schienen sie sich halbwegs angefreundet zu haben. Lilly lief weit hinter ihnen. Immer wieder blieb die kleine Pudeldame stehen, schnupperte und wühlte mit der Schnauze irgendwo im Waldboden.

«Lilly-Schatz», rief Amber, die ihr blond gewelltes Haar heute zu einem lockeren Zopf gebunden hatte. «Nun schwing die Pfoten! Du bist kein Trüffelhund. Und die beiden Jungs haben dich längst abgehängt.» Sie verdrehte die Augen, als Lilly kurz darauf einem Zitronenfalter hinterherjagte und sich noch weiter von ihnen entfernte – in die Richtung, aus der sie gekommen waren.

Lisa ging hinter ihnen und sprach gerade am Handy mit jemandem über einen Hundewurf. Sie lächelte Emma und Amber zu, griff dann nach Lillys Halsband und schob die Pudeldame zurück auf den Pfad, auf dem auch ihr Frauchen unterwegs war.

Dankbar nickte Amber ihr zu. «Manchmal denke ich, ich bin doch schon zu alt für so eine neue Erziehungsaufgabe», sagte sie und lachte Emma an. «Lilly hört genauso wenig wie meine Teenager.»

Emma hatte Amber von Anfang an gemocht. Sie schien mit sich und ihrem Leben im Reinen, wirkte glücklich und hatte die Art von Lachfalten um die Augen, die davon zeugten, dass ihr noch nicht viel Schlimmes widerfahren war.

«Wie klappt es denn mit Sam?», fragte sie unvermittelt. «Alles gut?»

«Ja», sagte Emma und sah jetzt, wie Sam aufgeregt an einer Baumwurzel wühlte. «Mittlerweile habe ich mich wirklich an ihn gewöhnt.» Sie verschwieg, dass schon weitaus widersprüchlichere Gefühle im Spiel gewesen waren und dass dieser Hund es trotzdem geschafft hatte, sich bei all der Taubheit, die sie empfand, auf leisen Pfoten in ihr Herz zu schleichen. Und an den seltenen Tagen, an denen sie ihn nicht mit ins

Büro nehmen konnte, freute sich Emma regelrecht darauf, nach Hause zu kommen und überschwänglich von ihm begrüßt zu werden.

Abends aß sie jetzt allein, Daniels Platz war für immer leer. Nie wieder würde er ihr mit der Gabel den Krustenbraten vom Teller klauben, ihr nie wieder ein Glas ihres Lieblings-Rotburgunders einschenken. Aber jedes Mal, wenn ihr die Tränen in die Augen traten und ihr ein Bissen im Hals stecken blieb, war da Sam, der seine Schnauze auf ihren Schoß schob, sie mit seinen großen dunklen Augen treu ergeben ansah und diese wohlig schloss, kaum dass Emma anfing, ihn hinter seinen Flauschohren zu kraulen.

«Das freut mich», sagte Amber. «Mit Lilly ist es nicht ganz so einfach. Manchmal frage ich mich wirklich, was sie erlebt hat, bevor sie zu mir kam.»

«Vielleicht wurde sie ausgesetzt?», mutmaßte Emma.

«Also, sie ist tatsächlich gefunden worden, und da sie nicht gechipt war, weiß ich nicht einmal ihr genaues Alter. Manchmal wirkt sie einfach so verstört, sie zuckt bei den kleinsten Geräuschen zusammen, und ich weiß gar nicht, wie ich ihr helfen kann.»

«Mit viel Liebe und Geduld», sagte Lisa. Sie hatte ihr Telefonat beendet und schloss wieder zu ihnen auf. «Sorry, ich musste da gerade was klären. So wie ihr euch an eure Hunde gewöhnen müsst, müssen sie sich auch an euch gewöhnen.» Sie sah Emma an. «Das hat bei Sam schon ganz gut geklappt, oder?»

Zu dritt gingen sie jetzt nebeneinander auf dem Waldpfad, der an dieser Stelle breiter war als zuvor.

Emma war tatsächlich ein bisschen stolz. «Ja, er fühlt sich sehr wohl bei mir.» Sie schob ein «Das glaube ich jedenfalls» hinterher und berichtete dann davon, wie gerne Sam in ihrem Wohnzimmer sämtliche Kissen von der Couch riss und das Innenleben im ganzen Haus verteilte.

«Oh, da hängt dann sicher der Haussegen schief, oder?», fragte Amber und lachte. «Mein Mann würde durchdrehen!»

Erst als sie sah, dass Lisa und Emma stumme Blicke wechselten, wich das Lachen aus dem Gesicht. «Habe ich etwas Falsches gesagt?» Sie schaute Emma irritiert an. «Das wollte ich nicht.»

«Schon gut», sagte Emma und merkte, wie es ihr plötzlich wieder so schwer ums Herz wurde, dass sie das Gefühl hatte, viel weniger Luft zu bekommen. Sie atmete tief ein und erklärte: «Mein Mann ist Anfang des Jahres verstorben.»

Ihr *Mann*. Sie hatten nicht geheiratet, aber die Verbindung zwischen ihren Herzen war so viel mehr wert als jeder Ring. Und doch wünschte Emma, sie hätte Daniel vor all ihren Freunden und Verwandten die ewige Liebe schwören und ihn heiraten können.

«Nein!», hauchte Amber entsetzt und hielt sich erschrocken eine Hand vor den Mund. «Liebes, das tut mir wahnsinnig leid. Ich wusste ja nicht … Sonst wäre ich viel feinfühliger gewesen. Ich bin nicht immer so ein Trampel.» Sie zögerte kurz und riss Emma dann so ungestüm in ihre Arme, dass diese fast den Halt verlor und beide in einer merkwürdig ungelenken Umarmung versanken. Unwillkürlich musste Emma lachen. Es war ein herzliches Lachen, in das Amber und Lisa beide mit einstimmten. Es tat so gut, Daniel erwähnt zu haben.

Emma erwiderte die feste Umarmung und löste sich dann daraus, hielt aber ihre Finger mit denen Ambers verschlungen. Diese Frau strahlte so viel Wärme und Lebenserfahrung aus, dass Emma in ihrer Nähe das Gefühl hatte, sich fallen lassen zu können. Sie musste dieser eigentlich Fremden gegenüber nicht so tun, als ob es ihr gut ginge. Sie musste auch nicht befürchten, dass Amber oder Lisa mit Essen vor ihrer Tür standen oder mehrfach täglich versuchten, sie ans Telefon zu bekommen.

«Danke», sagte sie schlicht. «Weißt du, Daniel ist schuld daran, dass Sam bei mir ist. Und sosehr ich ihn erst für dieses besondere Geschenk verflucht habe, so dankbar bin ich ihm inzwischen.»

Amber nickte und sah Emma mit so viel Zuneigung an, dass diese den Händedruck verstärkte.

«Daniel hat uns im Tierheim wirklich alle beeindruckt», erklärte Lisa. «Er wollte diesen Hund unbedingt. Und jetzt wissen wir, dass er damit nicht nur dir, sondern auch Sam einen großen Gefallen getan hat.»

Emma schaute zu Sam, der in Lauerstellung vor Rupert lag. Der Schäferhund schien wiederum noch nicht ganz sicher zu sein, ob er nun weglaufen oder sich mit dem Mischlingsrüden im Morast des vergangenen Winters balgen sollte.

Emma kannte Sams Geschichte. Er war ins Tierheim gekommen, weil sein Herrchen verstorben war, hatte tagelang nicht gefressen und nur apathisch auf seiner Lieblingsdecke gelegen. Erst Daniel hatte es geschafft, an ihn heranzukommen, seinen Spieltrieb wieder zu wecken und den Sam hervorzulocken, der ihr jetzt mit Begeisterung und Gebell das ganze Haus auf den Kopf stellte. Von seiner Decke waren nur noch Fetzen übrig, aber Emmas Mum hatte ihm daraus ein Kuscheltier genäht. Und das hatte er nun ebenso gerne bei sich wie Emma den kleinen Stoff-Sam und das Shirt von Daniel, das er zuletzt zu Hause getragen hatte. Mehr als einmal hatte sich Emma in der Nacht gewünscht, dass Daniel wieder in sein

Shirt schlüpfen und sie seinen Herzschlag unter dem weichen Stoff spüren würde. Die Gerüche verblassten, aber die Erinnerungen blieben.

Schweigend ging Emma neben den beiden anderen Frauen weiter. Sie genoss die Sonnenstrahlen, die sich ihren Weg durch das dichte Blätterdach bahnten und den Waldpfad mit Lichttupfen sprenkelten. Amber hatte sich bei ihr eingehakt, Lisa legte Lilly jetzt an die Leine und versuchte, ihr mit einfachen Kommandos das Prinzip der Leinenführung beizubringen. Die Pudeldame schien aber nur mittelmäßig interessiert und zeigte sich ebenso stur wie Shetland-Schafe, wenn diese bei kaltem Wetter von einer Weide auf die nächste getrieben wurden.

Emma schnaufte, als der nächste Anstieg kam. Noch vor ein paar Wochen hatte sie sich geschworen, nie wieder im Craig Phadrig Forest laufen zu wollen, um die Erinnerungen an die letzte Joggingrunde hier mit Daniel so lebendig wie möglich zu halten. Doch gerade hier, in der Natur und fernab der Hektik der Stadt, fühlte sie sich ihm heute noch näher als sonst. Und mit einem Mal hatte sie das Gefühl, endlich wieder befreiter atmen zu können.

Der Pfad wurde enger, dann lichteten sich die Baumreihen und boten einen spektakulären Blick auf das zwischen sanften, grünen Hügeln gelegene Inverness und das glänzende Wasser des Beauly Firth. Niemals würde Emma von hier fortgehen. Und sollten die Erinnerungen an Daniel auch noch so schmerzhaft sein: Das hier war ihr Zuhause.

Sie schloss die Augen, konzentrierte sich auf das Rascheln der Blätter, das Vogelgezwitscher und den Wind, der ihr durch die Haare blies. Doch dann hörte sie plötzlich das aufgeregte Gebell von Rupert – und Sam, der erbärmlich jaulte.

28

Sam jaulte immer noch herzzerreißend, als Emma ihn fand. Er hielt seine rechte Vorderpfote, in der ein Dorn steckte, in die Höhe, hatte den Kopf gesenkt und sah sie aus verzweifelten Augen an.

Hilf mir, Emma. Hilf mir!

Sie kniete sich zu Sam. Lisa hockte sich neben sie und redete sofort beruhigend auf Sam ein. «Guter Junge! Das wird wieder. Das tut jetzt sicher ein bisschen weh, aber heute Abend, wenn du wieder in deinem Körbchen liegst, ist alles vergessen.»

Emma sah Sam skeptisch an. «Als ob ausgerechnet du nachts in deinem Körbchen bleiben würdest.» Doch sie konnte ihm nicht böse sein. Jetzt überwog die Sorge. Ihr sonst so agiler und aufgeweckter Hund wirkte wie ein eingeschüchtertes Kaninchen, das in Schockstarre verharrte.

«Ihm tut die Pfote vermutlich ziemlich weh», erklärte Lisa. «Ich habe leider ausgerechnet heute mein Erste-Hilfe-Set nicht dabei. Aber Benjamin hat seine Praxis gleich hier in der Nähe. Wir sollten Sam hinbringen und den Dorn entfernen lassen.» Sie beugte sich vor. «Das Ding scheint so tief zu sitzen, dass wir nur eine fiese Entzündung riskieren, wenn wir es hier herausziehen.» Sie streichelte Sam sanft über den Kopf, und er ließ es sich gefallen. «Was machst du auch für Sachen? Wir müssen dir wohl noch beibringen, dass du nicht ins Unterholz laufen sollst, oder?»

Sams Miene war genauso ausdruckslos wie dann, wenn

Emma ihm mitteilte, dass er noch ein wenig aufs Abendessen warten müsste und bis dahin bitte keine Unordnung anrichten sollte. Trotzdem winselte er leise. Emma wusste nicht, was sie tun sollte. Erst als Amber ihr – vielleicht auch versehentlich – einen kleinen Stups gab, rückte sie noch näher zu ihm und umarmte ihn vorsichtig.

«Sammy, alles wird gut», sagte sie. «So schlimm ist das nicht. Wir bringen dich jetzt zum Tierarzt, der wird dir helfen, ja?»

Als ob Sam sie verstanden hätte, leckte er ihr dankbar über den Handrücken. Die verletzte Pfote aber stellte er nicht ab, er hielt sie weiter in die Höhe.

Dann wandte Emma sich an Lisa. «Und nun? Wie bekommen wir Sam zurück zum Auto?»

«Tragen», antwortete Lisa nüchtern. «Theoretisch kann er zwar auch auf drei Pfoten laufen, aber das wird dauern. Und wenn er sie doch einmal absetzen sollte, gelangt nur noch mehr Dreck in die Wunde.» Erneut schaute sie sich die Verletzung an. «Das ist aber auch ein mordsmäßig großer Dorn, den er sich da hineingetreten hat.»

Rupert hielt den Kopf schief und schien die Wunde ebenfalls zu begutachten. Lilly hingegen bellte eine Eiche an und hatte vermutlich nichts mitbekommen.

«Lilly!», tadelte Amber. «Wenigstens um deinen Freund könntest du dich etwas kümmern!»

«Also tragen?», fragte Emma und straffte die Schultern. Wie viel wog Sam noch mal? Und wie viele Kilos hatte sie zuletzt im Fitnessstudio gestemmt? Sie musterte ihn und fragte sich, ob sie ihn den ganzen Weg tragen könnte. Aber sie musste es einfach versuchen, das war sie ihm schuldig. «Wie halte ich ihn denn am besten?» Sie händigte Amber ihre gestreifte

Umhängetasche aus, in der sie neben ihren Autoschlüsseln, ihrem Portemonnaie und Taschentüchern auch stets den kleinen Stoff-Flinty bei sich trug, den Daniel ihr bei einem ihrer ersten Treffen geschenkt hatte. «Damit er immer auf dich aufpasst», hatte Daniel mit einem Lächeln gesagt und sie dann zaghaft geküsst. Mit einem bereits abgeknickten Horn und einem eingerissenen Trikot war Flinty, der Elch, bei Weitem nicht mehr so schön wie das Original der Rugby-Mannschaft von Edinburgh, erinnerte sie aber immer noch an die ersten Schmetterlinge, die sie in Daniels Nähe gespürt hatte.

Amber hängte sich die Tasche über, während Emma versuchte, Sam hochzunehmen. Sie musste unwillkürlich lachen, als er eine Pfote rechts ihres Kopfes und eine links davon platzierte, ihr seine feuchte Hundenase ins Gesicht drückte und sie schielend ansah.

«Nein, Sam, so geht das nicht. Außerdem hast du einen echt schlechten Atem», sagte sie. «So kommen wir keine paar Meter weit.»

Auch Lisa und Amber lachten. Gemeinsam versuchten sie es erneut, und bald hatten sie den Dreh raus. Sams verletzte Pfote lag jetzt über Emmas Schulter, die andere war auf ihrem Oberarm platziert. Sie umfasste mit der rechten Hand sein Hinterteil und hielt ihn mit dem linken Arm fest an sich gedrückt. So fest, dass sie seinen beschleunigten Herzschlag spürte.

«Keine Angst, mein Großer», flüsterte sie. «Ich pass auf, dass du nicht hinfällst. Das mit dem Dorn reicht für heute, ja?» Mit den Fingern streichelte sie ihn leicht, dann setzte sie sich in Bewegung.

«Hey, einmal herschauen bitte», rief Amber, und Emma sah, wie Sam fragend den Kopf schief legte, als sie ihn mit ihrer Handykamera ablichtete. «Sorry», sagte sie und ließ ihr Smartphone wieder in der Außentasche ihres roten Windbreakers verschwinden. «Ich weiß, dass das nicht der richtige Augenblick ist, aber es gibt Momente, bei denen man genau weiß, dass man es bereut, wenn man sie nicht einfängt.»

Emma schüttelte amüsiert den Kopf. Amber klang fast ein bisschen so wie Daniel. Sie wusste zwar nicht, wie gut sie fotografieren konnte, war sich aber sicher, dass auch Daniel sich diesen Moment nicht hätte entgehen lassen.

Die Sonnenstrahlen, die den Waldboden bisweilen wie ein gesprenkeltes Mosaik wirken ließen, hatten längst an Kraft verloren. Es war ohnehin an der Zeit, zurück zu den Autos zu gehen. Noch einmal warf Emma einen Blick auf den Beauly Firth, der mit königlicher Anmut in den Farben des schottischen Abendhimmels schimmerte, eingebettet zwischen eine in sanftes Licht getauchte Hügelkette und die Ausläufer des Waldes.

«Das mit der Romantik müssen wir aber wirklich noch einmal üben, Sam», sagte Emma. «Wenn du mal mit einer Hundedame unterwegs sein solltest, kannst du dir einen solchen Fauxpas bei einem derartigen Ausblick einfach nicht leisten.»

29

Vermutlich war es gar keine große Sache, aber Emma schaute weg, als Benjamin zunächst Sams Pfote desinfizierte und dann nach einer großen Pinzette griff. Sie kniff die Augen zusammen und konzentrierte sich auf ein Poster an der Wand, das die Anatomie einer Katze erklärte. Vielleicht hätte sie Ambers Angebot, sie zu begleiten, doch annehmen sollen?

Die Praxis war zweckmäßig und modern eingerichtet und in hellen Tönen gehalten. An einer Pinnwand hingen Danksagungskarten, die Hunde, Katzen, Hamster, Vögel und sogar eine Schlange zeigten.

«So, das war es schon», hörte sie den Tierarzt sagen. Emma drehte sich wieder zu ihm. Mit einem leichten Klappern ließ er die Pinzette und den herausgezogenen Dorn in eine metallene Nierenschale fallen, dann begann er, die Wunde noch einmal zu desinfizieren und eine Wundheilsalbe aufzutragen.

Emma wurde übel. Zuletzt hatte sie diese Art von Schalen an Daniels Krankenbett gesehen. Als es ihm in den letzten Tagen immer schlechter gegangen war, hatte sie ihm nicht nur einmal eine Schale hingehalten, während er sich erbrach. Sie hatte sich nicht abweisen lassen, war an seiner Seite geblieben, hatte ihm feuchte Waschlappen in den Nacken gelegt und die benutzte Spuckschale gegen eine neue ausgetauscht. Irgendwann hatte er kaum noch Nahrung zu sich genommen und selbst zum Erbrechen keine Kraft mehr gehabt.

Emma war froh, als Benjamin die Schale zur Seite räumte. Bereits am ersten Kurstag hatten sie alle angefangen, sich beim Vornamen zu nennen. So sei es in einer Schule unter Kurskameraden nun einmal, hatte Benjamin betont. Und Lisa hatte ergänzt: «Wir werden hier mehrere Wochen miteinander verbringen, und ich verspreche, dass es gerade auch wegen der ganzen Vierbeiner wenig formell zugehen wird.»

Benjamin, der eine weiße Hose und dazu ein dunkelgrünes Poloshirt trug, zeigte Emma die gerötete Pfote. «Sam hat sich den Dorn leider wirklich tief hineingetreten.» Er streichelte den Hund, der auf dem Behandlungstisch saß, und drehte dann die Untersuchungslampe von ihm weg. Sam blinzelte mehrfach kräftig. «Ich konnte ihn aber komplett entfernen und die Wunde auch gut desinfizieren. Trotzdem möchte ich unseren vierbeinigen Freund in ein paar Tagen noch einmal sehen. So etwas kann sich immer noch entzünden.»

Er griff nach einem Verband und wickelte ihn vorsichtig mehrfach um die Pfote, die Sam ihm vertrauensvoll entgegenhielt. Nur einmal, als Benjamin nachgreifen musste, heulte er laut auf.

Emma zuckte zusammen. Aber schon wirkte Sam fast so wie immer – nur dass er selten so still saß wie jetzt.

«Da hast du uns aber einen Schrecken eingejagt», sagte sie und vergrub ihr Gesicht in seinem Fell. «Dafür werde ich dich heute Abend verwöhnen. Versprochen!» Sie sah Sam an, dass er gedanklich bereits am Kühlschrank emporsprang. «Natürlich nur geeignetes und vitaminhaltiges Trockenfutter», schob Emma schnell hinterher und schaute Benjamin nahezu entschuldigend und mit leicht gesenktem Blick an.

Er lachte. «Ach, so ein Stück Pansen hat Sam sich schon verdient», sagte er und reichte Emma eine kleine Cremetube. «Die meisten Hunde hassen Trockenfutter, aber Sam hat ja nichts am Magen, sondern nur an der Pfote.»

«Also keine magenschonende Kost?»

«Eher keine langen Spaziergänge», sagte Benjamin und griff mit beiden Händen nach Sams Flauschohren und kraulte sie. «Solange die Pfote wehtut, wird Sam aber auch selbst nicht sehr viel laufen wollen.» Er streichelte ihm erneut sanft über das Fell und ging dann auf einen großen weißen Schrank mit Flügeltüren zu.

«Ich muss in den kommenden Tagen also nicht damit rechnen, dass er mit schlammigen Pfoten auf mein Sofa springt?» Emma lachte.

Auch Benjamin wirkte amüsiert und schaute sie zum ersten Mal länger an. Seine Augen waren fast so dunkel wie die von Sam.

«Theoretisch nicht», sagte er. «Wenn du nämlich darauf achtest, dass ein altes Handtuch zum Abtreten an der Haustür liegt, dürfte eigentlich nichts passieren.» Er lächelte. «Das Problem bei Hunden ist, dass ihr Verhalten meist nicht vorhersehbar ist. Sonst hätte sich Sam wohl auch nicht durchs Unterholz gezwängt, oder?»

Emma wurde rot. «Ich habe ihn nur für einen Moment aus dem Blick verloren.» Sie verschwieg, dass Rupert und Sam eigentlich die ganze Zeit über ihr eigenes Ding durchgezogen und nicht einmal auf Rufe reagiert hatten.

Benjamin nahm ein großes Glas mit Hundekeksen aus dem Schrank. «Alles gut», sagte er. «Ich bin Tierarzt.» Er wandte sich ihr wieder zu. «Wenn ich hier nur mit Bindehautentzündungen und Flöhen zu tun hätte, könnte ich die Praxis vermutlich gar nicht halten.» Benjamin trat wieder an den Behandlungstisch und stellte das Glas ab. «Sams Augen sind übrigens leicht gerötet. Er hat nicht zufällig mal etwas Zug bekommen?» Er leuchtete ihm mit einer kleinen Lampe in die Augen.

Emma biss sich verlegen auf die Unterlippe. «Er weiß leider, wie man die elektrischen Fensterheber im Auto bedient», sagte sie kleinlaut. Aber sie merkte auch, wie ihre Stimme kippte und sie es nicht schaffte, mit ernstem Ton weiterzusprechen.

Benjamin stimmte in ihr Lachen mit ein. «Er fährt also gerne Auto?» Er steckte die Lampe weg und strich Sam über den Kopf.

Emma nickte. «Ja, keine Übelkeit unterwegs.» Sie schmunzelte. Da hatte sie in der Hundeschule schon ganz andere Geschichten gehört. Von Pinscher Goliath, zum Beispiel, der kein Freund langer Strecken war. Sein Herrchen hatte sich erst neulich noch darüber mokiert, dass die Preise für Polsterreinigungen angezogen hatten.

«Dann kann ich ihm also ein Leckerli geben?», fragte Benjamin und öffnete das Glas.

Sam schnupperte begeistert, richtete sich auf und jaulte kurz, als er die Pfote aufsetzte.

Benjamin reichte ihm einen Hundekeks, den Sam gierig verschlang. «Du sollst ja gerne wiederkommen», sagte er und schaute Sam, der nun wohlig schmatzte, noch mit einem Otoskop in die Ohren.

Währenddessen blickte Emma sich weiter im Behandlungszimmer um. An einer Wand entdeckte sie ein gerahmtes Bild einer Kinderzeichnung. Darauf zu sehen war ein blonder Tierarzt, vermutlich Dr. Benjamin Devlin selbst, der gerade einer Katze einen Verband anlegte.

«Das ist eine Zeichnung meiner Nichte», sagte Benjamin, der ihrem Blick gefolgt war.

«Ein schönes Bild von dir und dieser Katze», sagte Emma, obwohl sie nicht ganz sicher war, ob es wirklich eine Katze darstellte. Sie merkte, wie Benjamin sie amüsiert musterte.

«Die Ohren sind in Ordnung», erwiderte er. «Also, meine auf der Zeichnung sind etwas groß, aber Sams Ohren sind in Ordnung.»

Emma musste unwillkürlich schmunzeln. «Das ist schwer zu glauben», sagte sie. «Sam hört nämlich manchmal wirklich nicht gut.»

«Damit muss man bei einem Terrier-Mischling rechnen», antwortete Benjamin mit einem belustigten Unterton in der Stimme. Er hob Sam vom Untersuchungstisch und drückte Emma die Leine in die Hand. «Die Pfote bitte zweimal täglich eincremen und den Verband wechseln, sollte dieser verschmutzt sein.» Er zögerte: «Und natürlich immer dann, wenn Sam ihn sich abreißt. Das tun Hunde nämlich auch gerne.» Er lächelte Emma aufmunternd an. «Du bekommst das schon hin.»

«Na, hoffentlich. Vielen Dank», sagte sie.

Er gab ihr zum Abschied die Hand. «Stelle ihn mir nur bitte in vier Tagen noch einmal vor, damit ich mir die Wundheilung ansehen kann. Und sollte sonst was sein, dann ruf mich einfach an.»

Er begleitete sie vor die Tür und drückte ihr noch seine Visitenkarte in die Hand, auf der auch die Notrufnummer einer Tierklinik vermerkt war. Dann rief er eine ältere Frau herein, die einen Kater auf dem Arm trug.

«Mrs. Carter! Was hat Micky denn dieses Mal angestellt?», fragte er freundlich und hielt die Tür zum Untersuchungsraum geöffnet. An Emma gewandt, formte er noch fast lautlos ein «Goodbye» mit den Lippen und verschwand im Behandlungszimmer, bevor sie seinen Gruß erwidern konnte.

30

Als Emma an diesem Abend mit geschlossenen Augen im Bett lag, stellte sie sich vor, dass Daniel nur eben noch im Badezimmer war und gleich zu ihr unter die Bettdecke schlüpfen würde. Dass er dann seine Arme um sie schlang und sie sich an ihn schmiegen konnte. Sein Körper passte perfekt zu ihrem. Wie ein Puzzlestück, das genau dieses eine andere benötigte, um ein komplettes Bild zu formen – ihr Bild. Emma und Daniel in glücklichen Zeiten. Waren sie überhaupt jemals unglücklich gewesen? Nach der Diagnosestellung ja, aber Emma hatte ihre Gefühle und ihre Beziehung zu Daniel nie infrage gestellt. Er war der Mann ihres Lebens. Der, der sie vollkommen machte, nach dem sie sich sehnte, der sie zum Lachen brachte.

Emma weinte in ihr Kissen. Sie lag allein in diesem viel zu großen Bett und vermisste Daniel so sehr.

Ihr Handy piepte. Und wie jedes Mal, wenn eine Nachricht angekündigt wurde oder ihr Telefon klingelte, wünschte sie sich, dass Daniel am anderen Ende war. Dass sie das Klingeln aus diesem Albtraum reißen würde. War es vielleicht genau das? Nur ein Albtraum?

Emma griff nach ihrem Handy. Es war Amber, die sich nach Sam erkundigte.

Wie geht es Sam?

Besser, danke!, antwortete Emma knapp. Ihre Finger, die früher immer über die Tasten der kleinen Tastatur geflogen waren, tippten nur noch selten lange Nachrichten. Es kam ihr alles so mühsam vor. Gerade die einfachen, alltäglichen Dinge kosteten sie so viel Energie.

Sie setzte noch ein Hunde-Emoji hinter die Nachricht, legte ihr Handy dann zur Seite und sank wieder in die Kissen. Der Tag und das Tragen von Sam durch den Wald hatten sie geschafft. Sie hatte den ganzen Tag gearbeitet, dann das unglückliche Treffen mit Lucy auf dem Wochenmarkt, der Spaziergang im Craig Phadrig Forest auf Daniels Spuren, Sams Verletzung ... Sie konnte nicht mehr.

Lucy hatte – anders als erwartet – nach ihrer seltsamen Begegnung keine Nachricht geschickt oder auf den Anrufbeantworter gesprochen. Emma wusste zwar, dass sie sich nicht richtig verhalten hatte, aber sie konnte einfach nicht anders. Und sie hatte weder die Kraft noch den Willen, ihr Verhalten Lucy gegenüber zu erklären.

Erschöpft wischte sich Emma die Tränen aus dem Gesicht, legte sich auf die Seite und starrte auf das Hundekörbchen am Bettende. Im Gegensatz zu ihr schlief Sam tief und fest.

Sein Anblick beruhigte sie etwas – was irgendwie seltsam war, denn Sam wäre nicht hier, wenn Daniel noch leben würde. Sie wollte ihn zurück, sie wollte nichts mehr als das, aber sie musste lernen, ohne ihn zu leben. Allein der Gedanke daran ließ sie nach Luft schnappen. Daniel und sie hatten nur sieben Jahre ihres Lebens miteinander geteilt, aber er war ihr Seelenverwandter. Es war, als ob sie ihr Leben lang nur nach ihm gesucht hätte. Doch jetzt, wo sie ihrem Traum von einer Hochzeit und einer gemeinsamen Familie so nah gewesen waren, war er nicht mehr da. Das Kissen roch längst nicht mehr nach ihm, und wenn sie auf ihrem Handy keine Sprachnachrichten mehr von ihm gehabt hätte, hätte sie sich nicht einmal mehr den Klang seiner Stimme in Erinnerung rufen können.

«Emma, mein Schatz. Ich komme heute später. Soll ich uns was vom Chinesen mitbringen? Aber versuche dann nicht wieder, mich mit dem Stäbchen zu piksen, ja?» Daniel hatte gelacht, bevor die Nachricht abbrach. Und noch immer machte Emmas Herz einen Satz, wenn sie hörte, wie fröhlich er damals gewesen war.

Eine andere Sprachnachricht lautete: «Pass bitte auf dich auf, wenn du nach Hause fährst! Es ist glatt!»

Und: «Sorry, dass ich heute Morgen so aus dem Haus geschlichen bin. Ich wollte dich nicht wecken. Jedenfalls habe ich dir dein Lieblingsmüsli schon auf den Tisch gestellt. Du musst nur noch die Milch aus dem Kühlschrank holen. Genieß deinen Tag, mein Schatz. Wir sehen uns heute Abend. Ich liebe dich!»

Emma schob das Handy zur Seite. Sie hätte nicht sagen können, wie häufig sie Daniel noch immer Nachrichten schickte.

Daniel, ich vermisse Dich so sehr. ... Bitte, bitte, komm zurück! ... Ich liebe Dich für immer. ... Du fehlst mir so sehr!

Aber er konnte nicht mehr antworten. Die Nachrichten kamen nicht einmal an. Je mehr Zeit verging, umso mehr verstand Emma, dass Daniel fortan nur noch ein Schatten ihrer Vergangenheit war. Ob sie jemals bereit wäre, sich von ihm zu lösen? Sich abzuwenden und ohne ihn in eine wie auch immer geartete Zukunft zu starten?

Daniel war noch vor ihr klar gewesen, dass sie ihre gemeinsamen Träume nicht mehr verwirklichen konnten. Als er ihr im Krankenhaus seinen ersten Brief gegeben hatte, hatte er bereits gewusst, dass er sterben würde. Emma hatte es da noch nicht wahrhaben wollen. Es gab doch immer Wunder. Und die Hoffnung auf ein Wunder hatte sie sich bis zuletzt nicht nehmen lassen – trotz der schlechten Prognosen. Nein, irgendwann würde er wieder nach Hause kommen. Ganz sicher. Er lag doch im Krankenhaus, er wurde behandelt. Wenn die Ärzte ihm nicht helfen konnten, wer dann?

Liebe Emma,

manchmal, wenn ich hier nachts wach liege, würde ich am liebsten zum Telefon greifen, um Deine Stimme zu hören. Aber dann stelle ich mir vor, wie Du in unserem Bett liegst, Deinen hübschen Kopf tief im viel zu hohen Kissen vergraben (ich will ja nichts sagen, aber die Kissen im Krankenhaus sind tatsächlich recht bequem), und gerade etwas Schönes träumst. Vielleicht läufst Du mit mir Hand in Hand irgendwo über einen Sandstrand. Wir machen halt im Schatten einer Palme, setzen uns hin, Du lehnst Deinen Rücken an meine blanke, leicht gebräunte Brust. Wir schlürfen Cocktails aus Kokosnussschalen, küssen uns, und ich fahre Dir mit den Fingern durch Dein weiches Haar. Das klingt gut, oder?

Jedenfalls will ich Dich nicht stören, wenn es Dir vielleicht gerade gut geht und Du gedanklich zumindest in der Nacht etwas abschalten kannst.

Die Ärzte haben heute keine guten Nachrichten für mich gehabt. Der Tumor in meiner Bauchspeicheldrüse ist weiter gewachsen, die Therapie schlägt nicht an. Im Ärztejargon heißt das: austherapiert. Ein einzelnes Wort, das harmlos wirken mag und doch so gravierende Folgen hat.

So gerne ich mich an die klitzekleine Hoffnung klammern würde, dass die Ärzte sich täuschen und es doch noch eine Option für mich gibt, so sehr merke ich auch, dass meine Kräfte immer mehr schwinden und mein Körper abbaut. Und auch wenn Du mir täglich bei Deinem Besuch versicherst, dass ich ein kleines bisschen besser aussehe, wissen wir beide, dass es nicht so ist.

Emma, Du musst meinetwegen nicht die Tapfere spielen. Ich bin immer noch hier, ich kann Dich noch immer in meine Arme nehmen, um Dich zu trösten und Dir Deine Tränen wegzuküssen. Nimm mir das nicht, lass mich weiter der Mann an Deiner Seite sein. Der, der Dich zum Lachen bringt und der Dich fest in seine Arme nimmt, wenn Du traurig bist!

Manchmal habe ich das Gefühl, dass Du mich bereits mit anderen Augen anschaust. Gut, ich weiß natürlich, dass ich zwischen den weißen Laken wie ein Gespenst aussehe. (Wer bitte ist auf die Idee gekommen, blasse kranke Menschen ausgerechnet zwischen weiße Laken zu stecken?) Aber ich bin immer noch da. Ich, Dein Daniel. Normalerweise war ich immer derjenige, der Dir Mut gemacht hat. Weißt Du noch, als Du dieses kleine Hotel in Edinburgh einrichten solltest und wegen etlicher Probleme mit den Lieferanten verzweifelt bist? Emma, glaub an Dich – Du kannst alles schaffen. Auch ohne mich! Und ich bin ganz sicher: Gerade dann, wenn Dich vielleicht die Hoffnung verlässt, zeigt der Himmel doch einen Silberstreif. (Oh Gott, irgendwie klingt das kitschig.)

Emma, ich habe zwar keine Kraft mehr, Dich wie noch vor ein paar Monaten in Aberdeen am Meer herumzuwirbeln und Dich durch die Wellen zu tragen, aber ich kann immer noch für Dich da sein! Sprich mit mir, lass uns gemeinsam traurig sein. Ich jedenfalls bin es, denn statt Dich als Dein Ehemann glücklich zu machen, weiß ich, wie viel Kummer ich Dir bereite. Wenn ich etwas nie wollte, dann das.

Ich liebe Dich für immer – Dein Daniel

Nur wenige Tage später war es Daniel rapide schlechter gegangen. Er war kaum noch ansprechbar gewesen und hatte vor Schmerzen gestöhnt, wenn er doch mal wach war. Emma hatte sein Aftershave mitgebracht, ihm damit den Bart betupft, sodass er nicht nur nach Krankheit roch. Aber sie rasierte ihn nicht mehr. Die Haut war spröde geworden, leicht aufgesprungen. Jedes Mal, wenn er kurz aufwachte, benetzte sie seine Lippen mit Wasser und hauchte ihm einen Kuss auf den Mund. Sie krabbelte zu ihm unter die Bettdecke, hatte ihre Jeans gegen eine Jogginghose ersetzt, damit er ihre Körperwärme besser spürte und sie sich besser an ihn schmiegen konnte.

Und dann hatte sein Herz plötzlich aufgehört zu schlagen. Emma rüttelte ihn, schrie seinen Namen, schmiegte sich eng an ihn. Aber sie spürte keinen Gegendruck mehr, kein Leben. Er war ihr genommen worden.

Der Piepton der Geräte war durchdringend, monoton, unerträglich. Die Schwestern und Ärzte rannten in den Raum, überprüften seine Herzfunktion, den Atem, während Emma sich tränenblind an ihn drückte.

Daniel, oh Daniel!

Wenn sie ihn jetzt losließ, dann war es für immer.

31

Es war das erste Mal, dass Emma um Hilfe bat.

Bei Anbruch der Morgendämmerung schrieb sie ihrer Schwester eine Nachricht. *Hannah, bitte, ich brauche dich.* Zu diesem Zeitpunkt hatten die Vögel bereits ihr fröhliches Liedchen angestimmt – aber die Melodie in Emmas Herzen war noch viel dumpfer als sonst. Sie hatte die ganze Nacht über fast kein Auge zugetan. Hatte geweint, sich an Sam gekuschelt und war immer nur kurz weggedöst, um dann wieder aufzuschrecken und wie jedes Mal voller Schmerz festzustellen, dass Daniel nicht neben ihr lag. Dass er dort nie wieder liegen würde.

Als sie endlich Hannahs Ersatzschlüssel in der Haustür hörte, rannte Emma die Treppen hinunter und warf sich in die Arme ihrer großen Schwester. Sam folgte mit seiner verletzten Pfote und sprang an ihnen beiden hoch.

«Danke, dass du gekommen bist», sagte Emma und ließ es zu, dass sie jemand für mehr als eine flüchtige Umarmung in die Arme nahm. «Er fehlt mir so», sagte sie unter Schluchzern und klammerte sich so fest an sie wie wohl noch nie in ihrem Leben. Hannah war immer eine Konstante in ihrem Leben gewesen, und sie hatte so viel Angst wie nie zuvor, dass Hannah oder ihrer Mum oder ihrem Dad etwas zustoßen könnte. Daniel war so sportlich gewesen, so voller Energie. Er hätte mit ihr zusammen alt werden müssen – sehr alt.

Emma löste die Umarmung erst, als sie Hannah um ein Taschentuch bat. «Ich muss schrecklich aussehen», sagte sie ganz verweint.

«Em», seufzte ihre Schwester, «ich möchte dir ja nicht zu nahe treten, aber du siehst seit Monaten schrecklich aus.» Sie biss sich auf die Unterlippe. Ihre Lippen glänzten wie immer leicht roséfarben. «So wie eben jemand aussieht, der die Liebe seines Lebens verloren hat», fügte sie mit sanfter Stimme hinzu. «Niemand erwartet von dir, dass du immer herausgeputzt bist. Aber deine Haare könntest du schon bürsten», tadelte sie. «Die verfilzen sonst nur. Kannst du dich noch an die Dreadlocks erinnern, die du mit 15 unbedingt haben wolltest?»

Emma verzog das Gesicht. «Die sie mir dann alle abschneiden mussten? Ich hatte danach raspelkurze Haare und habe sogar im Klassenraum eine Mütze getragen.» Sie zuckte mit den Schultern. «Ich suche dann wohl besser nach der Bürste?», fragte sie schniefend und nahm dankbar das Taschentuch an, das Hannah ihr reichte.

Hannah nickte, warf ihre Handtasche auf die kleine Anrichte im Flur, zog ihre Jacke aus und krempelte die Ärmel ihrer Bluse hoch, kaum dass sie die Jacke gekonnt über einen Garderobenhaken geworfen hatte.

«Verschwinde einfach unter die Dusche. Ich räume hier in der Zwischenzeit etwas auf und mache uns Frühstück.»

Emma wollte protestieren, aber Hannah fiel ihr ins Wort, bevor sie etwas sagen konnte. «Du musst was essen, Emma. Und bevor du nicht wenigstens etwas Toastbrot oder Müsli gegessen hast, wirst du mich nicht mehr los. Und jetzt ab ins Bad mit dir!»

Als Emma gehorchte und die Treppe nach oben ging, rief Hannah ihr noch hinterher: «Oh, und wenn wir gefrühstückt haben, dann packst du eine kleine Tasche, und wir fahren zu Mum. Sie wird dich und Sam etwas aufpäppeln. Du brauchst definitiv Ablenkung!»

Emma lächelte matt und kraulte Sam hinter den Ohren. Ja, ihre Mum hatte sie immer umsorgt, wenn es ihr schlecht gegangen war oder sie Liebeskummer gehabt hatte. Mit einem Berg Pancakes, kitschigen Serien, Eiscreme und ganz viel Zuneigung. Nur fühlte es sich dieses Mal ganz anders an als Liebeskummer. Es gab keine nächtlichen Anrufe, bei denen sie kurz vor dem ersten Klingelzeichen wieder auflegte, um sich nicht die Blöße zu geben, dass sie mit der Trennung nicht gut klarkam. Keine Liebes-Voodoo-Puppen, mit denen sie ihren Herzschmerz auf den Typen projizieren konnte, der sie eiskalt verlassen hatte. Und kein Heraufbeschwören von Eifersucht durch das gezielte Flirten mit Unbekannten in seinem Lieblingspub – und vor allem keine Wut auf Daniel, weil er sie verlassen hatte.

Am oberen Treppenabsatz blieb Emma stehen und strich mit ihrem Finger über ein Foto von Daniel. Er saß auf einem Mäuerchen und lächelte in die Kamera. Sie wusste nicht einmal mehr genau, wo das Bild aufgenommen worden war. Aber er lächelte und schaute sie dabei so voller Liebe an, dass ihr noch jetzt das Herz aufging.

Nein, Daniel hätte sie freiwillig nie verlassen. Das Gefühl seiner Liebe würde für immer bleiben.

Erneut strich sie über die Aufnahme und schluckte schwer, während sie mit dem Finger über das satinierte Fotopapier fuhr. Sie schloss die Augen und versuchte, sich ganz auf ihren Atem zu konzentrieren. Warum sagten alle, dass es mit der Zeit leichter werden würde? Ja, sie hatte bereits mehrere Wochen ohne Daniel geschafft. Aber es waren eben nur wenige Wochen – und vor ihr lag noch ein ganzes Leben.

Das Quietschen des kleinen Gartentörchens, das zum Haus ihrer Eltern führte, hatte wie immer zwei Effekte. Der eine war, dass sich die kleinen Härchen in Emmas Nacken sträubten, weil es auf einer schmerzhaften Frequenz quietschte. Der zweite, dass kurz darauf Mum und Dad mit offenen Armen an der Eingangstür erschienen, die Augen vor Freude geweitet, die Arme ausgebreitet. Emma warf sich hinein und wurde von all der elterlichen Liebe und Wärme umfangen.

«Hier ist dein Zuhause, mein Schatz», sagte ihre Mum. «Hier bist du immer willkommen.»

Und ihr Dad ergänzte: «Hier zählt nicht, was die Welt dir angetan hat. Denn bei uns gelten andere Regeln.»

Deshalb saß Emma auch wenig später mit Sam an ihrer Seite in eine leichte Decke gehüllt auf der cremefarbenen Couch, deren Blumen-Design so unruhig war, dass jeder Fleck Teil einer Komposition farbenfroher Blüten wurde und damit – sofern es sich nicht um dunkle Schokoladencreme handelte – seine Daseinsberechtigung hatte.

Emma musste lächeln, als sie mit den Fingern über eines der Muster fuhr, bei dem hinter einer Dahlie ein kleiner Smiley hervorlugte, den ganz sicher Liam gezeichnet hatte. Seine Smiley-Phase dauerte nun schon mehrere Monate, und er hatte es sich angewöhnt, seine Stimmungen über gelbe Klebezettel auszudrücken. Hannah hatte erst auf der Hinfahrt erzählt, dass Liam nach Daniels Tod alle auffindbaren Klebezettel in sein Kinderzimmer geschleppt hatte.

«Er hat sein ganzes Zimmer mit diesen Smileys tapeziert», hatte Hannah erklärt. «Eigentlich kann man sie aber gar nicht mehr als Smileys bezeichnen. Denn die meisten zeigen ein trauriges Gesicht, hängende Mundwinkel, und es gibt viele mit etlichen Tränen in den Augen. Ihm und Lucas fehlt Daniel auch. Aber Liam hat bis heute nicht darüber geredet.»

Hannah hatte angestrengt auf die vor ihnen liegende Landstraße geschaut, die sich in sanften Kurven durch die Hügellandschaft in den Außenbereich von Inverness schlängelte.

«Lucas hingegen wird nicht müde, Daniel immer wieder zu erwähnen. Er kann sich an so viele Erlebnisse erinnern und erfindet täglich neue hinzu. Oder kannst du dich daran erinnern, dass er und Daniel irgendwo in den Highlands ein Schaf gefangen haben?»

«Nein.» Emma lächelte.

«Jedenfalls behauptet er, dass Daniel ihn in die Geheimnisse der Schafjagd eingeweiht habe.» Sie machte eine Pause und rieb sich die Augen.

«Na, dann bin ich ja mal gespannt», sagte Emma und dachte voller Zuneigung an ihre beiden Neffen, die Daniel ebenfalls schmerzhaft vermissten. Er hatte sie schon als Babys in den Armen gehalten, ihnen zum Einschlafen Geschichten erzählt und sie später derart zum Toben ermutigt, dass Liam und Lucas jedes Mal, wenn sie bei den Großeltern waren, direkt nach dem Abendessen eingeschlafen waren.

Hannah lächelte. «Also, Lucas ist der Überzeugung, dass es ausreicht, Schafe mit Wacholderbeeren zu bewerfen. Daniel habe es ihm gezeigt. Wenn ein Schaf von einer der Beeren am Rücken getroffen werde, dann bleibe es abrupt stehen. Allerdings funktioniere das nur kurz nach der Schur.» Sie lachte. «Und deshalb ist Daniel mit ihm angeblich über Stunden einer Schafherde gefolgt, sie hätten Wacholderbeeren gepflückt und sie geworfen. Daniel habe aber im Gegensatz zu ihm nicht einmal getroffen.»

«Um Lucas gewinnen zu lassen, das hat er immer so gemacht», sagte Emma und lächelte erneut. «Ich kann mich nicht daran erinnern, dass einer der Jungs auch nur einmal gegen Daniel verloren hat.»

«Nein, ich auch nicht.» Hannahs hellblaue Augen leuchteten bei der Erinnerung an die vielen Spiele zwischen Neffen und Onkel. «Er war ganz großartig mit ihnen.»

Kurz hörte Emma einen Anflug von Schwermut in ihrer Stimme. Sie schloss die Augen und stellte sich vor, dass Daniel irgendwo über eine Schafwiese rannte und sich lachend zu ihr umdrehte.

Es ist alles okay, Emma. Da, wo ich jetzt bin, habe ich keine Schmerzen mehr. Mach dir keine Sorgen, es geht mir gut.

Emma schaute auf und sah, wie ihr Dad an der Schwelle zum Esszimmer stand und sie beobachtete.

«Hi, Dad», sagte sie leise und bemühte sich um ein Lächeln.

Als Kind hatte sie es immer geliebt, wenn alle zu Hause waren und sie behütet auf dem Sofa saß. Oder wenn ihr Dad im Garten oder in seinem kleinen Schuppen werkelte, ihre Mum mit Töpfen und Pfannen in der Küche klapperte und Hannah singend durchs Haus tänzelte. Die Schwester besaß immer so viel Grazie, während Emma der Tollpatsch der Familie war. Sie brachte zwar alle zum Lachen, sorgte mit ihrer Ungeschicklichkeit aber auch dafür, dass das Festtagsgeschirr, das ihnen Tante Rosie aus Glasgow geschenkt hatte, irgendwann nur noch aus so wenigen Tellern bestand, dass Mum bei großen Familienessen improvisieren musste. Sie wechselte beim Eindecken die Blumenteller mit dem Goldrand mit denen ab, die das Konterfei von Queen Elizabeth zierten. Wobei Dad sich immer weigerte, seine Kuchenreste von den Wangen der Queen zu kratzen.

«Das hat unsere Elizabeth wirklich nicht verdient», sagte er dann stets und schob sein Stück Torte auf einen der rosafarbenen Teller mit den ineinander verschlungenen Blumenranken.

Der Pancake, den ihre Mum ihr nun ins Wohnzimmer brachte, lag weder auf einem Teller mit Blumenranken noch auf dem Konterfei der Queen. Sam schleckte sich über das Maul.

«Mum …», protestierte Emma matt, und ihr traten Tränen in die Augen, als sie den Teller sah, auf dem in bunten Lettern ihr Name stand. «Den hast du noch? Den habe ich ja seit Jahren nicht gesehen. Ich dachte, er wäre irgendwann kaputtgegangen.» Emma starrte auf die bunten, ungelenken Buchstaben, die sie im Kindergarten mit besonderen Farben auf den Teller gemalt hatte. Es war ein Geschenk für die Eltern zu Weihnachten gewesen, aber Emma hatte darauf bestanden, dass der Teller ihr gehörte, und sie hatte nie zugelassen, dass ihn jemand anderes benutzte.

«Natürlich», sagte ihre Mum und lächelte. Sie trug eine ihrer weißen Küchenschürzen mit Spitze und wischte sich verlegen die Hände daran ab. «Deinen habe ich auch noch», sagte sie zu Hannah, die nun ebenfalls im Wohnzimmer auftauchte, und gab ihr einen Kuss auf die Wange. «Meine Mädels, beide hier!», sagte sie nicht ohne Stolz und verschwand dann mit schnellen Schritten wieder in der Küche. «Der nächste Pancake ist für dich, Hannah», rief sie noch.

Woraufhin Emmas Dad laut protestierte. «Und ich muss wie immer warten», seufzte er und setzte sich dann zu ihr aufs Sofa.

Alfie sprang auf seinen Schoß, Sam von dem von Emma. Er musterte den Kater.

Dad war älter geworden, dachte Emma. Er ließ sich nicht mehr ganz so grazil ins Polster fallen, aber seine Umarmung fühlte sich immer noch genauso fest und herzlich an wie die Umarmungen, die Emma als Kind vor allem Unheil dieser Welt beschützt hatten.

«Daddy passt auf dich auf!», pflegte er zu sagen. Und: «Jetzt lass die blöden Tränen einmal raus! Da ist ja gar kein Platz für Glücksgefühle mit so viel Tränenflüssigkeit im Körper.» Oder auch: «Und jetzt lese ich dir erst einmal eine schöne Geschichte vor, und dann schläfst du drüber. Du wirst sehen, morgen sieht die Welt schon ganz anders aus.»

Emma legte den Kopf an seine Schulter und wünschte sich, dass es dieses Mal auch reichen würde, *eine Nacht drüber zu schlafen*, um wieder glücklich zu sein. Sie seufzte.

Ihr Dad drückte ihr einen Kuss aufs Haar. «So, und nun iss. Sam starrt schon die ganze Zeit wie ausgehungert auf deinen Pancake», sagte er und deutete auf Sam, der mit geöffnetem Maul und heraushängender Zunge zwischen Küche und Wohnzimmer hin- und herlief. Er und Alfie ignorierten sich.

«Hey, du bekommst wirklich genug zu fressen, Sam!», rief Emma und biss genüsslich in ihren Pancake, den ihre Mum mit selbstgemachter Rhabarbermarmelade bestrichen hatte.

Sam schien genau zu wissen, dass sie ihm spätestens dann etwas zustecken würde, wenn keiner guckte – und nur deshalb legte er jetzt den Kopf schief und schaute sie erwartungsfroh an.

«Dad, glaubst du, ich kann ein paar Tage hierbleiben? Also, Sam und ich? Ich könnte im Homeoffice arbeiten.» Es wäre genau das, was sie jetzt brauchte. Sie wollte in ihrem alten Kinderzimmer liegen, auf das Robbie-Williams-Poster starren, das immer noch über ihrem Bett hing, und sich unter ihre alte Bettwäsche verkriechen. In dem Wissen, dass jenseits der Zimmertür ihre Eltern waren und dafür sorgten, dass ihr niemand etwas tat, dass sie unter Aufwendung all ihrer Kräfte für ihre Sicherheit sorgten – und, so versprach ihr Dad noch immer scherzhaft bei ihren seltenen Übernachtungsbesuchen, dass Nessie es nicht wagen würde, in der Nacht im Garten der Familie aufzutauchen.

Sie kuschelte sich noch näher an ihren Dad, der jetzt ihre Schulter fest umfasste.

«Aber klar, mein Schatz», sagte er. «Mum hat dein Bett frisch bezogen. Du kannst so lange bleiben, wie du möchtest. Das hier ist immer noch dein Zuhause.»

32

Dass Hannah, Carol und Lucy einen Mädelsabend geplant hatten, wurde Emma erst klar, als sie am nächsten Abend im Pyjama die Tür öffnete und die drei mit jeder Menge Guinness und Skittles eintraten.

Carol begrüßt sie als Erste, dann schob sie sich mit mehreren Flaschen in der Hand an Emma vorbei ins Haus der Eltern.

«Huhu, Mrs. Wilson!», rief sie. «Hier sind wir.»

Emma drehte sich verwundert zu ihrer Mum um, die – kaum dass Emmas Blick sie streifte – unter einem Vorwand in der Küche verschwand.

Sam sprang begeistert an Hannah hoch, die er erst am Vortag noch gesehen hatte. Lachend wehrte sie ihn ab. Seine Pfote schien ihm keine Schmerzen mehr zu verursachen.

«Du vermisst die Jungs, oder?» Sie kniete sich vor ihn, und fast sah es aus, als ob sie Sam umarmen wollte. «Die sind mit Grant zu Hause und spielen mit ihm Videospiele, aber ich hoffe, dass sie bald ins Bett gehen.» Sanft schob sie Sam zur Seite, erhob sich, kam dann auf Emma zu und drückte sie fest an sich. «Em, ich hoffe nicht, dass du böse bist. Aber die beiden Mädels hier haben mich überredet. Sie wollten unbedingt einen Abend mit dir verbringen. Ganz so wie früher.»

Carol begrüßte nun auch Emmas Dad, der in den Flur getreten war, und drückte ihm eine Flasche in die Hand. «Ein Guinness ist auch für Sie, Mr. Wilson. Das musste einfach sein.»

Emmas Dad strahlte. Trotzdem fand Emma, dass er müde wirkte. Er lief viel gebückter als sonst, ganz so wie damals, kurz bevor er seinen ersten Bandscheibenvorfall hatte. Oder hatte sie ihn einfach schon lange nicht mehr aufmerksam angesehen?

«Das ist aber nett», sagte er und begrüßte dann auch Lucy, die mit etwas Abstand zu Carol und Hannah ins Haus trat.

«Ich bin nicht mehr ganz so fix», erklärte Lucy und deutete auf ihren kugelrunden Bauch. Sie schob sich an ihm vorbei in den Flur, wo sie Emma zur Begrüßung auf die Wange küsste.

«Hey», sagte sie verlegen und sah Hilfe suchend zu Carol.

«Also, was machen wir jetzt?», fragte Carol. «Immerhin muss Lucy nüchtern bleiben, und wir brauchen uns heute keine Gedanken darum zu machen, wer später fährt.»

Sie lachte so kehlig wie immer, und für einen Moment befürchtete Emma, dass Hannah und ihre Freundinnen vorhatten, sie ins Nachtleben von Inverness zu entführen.

«Also, ich bin schon im Schlafanzug», protestierte Emma, schob schmollend ihre Unterlippe vor und verschränkte die Arme vor dem lächelnden Pandabären, der die Vorderseite ihres Pyjamas zierte. Sie hatte heute früh ins Bett gewollt.

«Ja, und zwar in meinem. Den hast du mir früher schon immer abgeluchst, weil er so viel kuscheliger ist als deine eigenen», sagte Hannah und lächelte nachsichtig. «Ich wusste, dass es ein Fehler war, hier noch so viele Klamotten zu lagern. Allerdings hatte ich eher Mum in Verdacht, an meine Sachen zu gehen. Ich bin mir jedenfalls sicher, dass sie ab und an mein Snoopy-Nachthemd trägt.»

«Ich ... ich habe einfach nicht so viele Sachen mitgenommen», verteidigte sich Emma und verschwieg, dass sie nur deshalb liebend gerne bei den Eltern geblieben war, weil sie Angst vor der Stille bei sich zu Hause hatte. «Wo sind eigentlich eure Männer?», fragte sie und schluckte, weil ihr in dem

Moment aufging, dass sie nun die Einzige im Bunde war, die keinen Partner mehr hatte.

«Zu Hause», antworteten Hannah, Carol und Lucy im Chor und lachten.

«Also jeder bei sich», fügte Carol hinzu.

«Grant passt auf die Kinder auf», erklärte Hannah.

«Und Simon baut das Babybett auf», sagte Lucy so leise, dass Emma es nicht unhöflich fand, einfach darüber hinwegzugehen.

Carol zwinkerte Emma zu. «Gegen deinen Schlafanzug ist doch auch nichts zu sagen. Wir machen es uns einfach hier gemütlich, oder?»

«Also keine Disko?», fragte Emma erleichtert. «Wir müssen nicht rausgehen?»

Sofort bellte Sam laut.

«Was hat er denn?», fragte Lucy und hielt sich schützend die Hände vor den Bauch.

«Der hat nur auf das Stichwort *rausgehen* reagiert», mischte sich Emmas Dad ein. «Damit Emma etwas mehr Zeit für sich hat, kümmere ich mich gerade ein bisschen um ihn.» Er streichelte das Fell des Hundes. «Ich weiß schon, was du möchtest, Sam.»

Sam wedelte freudig mit dem Schwanz und stupste ihn mit der gesunden Pfote an den Oberschenkel. Emmas Dad lachte. «Na, dann mal los, mein Junge. Wir drehen noch eine Runde, bevor es stockdunkel ist.» Er griff nach seiner Weste und seiner Baskenmütze, schnappte sich Sams Leine, die zwischen Jacken und Sommerschals an der kleinen, mit rosafarbenen Ornamenten verzierten Eichengarderobe hing. Dann schob er sich an den Frauen vorbei und tippte sich mit der rechten Hand zum Gruß an die Mütze. Sam lief bellend voraus.

Emma sah den beiden durch das schmale bodentiefe Fenster seitlich der Haustür nach. Ihrem Dad, der in leicht gebückter Haltung den schmalen und von Rosenbüschen flankierten Kiesweg zum Gartentörchen ging, und Sam, der mit wackelndem Hinterteil und trotz der verletzten Pfote nahezu leichtfüßig neben ihm herlief. Er war in den letzten Tagen richtig aufgeblüht. Bei ihren Eltern wirkte er viel befreiter und glücklicher. Hier konnte er den ganzen Tag über im Garten toben, sich mit Emmas Dad um Stöcke balgen, ihm spielerisch die Gartenschaufel stibitzen und mit bettelndem Blick in der Küche sitzen, kaum dass Emmas Mum den Kühlschrank öffnete.

Ob Sam genauso unter dem Verlust seines früheren Herrchens litt wie Emma unter dem von Daniel? Sie verspürte plötzlich den Drang, Sam hinterherzulaufen, ihn zu umarmen und ihm zu zeigen, wie wichtig er für sie war. Sam gehörte jetzt zu ihr.

Glaub mir, Sam, ich habe nicht vor, dich zu verlassen. Ich passe auf dich auf, ich bleibe bei dir.

Denn so wie er nie von ihrer Seite wich und sich an sie schmiegte, wenn sie besonders traurig war, so wollte Emma fortan auch noch mehr auf ihn achten. Spätestens als sie ihn aus dem Tierheim zu sich geholt hatte, war es ganz so, als ob sie Daniel ein Versprechen gegeben hätte.

Sie und Sam waren jetzt ein Team. Ein Team aus zwei Füßen und vier Pfoten, das gemeinsam um eine neue Zukunft kämpfte.

Carol umarmte sie herzlich und zog sie dann hinter sich her ins Wohnzimmer. «Wir machen es uns ganz gemütlich, versprochen. Mit Filmschauen und Nagellackauftragen. Disko nur, wenn du nachher drauf bestehst.»

«Keine Chance», sagte Emma und schüttelte energisch den Kopf. «Wann waren wir bitte zuletzt tanzen?», fragte sie. Und erst als sie die betroffenen Mienen ihrer Freundinnen und ihrer Schwester sah, fiel ihr ein, dass es auf ihrer eigenen Verlobungsfeier gewesen war. Da war sie eng umschlungen und küssend mit Daniel über die Tanzfläche geschwebt – sofern man bei Daniels zwei linken Füßen und seinem Mangel an Rhythmusgefühl überhaupt von einem Schwebezustand sprechen konnte.

«Oh», sagte sie und war froh, als Hannah wie eine Co-Pilotin das Kommando übernahm und sie zusammen mit Carol und Lucy auf die Couch komplimentierte. Im Kamin prasselte ein Feuer. Die Nächte waren immer noch kühl.

«So, hinsetzen», befahl ihre Schwester. «Ich hole jetzt die Gläser.»

«Und einen Öffner», rief Carol ihr hinterher. «Ich möchte nichts ruinieren, weder eure Tischkanten noch meine Zähhne. Diese Veneers haben ein Vermögen gekostet.»

Wie zur Verdeutlichung bleckte sie die Zähne und freute sich, als Lucy ihr versicherte, dass sie nun wirklich ein ganz tolles Lächeln habe.

«Wenn du denn nicht so übertrieben grinst», fügte sie noch hinzu.

«Ja, danke auch. Vielleicht einmal im Leben ein Kompliment ohne Nachsatz?» Carol verdrehte die Augen und griff dann nach der TV Choice, deren neueste Ausgabe auf dem gläsernen Couchtisch lag.

Emma streifte mit ihrem Blick Lucys Bauch und fragte sich, wie sie damit umgehen sollte. Die Freundin so voller Leben zu sehen, machte sie unendlich traurig. Denn sie wusste, dass sie selbst niemals Kinder haben würde, weil der Vater, den sie sich für ihre Babys ausgesucht hatte, nun einmal Daniel gewesen war.

«Einer muss es dir doch sagen dürfen», stichelte Lucy und war dabei so auf Carol fixiert, dass Emma einen zweiten Blick wagte. Lucy sah toll aus, musste sie sich eingestehen. Sie hatte nur dezent Make-up aufgetragen, strahlte aber so von innen, dass kein Maskenbildner der Welt einen ähnlichen Glow-Effekt erzielt hätte.

Hannah kam wieder in den Raum und balancierte ein Tablett vor sich her, auf dem neben Guinness- und Cocktailgläsern eine Schale mit Nüssen und eine Tafel Schokolade lagen.

«Schoki geht doch immer, oder?», fragte sie und zwinkerte Emma zu, die ihre süße Seite nie hatte leugnen können. Schon als Kind nicht, wenn sie, kaum dass sie ihren Schokoladen-Weihnachtsmann vertilgt hatte, auch dem ihrer Schwester in den Kopf biss. Das tat sie sogar noch, als sie schon längst erwachsen waren. Natürlich hatte auch Daniel um ihre Schwäche gewusst.

«Es ist auf jeden Fall viel einfacher, mit Schokolade um Entschuldigung zu bitten als mit Blumen», hatte er ihr dankbar versichert, als sie sich das erste Mal wegen einer Kleinigkeit in die Haare bekommen hatten und er ihr eine Tafel hinhielt. Emma wusste gar nicht mehr, um was es eigentlich gegangen war. Ein nicht abgeholtes Weihnachtspäckchen bei der Royal Mail? Den vergessenen Lottoschein? Oder vielleicht auch einfach nur um den nicht weggebrachten Müll? Immer wenn Emma bei der Arbeit eine Deadline hatte, hatte sie eine extrem kurze Zündschnur. Dann war sie Daniel gegenüber mehr als einmal unfair gewesen.

«Wieso ist Schokolade einfacher als Blumen?», hatte sie gefragt.

«Mehr Auswahl und günstigere Preise.» Daniel hatte gelacht. «Und das auch noch bei jeder Tanke.»

«Du Schuft», hatte Emma protestiert und dabei versucht, beleidigt zu wirken. «Mit einem Strauß Blumen könnte ich nun nach dir schlagen, aber die Schokolade ist mir dafür zu schade. Von der bekommst du nicht ein Stück ab!»

«Dann küsse ich dich eben, weil du dann so lecker nach Schokolade schmeckst.»

Emma seufzte bei der Erinnerung an diesen Schlagabtausch.

«Alles in Ordnung, Emma?», fragte Carol und riss sie aus ihren Gedanken.

«Jaja, klar», sagte sie, zog sich die Ärmel von Hannahs Schlafanzug über die geballten Fäuste und sank noch tiefer zwischen ihren Freundinnen aufs Sofa. «Also, was machen wir jetzt?», fragte sie dann. «Wie ihr seht, bin ich so gar nicht aufs Ausgehen eingestellt und möchte mich hier heute Abend auch nicht mehr fortbewegen.»

Sie freute sich, als Hannah, Lucy und Carol ihr Lächeln erwiderten.

«Wenn ihr mich in eure Pläne einbezogen hättet, dann hätte ich ja von Anfang an für eine Pyjama-Party plädiert, aber ihr habt mich ja nicht mal gefragt.» Sie tat empört und musste dann tatsächlich lachen. «Jetzt schaut nicht so, ich bin wirklich nie besonders gern ausgegangen.»

«Märchenerzählerin!» Lucy, die mit ausgestreckten Beinen auf dem Chaiselongue-Teil des Sofas saß und sich am offenen Kaminfeuer wärmte, warf ein Kissen nach Emma. «Du warst doch diejenige, die mich bis in die frühen Morgenstunden durch die Kneipen geschleppt hat, nur weil du diesen Typen wiedersehen wolltest.»

«Ah ja!», schrie Carol vor Begeisterung. «Wie hieß der noch? Sebastian? Oder Julian? Irgendwas mit -ian.»

«Er hieß einfach nur Ian», lachte Emma. «Das ist unfair, die Geschichte wieder auszugraben.»

«Ist es nicht», erwiderte Lucy und streifte gekonnt ihre Ballerinas ab. «Ich habe mir damals Blasen gelaufen und bestimmt schon gegen 23 Uhr gesagt, dass ich nach Hause wollte. Aber du bist gefahren.»

«Du warst ja auch nicht mehr ganz nüchtern!»

«Weil ich mich auf dich verlassen habe.» Lucy schüttelte amüsiert den Kopf. «Du wolltest doch nur kurz schauen, ob du diesen Ian wiedersiehst, und hast mich einfach von einer Kneipe zur nächsten geschleppt.»

Hannah schmunzelte und reichte Gläser und Getränke weiter. «Welcher Ian bitte?»

«Na, dieser Ian von deiner Geburtstagsparty.» Emma lief rot an.

«Von *meiner* Geburtstagsparty?» Hannah griff nun selbst nach einem Glas, schenkte sich ein Guinness ein und nippte kurz daran.

«Ja, du weißt schon … Dieser Freund von Grant mit den schulterlangen Locken und dem verwegenen Blick.»

«Ian Miller?», fragte Hannah erstaunt.

«Ja, ich glaube, der hieß so. Irgendein ganz klassischer Name.» Emma fühlte sich plötzlich wie Anfang 20, als sie an die Feiern mit Hannah und ihren Freundinnen zurückdachte. Carol hatte sie erst einige Jahre später kennengelernt. «Das war ein Freund von Grant, so ein Surfertyp, der mir erzählt hat, dass er am Tag nach der Party noch durch diverse Pubs ziehen würde.»

«Surfertyp?» Hannah prustete los und wischte sich mit

dem Handrücken über den Mund. «Der hat an irgendeiner renommierten Uni in England studiert und ist Investmentbanker geworden.» Sie konnte kaum weitersprechen, auch Carol und Lucy lachten schallend.

«Der ist was?»

«Investmentbanker», warf nun Emmas Mum lachend ein. «Ich habe alles gehört.» Sie stand mit einem Stapel Satin-Pyjamas in der Tür. «Ian war tatsächlich vor zwei Jahren noch einmal hier, mit Grant. Sie haben über irgendeine Geldanlage diskutiert. Kein einfaches Thema mit meinem Schwiegersohn», sagte sie entschuldigend mit Blick auf Hannah. «Er hätte sich fast seine schulterlangen Haare gerauft, wenn er noch welche gehabt hätte.»

«Mum!» Emma wollte es nicht glauben. «Das ist doch nie und nimmer der gleiche Ian!»

Lucy richtete sich auf. «Stopp! Ich muss dringend aufs Klo.» Auch sie lachte. «Meine Blase macht in letzter Zeit echt gar nichts mehr mit.» Sie schob sich zum Ende der Chaiselongue und lief dann auf Strümpfen zu dem kleinen Bad im Erdgeschoss. Aus dem Flur rief sie: «Oh Emma, wenn ich mir jetzt noch in die Hose mache – das verzeihe ich dir nie!»

«Ich wusste es echt nicht!», verteidigte sich Emma mit quieksender Stimme. «Ich war mir sicher, dass er irgendwas Cooles macht.»

«Das muss ich unbedingt Grant erzählen!» Hannah griff erneut nach ihrem Glas, trank und schüttete sich dabei etwas von dem Guinness auf ihre helle Bluse. «Mist! Das kommt davon, wenn die kleine Schwester mit einem vermeintlichen Surferboy anbandelt», rief sie. «Ian – ausgerechnet Ian!»

«Tja, klingt ganz so, als ob Daniel eindeutig die bessere

Partie gewesen wäre», warf Carol ein und verstummte, als Hannah sie alarmiert anguckte.

Doch Emma fühlte eine überbordende Erleichterung, weil es sich das erste Mal nicht komisch anfühlte, über Daniel zu reden. «Stimmt! Daniel war der absolute Glücksgriff.»

«Und dafür musstest du nicht einmal bis tief in die Nacht durch irgendwelche Kneipen ziehen!», warf ihre Mum ein und legte dann die Pyjamas auf die Couch. «Für Lucy habe ich ein übergroßes Nachthemd gefunden», sagte sie. «Und diese bunten Schlafanzüge lagen alle noch in Emmas Schrank.»

«Nein, ich glaube es nicht, wie konnte ich nur deine Satin-Phase verdrängen?», rief Lucy, als sie in den Raum zurückkam. «Du hattest echt von jeder Farbe einen. Nur einen in Gelb wolltest du nicht» Sie griff nach einem der Pyjamas und strich mit ihrem Handrücken darüber. «Ich wusste gar nicht mehr, wie toll sich Satin anfühlt.»

«Der war auch unverschämt teuer. Und ich sah darin aus, als ob ich eine ausgewachsene Leberzirrhose hätte, erst recht wegen meiner damaligen Haarfarbe!» Emma schüttelte sich bei der Erinnerung daran. «Mum, weißt du noch, als ich mich bei der Blondierung vergriffen habe und meine Haare eher orange als blond wirkten?»

«Oh ja, natürlich», warf Hannah ein, bevor ihre Mutter auch nur reagieren konnte. «Du wolltest partout nicht mit aufs Familienfoto, und dann hat es über Jahre gefehlt. Bis Daniel es überarbeitet hat und du deine wunderschöne Natur-haarfarbe zurückhattest.»

«Ja, er hat es wirklich gerettet», sagte Emma und war so stolz auf ihn wie eh und je. «Ich werde jetzt definitiv mehr Schminke benötigen», sagte sie ohne einen Hauch von Bitterkeit. «Mit Photoshop kann ich selbst nämlich so gar nicht umgehen.»

«Ich auch nicht, aber für ein nettes Foto von euch sollte es reichen.» Emmas Mum lächelte. «Los, zieht euch alle um!» Sie reichte Lucy das Nachthemd, und zu den anderen sagte sie: «Sucht euch einfach einen Pyjama aus.»

«Oh, gute Idee, Mrs. Wilson!» Carol wählte einen blauen Pyjama. Und Hannah griff sich blitzschnell den türkisfarbenen Schlafanzug.

«Meine einzige Sorge ist, dass ich da nicht mehr reinpasse», sagte sie und zog die Nase kraus. «Aber mit ein bisschen Elasthan wird es schon gehen – allein um der alten Zeiten willen.»

Sie strahlte und sah fast wieder aus wie die 19-jährige Hannah, dachte Emma, die im Schlafanzug und barfuß am frühen Morgen ohne Schlaf durch den Garten der Eltern rannte und versuchte, mit einem Käscher die ersten Sonnenstrahlen einzufangen.

«Weil jeder im Leben Sonne braucht», hatte sie nicht ganz nüchtern gerufen. «Und für meine kleine Schwester fange ich sie alle, alle Sonnenstrahlen der Welt.»

Emma bereute es noch heute, dass zu jener Zeit noch niemand Videos drehte. Sie wusste nicht, wie oft sie Daniel lachend von Hannahs Jagd nach Sonnenstrahlen erzählt hatte. Wenn es jemand schaffte, sie aufzumuntern, dann war es immer ihre große Schwester gewesen.

«Ich wage mich an Pink», verkündete Emma und erhob sich ebenfalls. «Also los, werfen wir uns mal ein bisschen in Schale.»

«Und ich hole dann mal das Eis aus dem Gefrierschrank», rief ihre Mum. «So wie früher.» Sie strahlte, und Emma merkte, wie gut es auch ihr tat, die alten Zeiten wieder aufleben zu lassen. «Wenn ihr euch nachher eine DVD ausgesucht habt, schaue ich vielleicht auch mit. Aber keinen Thriller», schob sie schnell hinterher. «Dafür wohnen wir hier echt zu einsam.»

«Netflix, Mum!», rief Hannah ihr hinterher. «Es hat sich so viel geändert!»

33

Sam hatte bei seinem Kontrollbesuch definitiv mehr Interesse an dem Kaninchen im Warteraum als daran, ins Behandlungszimmer zu gehen und seine Pfote begutachten zu lassen. Emma seufzte. Denn obwohl sie an der Leine zog, blieb er auf seinem Hinterteil sitzen und weigerte sich, auch nur einen Schritt zu gehen. Stattdessen gähnte er und schaute gelangweilt zu einer Katze, die auf dem Schoß ihres Frauchens saß, buckelte und ihn anfauchte.

Aber Sam machte sich nichts aus Katzen. Das war Emma klar, seitdem der Kater von Mrs. Campbell auf der Türschwelle gesessen und Sam ihn einfach umgelaufen hatte. Erst seitdem der Vierbeiner ihm gefolgt war und ihm mit der Pfote eins ausgewischt hatte, lief Sam einen großen Bogen, wann immer der Kater auf dem kleinen Mäuerchen saß, das ihr Grundstück von dem der Campbells abgrenzte.

«Sam, nun los. Heb brav deine Pfoten und beweg dich.»

Aber er starrte weiter Löcher in die Luft – auch dann noch, als Benjamin sich zu ihm hinunterbeugte und ebenfalls versuchte, ihn zu überreden.

«Hey, mein Junge», sagte er, «wenn ich mich richtig erinnere, war deine Pfote nur leicht verletzt und nicht gebrochen.» Benjamin krempelte die Ärmel seines hellblauen Leinenhemdes, das fast den gleichen Ton hatte wie Emmas Fleecejacke, noch etwas weiter hoch.

Nur kurz streifte Sam ihn mit einem Seitenblick, das sah Emma genau, dann wandte er seine Aufmerksamkeit wieder dem Kaninchen zu, das arglos in seinem Käfig saß und an einem Stück Blattsalat mümmelte.

Benjamin folgte seinem Blick und lächelte.

«Ich habe zwar kein Kaninchen im Behandlungszimmer, aber superleckere Hundekekse», versprach er und lachte, als Sam die Ohren aufstellte. «Alter Tierarzttrick», sagte er mit einem Augenzwinkern an Emma gewandt und richtete sich wieder auf.

«Also los, Sam. Wenn du einen Keks haben möchtest, dann musst du mich deine Pfote angucken lassen. Da geht es lang.» Er deutete auf die offene Tür zum Untersuchungsraum, an der verschiedene Kinderzeichnungen von Tieren hingen.

Emma fragte sich, ob sie alle von Benjamins Nichte waren.

Benjamin ging vor, Sam folgte ihm – mit Emma an der Leine. Zumindest kam es ihr längst so vor, als ob Sam die meiste Zeit über ihren Tagesablauf bestimmte und nicht umgekehrt.

Mit einem Satz sprang Sam auf den Behandlungstisch und hob artig die verletzte Pfote, als Benjamin ihn dazu aufforderte.

Emma war fasziniert, wie einfühlsam Benjamin mit Sam umging, wie er mit ihm sprach, als sei er Humanmediziner und Sam einer seiner langjährigen Patienten.

«So, eigentlich müsste die Wunde gut verheilt sein, aber ich möchte sie mir trotzdem noch einmal anschauen. Wenn es wehtut, dann gibst du mir Bescheid, ja?»

Er strich Sam über den Kopf, schaltete die Untersuchungslampe über dem Behandlungstisch ein und nahm vorsichtig Sams verletzte Pfote in die Hände. Er wickelte den Verband ab, den Emma mehrfach gewechselt hatte, begutachtete die Stelle, kontrollierte die Zwischenräume der Zehen, übte sanften Druck auf den Ballen aus und untersuchte das Gelenk.

«Keine Entzündungen oder Schwellungen», sagte er mehr zu sich selbst denn zu Emma. «Wie klappt es mit dem Auftreten?»

«Ganz gut, denke ich. Anfangs ist er etwas gehumpelt, aber seit gestern sieht es ganz so aus, als ob er die Pfote wieder voll belasten würde. Jedenfalls tobt er wie eh und je.»

Erst jetzt merkte Emma, wie erleichtert sie war, dass Sam nicht schlimmer verletzt war.

«Den Eindruck habe ich auch.» Benjamin griff nach dem Kugelschreiber, der in der Brusttasche seines Hemdes steckte, und machte sich auf einer Karteikarte eine Notiz.

«Und wie geht es dir?»

Emma runzelte die Stirn. «Mir? Also ich ... ähm ... gut.» Emma wusste gar nicht, was sie darauf antworten sollte.

Benjamin lachte. «Meine Assistentin hat mir aufgetragen, mehr zu fragen. Sie findet, dass ich unmöglich bin. Es wäre einfach nicht in Ordnung, dass ich zwar den Lieblingsmetzger meiner kleinen Patienten kenne, aber nichts über Herrchen oder Frauchen weiß.»

«Und nun willst du auch meinen Lieblingsmetzger wissen?» Emma schmunzelte. «Sam und ich haben den gleichen.»

«Du hast auf jeden Fall Sinn für Humor», sagte Benjamin und schaute sie amüsiert an. «Das notiere ich mir am besten gleich, damit ich nicht wieder einen Rüffel bekomme.»

Eigentlich waren seine Augen um einiges heller als die von Sam und leicht gesprenkelt, stellte Emma fest. Jetzt bei Tageslicht wirkten sie nicht mehr ganz so dunkel wie bei ihrem ersten Besuch in der Tierarztpraxis.

Sam stupste Benjamin mit seiner gesunden Pfote an.

«Jaja, ich habe schon verstanden», erwiderte Benjamin.

«Erst verspreche ich dir einen Keks, und du springst todesmutig auf meinen Behandlungstisch – und dann bekommst du kein Leckerli. Das ist wirklich nicht fair. Du hast deinen Teil der Abmachung erledigt, also muss ich mein Versprechen auch einhalten.» Er wandte sich an Emma. «Da sind sie alle gleich. Aber das ist natürlich vollkommen richtig. Versprechen hält man auch, oder?»

«Natürlich», antwortete Emma und freute sich zusammen mit Sam, als Benjamin das große Keksglas aus dem Schrank holte.

Sam wackelte so begeistert mit dem Hinterteil, dass sie für einen Moment fürchtete, er könne das Gleichgewicht verlieren und vom Behandlungstisch fallen. Einziger Vorteil: Er könnte hier direkt behandelt werden.

«Hey, nicht so wild, Kumpel», sagte Benjamin und forderte Sam auf, sich wieder hinzusetzen. «Es soll ja niemand denken, dass du keine Hundeschule besuchst! Klappt es eigentlich gut mit der Leine?», fragte er und sah Emma von der Seite an. «Ich musste mich am vergangenen Samstag leider von Lisa vertreten lassen und habe daher keine Ahnung, ob Sam Fortschritte macht.»

«Ich fürchte nein», gab Emma zu. «Mein Vater war viel mit ihm draußen, und da meine Eltern sehr ländlich wohnen und die beiden ein eingeschworenes Team sind, ist Sam den Großteil der Zeit ohne Leine rumgelaufen.»

«Und wo warst du in der Zeit?», fragte Benjamin. Er gab Sam einen besonders großen Hundekeks und stellte das Glas dann wieder zurück in den Schrank. So hoch, dass vermutlich nur Katzen oder große Doggen darankamen, wenn sie sich auf ihre Hinterbeine stellten. Keine Chance jedoch für Sam, der zwar eine stattliche Größe hatte, es aber weder mit einer Dogge noch mit einem Schäferhund aufnehmen konnte.

«Ich?», fragte Emma. «Ist das wieder eine dieser Fragen, die dir deine Kollegin aufgetragen hat?»

Sie musterte Benjamin, der sich von ihrer Provokation offensichtlich nicht aus der Ruhe bringen ließ.

«Mein eigenes Interesse», antwortete er lapidar. «Ich muss schließlich wissen, ob ich Grund zum Tadeln habe, falls das mit der Leinenführigkeit noch nicht klappt. Und du bist nun mal Sams Bezugsperson. Er hat wegen der Pfote eine Ausrede, sein Frauchen nicht.»

«Oh, ich gelobe Besserung», versprach Emma und schaute Benjamin herausfordernd an. «Aber ich konnte mir die Chance nicht entgehen lassen, gemütlich auf dem Sofa zu sitzen, während mein Dad das mit dem Gassigehen übernommen hat.»

Sie verschwieg, dass sie am Wochenende nur deshalb auf der Couch rumgelungert hatte, weil sie so lethargisch und traurig gewesen war, dass es ihr schwerfiel, die Position zu ändern oder überhaupt nur einen Fuß vor die Tür zu setzen. Ja, sie war ein- oder zweimal im Garten gewesen, aber nie zur Vordertür herausgegangen.

Im Garten ihres Elternhauses fühlte sie sich geschützt vor neugierigen Blicken von Nachbarn oder Passanten, vor zu vielen Fragen, vor der Konfrontation mit dem Leben. Hier konnte sie stundenlang in der Hollywoodschaukel sitzen und in Rosenstauden starren, ohne dass sie jemandem eine Erklärung schuldete. Das alles musste Benjamin jedoch nicht wissen.

«Jeder trauert unterschiedlich lang, mein Schatz», hatte ihre Mum erst gestern gesagt und sich zu ihr in die Schaukel gesetzt. «Da gibt es keine Vorschriften. Nimm dir die Zeit, die du brauchst!»

«Und wenn ich es niemals überwinde?» Emma hatte eine Blüte in der Hand gehalten und deren Blätter abgezupft. So wie sie es bei der ersten Verliebtheit mit Gedanken an Daniel getan hatte. *Er liebt mich, er liebt mich nicht, er liebt mich …* Dabei hatte sie da schon an seinen Augen ablesen können, wie sehr er sie liebte.

«Vielleicht willst du das nicht hören», hatte ihre Mum erwidert und Emmas Hand gedrückt, «aber kann man so etwas überhaupt überwinden? Niemand verlangt von dir, dass du Daniel vergisst oder nicht mehr traurig bist. Du musst nur eine Möglichkeit finden, das alles in dein neues Leben zu integrieren.»

«Das ist aber eine Art Neuanfang, die ich gar nicht wollte.»

«Ich weiß, mein Schatz, und wenn ich das irgendwie hätte verhindern können, dann hätte ich das gemacht.»

«Ich auch», hatte Emma leise gesagt. «Aber was, wenn ich … eben nicht alles gemacht habe?» Sie hatte gezögert, da sie Angst hatte, dass ihre Mutter sie verurteilen könnte. «Ich meine, Daniel hat schon Wochen vor der Diagnose über Rückenschmerzen geklagt, und ich habe ihn manchmal deswegen sogar aufgezogen. Aber ich habe ihn nicht zum Arzt geschickt. Was, wenn sie den Tumor dann schneller entdeckt hätten?»

«Wer denkt denn schon bei Rückenschmerzen an einen Tumor? Nein, so darfst du nicht denken! Haben die Ärzte dir nicht selbst erklärt, dass es von Anfang an kaum eine Chance gab?»

Emma hatte genickt.

«Siehst du, dich trifft keine Schuld, Emma. Dich trifft absolut keine Schuld. Dich nicht, Daniel nicht, niemanden. Ihr habt einfach unglaubliches Pech gehabt. Und trotz aller medizinischen Fortschritte ist der Mensch eben manchmal immer noch machtlos.» Sie hatte Emma umarmt und sie fest gedrückt, und für einen Moment hatte Emma sich ein klein bisschen besser gefühlt. Es waren immer nur Bruchteile von Minuten, in denen sie diese Schwere nicht spürte, die jeden Schritt wie zu einem Gang durch hüfttiefes Watt werden ließen und jede Bewegung zu einem Kampf. Aber diese leichteren Momente waren da, und Emma war dankbar dafür, weil sie ihr Hoffnung gaben, dass es mit der Zeit einfacher werden würde.

Benjamin hatte sie noch nie auf Daniel angesprochen. Kannte er ihre Geschichte? Hatte Lisa ihm von ihr erzählt? Wusste er, warum Sam bei ihr war?

«Das nächste Mal werde ich Sam definitiv wieder an die Leine nehmen und mit ihm üben.» Emma hob die rechte Hand zum Schwur und kam sich dabei ein wenig albern vor. «So ganz hundertprozentig klappt es mit uns beiden nämlich noch nicht.»

«Man braucht im Leben und mit Hunden viel Geduld», sagte Benjamin. Ein trauriger Ausdruck huschte über seine Augen. Lang genug, als dass Emma eine verletzliche Seite an ihm erkennen konnte, aber zu kurz, um ihr die Möglichkeit zu geben, nachzufragen.

Benjamin hatte sich schon wieder Sam zugewandt.

«So, eigentlich war es das. Pass am besten noch etwas mit deiner Pfote auf, mein Freund. Wenn Frauchen sie dir noch ab und an mal eincremt, damit die verletzte Stelle nicht rissig wird, dann kann das nicht schaden.»

«Schon verstanden», sagte Emma.

Benjamin lächelte sie an. «Sam ist eigentlich fit, aber wenn irgendwas sein sollte oder du Fragen hast, dann ruf einfach an.»

«Das mache ich», sagte Emma und zog den Reißverschluss ihrer blauen Fleecejacke hoch. Optisch hatte das Teil seine besten Zeiten bereits hinter sich, aber es fühlte sich wie eine zweite Haut an.

Nun ja, wir werden alle älter, dachte Emma. Und die Abende im Norden Schottlands waren manchmal immer noch empfindsam kühl.

«*Du* kannst natürlich auch jederzeit anrufen, Sam», foppte Benjamin den Hund und hielt ihm seine flache Hand hin, die dieser mit der Pfote abklatschte.

Emma starrte beide an.

«Sam ist großartig, wenn es um High Five geht», sagte Benjamin und lachte.

«Aber ich wusste nicht, dass …» Erstaunt schüttelte Emma den Kopf. Es kam ihr plötzlich so vor, als ob sie gar nichts über Sam wusste. Aber was bitte konnte ein Hund für Geheimnisse haben?

«Das ist so ein Ding zwischen Tierarzt und vierbeinigem Patienten …» Benjamin legte seinen Arm um Sam, und beide blickten Emma nahezu verschwörerisch an. Jedenfalls so lange, bis die Tür aufging und Benjamins Tierarzthelferin mit einem blutenden Hamster in der Hand in den Raum trat.

«Kleiner Unfall mit einem Lego-Laster», sagte sie und übergab Benjamin behutsam das apathisch wirkende Tier. «Ich fürchte, der Hinterlauf ist gebrochen. Die kleine Besitzerin wartet draußen mit ihrer Mum und weint. Aber ich habe ihr gesagt, dass Sie das wieder hinbekommen, oder Herr Doktor?»

Sie blickte ohne den Hauch eines Zweifels zu Benjamin und fuhr dem Hamster dann liebevoll mit den Fingern über den Kopf.

«Tja, Sam und ich gehen dann wohl mal», sagte Emma und griff nach Sams Halsband. «Nicht, dass er den kleinen Kerl hier noch zum Nachtisch verputzt.»

Sie schaute bedauernd auf den leidenden Hamster und verabschiedete sich dann von Benjamin.

«Vielen Dank für alles», sagte sie und war irritiert, weil Benjamin sie einen Moment zu lange anschaute. «Ich hoffe auch, dass du das Kerlchen wieder hinbekommst.»

34

Das gemeinsame Abendessen mit den anderen Herrchen und Frauchen war Ambers Idee gewesen.

«Es kann ja nicht sein, dass unsere Hunde sich jede Woche ausgiebig beschnuppern und wir noch immer nicht viel voneinander wissen, obwohl der Kurs fast vorbei ist. Ich bin der Meinung, dass wir das jetzt ändern müssen.»

Sie hatte gar nicht erst die Reaktion der anderen abgewartet, sondern direkt einen Abend in der Folgewoche vorgeschlagen.

«Mir wäre das dann ganz recht», hatte sie gesagt, «mein Mann ist nicht zu Hause und meine größere Tochter irgendwo mit Freunden unterwegs, und ich bin froh, wenn ich nicht den ganzen Abend über am Fenster stehe, um nach ihr Ausschau zu halten.»

Emma hatte kurz geschluckt. Wie oft hatte sie schon am Fenster gestanden, in der Hoffnung, dass alles nur ein böser Traum war und Daniel jeden Moment mit der Brötchentüte und pfeifend die Straße herunterkäme. Er war sonntags immer früh aufgestanden, um frische Croissants und Bagels zu holen, und hatte ihr dann das Frühstück ans Bett gebracht – auch wenn sich Emma jedes Mal über die Krümel zwischen den Laken geärgert hatte.

«Daniel, wir müssen damit aufhören. Wir sollten uns einfach an den Küchentisch setzen – so wie andere auch. Dann haben wir nicht ständig Krümel im Bett.»

Daniel hatte ihr das Tablett abgenommen und es auf den

Boden gestellt. Dann war er unter den Laken verschwunden. Angeblich, um Krümel zu suchen. Doch seine Berührungen hatten sich ganz auf Emmas Beine konzentriert, waren weiter hinaufgewandert, bis auch sie nicht mehr an die Krümel dachte und zu ihm unter die Laken verschwand.

«Emma, was ist mit dir?» Ambers Stimme hatte ihre kostbaren Erinnerungen unterbrochen. «Die meisten anderen kommen auch. Ein hundefreier Abend – wie klingt das?»

Sie hatte Emma dabei so auffordernd angesehen, dass Emma nicht anders konnte, als ebenfalls zuzusagen.

In den darauffolgenden Tagen ärgerte sie sich über ihre Spontaneität und darüber, den Abend nicht einfach im Dämmerlicht mit Sam auf dem Sofa verbringen zu können.

Aber kaum, dass sie Amber einen Blumenstrauß in die Hand gedrückt und an dem langen Esstisch im Wohnzimmer Platz genommen hatte, merkte sie, wie gut ihr die Gesellschaft der anderen tat. Amber lebte in einem rustikalen Cottage etwas außerhalb von Inverness, in dem sie naturbelassene Holzmöbel mit modernen Einrichtungsgegenständen kombiniert hatte. Das Haus wirkte ebenso außergewöhnlich und facettenreich, wie Amber es war. Für diesen Abend hatte sie, die sonst nur mit Jeans und leger gekleidet zur Hundeschule kam, ein elegantes Kleid angezogen und leichtes Make-up aufgetragen.

«Ich habe da sonst nicht so viel Gelegenheit zu», sagte sie lachend, als sie Emmas Blick bemerkte. «Das Leben ist doch viel zu kurz, als dass man sich Gedanken über seine Kleidung machen sollte. Wenn mir danach ist, gehe ich auch im Tennisdress zum Bäcker. Nur über meine Cellulite ärgere ich mich dann.»

Emma lächelte sie warm an und sah sich um. Von denen,

die zugesagt hatten, waren alle bis auf Rachel schon da. Amber rückte Emma den Stuhl zwischen Lisa und dem Mann mit dem kläffenden Pinscher zurecht. Sie war froh, dass Goliath nicht vor Ort war, aber ihr fehlten Sam und die Sicherheit, die er ihr in so vielen Situationen gab. Amber, die ihr zusammen mit Benjamin gegenübersaß, nickte ihr aufmunternd zu. Sie hatte den Tisch mit schlichtem, weißem Geschirr eingedeckt, dazu bunte Servietten kombiniert.

«Ich habe versucht, meine jüngere Tochter dazu zu überreden, uns Gesellschaft zu leisten, aber sie hat sich mit Lilly und einer Pizza aufs Zimmer verkrochen. Sofern sie der Hunger also nicht später noch nach unten treibt, werdet ihr sie wohl kaum zu Gesicht bekommen – Teenager halt», fügte sie schon fast entschuldigend hinzu.

Nachdem sie Emma nach ihrem Getränkewunsch gefragt hatte, wandte sie sich an den Besitzer des Pinschers.

«Ronan, möchtest du auch noch ein Glas Wein?»

Ronan also, dachte Emma. Sie hatte sich nie an seinen Namen erinnern können. Wohl auch deshalb, weil er auf sie nie sonderlich sympathisch gewirkt hatte.

Doch Ronan war hier, und ohne den nervigen Goliath an seiner Seite wirkte er wie ein ganz anderer Mensch. Er verstand es, die Runde mit Anekdoten zu unterhalten, brachte sogar Emma zum Lachen und hielt ihr geduldig die mediterrane Vorspeisenplatte hin, damit sie zuerst aussuchen konnte.

«Ich esse sowieso alles», sagte er mit tiefer Stimme. «Pick dir also gerne die Rosinen raus.»

«Da sind aber keine», antwortete Emma zwinkernd. Sie entschied sich für ein paar Oliven und getrocknete Tomaten und griff dann nach dem noch warmen, duftenden Ciabattabrot, das vor ihr auf dem Tisch stand – ebenso wie eine große weiße Orchidee. Sie schmunzelte, da die Pflanze Benjamins Gesicht halb verdeckte.

Lisa schien es im gleichen Moment zu bemerken. Sie rutschte etwas näher an Emma heran, sprach mit leiser Stimme. «Sieht aus, als ob ihm Knospen aus der Nase wachsen, oder?»

Emma nickte lächelnd, und ihr Blick traf den von Benjamin.

«Hey, worüber tuschelt ihr da?», empörte er sich, griff nach dem Blumentopf und stellte ihn zur Seite. «So, jetzt habe ich euch beide besser im Auge.» Er schaute von Lisa zu Emma und betrachtete sie wieder einen kleinen Moment zu lange.

Emma errötete, senkte den Blick und wandte sich dann Ronan zu, der über Oliven und Italien zu sprechen begann.

«Wirklich ein ganz wunderschönes Land», schwärmte er. «Ich bin zwar nicht mehr fit genug für die Olivenernte, aber als junger Mann habe ich einmal in Umbrien ausgeholfen. Nicht über Wochen, aber ich rühme mich immer noch gerne mit den damals gemachten Fotos.»

Er lächelte und wirkte so glücklich, dass Emma intuitiv wusste, dass seine Erinnerungen keine schmerzvollen waren. Sie hingegen dachte sofort an Daniel, der keine Oliven mochte, vor allem nicht die grünen, die geschmacklich noch intensiver und bitterer waren als die dunklen.

Gedankenverloren drehte sie eine der grünen Oliven zwischen ihren Fingern, biss dann hinein und verzog leicht das Gesicht.

«Bitter, oder?», fragte Benjamin.

Emma nickte. Ja, sie waren bitter – so wie vieles.

Im Hintergrund lief die leise Musik einer Rockband, die Emma nicht zuordnen konnte. Der Gesang vermischte sich mit dem Klappern von Besteck und dem Stimmengewirr am Tisch, aber er sorgte auch dafür, dass keine unangenehmen Gesprächspausen aufkamen.

Emma trank ihren Wein, beteiligte sich am Smalltalk, überließ das Reden aber eher den anderen. Sie hörte amüsiert zu, wie Amber das Leben mit zwei pubertierenden Teenagern beschrieb, als ob sie auf einem Minenfeld wohnte. Sie lauschte Ronan, der sie nach einem kurzen Ausflug zur Olivenernte in Italien gedanklich nun mit in die Niederlande nahm, und sie sog jedes Wort in sich auf, als Benjamin und Lisa über das Zusammenleben mit Hunden zu sprechen begannen.

«Rupert fehlt mir hier fast sogar», sagte Lisa. «Auch wenn er mich manchmal wahnsinnig macht, er ist einfach unglaublich. Neulich stand er auf seinen Hinterbeinen am geöffneten Kühlschrank und versuchte, die Tüte mit den Salamistangen zu erwischen.»

«Fütterst du ihn nicht gut genug?», zog Benjamin sie auf.

«Von wegen. Rupert frisst alles und überall. Sogar vor meinen Socken macht er nicht halt.»

Emma dachte für einen Moment an die erste Nacht mit Sam und Daniels zerfleddertes Kissen, aber dann stimmte sie in das allgemeine Lachen mit ein.

Nach der Vorspeise stieß auch Rachel zu ihnen. Sie saß nun am Kopfende des Tisches und sprach über ihre Yorkshireterrier-Dame Daisy.

«Ich hatte schon befürchtet, dass ich sie mitbringen muss. Mein Mann hat einen Hexenschuss – also, angeblich jedenfalls. Deshalb musste ich noch schnell eine Runde mit dem Hund drehen. Tja, und kaum komme ich halb durchnässt mit Daisy wieder nach Hause, erwische ich meinen Mann mit einer Flasche Ale in der Hand beim Schauen der Premier

League. Ich sag es euch, der sah so fit aus, dass der Trainer ihn jederzeit hätte einwechseln können.»

Emma hatte bislang nicht viel über Rachel gewusst. Jetzt aber erfuhr sie, dass Rachel und ihr Mann zwei gemeinsame Söhne hatten, die beide schon die Universität besuchten. Dass sie in der Freundin eines ihrer Söhne schon ihre zukünftige Schwiegertochter sah und dass sie noch nie zuvor in ihrem Leben einen Hund besessen hatte.

«Aber glaubt mir», fuhr Rachel fort, «es war das Beste, was mir passieren konnte. Ich schleiche zwar immer mal wieder an den jetzt leeren Kinderzimmern vorüber und erwische mich dabei, wie ich die Zeit gerne zurückdrehen würde – noch einmal diese kleinen Kinderarme um meinen Hals spüren! Aber Daisy hat die Einsamkeit aus meinem Leben vertrieben und schafft es, mich auch mal wieder vor die Tür zu bringen.»

«Das verstehe ich», sagte Emma und dachte voller Zuneigung an Sam, der ihr zwar nicht die Trauer um Daniel nahm, sie aber erträglicher machte.

«So ein vierbeiniger Gefährte ist einfach wertvoll», sagte Benjamin. «Ich schaffe es neben der Arbeit leider nicht mehr, mich noch einmal um einen zu kümmern, aber die Hundeschule ist für mich wenigstens etwas Ausgleich.»

«Wie lange machst du das denn schon?», fragte Ronan.

«Ach, den Trainerschein habe ich schon vor etlichen Jahren gemacht. Aber ich habe schmerzhaft erfahren müssen, wie wichtig es ist, dass ein Hund wirklich aufs Kommando hört.» Sein Gesichtsausdruck verfinsterte sich.

«Das mit Cliff war auch wirklich tragisch», sagte Lisa mit derart viel Bedauern in ihrer Stimme, dass Emma ahnte, dass auch sie Cliff gekannt haben musste.

«Ja», sagte Benjamin und tupfte sich mit seiner Serviette

die Mundwinkel ab. Er war frisch rasiert. Emma entdeckte eine kleine Wunde an der Oberlippe, die darauf hinwies, dass er sich dabei geschnitten haben musste.

«Was ist mit Cliff passiert?», fragte sie vorsichtig.

«Ein Auto», sagte Benjamin. «Vor anderthalb Jahren. Cliff war ohne Leine vorausgelaufen. Eigentlich kein Problem – dachte ich. Er ist immer an der Straßenecke stehen geblieben und hat dort auf mich gewartet. Nur dieses Mal nicht. Ich habe das Quietschen der Reifen noch gehört und bin direkt zu ihm gerannt, aber ich konnte ihm nicht mehr helfen.» Seine Stimme klang bitter. «Cliffs Verletzungen waren einfach zu schwer. Er hat mich noch Hilfe suchend angesehen, aber alles, was ich tun konnte, war, ihn zu streicheln.» Er griff nach der Flasche Wein und schenkte sich ein Glas ein. «Noch wer?», fragte er.

Emma nickte und hielt ihm ihr Glas hin.

«Das tut mir so leid, Mann», sagte Ronan, dessen Stimme jetzt gar nicht mehr kehlig klang. «Da ist man schon Tierarzt und kann trotzdem nicht helfen.»

«Genauso ist es.» Benjamin hob sein Glas, prostete den anderen zu und erwiderte nur kurz Emmas Blick, die ihn voller Mitleid ansah. «Cliff hätte Sam gemocht», sagte er leise und lächelte sie bedauernd an.

«Wir alle mögen Sam!» Amber versuchte, die Situation etwas aufzulockern. «Wo ist er eigentlich heute Abend?»

«Oh, er schläft das erste Mal ohne mich auswärts. Meine Neffen haben darauf bestanden, dass Sam zu ihnen kommt. So ganz wohl ist mir bei dem Gedanken nicht, aber die Jungs sind einfach glücklich. Manchmal habe ich das Gefühl, dass sie sich fast mehr auf Sam als auf mich freuen.» Emma pikste mit ihrer Gabel in dem Teller Lachs-Spinat-Pasta herum, den Amber nach der Vorspeise aufgetischt hatte.

«Ach was.» Amber winkte ab. «Das Gesamtpaket macht es.»

Emma nickte und sah dann zur Tür, in der jetzt Ambers jüngere Tochter auftauchte.

«Hey, mein Schatz.» Amber strahlte das Mädchen an. «Möchtest du dich doch etwas zu uns setzen und mit uns essen?»

«Nein, wirklich nicht.» Die Tochter trug ein übergroßes Shirt und hatte ihre langen blonden Haare locker im Nacken zusammengebunden.

«Schmeckt super!», warf Ronan ein.

Aber sie schüttelte den Kopf und schaute unsicher in die Runde. «Hallo», sagte sie und errötete, als alle ihren Gruß erwiderten. «Ich ...» Hilfe suchend sah sie zu ihrer Mutter.

«Chips?», fragte Amber lächelnd, und sie lächelte noch mehr, als ihre Tochter nickte. «Wusste ich es doch.» Sie stand auf. «Ich bringe dir gleiche eine Schale nach oben, ja?»

«Hole ich mir selbst.»

«Aber nicht wieder Lilly damit füttern», fügte sie mahnend hinzu, als ihre Tochter schon fast wieder zur Tür raus war. «Letztes Mal ist ihr davon schlecht geworden», erklärte sie ihren Gästen und setzte sich wieder. «Und ein unter Übelkeit leidender Hund ist wirklich kein Spaß.» Angewidert verzog sie das Gesicht.

Emma lachte. «Oh nein, darauf legt, glaube ich, niemand von uns großen Wert. Ich bin heilfroh, dass Sam das Autofahren so gut verträgt.»

«Also, für Pinscher – zumindest für meinen – ist das nichts», sagte Ronan. «Selbst auf dem Fahrrad wird ihm schlecht.»

«Du nimmst ihn mit aufs Fahrrad?», fragte Lisa.

Ronan nickte.

«Oh.»

«Aber Lisa, du kannst einen Pinscher auch kaum mit Rupert vergleichen», zog Benjamin sie auf und griff nun zu seinem Wasserglas. «Wobei ich euch beide zusammen auf dem Fahrrad gerne mal sehen würde.»

«Ich fürchte, er würde lenken», warf Lisa lachend ein. «Manchmal werde ich das Gefühl nicht los, dass eigentlich er über mein Leben bestimmt und nicht ich über seins.»

Rachel gab zu, dass es ihr mit Daisy genauso ging. «Allerdings bin ich es auch, die sich wie eine Glucke verhält. Kaum sind die Jungs aus dem Haus, sorge ich mich rund um die Uhr um meine Terrier-Dame. Hach, aber sie ist auch einfach zu niedlich.»

«Sind das nicht alle unsere Hunde?», fragte Amber.

Wie aufs Stichwort kam Lilly in den Raum gerannt, schüttelte sich einmal kräftig und verkroch sich unter dem Esstisch. Die Chipskrümel an ihrer Schnauze bemerkte auch Emma, und sie versteckte ihr Gesicht schnell hinter der Serviette, um ihr Grinsen zu verbergen.

Doch Amber schaute sie achselzuckend an.

«Wenn man eins als Mutter lernt, dann, seine Augen überall zu haben. Immerhin scheint Lilly rechtzeitig Reißaus genommen und die Chips nur probiert zu haben.»

Als Lilly in dem Moment unterm Tisch zu würgen begann, prustete Emma doch los.

Ronan und Benjamin sprangen auf. Rachel rümpfte zwar die Nase, stimmte aber in Emmas Lachen mit ein.

Amber verdrehte die Augen und lief in Richtung Küche. «So, ich schnappe mir dann mal den Wischmopp», erklärte sie. «Und ihr geht bitte alle nach nebenan ins Kaminzimmer. Den Nachtisch können wir auch dort einnehmen.»

«Ich helfe dir», rief Lisa.

Amber nickte, doch dann stockte sie. «Oder muss jemand seine Schuhe putzen?»

Jetzt lachten auch Ronan und Benjamin.

«Nein, alles noch einmal gut gegangen», rief Ronan ihr hinterher.

Kurz darauf ließ er sich im Kaminzimmer mit einem lauten Seufzer in einen der drei Sessel fallen. Rachel nahm auf dem neben ihm Platz.

«Wenn ich etwas bedauere, dann, dass meine Frau und ich uns in unserem Häuschen keinen Kamin haben einbauen lassen. Der Winter mag meteorologisch kurz sein, aber seien wir mal ehrlich: In Schottland gibt es wirklich jede Menge Gelegenheiten, ein wärmendes Feuer zu machen.»

Benjamin stapelte ein paar Scheite und entzündete sie. Dann setzte er sich neben Emma aufs Sofa und legte seinen Arm über die Rückenlehne.

Für einen kleinen Moment war Emma versucht, sich anzulehnen. Es war das knisternde Feuer, das sie schläfrig machte. Am liebsten hätte sie die Augen geschlossen. Nur halb lauschte sie Ronan und Rachel, die nun über Kamine und Solaranlagen sprachen.

Kurz darauf kamen Amber und Lisa aus der Küche und brachten den in Weingläsern geschichteten Nachtisch aus Cheesecake, Cookies, Mascarpone und Beerenkompott.

«Wir haben gleich drei Gläsersets zur Hochzeit bekommen», erklärte Amber. «Und ich feiere es jedes Mal, wenn eines der Gläser auf dem Boden zersplittert und ich etwas mehr Platz im Schrank bekomme. Aber auch für Nachtisch kann man sie definitiv gut gebrauchen.»

Nachdem sie alles auf dem Couchtisch abgestellt hatte,

bot sie Lisa den dritten Sessel an und setzte sich selbst neben Emma aufs Sofa.

Kaum, dass Benjamin etwas zur Seite gerückt war und seinen Arm von der Lehne genommen hatte, fröstelte Emma. Der kalte Nachtisch zerging ihr zwar auf der Zunge, doch bei dem Blick in das lodernde Kaminfeuer hätte Emma liebend gerne einen Glühwein gehabt.

Sie mochte das kleine Kaminzimmer, in dem sie saßen. Flauschige, helle Flokati-Teppiche lagen zwischen dem großen braunen Chesterfield-Sofa und den Sesseln und bedeckten einen Großteil der Terrakotta-Fliesen, die zu diesem Haus ebenso gehörten wie die weiß getünchten Wände, an denen nur wenige Bilder hingen. Amber hatte sich für zwei einfache Ölgemälde entschieden, von denen eins Schloss Balmoral zeigte und ein anderes die Schottischen Highlands mit ihren sanften grünen Hügeln, ihrer Seenlandschaft und den majestätischen, spitz herausragenden Gipfeln, die sich im Wasser spiegelten.

Emma blickte in Richtung der großen Fensterfront und fragte sich, was für einen Ausblick Amber und ihre Familie hier wohl hatten, wenn die Dunkelheit nicht dafür sorgte, dass das wohnliche Haus mit seinem knisternden Kamin trotz all der Schönheit der Natur zum begehrten Rückzugsort für die ganze Familie wurde.

Lilly schien sich erholt zu haben, sie schlummerte mittlerweile vor dem Kamin. Eine Zeitlang schaut Emma gedankenverloren ins Feuer, konzentrierte sich auf das Knacken und Knistern des Holzes und auf das Gefühl, sich hier geborgen zu fühlen. Sie hörte weiterhin nur mit einem Ohr zu, als Rachel und Ronan das Thema wechselten und über irgendeine Ausstellung in Edinburgh sprachen. Lisa fragte nach dem Weg zur Gästetoilette, und Amber kündigte an, noch etwas Getränkenachschub aus der Küche zu holen.

«Macht es euch in der Zwischenzeit gemütlich», schob sie noch hinterher.

Emma schloss die Augen. Ihr Kopf fühlte sich schwer an, und sie ließ ihn zur Seite sinken. Für einen Moment spürte sie Benjamins Hand, die sich kurz auf ihre Schulter legte. Erneut war Emma versucht, sich anzulehnen, doch sie richtete sich wieder auf und öffnete die Augen. Der Wein musste ihr zu Kopf gestiegen sein. Sie merkte, wie ihre Wangen glühten. Kurzerhand streifte sie ihre Stiefeletten ab, schob die Füße über den Flokati-Teppich und kündigte viel zu laut an, dass sie in die Küche gehen und Amber helfen wollte.

«Brauchst du nicht mehr, bin schon wieder da!», flötete Amber, die genau in diesem Moment ins Kaminzimmer trat und ein Tablett mit bauchigen Tassen abstellte. «Ich habe noch eine Überraschung für euch. Wie wäre es mit etwas Glühwein?»

Rachel winkte ebenso wie Benjamin ab. «Für mich nicht, danke», sagte sie. «Nicht in meinem Alter. Irgendwie vertrage ich gar nichts mehr.»

Ronan zuckte mit den Schultern. «Ich bin vermutlich älter als du, aber etwas Glühwein geht immer.»

Es war Lisa, die Emma eine Tasse dampfenden Glühwein in die Hände drückte, bevor sie nachdenken konnte. Sie wärmte ihre Finger daran, genoss den winterlich anmutenden Geruch von Gewürzen und die leichte Zimtnote, die sie besonders liebte.

Wann bitte hatte sie zuletzt Glühwein getrunken? Es musste Monate her sein. Ganz sicher im letzten Winter. Im Winter als …

Emma kämpfte gegen die aufkommenden Tränen und die Erkenntnis an, dass Daniel zu Beginn des Winters noch da gewesen war. Es war ihr erster Glühwein ohne ihn.

Sie starrte in ihre Tasse, nippte zögernd und trank dann in kleinen Schlucken das Getränk, das ihr Innerstes langsam, aber stetig wärmte. So lange, bis sie sich wieder lockerer fühlte und in das Lachen der anderen mit einstimmte. Doch irgendwann überwog das Gefühl, dass all die Schwere ihrer Gedanken zusammen mit ihrem Körper in der Tiefe des Sofas versank.

35

Wie viel sie getrunken hatte, merkte Emma erst, als sie mit den anderen aufstand, um sich zu verabschieden. Rachel war schon eine halbe Stunde zuvor aufgebrochen, weil sie Daisy noch einmal an die frische Luft bringen wollte.

Emma schwankte leicht, kicherte ihren kleinen Aussetzer aber verlegen weg.

«Ich bin das einfach nicht mehr gewöhnt», sagte sie. «Der Abend hier, all das war so gemütlich, der Wein so gut.»

«Italienischer Chianti», warf Ronan fachmännisch ein. «Der ist einfach lecker. Ich kann dem auch nie widerstehen.»

«Soll ich euch ein Taxi rufen?», fragte Amber, die sich nun ebenfalls erhob. Und bevor jemand reagierte, fügte sie noch hinzu: «Ihr glaubt gar nicht, wie oft ich schon vor dem Kamin eingeschlafen bin.»

«Das müssen wir heute natürlich verhindern.» Lisa lachte. «Vielen lieben Dank für den wunderschönen Abend. Ich habe ihn wirklich genossen. Auch wenn ich mir ein wenig Gedanken darüber mache, was Rupert in der Zwischenzeit zu Hause angerichtet hat.»

«Klingt ein bisschen wie bei *Kevin – Allein zu Haus*», sagte Emma, die sich an der Lehne des Sofas abstützte.

«Nur dass Rupert ein Angsthase ist und bei jedem Einbrecher mit eingekniffenem Schwanz das Weite sucht», erwiderte Lisa. «Es sei denn, der Eindringling bringt Wurst mit. Dann hat er in Rupert einen neuen Freund gefunden.»

«Tja, ich fürchte, er benötigt eine Hundeschule», sagte

Benjamin süffisant, als er mit den Jacken über dem Arm das Kaminzimmer betrat. Erst reichte er Ronan und Lisa ihre Jacken, dann half er Emma in den Mantel. So wie Daniel es auch immer getan hatte.

«Zuknöpfen kann ich aber allein», sagte sie fast schon schnippisch und entschuldigte sich gleich. «Sorry, das ist der Alkohol. Ich trinke sonst nicht so viel.»

Es entsprach sogar der Wahrheit. Sie hatte in letzter Zeit kaum noch zu Wein gegriffen, weil er ohne Daniel oder Freunde, mit denen man zusammen trinken konnte, einfach nicht schmeckte. Erst hier, mit Amber und den anderen, hatte sie ihren Blick wieder voller Genuss in dem kleinen Strudel verloren, der entstand, wenn man das Glas in der Hand schwenkte.

Lisa winkte. «Ich mache mich dann mal mit dem Rad auf den Heimweg. So weit ist es ja zum Glück nicht.»

«Und ich nehme das Angebot mit dem Taxi gerne an», sagte Ronan.

«Dann rufe ich dir jetzt eins», sagte Amber. «Die Telefonnummer habe ich am Kühlschrank hängen. Dabei wäre es so einfach, sie ins Handy einzuspeichern. Ich gehe den Zettel schnell holen.»

Emma lächelte. Ja, vieles könnte so einfach sein.

«Und du, Emma?», fragte Benjamin. «Wie kommst du nach Hause?»

«Wir könnten uns ein Taxi teilen», bot Ronan an. «Allerdings muss ich nach Redcastle. Ganz andere Richtung, oder?»

«Ganz andere Richtung», bestätigte Emma. Sie hätte vorhin mit Rachel fahren können, die ganz in ihrer Nähe wohnte, aber Emma hatte sich zu wohl gefühlt, um schon in ihr stilles und leeres Haus zurückzukehren.

«Dann bringe ich dich», bot Benjamin an. «Ich habe bis auf ein kleines Glas Wein nichts getrunken. Morgen früh übernehme ich nämlich den Notdienst, und meine Praxis ist geöffnet. Also falls Sam sich wieder an der Pfote verletzt ...»

«Das hoffe ich doch nicht!» Emma tat empört und stemmte ihre Hände in die Hüften, dabei schwankte sie schon wieder leicht. «Auf jeden Fall habe ich morgen vor, auszuschlafen, weil ich ja nicht mit Sam Gassi gehen muss.»

Außerdem ahnte sie schon jetzt, dass sie am folgenden Tag einen ziemlichen Brummschädel haben würde.

«Na, dann werde ich jetzt wohl zum Taxifahrer.» Benjamin hielt Emma seinen Arm hin, damit sie sich einhaken konnte.

«Du kannst auch hier übernachten», bot Amber an, als sie aus der Küche zurückkam. Aber Emma winkte freundlich ab. Also wandte sich Amber an Ronan. «Dein Taxi ist in fünf Minuten da.»

Emma wunderte sich, dass Ronan bislang derjenige gewesen war, der sie aus der Gruppe am wenigsten interessiert hatte – und der sich zu ihrer Überraschung als wundervolle Gesellschaft entpuppt hatte. Sie umarmte ihn zum Abschied herzlich.

«Wir sehen uns dann in der Hundeschule», sagte sie und war sehr froh, dass ihr Leben durch Sam und die neuen Freunde bereichert wurde.

«Ja, wir sehen uns in der Hundeschule», erwiderte Ronan und gab ihr einen flüchtigen Kuss auf die Wange.

«So, und jetzt bin ich dran.» Amber drängte sich vor und schloss Emma in ihre Arme. «Ich freue mich wahnsinnig, dass du heute Abend hier warst. Gerne hätte ich dir auch meine Tochter richtig vorgestellt, aber die ist momentan unberechenbar.»

«Es ist schon okay. Wenn ihr nicht danach war, dann machen wir das ein anderes Mal.»

Emma wusste, wie wichtig es war, die Gedanken, Gefühle und Signale anderer Menschen zu respektieren. Außerdem war sie sich sicher, dass Amber auch weiterhin eine Rolle in ihrem Leben spielen würde. Selbst wenn Lilly und Sam kein besonderes Interesse aneinander zeigten.

Als Emma wenig später neben Benjamin im Auto saß, hoffte sie, dass er nicht bemerkte, dass sie einen Umweg fuhren. Denn es tat ihr gut, nicht allein zu sein, den Moment der Einsamkeit noch etwas hinauszuzögern. Bis sie das Törchen zur Einfahrt öffnen und die ausgetretenen Treppenstufen nach oben gehen würde – ins dunkle Haus, in dem niemand auf sie wartete.

Schnell schrieb sie ihrer Schwester eine kurze Nachricht, wie sie es immer tat, wenn sie nachts unterwegs war.

«Es ist sicher gleich komisch ohne Sam», sagte sie dann.

«Oh ja, das ist es. Als Cliff im vergangenen Jahr gestorben ist, haben mir sogar die umgeworfenen Blumenvasen und die durchgekauten Socken gefehlt.»

«Er fehlt dir noch immer, oder?» Emma fröstelte.

«Ich glaube, wenn jemand eine wichtige Rolle in deinem Leben gespielt hat und es ihm oder ihr gelungen ist, dich glücklich zu machen, dann wird so ein Verlust immer eine unfassbare Leere hinterlassen.» Benjamin stellte die Heizung höher. «Warte, gleich müsste es wärmer werden.»

Emma rieb sich mit den Händen die Oberarme und dachte über Benjamins Worte nach. «Ja, es ist, als ob derjenige das Glück mit sich genommen hätte.»

«Ja, aber das Glück ist noch da. Irgendwo. Es fällt manchmal nur schwer, es zu erkennen und zuzulassen, dass es wieder in das eigene Leben tritt.» Aufmunternd schaute er zu ihr.

Emma seufzte, sie wollte protestieren, doch es fiel ihr schwer, die richtigen Worte zu finden. Sie lehnte den Kopf zurück, sie war so unglaublich müde. Als Benjamin das Radio anschaltete, schloss sie kurz die Augen. Die leisen Klänge der Musik lullten sie ein. Mit der linken Hand zog sie den Kragen ihres Mantels noch etwas höher, dann sackte ihr Kopf zur Seite. Und dieses Mal ließ sie es zu, dass sie sich an Benjamins Schulter anlehnte.

Sie wachte erst wieder auf, als der Wagen vor ihrem Haus parkte. Zum Glück hatte Benjamin die Adresse, die sie ihm genannt hatte, alleine gefunden.

Verlegen richtete sie sich auf, griff nach der Türklinke und murmelte ein «Danke».

«Halt», sagte Benjamin. «Ich bringe dich noch zur Tür.»

Er stieg aus, ging ums Auto herum und hielt Emma zum Aussteigen die Hand hin. Er lächelte. «Nicht dass du mir nachher noch hinfällst.»

Emmas Kopf drehte sich leicht. Sie hatte definitiv zu viel getrunken.

Benjamin legte seinen Arm um ihre Taille, öffnete das kleine Törchen und begleitete Emma die wenigen Schritte bis zum Haus.

«Wo ist dein Schlüssel?», fragte er.

Emma nestelte nervös in ihrer Tasche herum, fand den Schlüsselbund und versuchte dann erfolglos, die Haustür zu öffnen.

«Warte, ich helfe dir», sagte Benjamin.

Er streifte ihre Hand, als er den klimpernden Bund entgegennahm, dann steckte er den verschnörkelten Messingschlüssel ins Schloss und öffnete die Tür. Emma schluckte schwer, ging einen Schritt zur Seite, um sich am Haus anzulehnen, trat jedoch stattdessen auf Benjamin zu. Es war nur ein kleiner Schritt, aber sie stand nun so nah bei ihm, dass sie seine Nähe spürte.

Emma hielt den Atem an. Hatte er nicht gesagt, dass sie das Glück nur zulassen müsste? Sie merkte, wie ihr ganzer Körper sich nach einer Umarmung verzehrte.

Als Benjamin ihr zum Abschied einen Kuss auf die Wange hauchte, war es Emma selbst, die ihre Arme um seinen Hals legte, sich auf die Zehenspitzen stellte und ihm einen Kuss auf den Mund drückte. Seine Lippen fühlten sich so weich an.

«Emma», sagte Benjamin mit warmer Stimme und versuchte, sie von sich zu schieben.

Doch sie umarmte ihn fester. So sehr sehnte sie sich nach dieser Liebkosung, dass ihr Herz einen kleinen Sprung machte, als er dem Druck ihrer Lippen nachgab und den Kuss sanft erwiderte. Mit dem Fuß stieß sie die Haustür auf, griff nach Benjamins Hand und war fest entschlossen, sich in dieser Nacht einfach nur fallen zu lassen. Sie konnte dieser Sehnsucht nicht widerstehen. Nicht heute, nicht in dieser Nacht.

«Emma», sagte Benjamin noch einmal. Und dieses Mal klang er bestimmter, wenn auch etwas atemlos. «Emma, ich glaube nicht, dass das eine gute Idee ist.»

36

Erst als die Autotür laut ins Schloss fiel, horchte Emma auf. Dann hörte sie das Quietschen des Törchens, die Schritte, das ungeduldige Gebell ihres Hundes. Er suchte sie, hatte ihre Witterung aufgenommen – und sie schnell gefunden. Mit schlackernden Ohren rannte Sam zu der schmalen Treppe, die vom Garten hoch zu der kleinen Terrasse vor der Küche führte und auf der Emma seit mehreren Stunden saß. Er stürmte auf sie zu, warf sie beinahe um und schleckte ihr mit feuchter Zunge durchs Gesicht.

Es musste immer noch salzig schmecken. Emma hatte in der Nacht sehr viel geweint. Sie hatte versucht zu schlafen, aber kein Auge zugetan. Daniel war in der Nacht so präsent gewesen, mit vorwurfsvollem Blick hatte er sie angeschaut, sie getadelt und ihr so deutlich seine Enttäuschung gezeigt, dass ihr das Atmen schwergefallen war.

Sie hatte sich ja selbst nicht wiedererkannt. Es war ein Moment der Schwäche gewesen, die Sehnsucht nach Normalität, die plötzliche Nähe zu Benjamin.

Mitten in der Nacht war Emma schließlich aufgestanden. Sie hatte ihre Strickjacke von dem mit Blümchenstoff überzogenen Hocker im Schlafzimmer genommen und war nach draußen gegangen. Sie hatte im Garten gestanden und in den schwarzen Nachthimmel hinaufgeschaut. Er war wolkenverhangen gewesen, es gab keinen Lichtschein, keinen Stern. Als ob Daniel sich entschieden hätte, nicht mehr für sie zu leuchten.

«Es tut mir so leid», hatte sie in die Dunkelheit geflüstert.

Nein, sie hatte es wirklich nicht gewollt. Nicht so, nicht jetzt, nicht hier. Dieser verunglückte Kuss mit Benjamin auf der Schwelle zu ihrem Haus ... Die Schwelle, über die Daniel sie beim Einzug getragen hatte. Sie hatte die Situation noch genau vor Augen.

«Halt, nicht so. Das ist viel zu früh.» Emma hatte gelacht und spaßeshalber mit den Beinen gestrampelt. «Lass mich runter. Das ist der falsche Zeitpunkt.»

«Oh, und wann wäre der richtige?», hatte Daniel gefragt.

«Eine Braut wird über die Schwelle getragen, nicht ich.»

«Und wenn du eines Tages meine Braut bist?»

«Dann können wir noch einmal darüber reden.»

In ein paar Wochen wäre es so weit gewesen. Dann hätte sie ihre Arme um seinen Hals geschlungen, und er hätte sie in ihrem wunderschönen weißen Brautkleid über diese Schwelle in ihr Zuhause getragen. Hinein in ihren Rückzugsort, in ihre Zukunft und in das Haus, das sie mit Leben füllen wollten.

Wie sehr hatte sich Emma in der letzten Nacht nach Sam gesehnt. Danach, dass sie ihm ihr Geheimnis ins Fell flüstern konnte. Danach, dass Sam sie mit schief gelegtem Kopf und seinen großen Knopfaugen anschaute.

Es ist alles gut, Emma. Mach dir keine Sorgen.

Nichts war gut. Auch Hannah merkte es sofort.

«Alles in Ordnung?», fragte sie. Doch Emma sah an ihrem Blick, dass ihre Schwester längst verstanden hatte. «Wie lange bist du schon hier draußen? Dir muss doch wahnsinnig kalt sein.»

Emma schlug die Strickjacke noch etwas enger um sich. «Ich weiß nicht. Ein paar Stunden?»

«Die ganze Nacht?»

Emma gelang es nicht, Hannahs Blick standzuhalten. Sie vergrub ihr Gesicht in Sams Fell und streichelte ihn, als könne sie dadurch etwas wettmachen. Denn sie hatte Daniel enttäuscht, sie hatte ihre Schwester enttäuscht und alle anderen, die Daniel liebten und geliebt hatten.

Sam wand sich aus ihrer Umarmung, trottete weg, stieß die leicht geöffnete Tür zur Küche auf und machte sich schmatzend über seinen Wasser- und seinen Fressnapf her, die Emma beide am Morgen wie aus Gewohnheit befüllt hatte. Obwohl Sam in der Nacht nicht bei ihr gewesen war. Obwohl er nicht hatte verhindern können, was geschehen war.

Benjamin hatte ihren Kuss zunächst erwidert, doch dann, als sie mit dem Fuß die Haustür geöffnet hatte und bereit gewesen war, die Nacht entscheiden zu lassen, was noch zwischen ihnen passierte, hatte er sie sanft von sich geschoben.

«Emma, ich mag dich wirklich sehr, aber ich glaube, das ist nicht der richtige Zeitpunkt.»

«Doch, das ist er.»

«Nein.» Er hatte ihr über die Wange gestreichelt und den Kopf geschüttelt.

Und sie hatte gewusst, dass er sie nicht nur von sich schob, weil sie nicht ganz nüchtern war, sondern auch, weil er sie vor einem Fehler beschützen wollte. Dem Fehler, ihn mit in das Haus zu nehmen, das ihr und Daniels Zufluchtsort gewesen war.

Wie hatte sie nur auf die Idee kommen können, jemand anderen mitzunehmen? Und nicht einmal irgendwen, sondern ausgerechnet Benjamin?

Als das Licht im Nachbarhaus angegangen war, hatte sie geglaubt, Mrs. Campbell am Fenster zu sehen, und war ebenfalls einen Schritt zurückgetreten. Es war ihr nicht gelungen,

Benjamin noch einmal in die Augen zu sehen. Dieser Kuss ... er hatte sich so gut und so vertraut angefühlt und war doch ein großer Fehler gewesen.

«Ach, Hannah», sagte Emma jetzt. «Ich habe so großen Mist gebaut.» Sie hielt ihren Blick weiterhin gesenkt, drehte sich sogar von ihrer Schwester weg.

Als in der Küche der Fressnapf schepperte, sprang sie dankbar auf.

«Ich muss nach Sam sehen», sagte sie.

«Nein, das musst du nicht. Er kommt schon alleine zurecht.» Hannah hielt sie an der Hand zurück, setzte sich, kaum dass Emma wieder Platz genommen hatte, zu ihr auf die Treppe. Dann wartete sie, bis Emma ihre Sprache wiederfand.

«Er hat mich verlassen», rechtfertigte sich Emma und spürte einen Anflug von Wut. «Er hat mich allein gelassen und mich überhaupt erst in diese Situation gebracht.» Nie würde sie Daniels stumme Vorwürfe in der Nacht vergessen, nie diesen Blick, mit dem er sie voller Enttäuschung und so lebensecht angeschaut hatte. Dabei war dies auch seine Schuld.

«Daniel?» Hannah hob die rechte Augenbraue, wartete Emmas Antwort aber nicht ab. «Ja, er hat dich verlassen. Er hat es sicher nicht gewollt, aber er hat dich verlassen.» Sie zögerte. «Es geht um Benjamin, oder?»

Emma nickte. Sie hatte Hannah in der Nacht geschrieben, dass Benjamin sie nach Hause bringen würde. Dass sie zu viel getrunken hätte und dass Hannah den Jungs und Sam einen Kuss von ihr geben sollte. Das war eine halbe Stunde vorher vielleicht. Eine halbe Stunde, in der sie nicht geahnt hatte, dass sie schon gleich ihre Lippen auf die von Benjamin pressen würde.

Er war ihr nicht gefolgt, hatte den weiteren Versuch einer

Umarmung abgewehrt und sie nur kurz auf ihr Haar geküsst. Dann war er die Stufen nach unten gegangen. Langsam, aber entschlossen. Und ohne sich noch einmal umzudrehen.

Emma schämte sich so sehr. Benjamin gegenüber, Daniel gegenüber. Noch in der Nacht war sie aus der Chatgruppe der Hundeschule ausgetreten, hatte erst am Morgen auf Ambers private Nachricht geantwortet.

Was ist los?, hatte Amber geschrieben. Und dann noch einmal: *Emma, was ist los?*

Nichts.

Du trittst doch nicht mitten in der Nacht ohne Grund aus der Chatgruppe aus!?

Nein, alles gut. Sie hatte nicht vor, Amber in die Vorkommnisse der Nacht einzuweihen.

Gut, dann kann ich dich ja wieder hinzufügen.

Emma hatte ihr nicht mehr geantwortet. Amber mochte das Schweigen akzeptieren, aber Hannah nicht.

Auffordernd sah sie Emma an. «Also, Em, was ist passiert?»

Emma nagte so lange auf ihrer Unterlippe herum, bis sie das Gesicht vor Schmerz verzog.

«Gestern Abend ... Ich habe wirklich ziemlichen Mist gebaut.» Sie konnte nichts dagegen tun, dass ihr schon wieder die Tränen kamen. «Ich wollte das alles nicht», sagte sie.

«Ist er hier?»

«Was?» Emma zuckte zusammen. «Um Gottes willen! Nein!»

«Emma, ich weiß ja, dass mich all das nichts angeht, aber ich kann durchaus eins und eins zusammenzählen. Benjamin hat dich nach Hause gebracht, er kümmert sich rührend um Sam, ihr seht euch jeden Samstag. Und plötzlich verhältst du dich komisch. Seinetwegen? Hat er dich schlecht behandelt?»

«Nein!», beteuerte Emma vehement. «Nein, absolut nicht. Benjamin ist ein wahrer Gentleman. Er …» Sie suchte nach den richtigen Worten. Und schließlich begann sie, Hannah vom gestrigen Abend zu erzählen. Von der netten Runde, von Benjamins Blicken, von ihren Gefühlen und ihrer Sehnsucht nach einer Umarmung und nach Normalität, von dem verunglückten Kuss und dem schlechten Gewissen danach und der unbändigen Wut, die sich zwischen all den Tränen immer wieder Bahn brach.

«Wenn Daniel noch hier wäre …»

«Ja, dann wäre das nicht passiert», vollendete Hannah ihren Satz. «Em, er hat dich nie allein lassen wollen, aber er ist nicht mehr da. Nicht jetzt und nicht in Zukunft. Und diese Leere, die dich umgibt, die kannst und darfst du wieder füllen. Das muss nicht mit Benjamin sein, das kann auch mit jemand anderem sein. Vielleicht auch mit diesem Ronan.» Hannah zwinkerte ihr zu.

Emma legte den Kopf schief und schaute sie mit hochgezogener Braue an. «Kein Ronan und kein Pinscher kommen mir ins Haus», sagte sie entschieden.

«Es war auch nur ein Spaß. Was ich eigentlich sagen will: Du betrügst Daniel doch nicht, wenn du jemand anderen in dein Leben lässt.»

«Warum fühlt es sich dann aber genauso an?»

«Weil du mit aller Kraft an Daniel festhältst und dir selbst kein Glück erlaubst.»

«Ach, es fühlt sich alles falsch an.» Emma ließ die Schultern hängen.

«Ist das so?»

«Ja! Nein, das heißt … Ach, ich weiß es nicht.»

Der Kuss selbst hatte sich nicht falsch angefühlt. Nicht in

dem Moment. Nicht, als Benjamin sie zum Abschied in seine Arme genommen und sie seine Lippen gesucht hatte. Da hatte Emma eine große Nähe und Zärtlichkeit gespürt. Und das Gefühl, sich fallen lassen zu können. Es war das erste Mal, dass sie glaubte, wieder Halt zu finden, nicht weiter abzurutschen und wenigstens für diesen Augenblick aufzuatmen.

Das schlechte Gewissen aber war schon in dem Moment gekommen, als Benjamins und ihre Lippen sich voneinander lösten. Als sie nach Luft schnappte und die unausgesprochene Frage im Raum stand, ob die Nacht nun ein Ende fand oder nicht. Sie war zu Ende. Emma war ins Haus gestürmt, hatte die Tür hinter sich zugezogen und war an Ort und Stelle auf den Boden gerutscht. Nein, sie konnte Daniel das nicht antun, in wenigen Wochen hätten sie geheiratet. Wie konnte sie überhaupt nur an jemand anderen denken?

Hannah streichelte ihr über den Arm. «Es ist doch ganz klar, dass es sich für dich verwirrend anfühlt, Em. Dein Leben war ganz anders geplant.»

«Oh ja, das war es.» Emma knibbelte an ihren Fingernägeln, von denen der beim Mädelsabend aufgetragene Lack längst wieder abblätterte. Wie plante man ein Leben neu, für das es bereits den perfekten Plan gegeben hatte? «Ich traue mich gar nicht, mit Lucy oder Carol darüber zu reden.»

Sie und Lucy hatten sich immer alles anvertraut. Aber das hier, das wollte sie ihr nicht sagen. Und auch Carol nicht. Sie hatte Angst, dass die Freundinnen enttäuscht von ihr wären, dass niemand von ihnen Verständnis für diesen einen Moment der Schwäche und ihre ungebrochene Sehnsucht nach Normalität hatte.

«Das musst du auch nicht.» Hannah legte den Arm um ihre Schultern. «Es steht nirgendwo geschrieben, dass du deiner besten Freundin alles anvertrauen musst. Viele Sachen kann man mit sich selbst ausmachen, aber manchmal ...»

«Manchmal hält man es einfach nicht aus und braucht die große Schwester», ergänzte Emma und seufzte. «Danke, dass du so viel Verständnis hast.»

«Ich muss kein Verständnis dafür haben. Die Instanz, die dir vergeben muss, bist du selbst, Em.» Sie rutschte näher an Emma heran. «Aber jetzt mal im Ernst: Was ist denn schon passiert? Es war ein Kuss. Ein kurzer Kuss. Sekunden deines Lebens, die nicht das zunichtemachen, was du dir über Jahre aufgebaut hast. Dieser Kuss wird deine Liebe zu Daniel nicht schmälern – aber vielleicht ist er der Beginn von etwas Neuem. Von etwas, das *nach* Daniel passiert.» Hannah zögerte. «Daniel lebt nicht mehr, und du weißt, wie traurig wir alle deswegen sind. Aber *du* lebst, Emma. *Du* musst einen neuen Weg für dich finden, dich neu orientieren. Vielleicht war das gestern Abend eine Sackgasse, vielleicht aber auch nicht.»

«Aber ich kann das nicht», sagte Emma bestimmt und schüttelte energisch den Kopf. «Es geht nicht. Und ich spüre auch keine Schmetterlinge im Bauch.» Sie legte so viel Energie in ihre Worte, dass es ihr fast gelang, sich selbst zu überzeugen. Dabei hatte sie seine Nähe durchaus genossen und nicht nur einmal heimlich sein Gesicht studiert. Er war ganz anders als Daniel, und trotzdem hatte sie immer wieder zu ihm hinschauen müssen und hatte sich von ihm wahrgenommen gefühlt. «Wirklich, Hannah! Ich meine ... Benjamin ist ein toller Mann, aber ich habe gestern einfach zu tief ins Glas geschaut und war für einen Moment nicht ich selbst.»

«Dann sag ihm das!» Hannah stieß sie an. «Sag ihm das genau so. Ich bin sicher, dass er dafür Verständnis hat. Und Em, wenn er dich wirklich mag, wird er Rücksicht auf deine Gefühle nehmen.»

Nur Sam nahm wie immer keine Rücksicht. Dass er verbotenerweise im hinteren Teil des Gartens gebuddelt hatte, merkte Emma erst, als er auf sie zurannte, mit einem riesigen Satz auf ihren Schoß sprang und die schlammigen Pfoten auf ihren Schultern ablegte.

«Sam!», kreischte Emma. Doch dann entschied sie sich, ihren schlammigen, verdreckten und ungestümen Hund ganz fest zu umarmen.

Sam mochte Benjamin. Er hätte jedenfalls kein Problem damit, dass sie ihm zumindest vorübergehend eine Nebenrolle eingeräumt hatte.

37

Einige Stunden später kam Hannah noch einmal vorbei. Emma hatte sich umgezogen und trug nun, obwohl es recht frisch war, Shorts und ein einfaches T-Shirt. Mit bloßen Händen jätete sie im Garten das Unkraut aus den Beeten. Sie verzichtete auf Handschuhe, ignorierte Dornen, Dreck und Stacheln. Das Homeoffice bot ihr so viele Freiheiten, die sie gerade heute dringend benötigte.

«Ich würde ja behaupten, dass Sam mich reingelassen hat, aber das Törchen stand offen.» Hannah lächelte und drückte sie fest an sich.

«Und außerdem hast du einen Schlüssel», erwiderte Emma.

«Einen, den ich aber nur im Notfall nutze.» Hannah zwinkerte ihr zu. «Ich habe noch was für dich.»

Sie waren gerade ins Haus gegangen, um einen Tee aufzusetzen, als Emmas Handy piepte. Amber hatte sie wieder in die Chatgruppe aufgenommen.

Welcome back, schrieb sie. *Da ist unsere Emma wieder.* Sie ließ keine Erklärung folgen.

Da bist du ja, schrieb Ronan. *Verklickt? Ist mir auch schon passiert.* Er ließ ein Bild seines Pinschers Goliath folgen, der in die Kamera zu knurren schien.

Ich habe mir schon Sorgen gemacht, kam auch gleich eine Nachricht von Rachel hinterher.

Schön, dass du wieder da bist, schrieb Lisa.

Drei blinkende Punkte zeigten, dass auch Benjamin etwas schrieb. Sie verschwanden wieder, blinkten dann erneut.

Eine weitere Nachricht von Lisa kam dazwischen, die daran erinnerte, dass die Hundeschule am kommenden Samstag wegen eines Flohmarktes auf dem Gelände ausfallen würde, sie sich aber in der darauffolgenden Woche wie gewohnt treffen würden.

Wieder blinkten die drei Punkte von Benjamin.

Schön, dass du wieder da bist, schrieb dann auch er. Ohne Smiley oder irgendwas, aus dem Emma lesen konnte, was er wirklich dachte.

Dann folgte eine weitere Nachricht von ihm. Diesmal war sie nur an Emma gerichtet.

Ich hoffe, es geht dir gut!?

Hannah, die neben Emma stand, schielte neugierig aufs Handy.

«Benjamin?», fragte sie.

Emma nickte, aber sie schaffte es nicht, einen klaren Gedanken zu fassen. Sie verstand weder seine Frage, noch hätte sie gewusst, was sie ihm mitteilen sollte. Ging es ihr gut? Nein, es fühlte sich nicht so an. Stattdessen kam es ihr vor, als ob das brüchige Kartenhaus, das sie sich mühevoll aufgebaut hatte, durch einen Moment der Schwäche bis auf die Grundmauern eingestürzt war. Gleichzeitig war da dieser Kuss mit Benjamin – für einen Moment hatte es sich so angefühlt, als ob sie wieder Emma wäre. Als ob das Leben auch noch schöne Seiten für sie bereithielte. Sie hatte es für einen kurzen Augenblick geschafft, die Trauer auszublenden und zuzulassen, dass sich alles leichter und hoffnungsvoller anfühlte.

Was sollte sie ihm also antworten? Und was wäre mit der Hundeschule? Spätestens dort würde sie Benjamin wieder unter die Augen treten.

Jetzt aber waren es Hannahs Augen, die sie musterten.

Sie fragte jedoch nicht weiter nach, brachte Emma nicht in die Situation, noch einmal von der Nacht berichten zu müssen.

«Ich muss leider gleich wieder los und die Jungs vom Sport abholen», sagte Hannah stattdessen. «Aber ich habe etwas für dich von zu Hause mitgebracht.»

Sie zog den seitlichen Reißverschluss ihrer Handtasche auf und holte einen Umschlag daraus hervor.

Emma zitterte am ganzen Körper, als sie erkannte, dass es sich um einen weiteren Brief von Daniel handelte.

«Er ist leider schon ziemlich verknickt», brachte Hannah entschuldigend vor und überreichte ihr den Umschlag. «Aber ich hatte so eine Panik, dass ich ihn verliere, dass ich ihn viel zu häufig in den Händen gehalten habe. Ich glaube auf jeden Fall, dass jetzt genau der richtige Zeitpunkt dafür ist.»

Sie lächelte Emma aufmunternd an.

«Em, denk bitte nicht zu viel über gestern Abend nach. Es war ein Moment in deinem Leben, lass ihn auf dich wirken, ja. Aber miss ihm nicht zu viel Bedeutung bei. Nicht jetzt. Du kannst es weder ändern, noch kannst du in die Zukunft schauen.»

Emma nickte. Der Brief in ihrer Hand fühlte sich wie ein Vorwurf an. Daniel, der an sie dachte, während sie mit einem anderen Mann auf der Türschwelle stand.

Hannah drückte Emma noch einmal fest an sich, dann rief sie nach Sam, tätschelte ihm den Kopf und versprach ihm, dass sie noch einen Leckerbissen für ihn im Auto hätte. Sam trottete neben ihr her, als sie den Garten verließ, und gab Emma so die Gelegenheit, in aller Ruhe und mit klopfendem Herzen Daniels Brief zu lesen.

Liebe Emma,

irgendwann wird dieser Tag kommen, an dem Du einen anderen Mann in Dein Leben lässt. Oh, das weckt gerade meinen Kampfgeist, aber leider weiß ich, dass ich schon in der ersten Runde k. o. gehen würde, so schwach, wie ich gerade bin. ☺
Ich habe ja niemandem freiwillig den Ring überlassen, aber Du hast ein Recht darauf, dass Dich jemand glücklich macht.
Zu gerne wäre ich das gewesen, und ich danke dem Universum für jeden Tag, jede Stunde, jede Minute und jede Sekunde, die ich mit Dir verbringen durfte und in der ich Dir ein Lächeln ins Gesicht zaubern konnte.
Emma, Du bist mein Leben. Und wenn ich etwas nicht wollte, dann ist es, Dir Kummer zu bereiten. Weder jetzt noch irgendwann, wenn ich nicht mehr da bin.
Deshalb ist es nur richtig, dass dieser wundervolle Platz an Deiner Seite neu besetzt wird – auch wenn ich vermutlich selbst im Himmel so eifersüchtig sein werde, dass ich diesem Typen einen kräftigen Regenguss schicke. Du jedoch bist all die Sonne wert, die ich für Dich bewegen kann. Es klingt kitschig, aber wenn es mir gelingt, dann werde ich die dunklen Gewitterwolken verschieben und Dir die schönsten Regenbögen und Sonnenstrahlen schicken.
Aber sollte jemand in Dein Leben treten, der Dich schlecht behandelt, dann kommt die Sintflut. Gut, Du weißt, dass ich kein schlechter Mensch bin, aber ein ordentliches Gewitter mit heftigem Donnergrollen wirst Du mir schon zugestehen müssen. Kein Grollen aber gegen Dich!
Ja, wir hätten es uns beide anders gewünscht, aber wenn Du bereit bist, irgendwann wieder jemanden in Dein Leben zu lassen, dann bin ich es auch. Meine Liebe für Dich reicht bis ans

Ende aller Tage, aber Du hast so viel Liebe verdient, dass ich
das allein gar nicht schaffen kann.
Liebe Emma! Liebe und lass Dich lieben.
Und wer weiß, vielleicht schaue ich mir von oben ja sogar eine
neue Liebe für Dich aus. Damit ich weiß, wer Dich an meiner
Stelle beschützen kann.

Ich liebe Dich – für immer!
Daniel

Emma schaute in den Himmel hinauf. Es hatte sich in der
Nacht für einen kurzen Moment anders angefühlt, aber nein,
sie war definitiv noch nicht bereit dazu.

38

Die Begeisterung und Vorfreude, mit der Carol sie ein paar Tage später ins Krankenhaus zog, konnte Emma trotz des erfreulichen Anlasses nicht teilen. Seit Daniels Tod war sie nicht mehr hier gewesen – und auch wenn sie mit dem Aufzug dieses Mal nicht in die Palliativmedizin, sondern zwei Etagen höher zur Geburtshilfe fuhr, war ihr ganz schwer ums Herz.

Die Palliativmedizin war in der dritten Etage des städtischen Krankenhauses untergebracht. Als der Aufzug kurz dort hielt, schloss Emma die Augen. Sie wollte die gelb getünchten Wände nicht mehr sehen, wollte das Piepen der Geräte nicht mehr hören. Und doch wünschte sie sich, sie könnte hier aussteigen und Daniel nur noch einmal für einen kurzen Moment umarmen und den Duft seiner Haut einatmen.

Hannah hatte ihr eindringlich ins Gewissen geredet. Sie hatte nicht gelten lassen, dass Emma nicht zu Lucy in die Klinik wollte.

«Em, so geht es nicht mehr. Du kannst nicht alles vermeiden. Ich verstehe ja, dass du nicht mehr in dieses Krankenhaus willst, aber es geht um Lucy. Sie ist deine beste Freundin. Sie wird enttäuscht sein, wenn du sie nicht besuchst.»

«Ich kann einfach nicht», hatte Emma erwidert.

«Aber sie braucht dich. Sie vermisst dich. Die Situation ist für alle nicht leicht. Wir alle vermissen Daniel.» Hannah hatte sie mit diesem Blick angesehen, der so viel Unausgesprochenes enthielt.

«Aber nicht so sehr wie ich.»

«Das sagt doch auch keiner. Es verlangt niemand von dir, dass du nicht mehr traurig bist. Aber du kannst nicht alle vor den Kopf stoßen. Bitte, schau dir das Baby wenigstens kurz an! Du musst ja nicht über Stunden dableiben. Gratuliere ihr und Simon, und dann geh meinetwegen wieder. Aber lass dich kurz bei ihnen blicken. Ich will einfach nicht, dass eure Freundschaft zerbricht.»

«Lucy wird das schon verstehen.»

«Ja, vielleicht. Vielleicht aber auch nicht. Du hast sie seit Monaten kaum gesehen, selbst bei der Babyparty warst du nicht dabei.»

«Weil mir nicht nach Feiern ist.»

«Du musst ja nicht auf den Tischen tanzen, aber geh unter Leute und sag dem kleinen Mann wenigstens kurz Hallo.»

Schließlich hatte Emma eingewilligt. Nicht, weil sie davon überzeugt war, sondern weil Diskussionen sie so unendlich viel Kraft kosteten. Unter normalen Umständen hätte sie vermutlich direkt vorm Kreißsaal gewartet, um das Baby ihrer besten Freundin willkommen zu heißen. Lucy hätte für sie das Gleiche getan.

Als der Aufzug wieder losruckelte, ohne dass jemand eingestiegen war, schaute Carol sie besorgt an.

«Hey, ist alles in Ordnung? Du bist so blass.» Carol griff nach ihrer Hand und hielt sie fest.

Emma erwiderte den Druck und schaute angestrengt auf die Etagenanzeige. Vier. Noch ein Stockwerk und sie wären da. Nur ein einziges Mal war sie mit dem Aufzug noch höher gefahren. Zusammen mit Daniel, kaum dass man ihn stationär aufgenommen hatte und es ihm für wenige Tage etwas besser ging.

Im obersten Stockwerk des Krankenhauses war die Cafeteria untergebracht. Mit gläsernen Fensterfronten, die einen traumhaften Rundumblick über Inverness ermöglichten. Der Linoleumboden, der Geruch nach Desinfektionsmitteln und die Cafébesucher in Schlafanzug oder Morgenmantel mit ihren Verbänden und Infusionsständern täuschten jedoch nicht darüber hinweg, dass es sich um ein Krankenhauscafé handelte.

Emma und Daniel hatten sich in eine kleine Nische gesetzt, in der sie ungestört waren und den Teil der Stadt überblicken konnten, in dem ihr kleines Haus lag. Wortlos hatte Daniel aus dem Fenster geschaut, und als Emma es nicht mehr aushielt, war sie hektisch aufgesprungen und hatte übertrieben fröhlich mitgeteilt, dass sie sich nun erst einmal um zwei Stück Kuchen und etwas Tee kümmern würde.

An der Theke hatte sie dann zwei andere Patienten vorgelassen. Nicht, um sich besonders ausgiebig mit der beschränkten Kuchenauswahl zu beschäftigen, sondern um ihre aufkommenden Tränen wegzublinzeln. Daniel hatte sich verändert. Nicht nur optisch. Er hatte abgenommen und tiefe Ringe unter den Augen. Seine Haut schimmerte gelblich. Außerdem war er stiller und unnahbarer geworden. Vermutlich war das seinen zunehmenden Schmerzen im Rücken und Oberbauch sowie der veränderten Dosierung der Medikamente geschuldet, aber er hatte auch seinen Kampfgeist verloren und versank oft in tiefe Traurigkeit und Lethargie. Manchmal gelang es ihm, sich für Emma zusammenreißen, aber sie kannte ihn lange genug, um zu wissen, dass er nur so tat, als ob es ihm gut ginge.

Nur einmal war Emma mit Daniel im Rollstuhl im Krankenhauspark gewesen. Aber der winterlich karge Garten und die Kälte, die Daniel trotz seiner Decke bis in die Knochen gekrochen war, hatten nicht dazu beigetragen, dass es ihm besser ging.

«Ich möchte gerne zurück in mein Zimmer», hatte er nach wenigen Minuten des Schweigens gesagt. Und Emma war froh gewesen, dass sie ihn zurückschieben konnte und die Stationsschwester für einige Zeit das Reden übernahm, als sie dabei half, ihn wieder in sein Bett zu bringen.

In der Cafeteria hatte Daniel in seinem Kuchen nur herumgestochert. Er hatte kaum noch Appetit. Dennoch bestand Emma darauf, dass er den wirklich leckeren Apple Crumble wenigstens probierte.

Sie versuchte, ihn auf andere Gedanken zu bringen, und erzählte fröhlich von Mrs. Campbell, die ihn herzlich grüßen ließ. Doch der Tratsch aus der Nachbarschaft interessierte ihn ebenso wenig wie die Karte mit aufmunternden Worten, die Emmas Kollegen für ihn geschrieben hatten.

«Graham und alle anderen denken viel an dich. Und Mabel ... Na, du kennst sie ja, sie lässt fragen, ob es hier auch nette Krankenpfleger gibt. Sie ist weiterhin auf der Suche nach dem Mann fürs Leben.»

Emma musste selbst schlucken, als sie diese Worte, ohne nachzudenken, ausgesprochen hatte. Und als sich Daniels und ihr Blick trafen, weinten beide wortlos.

Noch lange hatten sie sich an den Händen gehalten, bis Daniel zurück auf die Station musste, um seine Medikamente zu nehmen.

Nein, in die Cafeteria könnte Emma nicht mehr gehen. Sie würde immer nach Daniel suchen und darauf hoffen, dass er dort, in ihrer Nische, saß und sie anlächelte.

«Hier müssen wir raus», sagte Carol und riss Emma damit aus ihren Gedanken. Die Freundin hielt sie weiterhin an der

Hand und zog sie aus dem Aufzug. Der Flur rechts ging in die Gynäkologie, der links in die Geburtshilfe. Hier waren übergroße Störche an die Wände gemalt, und etliche Babys lächelten zahnlos von bunten Danksagungskarten.

Emma war froh, dass Carol sich um das Geschenk zur Geburt gekümmert hatte. Kaum, dass die WhatsApp mit der Nachricht *Unser Sohn ist da!* gekommen war, hatte Carol ihr auch schon getextet und ihr angeboten, dass sie doch zusammen etwas schenken könnten. Emma hatte dankend angenommen. Erst jetzt fiel ihr auf, dass sie nicht einmal gefragt hatte, welches Geschenk sich in der rechteckigen blauen Kiste mit der übergroßen Schleife befand.

Emma dachte an das letzte Geschenk, das sie von Daniel bekommen hatte: Sam! Sie konnte es nicht abwarten, ihn später wieder bei ihren Eltern abzuholen.

«Zimmer 477», sagte Carol und deutete auf den hinteren Teil des Flurs. «Das muss irgendwo dahinten sein.» Aufgeregt fügte sie hinzu: «Oh, ich kann es gar nicht abwarten, den kleinen Daniel zu sehen.»

Daniel? Emma schnappte nach Luft. Sie blieb abrupt stehen und ließ Carols Hand los.

«Emma, was ist? Habe ich –?» Plötzlich wich Carols Lächeln aus ihrem Gesicht. «Oh, Emma, sorry! Ich wusste nicht …» Sie zögerte. «Jetzt komm schon, lass uns zu Lucy gehen. Sie wird dir alles erklären.»

Doch Emma schüttelte nur den Kopf. Sie drehte sich auf dem Absatz um und rannte an einem Vater vorbei, der gerade voller Stolz seine kleine Tochter in einem Holzwägelchen über den Flur schob, auf die gläserne Stationstür zu.

Daniel! Sie hatten das Baby tatsächlich Daniel genannt! Emma musste hier raus. Sie musste hier nur noch raus!

39

Eigentlich hatte Emma gleich nach Hause fahren wollen, aber als sie nach ihrer überstürzten Flucht vor dem Gebäude stand und wieder tief durchatmen konnte, fiel ihr auf, dass sie ja mit Carol im Auto hergekommen war. Und wenn sie nicht über etliche Meilen in ihren unbequemen Schuhen durch Inverness laufen oder teures Geld für ein Taxi zahlen wollte, müsste sie wohl oder übel auf die Freundin warten.

Aufgebracht rief sie Hannah an. Aber sie redete so wirr auf ihre Schwester ein, dass Hannah sie bremsen musste.

«Stopp, Em, ich verstehe kein Wort. Jetzt setz dich erst einmal irgendwo hin, und dann erzählst du mir alles von vorne.»

Warum sollte man sich eigentlich immer setzen, wenn es schlechte Nachrichten gab?, fragte sich Emma. Als ob man sie dann besser verkraften würde. Bei schlechten Nachrichten war doch jedem danach, sich entweder aufs Bett zu werfen und sich unter schweren Decken zu verkriechen oder aus dem Zimmer zu stürmen und so viel Abstand wie möglich zwischen sich und den Überbringer der schlechten Nachrichten zu bringen.

«Daniel!», rief sie ins Handy. «Das Baby heißt Daniel!»

Hannah antwortete nicht sofort. «Oh, das … wusste ich nicht.»

«Sie haben ihn einfach Daniel genannt – ohne mir auch nur ein Wort zu sagen.»

«Aber das ist doch eigentlich total schön und zeigt, wie viel er Lucy und Simon bedeutet.» Hannah sprach so sanft mit ihr, wie sie es schon als Kind getan hatte, wenn sie Emma trösten oder beruhigen musste.

«Du verstehst mich nicht.»

«Doch, Em, du warst darauf nur absolut nicht vorbereitet, und von allen Namen der Welt ist es dieser, der in dir die meisten Gefühle auslöst.»

Emma begann zu weinen, während sie im Park des Krankenhauses auf und ab lief. Sie hatte hier häufig Zuflucht gesucht, wenn sie mal kurz aus Daniels Krankenzimmer herausmusste. Doch trotz der üppigen Begrünung, der liebevoll angelegten Blumenbeete und der zahlreichen Bänke, die zum Verweilen einluden, hatte es ihr hier nie gefallen. Das war kein normaler Park. Das war der Park eines Krankenhauses, hinter dessen Mauern sich auch viel Leid abspielte – wie das von Daniel. Und Emma hatte hier nicht nur einmal weinende Menschen gesehen. Nie aber hatte sie jemanden angesprochen, zu sehr war sie mit ihrem eigenen Kummer beschäftigt und der Angst, Daniel zu verlieren.

Dieses Mal waren es jedoch Tränen der Enttäuschung und der Wut.

Ein älterer Mann in einem verwaschenen Frottee-Morgenmantel lief Seite an Seite mit einer etwa gleichaltrigen Frau an ihr vorbei, vermutlich ein Ehepaar. Sie ermahnte ihn immer wieder, sich doch lieber hinzusetzen, da die Ärzte betont hätten, dass er sich ausruhen solle. Doch der Mann schien kaum zuzuhören. Fragend blickte er stattdessen zu Emma, die laut und aufgebracht gesprochen hatte.

Sie wandte sich ab und versuchte, sich auf die Worte ihrer Schwester zu konzentrieren.

«Lucy und Simon haben das garantiert nicht getan, um dich zu treffen, sondern um Daniels Andenken zu bewahren.»

«Ja, ich weiß.» Emma schluchzte. «Aber Lucy hat mir kein Wort gesagt.» Ihr war bis jetzt gar nicht klar gewesen, wie sehr sie auch die Tatsache traf, dass Lucy ihr nicht einmal gesagt hatte, dass sie über den Namen Daniel überhaupt nachdachte.

«Du hast Lucy vermutlich auch kaum eine Chance dazu gegeben. Du gehst ihr seit Monaten aus dem Weg, Em! Nicht nur ihr, sondern allen.»

Hannah schien auf Emmas Reaktion zu warten, doch als sie schwieg, sprach sie weiter. «Glaub mir, Lucy würde nie etwas tun, was dich verletzt.»

«Aber das jetzt verletzt mich.»

«Dann hat Lucy es nicht geahnt. Wenn sie gewusst hätte, wie du reagierst, dann hätte sie sich sicher einen anderen Namen ausgesucht. Aber jetzt heißt das Kind Daniel. Und du musst wenigstens zugeben, dass es ein wirklich schöner Name ist, oder?»

«Hmmm.» Emma nickte. Ihr hatte der Klang von Daniels Namen immer gefallen. Es war einer dieser Namen, die selbst dann noch weich klangen, wenn man sie …

«Emma?»

Sie schrak zusammen, als sie eine Hand auf ihrer Schulter spürte und dazu Simons Stimme vernahm. Er klang unsicher, und Emma schämte sich, dass sie einfach so abgehauen war.

Sie hielt ihr Telefon immer noch in den Händen, hörte ihre Schwester, die weitersprach. Gerade so laut, dass sowohl Simon als auch Emma sie gut verstehen konnten.

«Em, bitte, sie haben das Baby sicher nicht Daniel genannt, um dich zu verletzen.»

«Nein, das haben wir nicht», sagte Simon und schüttelte wie zur Bekräftigung den Kopf. Er sah müde aus und rieb sich die roten Augen.

«Ich rufe dich gleich zurück, Hannah, ja?», sagte Emma. Sie zögerte. «Simon ist gerade bei mir.» Dann legte sie, ohne eine Antwort abzuwarten, auf.

Simon stand ihr etwas unbeholfen gegenüber, deutete schließlich auf eine Bank, von der gerade eine Mutter aufstand und ihr im Rollstuhl sitzendes Kind wegschob. Der kleine Junge hatte das rechte Bein in Gips, schien aber guter Laune zu sein.

«Schneller!», spornte er seine Mum an. «Schneller.» Er breitete die Arme aus und legte sich mit dem Rollstuhl in die Kurven, lachte fröhlich.

«Komm, Emma, wir setzen uns.»

Emma nickte, ging dann hinter Simon her zu der vermutlich erst vor wenigen Tagen neu gestrichenen Holzbank.

Simon war fast einen Kopf größer als sie und hatte auch Daniel um einiges überragt. Unwillkürlich fragte Emma sich, ob das Baby ebenfalls groß war. Sie erinnerte sich nicht, ob Lucy Größe und Gewicht in der Nachricht mitgeteilt hatte. Emma hatte *Herzlichen Glückwunsch, das ist eine tolle Neuigkeit!* geschrieben und ein blaues Herzchen und ein Baby-Emoji dahinter gesetzt. Die weitere Kommunikation in der Gruppe hatte Carol übernommen.

Noch immer waren sie in dieser WhatsApp-Gruppe zu sechst – inklusive Daniel. Emma hatte den alten Chatverlauf gelöscht. Der Chat, in dem sich zuvor alles um gemeinsame Fotos und Unternehmungen gedreht hatte. Und in dem vor allem Steve gerne Witzbildchen an alle schickte. Aber diese Gruppe war irgendwann nur noch für Mitteilungen über Daniels Gesundheitszustand genutzt worden. Bis Emma irgendwann schrieb: *Es geht ihm leider sehr, sehr schlecht. Wenn ihr ihn noch einmal sehen wollt, solltet ihr ihn bald besuchen kommen.*

Doch Emma war jetzt auch nicht bereit für eine Schwemme an Babyfotos. Bis auf eins, das ein etwas zerknittertes Neugeborenes kurz nach der Geburt zeigte, hatten Lucy und Simon allerdings noch kein Bild geschickt. Sie hatten sicherlich darauf gehofft, den Kleinen allen persönlich vorstellen zu können.

«Ich würde dir gerne ein paar Fotos von ihm zeigen, ja?», fragte Simon jetzt ganz behutsam und zog sein Handy aus der Hosentasche.

Emma nickte.

«Es tut mir leid», sagte sie mit gesenktem Blick und war froh, als Simon den Arm um sie legte und sie an sich zog.

«Uns tut es auch leid.» Simon küsste sie aufs Haar und gab dann den Code seines Smartphones ein. Er machte ihr keinerlei Vorwürfe, stattdessen scrollte er so andächtig durch die Fotogalerie, als ob Babybilder ebenso empfindlich wären wie Neugeborene selbst.

«Hier, das ist der Kleine.» Er hielt ihr das Handy hin. «Guck mal, wie viele Haare er schon hat.» Voller Stolz betrachtete Simon die Bilder des Babys, das ihm wie aus dem Gesicht geschnitten war. Nur kleiner, und alles in niedlich. Mal schlief der kleine Daniel, mal schien er mit großen blauen Augen direkt in die Kamera zu blicken.

«Heute hat er fast den ganzen Tag geschlafen, aber die Schwestern auf der Station haben uns schon vorgewarnt, dass das nicht immer so bleiben wird. Ich habe Lucy gesagt, dass er dann abwechselnd zu Tante Carol oder zu seiner Tante Emma kommt.»

Emma seufzte. «Simon, es tut mir wirklich leid. Er sieht ganz entzückend aus, aber ich habe das gerade alles nicht ertragen. Ich wollte nicht unhöflich sein.»

«Das weiß ich. Und während ich nach dir gesucht habe, kümmert sich Carol um Lucy. Es hat sie sehr getroffen, dass du einfach gegangen bist.»

«Ich ...»

«Emma, das ist für dich alles nicht leicht. Lucy und ich haben lang darüber diskutiert, ob der Kleine Daniel heißen soll oder nicht. Wir haben auch überlegt, ihn mit Zweitnamen so zu nennen, aber als Daniel dann so gerührt war, dass wir an ihn gedacht haben, stand die Entscheidung für uns fest.»

«Daniel?», fragte Emma.

«Ja, wir haben ihn gefragt», sagte Simon. Er zögerte. «Aber er wollte, dass es für dich eine Überraschung ist. Nur war es wohl keine schöne Überraschung.» Er zog die Augenbrauen hoch.

Emma war mehr als erstaunt. Sie zuckte mit den Schultern. «Ich weiß es nicht, mich überfordert das alles. Und da ich nicht wusste, wie ich reagieren sollte ...»

«Bist du einfach weggelaufen», ergänzte Simon den Satz und zwinkerte ihr zu.

«Ja, so in etwa.»

Sie wäre in den letzten Monaten gerne häufiger weggelaufen, dachte Emma. Doch es gab Situationen, denen man sich durch Flucht nicht entziehen konnte, weil sie einen trotzdem einholten. Also war Emma immer geblieben – bis auf dieses Mal.

«Der kleine Daniel würde sich auf jeden Fall freuen, wenn er dich bald mal kennenlernt», sagte Simon. «Wenn nicht jetzt, dann vielleicht irgendwann in den kommenden Wochen. Aber uns ist es mehr als wichtig, dass du Teil seines Lebens wirst. Gerade Lucy ist das sehr wichtig», ergänzte er noch. Dann stand er auf. «Ich muss jetzt mal wieder nach oben», sagte er. «Vielleicht magst du ja später nachkommen? Und wenn nicht, dann weißt du ja, wie du uns erreichen kannst.»

Emma nickte. «Herzlichen Glückwunsch, Simon», sagte sie schließlich. «Er ist wirklich herzallerliebst.» Sie lächelte ihn an und fühlte sich gleich etwas unbekümmerter, als er ihr Lächeln erwiderte.

«Danke, Emma. Und ja, den haben wir ganz gut hinbekommen.» Er strahlte. Und dann, kurz bevor er sich abwandte, griff er in die Tasche seines Hoodies, auf dessen Schultern etwas getrocknete Milch klebte, und holte einen halb zerknitterten Umschlag heraus.

«Ich musste Daniel mein Wort geben, dass ich dir diesen Brief erst aushändige, wenn sein Namensvetter auf der Welt ist. Tut mir leid, dass er etwas zerknickt ist, aber ich habe ihn den ganzen Tag mit mir herumgetragen, da ich es auf keinen Fall vergessen wollte.»

Er hielt Emma den Umschlag hin, den sie mit zitternden Fingern ergriff.

«Danke», hauchte sie und wartete ab, bis Simon den Krankenhauspark wieder verlassen hatte, um ganz allein mit Daniels Zeilen zu sein.

Liebe Emma!

Ist das nicht wunderbar? Ein kleiner Daniel? Ich hoffe auf jeden Fall, dass Lucy und Simon den Kleinen nicht noch im letzten Moment umgetauft haben. Simon ist ja manchmal ein bisschen wankelmütig, aber ich habe mich in den letzten Wochen wirklich extrem zusammengerissen, damit sie ihre Meinung nicht noch ändern und ich ein gutes Vorbild bin. ☺

Wow, ich kann gar nicht sagen, was ich empfunden habe, als Simon mir eröffnet hat, dass sie den Kleinen nach mir benennen wollen. Ein bisschen fühlt es sich so an, als ob ich etwas Gutes bewirkt habe – und man mich deshalb nie vergessen wird.

Ich musste aber natürlich meinen Mund halten, damit es für Dich eine Überraschung bleibt.

Lucy hatte wohl etwas Angst, dass Du versuchst, es ihr auszureden. Vielleicht ist es auch das erste Mal, dass ich gar nicht weiß, wie Du reagieren wirst. Freust Du Dich? Oder sagt Dir die Idee vielleicht gar nicht zu?

Oh Emma, es gibt so viele Dinge, über die ich noch mit Dir hätte reden wollen. Und ich frage mich, wie es für Dich sein wird, wenn ich nicht mehr da bin.

Du hast Sam hoffentlich zu Dir genommen, oder? Mir wird ganz warm ums Herz, wenn ich daran denke, dass Dich jemand so feiert, wie Du es verdienst. Im Tierheim haben sie mir gesagt, dass Sam ein unheimlich treuer Weggefährte ist, der seinem Herrchen oder Frauchen nicht von der Seite weicht. Die Vorstellung, dass Du also nicht alleine bist, wenn Du nach Hause kommst, tröstet mich. Ebenso wie die Vorstellung, dass da der kleine Sohn unserer Freunde ist, dem ihr von mir erzählen werdet. Jedes Kind stellt doch früher oder später die Frage, warum sich die Eltern für seinen Namen entschieden haben, oder?

Mir hätte übrigens auch eine kleine Emilia gefallen. Der Name erinnert mich an Dich.

Gib dem kleinen Daniel einen dicken Kuss von mir, ja? Ich hätte ihn so gerne noch kennengelernt. Immerhin habe ich ihn auf seinem ersten Ultraschallfoto gesehen. Aber auch wenn eine Schwangerschaft nur neun Monate dauert, ist das viel Zeit für andere.

Es tut mir leid, dass ich es nicht länger geschafft habe und dass nicht auch wir einen kleinen Daniel haben. Du wärst so eine wundervolle Mum, Emma. Ich liebe Dich für immer!

Dein Daniel

40

Sam drehte sich noch einmal um. Er verstand gar nicht, warum Emma so zögerlich war. Heute war doch endlich wieder Hundeschule! Hatte sie etwas im Auto vergessen? Er legte den Kopf schief. Warum blieb sie hinter ihm zurück und kam dieses Mal nicht mit, als er zu Benjamin laufen wollte?

Er bellte noch einmal, dann rannte er los, um den Tierarzt stürmisch zu begrüßen.

«Da bist du ja, mein Junge. Ich habe dich vermisst», sagte Benjamin.

Sam stupste ihn an. Aber – hey, wohin schaute er nur? Zu Emma? Sie war noch immer nicht näher gekommen, stand bei Amber und schaute weder zu Benjamin noch zu ihm.

Noch einmal stupste er Benjamin an. Endlich reagierte er, vergrub die Hände in seinem Fell, kitzelte ihn und kraulte ihm ausgiebig den Bauch, als Sam sich unterwürfig auf den Rücken warf.

Sam schnupperte. Benjamin roch wie immer. Sam verstand nicht, was heute für Emma anders war. Wohlig schloss er die Augen, winselte allerdings, als Benjamin in der Bewegung innehielt. Sam sah auf.

«Kumpel, ich muss auch die anderen begrüßen – und dann müssen wir euch noch etwas beibringen», sagte Benjamin freundlich. Immer wenn er mit Sam sprach, hatte seine Stimme einen besonders liebevollen Klang. Bei ihm, bei Emma, bei den anderen Hunden.

Sam sprang auf die Pfoten, drehte sich einmal um die eigene Achse. War Rupert heute gar nicht da? Oh doch, da erspähte er ihn. Er stand bei den lustigen Hochlandrindern und hatte die Ohren gespitzt, als ob er entweder jeden Moment davonlaufen oder aber sie angreifen wollte. Sam spurtete zu Rupert, kniff ihm spielerisch in den Hinterlauf. Rupert ließ sich auf das Spiel ein, schnappte ebenfalls nach Sam und jagte ihn dann über die ganze Auslaufwiese. Vorbei an dem kleinen Pinscher Goliath, der nur ein paar Meter mit ihnen lief, bevor er außer Puste war. Vorbei an Lilly, die einem Schmetterling hinterhersprang, und hin zu Emma, vor der Sam eine Vollbremsung auf seinem Hinterteil hinlegte.

Er biss in den flatternden Stoff ihres weiten Hosenbeins und versuchte, sie hinter sich herzuziehen. Hatte sie Benjamin etwa immer noch nicht gesehen? Sam zog die Augenbraue hoch. Emma schüttelte das Bein, um ihn loszuwerden. Also biss Sam noch etwas fester zu und zog ruckartig an der Hose – dann rannte er mit einem kleinen, schlecht schmeckenden Stoffstück im Maul los, bevor Emma ihn erwischen konnte.

Vor Rupert würgte er und spuckte den Fetzen aus. Rupert schnupperte, dann begann er, mit seiner Pfote übers Gras zu scharren, und ließ Grashalme fliegen, die den bunten Stoff mit feinen grünen Fäden bedeckten. Was für ein Spaß! Sam fing nun ebenfalls an zu buddeln, erstarrte aber, als er kurz darauf eine Trillerpfeife hörte.

Sam jaulte und machte dann brav «Sitz!», als das entsprechende Kommando ertönte. Rupert saß kerzengerade neben ihm und starrte zu Benjamin, dessen Begrüßung an diesem Tag so lange dauerte, dass Sam irgendwann herzhaft gähnte.

Als das Stichwort «Leine» fiel, musste er zurück zu Emma. Mit gesenktem Kopf trabte er zu ihr und ließ sich ohne Protest das Halsband anlegen. Er hatte keine Lust, heute Abend nur Trockenfutter in seinem Napf zu finden. Lieber schmiegte er sich an ihr Bein und schaute sie treu ergeben an.

«Warum nur kann ich diesem Hund nie böse sein?» Emma wandte sich an Amber, hielt die Leine aber so kurz, dass Sam sich sicher war, dass sie sich doch noch wegen der Hose ärgerte. Abermals legte er den Kopf schief.

«Weil er ein Charmeur ist», sagte Amber und beugte sich zu ihm herunter, um ihn hinter den Ohren zu kraulen.

Sam wedelte mit dem Schwanz, lief dann bei Fuß zwei Runden neben Emma her, die sich noch mehr zu konzentrieren schien als er. Sie starrte geradeaus, ging schnurstracks auf die Hochlandrinder zu, bog zackig ab und folgte dem Zaun zum anderen Ende der Auslaufwiese. Sie rief Benjamin im Vorbeigehen auch nichts zu wie sonst, dabei schaute Benjamin ständig zu ihnen. Er hatte sich sogar nach ihnen umgedreht, das hatte Sam genau gesehen.

Kurz schüttelte er sich. Emma war seit Tagen komisch. Dabei hatte Sam fast nie dreckige Pfoten gehabt. Er begutachtete Benjamins Füße. Nein, die waren auch nicht dreckig. Nicht sonderlich jedenfalls.

Seltsam, erst neulich hatte er Benjamin sogar auf der Fußmatte zu Hause erschnuppert, doch Emma hatte ihn am Halsband gepackt und ins Haus geschleift.

Sam seufzte.

Erst am Ende der Stunde taute Emma etwas auf, sie war entspannter und ließ sich trotz des Risses in ihrer Hose auf ein Spiel mit Sam ein. Sie war zwar nicht so flott wie Rupert, aber der kämpfte gerade mit einem Stock. Oh! Ein Stock – was für eine wundervolle Idee.

Sam lief zu Rupert über die Wiese und half ihm dabei, an

einem übergroßen Ast zu ziehen. Der Stock bog sich, rutschte ab und peitschte dann in die Blumenwiese. Dabei ließ er Pollen und schwarz-gelbe Insekten in die Höhe fliegen, die plötzlich die Richtung änderten – und direkt auf Sam und Rupert zuflogen.

Sam versuchte zu entkommen, drehte sich mehrfach um die eigene Achse und jaulte dann schmerzhaft auf.

Verdammt, das tat weh. Das tat richtig weh!

41

Sams Jaulen schreckte nicht nur Emma auf. Auch Lisa, Benjamin und alle anderen stellten ihre Gespräche ein und blickten sich erschrocken um. Emma sah noch, wie Rupert eilig über die Wiese hechtete. Verfolgt von einigen Bienen, die zum Glück kurz vor der Umzäunung der Wiese die Verfolgung aufgaben und sich stattdessen auf einige Wildblumen stürzten, die sie dann doch interessanter fanden als den Schäferhund, der mit angelegten Ohren winselnd das Weite suchte.

Sam drehte sich noch immer jaulend um sich selbst und ließ sich kaum beruhigen. Emma redete auf ihn ein, hektisch, leicht panisch, ohne Erfolg. Erst Benjamin bekam Sam am Halsband zu fassen, er sprach ganz sanft mit ihm. So lange, bis der harmonische und liebevolle Klang seiner Stimme sowohl Emmas Herzschlag als auch den ihres Hundes beruhigte.

«Da hast du wohl jemanden etwas gegen dich aufgebracht, hm?», fragte Benjamin und lächelte Sam nachsichtig an. Er streichelte ihm den Kopf, wartete, bis sein Körper sich nicht mehr wand, sondern endlich still hielt. Die Hand unter Sams Schnauze gelegt und den treu ergebenen Blick der großen Hundeaugen erwidernd, schaute sich Benjamin Sam genauer an.

«Oh», sagte er. «Die gemeine Biene hat dich aber auch an einer sehr empfindlichen Stelle erwischt.»

Sam versuchte, dem Blick Benjamins zu folgen, schielte auf eine Stelle seitlich seiner Nase, die anzuschwellen schien.

Emma musste schlucken. Es war für sie schon schwierig genug, ihren Alltag zu bewältigen. Mit einer unvorhergesehenen Situation wie dieser war sie erst recht überfordert – und entsprechend froh, dass Benjamin und Lisa sich nun beide um Sam kümmerten.

«Hier sind wir definitiv besser ausgerüstet als neulich im Wald», sagte Lisa zu ihr und stellte einen kleinen Erste-Hilfe-Koffer neben Benjamin ab. «Ich assistiere dann wohl mal?»

Sie wirkte so vertraut mit Benjamin, dass Emma einen kleinen Stich verspürte. War es nicht sie, die sich eigentlich um Sam kümmern sollte?

«Ich mache das», warf sie schnell ein, kniete sich hinter ihren Hund und streichelte Sams Kopf, noch bevor Benjamin ihn losgelassen hatte. Ihre Hände berührten sich. Emma errötete, packte dann das Halsband, an dem das kleine Metallherz hing, das sie, Sam und Daniel miteinander verband. «Was muss ich tun?», fragte sie.

«Einfach festhalten», antwortete Benjamin. Dann zeigte er ihr, wie sie Sam am besten fixierte, und legte erneut seine Hand vorsichtig unter Sams Schnauze.

Sam wand sich, doch Emma ließ ihn nicht entkommen. Mit einer Pinzette, die Lisa ihm reichte, zog Benjamin den Bienenstachel blitzschnell heraus, desinfizierte anschließend die Einstichstelle. Sam winselte, und erst jetzt gab Emma nach, ließ zu, dass er sich zunächst duckte und dann beleidigt davonlief.

Benjamin lachte. «In der Praxis haben wir durchaus den Vorteil von geschlossenen Türen. Da entkommt so schnell niemand.» Er sah Sam hinterher, der quer über die Wiese lief. «Die Einstichstelle sollten wir aber gleich noch etwas kühlen.»

«Hier, bitte.» Lisa reichte Emma ein Kühlpad und packte

dann den Erste-Hilfe-Koffer wieder zusammen. «Wenn die Hundeschule vorbei ist, vertiefen wir die Erste Hilfe am Hund in einem weiteren Kurs. Ich glaube, ich setze dich mal auf die Anmeldeliste, oder?» Sie lächelte. «So, und ich schaue nun nach Rupert.»

Sie deutete auf den hinteren Teil der Auslaufwiese, in der ihr sonst so kühner Schäferhund mit dem Hinterteil zum Zaun stand und keine Anstalten machte, die scheinbar sichere Ecke wieder zu verlassen. Sam stand jetzt neben ihm und leistete ihm zitternd Gesellschaft, dabei fuhr er sich mit seiner Pfote immer wieder über die vermutlich noch schmerzende Schnauze.

Bei seinem Anblick seufzte Emma. Sie konnte nicht umhin, Benjamin jetzt doch direkt anzuschauen. Ihr Herz machte wider alle Vernunft einen kleinen Satz.

«Danke», hauchte sie, suchte dann nach Worten. Sowohl nach Worten, die Erleichterung darüber ausdrückten, dass Benjamin Sam so schnell hatte helfen können, als auch nach Worten, die bislang zwischen ihnen unausgesprochen waren. Nervös knetete sie am Kühlpad herum.

«Ich ... also ich ...»

«Komm, setz dich mal kurz zu mir», sagte Benjamin sanft, setzte sich hin und klopfte mit der Hand auf die freie Stelle im Gras neben sich. Dann rief er den anderen zu, dass die Hunde etwas frei spielen sollten. Es war so viel Aufregung in die Gruppe gekommen, dass vermutlich niemand gerade empfänglich für neue Kommandos war.

«Es ist Sam, der uns immer wieder zusammenführt», sagte Benjamin schließlich und schaute Emma mit einem Blick an, den sie nicht deuten konnte. Es lag so viel Vertrautes darin, aber auch Verwirrtheit vielleicht. Oder Unverständnis?

«Ja», sagte Emma. «Ohne Sam hätten wir uns wahrscheinlich niemals kennengelernt.»

Sie dachte an die Worte in Daniels Brief: *Wer weiß, vielleicht schaue ich mir von oben ja eine neue Liebe für Dich aus.*

«Es tut mir leid», sagte sie schließlich. «Es tut mir wirklich leid, dass ich mich so verhalten habe.»

«Alles in Ordnung.» Benjamin lächelte sie sanft an. «Es ist ja nichts passiert, Emma.»

Oh doch, das war es. Ihre Lippen hatten sich berührt – und das hatte sich so wundervoll und so vielversprechend angefühlt, dass Emma sich nach mehr gesehnt hatte.

«Danke für dein Verständnis», antwortete sie und sah sich kurz nach Sam um – auch damit sie Benjamin nicht direkt ansehen musste. Sie hatte sich wegen des Kusses so schlecht gefühlt, dass ihr erst Tage später aufgefallen war, dass Benjamin ja noch Schlimmeres verhindert hatte. Wenn sie ihn ins Haus gelassen hätte, wenn dort mehr geschehen wäre ... Es hätte ihr das Herz gebrochen.

«Ich ...» Sie versuchte erneut, sich zu erklären, doch es war Benjamin, der zuerst sprach.

«Wirklich, mach dir keine Gedanken. Es war nur ein Kuss», sagte er leise. Aber dieses Mal schaute er sie mit so viel Zuneigung an, dass Emma wusste, dass es für ihn nicht nur das gewesen war.

«Ich weiß einfach nicht, was an diesem Abend mit mir los war», begann sie. «Ich bin sonst nicht so, Benjamin. Und ich wünschte, ich könnte es ungeschehen machen.» Es war so viel, was Emma ungeschehen machen wollte. Nicht nur das.

Benjamin ging nicht darauf ein, nahm ihr stattdessen das Kühlpad aus der Hand, pfiff nach Sam und strahlte, als der seinem Ruf tatsächlich Folge leistete. Mit immer noch unstetem Blick kam Sam über die Wiese gelaufen und setzte sich dann zu ihnen. Vorsichtig hielt Benjamin ihm das Kühlpad an die Nase.

«Bevor dein Frauchen es noch komplett aufwärmt ...», sagte er.

Emma wurde rot. Zum Glück ließ Sam es geschehen, er schielte erst auf Benjamins Hand, dann zu ihr.

Emma lächelte Sam dankbar an. Sie war froh, dass dieser ungestüme, chaotische und liebenswerte Hund zwischen ihnen saß. Dass sie keine Gefahr lief, Benjamin zu berühren und ihm falsche Hoffnungen zu machen. Dabei wusste sie nicht einmal, ob er nicht vielleicht vergeben war.

Schnell schüttelte sie den Kopf. Nein, es interessierte sie nicht. Es *durfte* sie nicht interessieren.

Benjamin nickte und ließ sie ihre Gedanken sortieren. Er winkte Lisa und Amber mit seiner freien Hand zu und reagierte auf Rupert, der mit einem Ball auf ihn zurannte und ihn beinahe umwarf. Kaum dass Benjamin den vollgesabberten Ball quer über die Wiese geworfen hatte, raste der Schäferhund auch schon wieder los.

Sam sprang auf, schien ihm hinterherlaufen zu wollen, wand sich aber nur, um das Kühlpad auf seiner Nase loszuwerden. Dann legte er sich ausgestreckt vor Emma in die Sonne.

Es war definitiv nicht der richtige Ort, um mit Benjamin in Ruhe zu sprechen, aber es war der einzige Ort, an dem sie sich noch begegnen würden. Emma hatte eine Entscheidung getroffen. Sie war nicht bereit, sich auf eine neue Liebesgeschichte einzulassen. Nicht jetzt, vielleicht aber nie. Es fühlte sich einfach nicht richtig an.

«Mein Verlobter Daniel und ich hätten in ein paar Wochen

geheiratet», sagte sie schließlich und streichelte wie zur Beruhigung Sams Fell.

Sie sprach es nüchtern und ohne große Emotionen aus. Längst war die schlimmste Trauer einer starken Resignation gewichen. So häufig sie sich in den vergangenen Monaten auch zu Daniel geträumt hatte, so schmerzhaft hatte sie einsehen müssen, dass sie das Schicksal nicht ändern konnte. Daniel war fort. Aber sie musste sich an eine Welt ohne ihn immer noch gewöhnen.

«Er ist gestorben», ergänzte sie. «Und ich schaffe es einfach nicht, mich zu lösen.» Sie wollte ihm noch mehr sagen, aber dann schüttelte sie erneut den Kopf.

Nein, es gab keine Worte, mit denen sie das Gefühlswirrwarr in ihrem Kopf und ihrem Herzen beschreiben oder gar entwirren konnte. Es war einfach zu früh.

Benjamin musterte sie, sah ihr fest in die Augen. Auch er schien nach Worten zu suchen, griff dann aber nur nach ihrer Hand und drückte sie für einen Moment – ganz so, als ob er ihr Mut machen wollte.

Du schaffst das, Emma!, glaubte sie in seinem Blick zu lesen.

Auch Daniel hatte sie häufig so angesehen, wenn sie an sich zweifelte, wenn sie zögerte oder mit einer Entscheidung haderte.

Plötzlich warf Sam sich mit einem lauten Platsch auf Emmas Schoß. Er bettete seinen Fellkopf auf ihren Oberschenkeln und schien ihr bis in die Seele zu schauen. Wie gut, dass es ihn gab!

Sie hatte sich auf Sam eingelassen. Das war ein erster großer Schritt. Sie streichelte ihn ausgiebig und blickte erst dann wieder zu Benjamin, der ihr ein abgepflücktes Gänseblümchen entgegenhielt.

«Freunde?», fragte er.

«Freunde», antwortete Emma. Sie nahm die kleine Blume entgegen und drehte sie zwischen den Fingern, als sich ihre und Benjamins Hände erneut kurz streiften.

«Ja, Freunde», sagte sie noch einmal. Das war die einzige Lösung.

42

Eine Woche später parkte Emma den Wagen zum letzten Mal auf dem Gelände vor der Auslaufwiese. Die Zeit war so schnell vergangen, und sie hatten in der Hundeschule so viel gelernt! Doch kaum hatte sie die Tür an der Fahrerseite geöffnet, sprang Sam wieder einmal über ihren Schoß nach draußen. Emma verdrehte die Augen.

«Kannst du nicht einmal warten, Sam?», tadelte sie. «Ich kann schon gar keine hellen Hosen mehr anziehen.» Nicht dass sie die besonders gerne getragen hätte, aber selbst auf dunkleren Jeans machten sich seine Pfotenabdrücke nicht besonders gut. Heute hatte sie sich trotz der ungünstigen Wetterprognose für ein Sommerkleid entschieden. «Hey, stopp!», rief sie ihm hinterher und suchte auf der Rückbank nach ihrer Windjacke.

Aber Sam war längst auf die Wiese gerannt, auf der die letzte Einheit der Hundeschule stattfinden sollte. Zehn Wochen lang waren sie jeden Samstag hierhin gekommen. Nur einmal hatte ihr Dad sie vertreten, als sie keine Kraft gefunden hatte, aus dem Haus zu gehen. Zehn Wochen, in denen Sam den gleichen Sturkopf zeigte, den er von Anfang an gehabt hatte. Und in denen er Lisa und Benjamin hervorragend getäuscht hatte. Denn auch wenn er hier – zusammen mit den anderen Hunden – nahezu vorbildlich an der Leine lief, wollte er davon zu Hause nichts wissen. Insbesondere an den Markttagen konnte Emma gegen die lockenden Köstlichkeiten der Wurstbude nichts ausrichten. Jedes Mal ermahnte sie ihn, jedes Mal zerrte er sie hinter sich her, um sich dann – mit ihr an der Leine – an den Wartenden vorbeizudrängen und seine Vorderpfoten gegen das Glas der Theke zu pressen. Er wusste genau, dass er hier nicht leer ausging, sondern stets ein Würstchen oder eine andere Leckerei bekam.

Emma hatte es aufgegeben, sich für sein Verhalten zu entschuldigen. Denn Sam gelang es, dass die Leute immer ganz verzückt von ihm waren.

«Oh, da weiß aber jemand, was er will», hieß es meist. Und: «Was für ein süßer Hund.» Oder: «Na, den lasse ich gerne vor.»

Seufzend griff Emma jetzt nach der Leine auf dem Beifahrersitz und stieg aus dem Auto.

Ihr wurde wehmütig ums Herz, wenn sie daran dachte, dass es die letzte Stunde war. Aber sie freute sich auf den gemeinsamen Abschlussspaziergang danach, auch wenn Lisa ausgerechnet heute nicht dabei sein konnte.

Sie eilte Sam hinterher und winkte Benjamin zu, der mal wieder versuchte, Rupert mit einem Keks zu bestechen. Seit sie sich ausgesprochen hatten, war Emma bereit gewesen, sich auch selbst zu verzeihen. Sie hatte in Benjamin zwar keine neue Liebe gefunden, aber einen Freund, den auch Sam nur zu gerne in sein Leben ließ.

«Das nächste Mal nehme ich irgendeinen wohlerzogenen Labrador mit und passe nicht auf einen Schäferhund auf», lachte er, als Emma sich ihm näherte. «Rupert macht als Aushängeschild der Hundeschule jedenfalls keinen besonders guten Eindruck. Auf Lisa hört er hervorragend, aber von mir will er sich nichts sagen lassen.»

«Ach, dann hat Sam sich wahrscheinlich einiges von ihm abgeguckt.» Emma schmunzelte. «Vielleicht nicht unbedingt die besten Verhaltensweisen, aber er macht jetzt auch dem Postboten gegenüber deutlich, wer von beiden das Sagen hat.»

Nur bei Mrs. Campbell war Sam brav wie ein Lamm. Was aber vor allem daran lag, dass er ihre Stimme, wenn sie zeterte, einfach nicht ertrug. Glücklicherweise richtete sich das Gezeter der Nachbarin allerdings meist gegen ihren eigenen Kater, der allein Emmas Grundstück für seine Toilettengänge auserkoren hatte.

«Wirklich, Emma, es tut mir leid», hatte sie erst gestern wieder gesagt. «Ich weiß nicht, wie oft ich schon versucht habe, ihm beizubringen, dass er seine Geschäfte bitte bei uns im Haus auf dem Katzenklo oder aber in unserem Garten erledigen soll. Aber er hört einfach nicht. Katzen machen wirklich nur das, was sie wollen. Und manchmal habe ich bei ihm sogar das Gefühl, dass er mich einfach provozieren will. Er wohnt hier, lässt sich füttern, aber auf Streicheleinheiten hat er keine Lust, und auch sonst macht er nur das, was ihm in den Sinn kommt.»

Sie hatte bedauernd mit den Schultern gezuckt, und Emma hatte freundlich abgewinkt. Es gab in ihrem Leben weitaus größere Probleme als den Kater von Mrs. Campbell. Immerhin vergrub er seine Hinterlassenschaften und sie musste sie nicht aufsammeln wie die von Sam. Aber auch daran hatte sie sich längst gewöhnt.

Jetzt kam Sam auf sie zugerannt, peste zweimal um sie herum und verschwand dann zusammen mit Rupert im hinteren Teil der Wiese, der den Hochlandrindern besonders nah war.

«Tja, nichts zu machen», sagte Emma zu Benjamin. «Es gibt nicht zufällig noch einen Kurs für Fortgeschrittene?»

«Ich weiß nicht, ob Sam sich für den bereits qualifiziert

hat», spottete Benjamin, und beide lachten. «Aber er ist wirklich ein toller Hund, an dem wirst du noch viel Freude haben.»

Emma nickte. Sosehr sie sich manchmal auch über Sam aufregte, sie wollte ihn keinesfalls mehr missen.

«Halloooo!», flötete Amber in dem Moment hinter ihnen und ließ nur Sekunden später Lilly von der Leine, die sich erst einmal langsam um die eigene Achse drehte, dann kurz in die Luft schnupperte und anschließend gemächlich zu den Blumen am Rand der Wiese stakste. «Meine kleine Diva!» Amber zwinkerte Emma zu. «Manchmal glaube ich echt, dass sie noch eitler ist als ich.»

Emma lachte. Dabei war Amber keineswegs der Typ Frau, den sie mit Eitelkeit in Verbindung gebracht hätte. Amber wirkte derart natürlich und geerdet, dass Emma sich nicht vorstellen konnte, dass sie ihre Nachmittage beim Kosmetiker verbrachte oder auf Botox-Spritzen sparte. Vielmehr hatte sie selten eine Frau gesehen, die die Lachfältchen um die Augen so sympathisch machten wie Amber.

«Hallo, Lilly!» Emma begrüßte nach Amber nun auch deren Hündin. Doch die Pudeldame war mal wieder in ihrer eigenen Traumwelt und verfolgte mit den Augen eine schwerfällige Hummel, die sich nach einem knappen Meter Flug schon auf die nächste Blüte fallen ließ.

«Tja», sagte Amber und zuckte mit den Schultern. «Lilly ist in ganz eigenen Sphären unterwegs. Aber wenigstens ist sie zu Hause ähnlich träge wie hier und bringt mir nichts durcheinander.»

«Was ich von Sam nicht gerade behaupten kann.» Emma schnaubte. «Erst gestern hat er mir die komplette Müslipackung vom Tisch gefegt, weil er eine Fliege durchs Haus gejagt hat.»

«Oha, hat er sie bekommen?»

Emma lachte. «Nein, natürlich nicht. Aber nachdem er schnell die Hälfte der Schoko-Flocken aufgefuttert hat, lag er dann ausnahmsweise mal in seinem Körbchen. Ich vermute, dass er Bauchweh hatte, zumal er später auch etwas länger im Garten verschwunden ist, aber ich glaube kaum, dass er daraus gelernt hat.» Sie schüttelte den Kopf und deutete dann auf Benjamin, der mit dem Kurs beginnen wollte. Schnell rief sie Sam zu sich. Es dauert eine Weile, aber an der Seite von Rupert trottete ihr Hund schließlich herbei.

«Tja, so schnell sind zehn Wochen rum», sagte Benjamin, nachdem er alle Vier- und Zweibeiner begrüßt hatte. «Heute lassen wir es auch ganz locker angehen. Wir haben unsere vierbeinigen Freunde ja schon etwas frei spielen lassen, und nun wiederholen wir noch einmal die Grundkommandos. Zumindest die sollten nach den letzten Wochen eigentlich sitzen.» Er räusperte sich. «Und bevor hier nachher wieder so laut gebellt wird, dass ich meine eigene Stimme nicht mehr verstehe, wollte ich mich noch einmal bei allen für die Teilnahme bedanken. Mir hat es großen Spaß gemacht, und ich hoffe, euch ebenso.»

«Auf jeden Fall!», rief Ronan, von dem Emma seit dem gemeinsamen Abendessen bei Amber einen ganz anderen Eindruck hatte als vorher. So unnahbar und unsympathisch er anfangs auch auf sie gewirkt hatte, so sehr freute sie sich jetzt darüber, ihn zu sehen und sich von ihm in Gespräche über das Wetter, kulinarische Highlights und seinen Traum verwickeln zu lassen, irgendwann ein kleines Häuschen in Italien zu restaurieren. Nur dem Pinscher Goliath konnte sie immer noch nichts abgewinnen.

«Mir hat es auch sehr gut gefallen», pflichtete Amber bei

und rief nach Lilly, die tatsächlich sogleich zu ihrem Frauchen kam, wenn auch in der ihr eigenen Seelenruhe.

Benjamin verneigte sich leicht. «Lisa lässt sich für heute übrigens entschuldigen.» Er hob machtlos die Hände. «Es tut ihr schrecklich leid, aber sie hat sich eine Sommergrippe eingefangen.»

«Das ist aber kein Sommer!», rief Ronan dazwischen und deutete mit dem Zeigefinger gen Himmel. «Ich weiß ja nicht, was der Wetterbericht so sagt, aber für mich sieht das eher nach Novemberschmuddelwetter denn nach Sommer aus.»

Emma folgte seinem Blick. Nun ja, vielleicht nicht Novemberwetter, dachte sie, aber es hatte schon etwas von einem unbeständigen April, auch wenn es längst Juli war. Dicke Wolken verbauten der Sonne die Sicht und sorgten dafür, dass Emma fröstelte – und Goliath wie Espenlaub zitterte. Pinscher waren in Großbritannien nicht unbedingt gut aufgehoben, fand sie und betrachtete Goliath mit Bedauern, während sie sich ihre Jacke anzog.

Zum Glück hätte Daniel niemals einen Pinscher für sie ausgesucht, sie hätte ihn sonst vermutlich einen Großteil der Zeit unter ihrem Pulli getragen. Ob der kleine Kerl aus dem Tierheim trotz seines unangenehmen Maulgeruchs wohl vermittelt worden war? Sie nahm sich fest vor, Lisa irgendwann danach zu fragen.

«Jedenfalls hat Lisa mir heute Rupert überlassen», fuhr Benjamin fort, «der auch noch ein bisschen üben will. Oder Rupert?»

Der Schäferhund saß mit kerzengeradem Rücken neben ihm und bellte wie aufs Kommando.

«Guter Junge», sagte Benjamin und tätschelte ihm den Kopf.

Sam schmiegte sich an Emma. Ganz so, als ob er sich ebenfalls ein paar Streicheleinheiten abholen wollte.

«Schön brav sein», flüsterte Emma, «dann gehen wir nachher auch noch mit der Gruppe zusammen spazieren.»

Wenn das Wetter mitmachte! Sie blickte besorgt zum Himmel. Allerdings gab es in Schottland häufig Wetterumschwünge, und sie hatte sich noch nie von ein paar Wolken ins Bockshorn jagen lassen.

Amber beugte sich zu ihr. «Ich bin übrigens leider nachher nicht mit dabei», sagte sie. «Leyla wird morgen 17 Jahre alt. Und sie würde mir den Kopf abreißen, wenn sie keinen Geburtstagskuchen bekommt.»

«Verständlich.» Emma nickte. «Da hätte ich dann aber auch rumgezickt.» Sie hatte Ambers große Tochter noch nie getroffen, hatte sie aufgrund von Fotos und Erzählungen aber gut vor Augen. Wenn Leyla ihren Willen nicht bekam, konnte bei Amber durchaus der Haussegen schief hängen.

«Wir holen das nach, ja?», fragte Amber und drückte Emmas Hand.

Sie beide hatten längst besprochen, dass sie auch nach dem Kurs in Kontakt bleiben wollten. Sam und Lilly zeigten zwar nach wie vor kein besonders großes Interesse aneinander, aber sie kamen gut miteinander zurecht. Schon mehrfach hatten sich Amber und Emma zu Spaziergängen getroffen, und jedes Mal war es Emma danach ein bisschen besser gegangen. Zumindest ab dem Zeitpunkt, an dem sie Amber von Daniel erzählt hatte. Es fiel ihr längst nicht mehr so schwer, seinen Namen auszusprechen, wie noch vor Monaten. Und manchmal, wenn sie sich an besonders lustige Momente mit ihm erinnerte, konnte sie sogar wieder lachen.

Rupert bellte noch einmal. Sein Kläffen klang viel dunkler

und kräftiger als das von Sam, allerdings bei Weitem nicht so aufgeregt und hysterisch wie das der Yorkshireterrier-Dame Daisy, die heute eine rosafarbene Schleife mit weißen Punkten trug.

«So, dann aber los.» Benjamin klatschte in die Hände. «Noch etwas Konzentration. Das gilt insbesondere für die Vierbeiner unter euch. Herrchen und Frauchen haben für diesen Kurs bezahlt, also zeigt jetzt bitte auch, dass ihr zumindest etwas behalten habt, ja?»

43

Sam war schon längst mit Rupert auf dem kleinen Waldweg, der ganz in der Nähe der Wiese begann, auf der sie sich in den letzten Wochen mit der Hundeschule getroffen hatten. Sie kannten die Strecke – und Emma hatte es versprochen.

Manchmal hatte sie das Gefühl, dass Sam sie sehr wohl verstand. Zumindest dann, wenn es um etwas ging, das auch ihm gefiel. Sie brauchte sich zu Hause nur die Schuhe anzuziehen, und Sam stand bereits an der Tür. Ließ sie jedoch für ihn das Badewasser ein, versteckte er sich meist unter der Couch – auch wenn immer noch sein Hinterteil oder eine Pfote herausschauten und sie ihn problemlos fand. Aber sie ließ sich jedes Mal auf das Spielchen ein, lief durchs Wohnzimmer und tat so, als ob sie ihn suchte. Sie bewunderte ihn dafür, dass er wirklich mucksmäuschenstill verharrte. Jedenfalls so lange, bis sie in der Küche verschwand und die Dose mit den Leckerli öffnete. Da konnte Sam nie widerstehen. Auch wenn das bedeutete, dass er seine Tarnung aufgeben musste und später doch in die Badewanne kam.

«Ihr wollt mich doch wohl nicht alle im Stich lassen?», fragte Emma, als sich abzeichnete, dass nicht nur Amber keine Zeit für einen Abschiedsspaziergang hatte, sondern auch die anderen abwinkten.

Mit gespielter Empörung stemmte sie ihre Hände in die Hüften. Sie hatte wieder ein paar Kilo zugenommen und ihre alte Figur zurück. Wenn die dunklen Ringe unter den Augen nicht wären, so würde sie fast wieder so aussehen wie noch vor einem Jahr, als noch alles in Ordnung war. Als sie zumindest dachte, dass noch alles in Ordnung wäre. Damals war sie glücklich und durchaus zufrieden mit ihrem Äußeren gewesen. Sie hatte ihr Spiegelbild eigentlich immer gemocht, aber nun musste sie sich mit ihrem neuen Selbst, mit der traurigen Emma zurechtfinden. Denn Trauer konnte man nicht wegschminken.

Aber hier in der Hundeschule wusste bis auf Amber niemand, dass die Ringe unter ihren Augen bislang weniger tief gewesen waren. Und dass Emma eigentlich Grübchen hatte, die sich keck in ihre Wangen gruben, und sie immer gerne gelacht hatte.

«Ich kann ja leider nicht», sagte Amber und gab Emma zum Abschied einen Kuss auf die Wange. «Aber wir telefonieren morgen Abend, ja? Dann kann ich dir auch berichten, ob der Kuchen den Wünschen der Dame entsprochen hat oder ob wieder gemeckert wurde.»

«Und ich muss los und den kleinen Kerl hier ins Warme bringen», entschuldigte sich Ronan. «Goliath hört gar nicht mehr auf zu zittern.»

«Tja», mischte Benjamin sich ein, «mit einem Pinscher hat man auch im Frühling und Sommer noch mit der Heizkostenabrechnung zu tun.» Er lachte und verabschiedete nach Ronan auch noch zwei andere Kursteilnehmer, die ebenfalls keine Zeit hatten.

Selbst Rachel zuckte mit den Schultern. «Wir wollten eigentlich mitkommen, aber ich habe tatsächlich noch einen Last-Minute-Termin beim Hundefriseur bekommen. Daisy kann schon gar nicht mehr aus den Augen schauen.» Sie bückte sich zu ihrem Hund und zog fest an dem Schleifchen, das verrutscht war.

«Dann sind also nur wir übrig?», fragte Emma, als alle bis auf sie und Benjamin in die Autos gestiegen und vom Parkplatz gefahren waren. Sie hielt ihren Autoschlüssel in der Hand und war versucht, ebenfalls nach Hause zu fahren. Sie war seit jener unglücklichen Nacht nicht mehr mit Benjamin alleine gewesen.

«Sieht ganz so aus», sagte er. «Aber eigentlich sind wir mit Sam und Rupert ja zu viert. Also, wenn wir die beiden noch einholen.» Er wirkte nicht wie jemand, der damit haderte, dass der geplante Abschlussspaziergang nun fast ins Wasser fiel. «Sollen wir es wagen?», fragte er mit Blick zum Himmel, an dem die Wolken noch genauso schwer hingen wie eine halbe Stunde zuvor. «Bislang kam ja kein Tropfen runter.»

«Also gut, machen wir», sagte Emma. So unauffällig wie möglich schob sie den Autoschlüssel wieder in ihre Umhängetasche. «Dann mal los! Ich will nämlich nachher noch zu meinen Eltern und da das Wochenende verbringen. Sie wohnen ganz hier in der Nähe, in einem großen hellen Cottage – mit Rosenstauden, ausladenden Rhododendronbüschen und Blick auf den Moray Firth.» Vor Nervosität plapperte sie einfach drauflos.

«Hmm, ich glaube, da bin ich schon einmal vorbeigefahren», sagte Benjamin.

Emma lächelte verlegen. Denn dieser Spaziergang fühlte sich viel privater an als die Begegnungen in der Hundeschule oder der Tierarztpraxis.

«Oh, da geht ja jemand wirklich gerne spazieren», foppte Benjamin sie und zog den Reißverschluss seiner Jacke etwas weiter zu. Dann vergrub er seine Hände in den Jackentaschen.

Emma tat es ihm gleich.

«Wirke ich so lauffaul? Ich bin eigentlich ganz sportlich.»

Aber war sie das wirklich noch? Schließlich hatte sie die Laufschuhe schon vor Monaten an den Nagel gehängt, weil ihr liebster Laufpartner niemals mehr auch nur einen Schritt gehen würde. Weil sie nie wieder seinen Atem im Einklang mit ihrem hören würde.

«Das will ich auch gar nicht in Abrede stellen», erwiderte Benjamin lachend. «Wer ist denn schneller? Sam oder du?»

«Oh, das habe ich noch gar nicht ausprobiert. Wenn er einem Tier hinterherjagt, dann habe ich vermutlich gar keine Chance. Und wenn er wieder ins Unterholz saust, kann ich auch nicht mithalten. Dabei würde ich mir höchstens den Knöchel brechen.»

«Dann sollten wir am besten einfach auf dem Weg bleiben», befand Benjamin und deutete auf Sam und Rupert, die in einiger Entfernung und abseits des Weges gemeinsam in der Erde buddelten.

«Hey, Pfoten weg!», rief Benjamin. «Falls das ein Fuchsbau sein sollte, wird da jemand gar nicht begeistert sein!»

«Oder aber der Bau eines Hasen oder Kaninchens», warf Emma ein. «Sam traut beiden nicht. Er hat bei dir im Wartezimmer ein Kaninchen mit seinen Blicken geradezu hypnotisiert. Dabei ist Sam eigentlich ein lieber Zeitgenosse, aber ich fürchte, bei Kaninchen dreht er irgendwie durch.»

Benjamin lachte. «Na, dann hoffen wir mal, dass er und Rupert keins erwischen. Oder hast du heute Lust auf Hasenbraten?»

Emma winkte ab. «Nein, bloß nicht.»

Benjamin schaute sie amüsiert an. «Ist auch nicht meins», sagte er und ging dann an sein Telefon, das in der Brusttasche seiner Jacke vibrierte.

Emma lief ein paar Schritte voraus und hörte nur mit halbem Ohr, dass Benjamin über die richtige Medikation für ein Kleintier sprach. Er verhielt sich wie ein Freund. So, als ob nie etwas zwischen ihnen geschehen wäre. Emma war ihm dankbar dafür und hatte doch das Gefühl, dass so vieles unausgesprochen zwischen ihnen stand.

«Sam, komm da weg!» Sie versuchte, ihrer Stimme einen entschiedenen Klang zu verleihen. Immerhin schaffte sie es, dass Sam kurz aufschaute, bevor er seine Schnauze wieder im Erdreich vergrub.

Emma seufzte, zückte dann aber ihr Handy, um ein paar Fotos von Rupert und Sam zu machen, die sie später Lisa schicken konnte. Auch wenn das bedeutete, dass sie nur ihre Hinterteile fotografierte, da beide fast bis zu den Flanken im Erdreich verschwunden waren.

Sie hatte erst neulich ein paar Fotos auf dem Rechner entdeckt, die Daniel von Sam gemacht haben musste. Sam zusammen mit Hannah bei einem Spaziergang in der Nähe des Tierheims. Sam, der mit schlackernden Ohren über die Auslaufwiese tobte. Sam, der mit traurigem Blick auf seiner halb zerfetzten Hundedecke im Zwinger lag.

In diesem Moment schaute Sam auf und blickte Emma aus seinen dunklen Augen an. Ob er Daniel auch so angesehen hatte? Ob Daniel sich deshalb für ihn entschieden hatte?

Emma zuckte zusammen, als sie eine Hand auf ihrer Schulter spürte.

«Sorry, Emma, aber ich fürchte, das wird nichts mit einem langen Spaziergang.» Benjamin hatte sein Telefonat beendet und deutete in den Himmel. «Schau mal, das zieht sich ganz schön zu. Da kommt gleich eine ordentliche Ladung runter.»

Emma folgte seinem Blick. Über den Baumwipfeln, die im aufkommenden Wind wild hin und her tanzten, waren die

Wolken so dunkel, dass sie vermutlich schon bald ihre Schleusen öffnen würden. Ein erster Regentropfen fiel auf Emmas Nase. Sie wischte ihn sich mit dem Handrücken ab. Aber schon folgte ein zweiter Tropfen, der sie an der Stirn erwischte.

Emma griff nach der Kapuze ihrer Jacke und zog sie sich über.

«Sam!», rief sie scharf, und nun ließ er von dem Bau ab und rannte, gefolgt von Rupert, zu ihr. «Sam, wir müssen los! Sonst werden wir nass.»

Sie hatte nicht an einen Schirm gedacht, sondern darauf vertraut, dass der Wetterbericht dieses Mal zuverlässig war und es wirklich erst am Abend regnen würde. Doch wann war der Wetterbericht in Schottland je zuverlässig gewesen? Emma war hier aufgewachsen, sie wusste, dass das Meer und das Küstenwetter unberechenbar waren. Aber sie konnte gut und schnell laufen – und deshalb rannte sie jetzt los.

«Komm schon», rief sie Benjamin über die Schulter zu. «Vielleicht schaffen wir es noch, bevor alles runterkommt.»

Auch Benjamin begann zu laufen, und neben sich auf dem Waldweg hörte Emma Sams gehechelten Atem. Erst erwischten sie nur vereinzelte Regentropfen. Doch dann fielen dicke Tropfen auf sie herab. Immer mehr. Der Regen prasselte auf das Blätterdach der Bäume und verwandelte die zuvor so friedliche Geräuschkulisse aus Vogelgezwitscher und dem Knacken von Holz unter ihren Schuhen in ein Getöse aus platschendem Regen, Wind und Blätterrauschen.

«Mist!», rief Emma. Sie zog sich die Kapuze noch tiefer ins Gesicht, um sich vor dem Regen zu schützen, und beschleunigte ihren Lauf.

Zuletzt war sie mit Daniel bei Regen im Wald gewesen, im letzten Sommer. Er hatte Shorts und ein dunkles T-Shirt getragen, sie Radlerhosen und ein violettes Sport-Top, dessen Träger am Rücken über Kreuz verliefen. Als der Regen sie überraschte, waren sie Hand in Hand zurück zum Parkplatz gerannt. Doch irgendwann – da waren sie schon bis auf die Haut durchnässt – war Emma stehen geblieben, hatte ihr Gesicht in Richtung der dunklen Wolken gestreckt und die Arme ausgebreitet. Daniel hatte sie hochgehoben und herumgewirbelt, und dann hatten sie sich im Regen leidenschaftlich geküsst. Sie verspürte noch immer dieses Kribbeln. Die letzten paar Hundert Meter bis zum Auto waren sie wieder gejoggt. Im Wagen hatten sie sich dann ihrer nassen Kleidung entledigt und sich geliebt. Die Scheiben von Regen und ihrem Atem beschlagen.

Emma stolperte über eine Wurzel und fiel hin. Sie fluchte.

«Alles okay?» Benjamin blieb stehen und reichte ihr seine Hand, um ihr aufzuhelfen.

Emma griff danach und ließ sich von ihm wieder auf die Füße ziehen. Auch Rupert und Sam kamen herbei und blickten sie mit großen Augen an.

Emma stöhnte. «Jedes Mal, wenn mir irgendein Missgeschick passiert, habe ich den Eindruck, Sam fühlt sich dabei gut unterhalten», sagte sie und fluchte erneut.

Sam legte den Kopf schief, und Emma war geneigt, ihm die Zunge rauszustrecken.

«Ich hatte die Kapuze einfach viel zu tief ins Gesicht gezogen», entschuldigte sie sich.

«Kannst du auftreten?», fragte Benjamin. «Komm, gib mir deine Hand, bevor du hier noch einen Abflug machst.»

Emma zögerte, ergriff seine Hand dann aber doch, auch wenn es sich die ersten Meter komisch anfühlte.

Es ist nichts dabei, Emma. Er will dir nur helfen.

Benjamin kurvte sie geschickt um sämtliche Wurzeln, Steine und Pfützen herum. Sie fühlte sich sicher bei ihm, genoss das Gefühl, für einen Moment die Verantwortung abgeben zu können. Und sie konnte sich die Kapuze erneut tiefer ins Gesicht ziehen.

Sie sprachen erst wieder miteinander, als sie an seinem Auto angekommen waren.

«Los, schnell rein mit dir», sagte er und hielt ihr die Beifahrertür auf. Dann ging er zum Kofferraum, öffnete die Klappe für Rupert und Sam, die sofort mit einem Satz hineinsprangen, bevor er selbst ins Auto stieg und den Schlüssel in das Zündschloss steckte.

«So, dann wärmen wir uns mal etwas auf», sagte er und sorgte dafür, dass die Lüftung ordentlich pustete.

Emma verstaute ihre Tasche im Fußraum, schälte sich aus ihrer klitschnassen Jacke und war froh, dass sie darunter eines dieser leichten Sommerkleider trug, die besonders schnell trockneten. Allerdings tropfte ihr das nasse Haar unaufhörlich in den Nacken.

Benjamin griff auf die Rückbank hinter ihr, nahm ein dort liegendes Handtuch und reichte es ihr.

«Ich fürchte allerdings, dass es nicht ganz hygienisch ist», sagte er und zog dabei entschuldigend die Augenbraue hoch. «Jedes Mal, wenn ich Rupert mitnehme, ist hier alles voller Hundehaare.»

«Berufsrisiko also», sagte Emma und lächelte ihn dankbar an.

Benjamin wandte sich ab, als würde ihr Blick ihn verlegen machen. Schnell wies er Rupert und Sam zurecht, dass sie sich doch bitte nicht schütteln sollten – was beide dann in genau diesem Moment taten.

«Keinen nassen Hund ins Auto lassen! Keinen nassen Hund ins Auto lassen!» Benjamin wiederholte die Worte wie ein Mantra. «Ich weiß es doch eigentlich. Da kenne ich die komplette Anatomie eines Hundes, kann jeden einzelnen Knochen mitsamt lateinischer Bezeichnung benennen, aber vergesse so essenzielle Sachen.» Er seufzte und wischte sich mit dem Ärmel über die Stirn.

Kleine dreckige Sprenkel waren bis zu ihnen nach vorne gespritzt und auch in Emmas Gesicht gelandet. Benjamin lachte bei ihrem Anblick und griff nach einem Zipfel des Handtuchs, mit dem sie sich zuvor die Haare abgetrocknet hatte, um ihr sanft den gröbsten Dreck aus dem Gesicht zu entfernen. Dieses Mal war es Emma, die ihren Blick abwandte.

«Soll ich dich zu deinem Auto fahren?», fragte er dann.

«Nun, weit ist es nicht. Es steht ja nur am anderen Ende des Parkplatzes», sagte Emma amüsiert.

«Ja, ich weiß, allerdings regnet es immer noch, wenn auch schon deutlich weniger», entgegnete Benjamin und machte wie zur Verdeutlichung die Scheibenwischer an. Und bevor Emma etwas entgegnen konnte, startete er den Motor und fuhr im Schneckentempo zu ihrem Wagen herüber.

«Danke», sagte Emma, als er neben ihrem Auto parkte, und reichte ihm das nasse Handtuch, mit dem sie sich die Haare trocken gerubbelt hatte. Sie zuckte zusammen, als sich dabei ihre Hände berührten. Benjamin schaute sie an. Kurz, aber doch einen Moment zu lang, um sie glauben zu lassen, dass es keine Rolle spielte.

44

Auf dem Rückweg fuhr Emma direkt zu ihren Eltern, da sie seit ihrem Zusammenbruch jeden Samstag zum Abendessen vorbeikam und es ihr guttat, das Wochenende verplant zu haben. Sie freute sich auf die Zeit mit ihren Eltern, mit Hannah, Grant und den Kindern, die ebenfalls eingeladen waren.

Nur Daniels Platz am Tisch blieb weiterhin leer – auch wenn sich Alfie manchmal darauf zusammenrollte oder Sam sich darauf abstützte, um sich, wenn Emmas Mum nicht hinschaute, etwas vom Tisch zu stibitzen. Meist ließ er sich danach von Liam und Lucas durchs Wohnzimmer jagen. Sam sorgte dafür, dass die Kinder wieder fröhlich waren.

Beide freuten sich auch dieses Mal riesig, Emma und Sam zu sehen. Nur in Unterhosen liefen sie in den Garten, damit Emmas Dad nicht nur Sam, sondern auch sie mit dem Schlauch abspritzen konnte.

«Also bei aller Liebe», hatte er gesagt, als Emma mit Sam auf der Matte stand. «So verschlammt und verfilzt, wie der Hund ist, kommt er mir nicht ins Haus. Du kannst meinetwegen unter die Dusche, aber Sam muss hinters Haus. Wenn der sich nur einmal schüttelt, dann ...»

«Das hat er schon», sagte Emma.

Ein warmer Schauer lief ihr über den Rücken, als sie an Benjamin dachte und daran, wie er ihr Gesicht berührt hatte. Er hatte sie dabei angelächelt und war ihr nah, aber nicht zu nah gekommen. Sie waren Freunde. Ja, Benjamin und sie waren Freunde. So hatten sie es vereinbart. Aber warum fühlte es sich dann anders an? Emma konnte es nicht einmal genau beschreiben, sie hatte Schwierigkeiten, ihre Gefühle zu ordnen. Auf jeden Fall war sie ernsthaft traurig gewesen, als sie sich verabschiedeten. Benjamin war mit ihr aus dem Auto gestiegen, hatte Sam aus dem Kofferraum gelassen und ihr dann die Hand hingehalten. Emma hatte eigentlich eine Umarmung erwartet – so wie er es bei Amber getan hatte. Aber er hielt ihr nur die Hand hin und lächelte.

«Ich habe mich gefreut, dass ihr an diesem Kurs teilgenommen habt», sagte er. «Mir hat es viel Spaß gemacht.»

«Mir auch», antwortete Emma und schüttelte seine Hand.

Es entsprach der Wahrheit. Sie hatte in dem Kurs gelernt, abzuschalten, ihrem Leben wieder eine feste Struktur zu geben und neue Freunde zu finden. Freunde, die ihr neue Impulse gaben, ihr Leben bereicherten und sie nicht nur voller Mitleid und Sorge anschauten. Endlich konnte Emma wieder ein Stück sie selbst sein. Auch deshalb wollte sie nicht, dass dieser Kurs schon vorbei war, dass die gemeinsamen Stunden zu Ende waren. Sie wollte nicht, dass sie Amber, Lisa oder Benjamin nie wiedersah.

«Wir hören uns», sagte Benjamin schließlich. «Und wenn irgendwas ist: Du hast ja meine Nummer.»

Das hatte er auch schon zu ihr gesagt, als Sam sich verletzt hatte. Damals in seiner Praxis hatte es unverbindlich geklungen, vage, nicht wie ein Versprechen auf ein Wiedersehen.

Emma hatte geschluckt und lediglich genickt. Ja, sie hatte Benjamins Nummer.

«Also ab mit dir unter die Dusche!» Emmas Dad riss sie aus ihren Gedanken. «Du willst doch ordentlich aussehen, bevor Hannah und Grant kommen, oder?»

Emma, die noch immer voller Schlammsprenkel war, täuschte eine Umarmung an, doch ihr Dad wich zurück.

«Untersteh dich! Du kannst aber auch gerne mit Sam hinten in den Garten. Ich habe einen Rasensprenger und einen Schlauch», drohte er spielerisch.

Emma hob schützend die Hände. Dann zog sie sich ihre schlammigen Sneakers und die nassen Socken aus, warf beides auf die Matte vor der Tür und huschte barfuß die Treppe nach oben.

Wie oft sie diese Treppe wohl in ihrem Leben schon gelaufen war? Emma kam sich immer noch wie ein Kind vor, wenn sie zu Hause war. Nur dass ihre Beine mittlerweile länger waren und in ihrem Kinderzimmer jetzt das Bügeleisen ihrer Mum stand. Trotzdem fühlte sie sich hier nach wie vor behütet und beschützt.

Auch das Lachen von Liam und Lucas, das sie jetzt aus dem Garten hörte, sorgte für ein wohliges Gefühl.

Emma zog die weißen Vorhänge, auf die kleine Segelschiffe gestickt waren, leicht zur Seite und betrachtete ihre Neffen voller Liebe. Die beiden tobten juchzend zusammen mit Sam durch den Garten, und immer, wenn ihr Grandpa sie mit dem Gartenschlauch erwischte, quiekten und kreischten sie vor Freude. Sam sauste bellend zwischen ihnen hin und her, stupste mal Liam, dann Lucas an und rannte so viele Runden, dass ihm die Zunge schon weit aus dem Maul hing.

Das Kinderlachen zauberte ein Lächeln in Emmas Gesicht. War das einer dieser Glücksmomente, von denen ihre Mum neulich gesprochen hatte?

«Du solltest dir nicht verbieten, fröhlich zu sein, Emma», hatte sie gesagt. «Freude und Traurigkeit liegen im Leben nun einmal ganz nah beieinander. Aber weder deine Tränen noch dein Verzicht auf kleine Glücksmomente werden dir Daniel zurückbringen.» Sie hatte Emma fest in die Arme genommen und ihr eine Haarsträhne hinters Ohr geschoben. So wie sie es auch schon gemacht hatte, als Emma noch klein war. «Ich bin einfach der Meinung, dass man seine Gefühle rauslassen muss. Weine, wenn dir nach Tränen ist, und lache, wenn dir nach Lachen ist!»

Wie recht ihre Mum hatte, dachte Emma. Die eigenen Gefühle herauszulassen, tat verdammt gut.

Sie ließ sich mit dem Duschen viel Zeit, schlüpfte dann in die Kleidung, die ihre Mum ihr auf dem Hocker im Badezimmer bereitgelegt hatte, und freute sich, dass das Blümchenkleid aus Unizeiten noch immer wie angegossen saß.

Emma war nicht mehr so dünn wie noch vor ein paar Monaten, als sie keinen Bissen runterbekommen hatte. Sie verspürte wieder Appetit. Und sie freute sich, als sie den Geruch des Barbecues wahrnahm. Beschwingt lief sie die Treppe nach unten, um ihrem Vater zu helfen. Zum Glück war mittlerweile die Sonne rausgekommen und hatte die Regenwolken vertrieben.

Im Garten fand sie jedoch nur Liam und Lucas, die zusammen mit Sam in der Hollywoodschaukel lagen. Sam war die wackelige Angelegenheit ganz offensichtlich nicht geheuer. Denn jedes Mal, wenn die beiden Brüder neuen Schwung gaben, jaulte Sam und sah so aus, als ob er jeden Moment abspringen wollte.

«Hey, quält Sam nicht so», rief Emma ihren Neffen zu. «So richtig wohl fühlt er sich dabei nicht.»

«Aber er wollte hier rauf!» Lucas schmollte und wandte sich von Sam ab, der die Chance nutzte und mit einem Satz aus der Schaukel sprang. Er rannte ins Haus.

«Och menno!» Auch Liam verzog das Gesicht.

«Nun lasst ihn doch», sagte Emma. «Er taucht schon wieder auf. Sam mag euch einfach zu gerne. Ihr seid doch seine Lieblingskinder.»

«Echt?», fragte Lucas, und seine Miene hellte sich wieder auf. Er hatte einen seiner Schneidezähne verloren, und Emma musste jedes Mal unwillkürlich lächeln, wenn sie seine süße Zahnlücke sah.

«Wo ist denn Grandpa?», fragte sie.

«In der Garage», antwortete Lucas und stand auf. «Spielen wir eine Runde Fußball, Liam?»

«Klar.» Wenn es um Fußball ging, ließ Liam sich nie zweimal bitten. Im Gegensatz zu seinem Vater Grant, der jede Partie der Premier League mit Vorliebe vom Fernsehsessel aus verfolgte, spielte Liam selbst im Verein.

«Dann gehe ich mal nach Grandpa schauen», erklärte Emma. Doch die Jungs beachteten sie schon längst nicht mehr und waren bereits in ihr Spiel vertieft. «Aber passt auf mit dem Grill!», rief sie ihnen noch zu. «Geht bloß nicht zu nah ran, ja?»

Dann lief sie durchs Haus in die Garage und bedachte dabei mit einem amüsierten Kopfschütteln Sams Hinterpfoten, die unter dem Sofa hervorschauten.

«Dad?», rief sie. Und dann noch einmal: «Dad?»

Als sie durch die Laundry in die Garage trat, hielt sie inne. Das Tor war geöffnet, und davor stand mit weit aufgerissenen Türen Emmas Auto. Ihr Dad kniete vor der offenen Fahrertür und hielt einen alten, laut röhrenden Föhn auf das Sitzpolster.

Emmas Mum trat neben sie. «Dein Dad meint, dass dein Auto sonst irgendwann nach abgestandenem Wasser und Fäulnis riecht.» Sie legte ihr einen Arm um die Schultern.

«Und nach nassem Hund», sagten beide wie aus einem Mund und lachten.

Sosehr ihr Dad Sam auch mochte, mit seinem Geruch, so betonte er immer wieder, könne er sich nicht anfreunden.

«Wann hat er damit angefangen?», fragte Emma.

«Direkt nachdem Sam wieder vorzeigbar war. Ich bin mir ziemlich sicher, dass er ihm nach dem Waschen sogar die Krallen geschnitten hat.»

Emma grinste.

«Lucy hat übrigens angerufen, als du unter der Dusche warst», sagte ihre Mum. «Sie hat gefragt, ob sie morgen mit dem kleinen Daniel vorbeikommen kann.»

Emma spürte einen Stich in ihrer Herzgegend. Aber sie nickte. Es war an der Zeit, Lucy wieder in ihr Leben zu lassen.

45

Sam war der Erste, der tags darauf nach dem Klingeln an der Haustür war. Er versuchte, mit den Pfoten die Klinke runterzudrücken, aber die Tür war abgeschlossen. Also schob er die Vorderpfoten über die Fußmatte und begann zu kratzen.

«Hey, nun warte doch und sei nicht so ungeduldig!», sagte Emma und drückte ihn mit dem Fuß sanft zur Seite. Dann drehte sie den Schlüssel um, öffnete die Tür – und sagte gar nichts mehr.

Sam aber bellte. Er freute sich, Benjamin zu sehen, und hüpfte stürmisch an ihm hoch.

Da erwachte Emma aus ihrer Starre. «Sam, aus!», befahl sie.

Aber Sam sprang noch etwas höher, und Benjamin lachte.

Wie sehr Sam dieses Lachen mochte! Es klang so warm und vertraut.

Er lief um Benjamin herum, wedelte aufgeregt mit dem Schwanz. Was war das für eine Überraschung!

Benjamin war noch nie hier bei Emmas Familie gewesen, aber jetzt konnten sie wieder zusammen spielen. Sam spürte Benjamins Hände in seinem Fell und schüttelte sich, dann stupste er Benjamin an, damit er weitermachte.

Plötzlich hielt Sam inne und schnupperte. Rupert? War Rupert auch hier? Aufgeregt lief Sam zu dem Auto, mit dem Benjamin immer unterwegs war. Die Türen waren alle zu. Sowohl auf der einen als auch auf der anderen Seite. Also stellte er sich auf die Hinterpfoten, um ins Wageninnere zu sehen.

Rupert? Sam bellte. Aber es kam keine Antwort.

«Sam, du zerkratzt den ganzen Lack, lass das!», rief Emma, die bis auf ein erstauntes, fast zögerliches «Hallo» noch immer kein Wort zu Benjamin gesagt hatte.

Sam drehte sich kurz um, setzte die Pfoten aber nicht ab. Er versuchte, sich näher an das Auto zu schieben. Ah, jetzt konnte er besser sehen. Rupert? Keine Spur von ihm.

«Ich habe noch ein Auto, das frei von Kratzern und Hundehaaren ist», sagte Benjamin. «Das hole ich aber nur bei besonderen Gelegenheiten raus.»

«Ah», sagte Emma, die sich über seinen Besuch viel weniger zu freuen schien als Sam, der jetzt erneut aufgeregt bellte.

«Rupert ist nicht da!», rief Benjamin ihm zu. «Ich bin nur wegen deines Frauchens hier.» Er wandte sich Emma zu. «Ich war zufällig in der Gegend, weil ich einen Patienten hier besuchen musste. Und da du erwähnt hast, wo dein Elternhaus steht, dachte ich, ich komme kurz vorbei. Ich habe dir auch vorher geschrieben, um dich vorzuwarnen, aber die Nachricht hast du wohl noch nicht gelesen.» Er lächelte sie an. «Ich glaube nämlich, dass du das hier vielleicht vermisst.»

Als Benjamin ein kleines Stofftier aus seiner Jackentasche zog, ließ Sam sofort vom Auto ab und stürmte auf ihn zu. Benjamin wich einen Schritt zurück, und Sam sprang hoch und konnte kurz an dem Teil schnuppern. Es roch nach Emma.

«Oh, Flinty McStag! Ich … ich wusste gar nicht, dass ich den verloren habe», sagte Emma.

Ihre Stimme klang sofort viel netter und weicher. Sam schmiegte sich an ihr Bein und wartete darauf, dass sie ihn streichelte. Doch sie schien nur Augen für Benjamin und das Stofftier zu haben. Vorsichtig nahm sie es in ihre Hände und drückte es fest an ihre Brust.

So wie sie es mit ihm manchmal tat, dachte Sam. Allerdings

saß er dann meist auf ihrem Schoß, weil er – wie Emma sagte – viel zu schwer war, um ihn dauerhaft auf den Arm zu nehmen. Abgesehen von dem einen Mal, als er sich diesen fiesen Dorn in die Pfote getreten hatte, trug sie ihn ohnehin nicht.

«Danke, das ist wirklich lieb», sagte Emma leise. «Er ist ein Geschenk von jemandem, der mir sehr viel bedeutet.»

Benjamin nickte. «Das freut mich. Du musst ihn gestern in meinem Auto verloren haben. Er lag im Fußraum, aber ich habe ihn heute erst entdeckt.»

Erneut fasste er nach Sam und wuschelte ordentlich sein Fell durch. Ganz so, wie Sam es mochte.

Sam drehte sich um die eigene Achse, stupste ihn immer wieder an, damit er weitermachte und ihm den gesamten Rücken streichelte. Dann hockte Benjamin sich hin und sah Sam fest in die Augen.

«Ich hoffe, dass wir uns bald mal wiedersehen, mein Junge. Du bist mir sehr ans Herz gewachsen.» Kurz schaute er dabei zu Emma hoch, wandte sich dann aber gleich wieder ihm zu, als Sam ihn anstupste.

«So, und jetzt schaue ich mal nach einem deiner Kollegen. Verletzte Pfote, du kennst das.»

Sam jaulte bei der Erinnerung auf.

Wenig später saß Benjamin bereits in seinem Auto und fuhr los. Sam rannte bellend hinterher. So machte er es immer – auch wenn Emmas Dad wegfuhr. Doch bislang waren die Autos immer schneller gewesen als er.

46

Emma stand noch immer vor dem Haus, die Hand fest um das Edinburgher Rugby-Maskottchen geschlossen, als Lucy nur wenig später mit einem neuen Kombi auf dem Rasenstreifen vor dem Haus parkte.

Sie hatte die Fensterscheiben geschlossen, doch der kleine Daniel brüllte so laut, dass kein Zweifel daran bestand, dass er dem Autofahren nichts abgewinnen konnte. Lucy verdrehte die Augen, als sie aus dem Wagen stieg.

«Nichts zu machen», sagte sie, «wenn ich nicht hinten bei ihm sitze, schreit er ohne Ende. Mein Trommelfell! Ich sag's dir.» Dann schaute sie durchs Fenster und warf trotz allem einen liebevollen Blick auf das wenige Wochen alte Baby, das wild die geballten Fäuste bewegte.

Emma trat zu ihr und ließ sich von Lucy umarmen. Anschließend öffnete die Freundin die hintere Tür des Wagens. «Nun komm schon, kleiner Mann, wir sind ja da. Hör bitte auf zu weinen!»

Noch eine dicke Krokodilsträne rann über die kleine Wange, dann war Stille. Sicher auch, weil Sam seinen großen Hundekopf in den Wagen schob und interessiert an der Windel des Babys schnüffelte.

«Sam, nun lass ihn doch!» Emma griff nach dem Halsband und zog Sam zurück, der sie fragend anschaute.

Lucy schnupperte ebenfalls. «Sam hat recht. Hier braucht jemand dringend eine neue Windel. Vielleicht hat er ja auch deshalb so gebrüllt. Ich sag's dir, Babys sind gar nicht so einfach zu verstehen. Ich kann es nicht abwarten, dass er mir irgendwann konkret sagt, was eigentlich los ist. Aber er scheint auf Ratespiele zu stehen.»

Sie schnallte ihren kleinen Sohn los, nahm ihn vorsichtig aus dem Sitz und gab ihm einen Kuss auf sein Köpfchen.

«Jetzt bekommst du erst einmal eine neue Windel.» Sie wandte sich an Emma. «Nimmst du ihn bitte kurz?»

Ohne eine Antwort abzuwarten, drückte sie Emma das Baby in den Arm und ging zum Kofferraum, um eine Picknickdecke und die Wickeltasche herauszunehmen.

«Macht es dir etwas aus, wenn wir uns in den Garten setzen? Danny hatte zwei Tage lang Fieber, und wir waren nur zu Hause. Frische Luft tut uns wirklich gut. Und das Wetter ist heute so wunderschön.»

Emma folgte ihrem Blick zum Himmel. Nach dem Wetterumschwung gestern Nachmittag gab sich die Sonne heute wirklich alle Mühe, endlich den Sommer einzuläuten.

Emma hielt das verdreckte Maskottchen vom Baby fern. «Der muss erst einmal gewaschen werden», sagte sie, «damit er wieder so schön aussieht wie zuvor.» Sie war sich bis heute nicht sicher, ob Flinty McStag wirklich ein Elch war.

Lucy, die gerade Decke, Windeltasche und einen kleinen Korb aus dem Auto geholt hatte, folgte Emmas Blick.

«Ist das nicht der Hirsch, den dir Daniel geschenkt hat?»

Emma nickte. «Ich glaube aber, Flinty ist ein Elch. Benjamin hat ihn gefunden und ihn mir eben gebracht.»

«Benjamin?» Lucy legte den Kopf schief.

«Ja, Sams Tierarzt», sagte Emma und bemerkte, wie komisch ihre Stimme dabei klang. «Gestern war der letzte Tag der Hundeschule, und da habe ich ihn wohl verloren.» Sie sagte nicht, dass Benjamin ihn im Fußraum seines Autos gefunden hatte, weil Lucy dann bestimmt zu viele Fragen gestellt hätte.

Emma hatte nicht einmal bemerkt, dass Flinty ihr aus der Tasche gefallen war, aber nun war sie umso dankbarer, dass sie ihn wiederhatte.

Plötzlich rannte Sam in einem Affenzahn an ihnen vorbei und bellte einer Gruppe Radfahrern nach, die am Haus vorbeifuhren und das schöne Wetter nutzten.

«Sam, aus! Komm sofort her», schrie Emma und sah dann erschrocken auf das Baby hinunter. Aber zum Glück hatte sich der Kleine durch ihr Schreien nicht beeindrucken lassen. An Lucy gewandt sagte sie spöttisch: «Wie du siehst, hat das mit der Hundeschule hervorragend funktioniert. Sam verhält sich unerzogen wie eh und je. Ich verheddere mich zwar etwas weniger in der Leine, aber wenn er sich etwas in den Kopf gesetzt hat, ist er davon nicht abzubringen.»

«Ganz so wie du», sagte Lucy und lächelte.

Emma nickte. Sie war froh, dass Lucy ihr letztlich nicht übel genommen hatte, dass sie aus dem Krankenhaus verschwunden war und sich das Baby erst einige Tage später angeguckt hatte – nachdem Hannah ihr lange ins Gewissen geredet hatte.

«Erst konnte ich es nicht abwarten, dass er auf die Welt kommt», hatte Lucy ganz offenherzig gesagt, «aber nun vergehen die Tage so quälend langsam. Ich komme mir vor wie ein Zombie. Nicht eine Nacht habe ich länger als zwei Stunden am Stück geschlafen! Und ich mache den ganzen Tag nichts anderes, als Windeln zu wechseln, ihn in den Schlaf zu wiegen, ihn zu füttern und Wäsche zu waschen.»

Sie redete einfach drauflos, und Emma kannte sie gut genug, um zu wissen, dass sie die unangenehme Situation zwischen ihnen beiden überspielen wollte.

«Es tut mir leid, dass ich abgehauen bin», sagte Emma schließlich und war froh, dass Lucy sie ohne Worte fest in die Arme nahm. «Ich bin einfach nur so überfordert gewesen. Das Krankenhaus, der Name, einfach alles.»

Verstohlen schaute sie auf das Baby in der Wiege, das friedlich schlummerte und die kleinen Fäustchen rechts und links neben seinem Köpfchen geballt hatte. Emma hatte selten etwas so Niedliches gesehen. Nach einigem Zögern trat sie noch näher an die Wiege heran.

«Hallo, Daniel», sagte sie und musste sogleich nach Luft schnappen, weil sie seinen Namen schon so lange nicht mehr ausgesprochen hatte. Sacht streichelte sie über die kleine Wange. Sie musste schmunzeln, als das Baby dabei den Mund verzog.

«Wir haben uns überlegt, dass wir ihn Danny rufen.» Lucy war zu ihr getreten und legte Emma den Arm um die Schultern. «Er ist ja noch klein, und da ist Danny als Kosename ganz süß.»

«Aber ihr müsst nicht meinetwegen …» Emma fühlte sich schuldig. «Also, ich –»

«Kein Aber», unterbrach Lucy sie. «Er heißt ja weiter Daniel. Mich rufen auch alle Lucy, obwohl in meiner Geburtsurkunde Lucinda steht.» Sie rollte mit den Augen. «Bis heute weiß ich nicht, was sich meine Eltern dabei gedacht haben.»

Emma lächelte. «Ich finde den Namen eigentlich sehr schön.»

«Und dennoch passt Lucy viel besser zu mir.» Lucy lachte. «Aber wenn ich irgendwann so alt bin, wie ich momentan aussehe, wirkt Lucinda vielleicht seriöser.»

Emma musste zugeben, dass Lucy heute hervorragend aussah. Die Haare fielen ihr in leichten Wellen um die Schultern, und sie hatte etwas Make-up aufgetragen. Sie wirkte glücklich – allerdings auch wirklich vollbepackt.

«Sorry», sagte Emma schnell. «Ich war in Gedanken. Lass uns einfach hintenrum in den Garten gehen. Meine Eltern sind nicht da, und ich habe die Haustür zugezogen.»

Sie trug Danny noch immer auf dem Arm und betrachtete ihn zum ersten Mal ganz genau. Seine blauen Augen, die zu Fäusten geballten Händchen, das entzückende kleine Gesicht und das weiche, nun noch dichtere Haar. Er war so unglaublich niedlich!

«Hallo, du Süßer», sagte sie und gab ihm einen Kuss auf die Nase.

Als Danny nieste, musste sie lachen.

Kurze Zeit später saßen Lucy und sie auf der Picknickdecke im Garten. Sie hatten sich ein Plätzchen im Schatten gesucht, damit das Baby keine direkte Sonne abbekam. Zum Glück war der Boden auch hier nach dem Starkregen gestern längst wieder trocken. Danny lag auf dem Rücken zwischen ihnen, und Sam lief schnuppernd an den Rosenstauden und Rhododendronbüschen entlang. Gerade erst hatte er sich eines der Würstchen geschnappt, die Lucy zusammen mit frischem Brot und etwas Weintrauben mitgebracht hatte.

«Wie gut, dass ich Sam mit einkalkuliert habe», sagte sie und folgte Sam mit den Augen, der sich in sicherer Entfernung nun ins Gras legte und genüsslich auf seiner Beute kaute. «Wie geht es dir?», fragte sie dann etwas unvermittelt und ohne Emma anzuschauen.

Emma schluckte, ihr wurde ganz warm ums Herz. Denn Lucy kannte sie zu gut und wusste, wie schwer es ihr schon immer gefallen war, über Gefühle zu sprechen. Insbesondere dann, wenn sie jemandem dabei in die Augen sehen musste. Von der ersten Verliebtheit in ihren Mitschüler Ryan hatte Emma der Freundin etwa erst berichtet, als das Kinderzimmer schon in absoluter Dunkelheit lag. Lucy hatte bei ihr übernachtet. Und unter dem Schutz der Decke, die sich wie ein Mantel des Schweigens über ihre verletzbaren Gefühle legte, war sie endlich damit rausgerückt. Lucy hatte sie Jahre später noch damit aufgezogen, doch jetzt gab sie ihr genau den Freiraum, den Emma so dringend benötigte.

Sie ertrug die mitleidsvollen Blicke nicht mehr. Die Sorgenfalten zwischen den Augen derer, die ihr nahestanden. Nein, es ging ihr nicht gut, aber sie konnte sich nicht auch noch mit den Gefühlen anderer auseinandersetzen.

«Daniel fehlt mir wie wahnsinnig», sagte Emma leise. «Aber ich komme klar. Ich habe sogar mein erstes eigenes Projekt abgeschlossen. Es war wirklich nur ein kleiner Ladenraum, um den ich mich kümmern sollte, aber ich habe es hinbekommen, und er ist sogar sehr schön geworden.»

Es war Mabel gewesen, die sie immer wieder ermutigt und jeden noch so kleinen Schritt begleitet hatte. Und als Emma Graham schließlich die ersten Projektentwürfe auf den Tisch gelegt hatte und er sie für ihre Ideen lobte, war sie sogar richtig stolz gewesen.

«An manchen Tagen ist es unglaublich schwer, aber Sam sorgt dafür, dass ich mich wenigstens aufraffe.» Sie schaute zu ihm und sah, wie er sich über sein Maul schleckte. «Ich hätte mir nie einen Hund angeschafft ...»

«Ja, das hat Daniel wirklich gut gemacht.»

«Das hat er.» Emma lächelte. «Auch wenn ich ihm anfangs am liebsten den Kopf dafür abgerissen hätte.»

Wie aufs Stichwort gluckste Danny auf der Decke vor sich hin, und Lucy streichelte ihm liebevoll über den Bauch. Dann drehte sie sich zu Emma um.

«Es tut mir leid, dass sein Name dich so kalt erwischt hat. Ich wollte dich überraschen, habe mir aber überhaupt keine Gedanken darüber gemacht, dass es dich ganz unvorbereitet trifft. Wirklich, Emma, wir wollten dir nicht wehtun.»

«Das weiß ich doch», sagte Emma. «Aber es war in der Situation einfach zu viel für mich. Selbst nachdem ich Daniels Brief gelesen hatte, habe ich es nicht geschafft, noch einmal zu euch ins Krankenhaus zu gehen. Ich konnte einfach nicht durch diese verdammte Tür, durch die ich so oft gegangen bin, um Daniel zu besuchen. Jedes Mal in dem Wissen, dass es wieder ein Tag weniger mit ihm war.»

Lucy seufzte.

«Ja, es war in den letzten Wochen sehr schmerzhaft, ihn so zu sehen, so schwach und erschöpft. Aber ich erinnere mich, dass wir ihm bei einem unserer letzten Besuche Ultraschallbilder gezeigt haben. Und als Simon ihm dann sagte, dass wir den Kleinen gerne Daniel nennen wollten, hat er gestrahlt. Er hatte wieder dieses Glitzern in seinen Augen, Emma, das er auch immer dann hatte, wenn er über dich gesprochen hat. Daniel war jedenfalls ganz begeistert und hat gesagt, dass er alles versuchen würde, um den kleinen Daniel noch kennenzulernen.»

«Er hätte ihn bestimmt gerne in seinen Armen gehalten», sagte Emma und streichelte Danny wehmütig über die Wange. «Daniel ist ein wunderschöner Name, der sehr gut zu dem Kleinen passt.» Sie gab seiner winzigen Nase einen sanften Stups.

«Danke, Emma. Ich ... Also, Simon und ich ... Wir ...»

Plötzlich druckste Lucy herum und sah sie mit schief gelegtem Kopf an. «Simon ist zwar gerade nicht da, aber ich …, nein, *wir* wollten dich etwas fragen.» Lucy richtete sich auf, und ihre Stimme klang nahezu feierlich: «Simon, Danny und ich würden uns wahnsinnig freuen, wenn du seine Patentante wirst!»

Für einen Augenblick erstarrte Emma. Sie war überwältigt. Dann nickte sie mehrmals kräftig und fiel der Freundin um den Hals. Sie hätte nicht sagen können, ob es Tränen der Trauer oder der Freude waren, die ihr über die Wangen kullerten.

In dem Moment kam Sam zu ihnen auf die Picknickdecke gesaust. Kurz betrachtete er sie und den kleinen Danny, dann ließ er sich auf Emmas Beine fallen.

«Aua», beschwerte sie sich lachend, wischte sich die Tränen ab und streichelte Sams Fell.

Sam schloss die Augen. Aber Emma ließ sich längst nicht mehr von ihm täuschen. Selbst wenn er zu schlafen schien, hatte er immer noch gespitzte Ohren, um ja nichts zu verpassen.

«Sam ist ein toller Hund», sagte Lucy. «Er scheint genau zu wissen, was du brauchst.»

Und wenn Emma es nicht besser gewusst hätte, hätte sie in dem Moment gedacht, dass Sam die Lefzen hob, um zu lächeln.

«Oh ja!», bekräftigte sie. «Ich bin jeden Tag froh, dass Daniel mir Sam geschickt hat.» Sie vergrub ihre Hände noch etwas tiefer in Sams Fell, dann sagte sie zu ihm: «Du hättest wirklich ein tolles Herrchen gehabt.»

«Stimmt, das hätte er.» Lucy nickte. «Simon redet sehr viel von ihm. Daniel fehlt ihm und Steve sehr – und mir und Carol auch», schob sie hinterher.

«Wir hätten in fünf Wochen geheiratet», sagte Emma leise und war froh, dass Lucy ihren Blick wieder abwandte. «Ich kann das gar nicht glauben. Eigentlich müssten wir jetzt hier sitzen und über mein Kleid, die Feier und die Tischordnung reden. Stattdessen weiß ich nicht einmal, wie ich den Tag hinter mich bringen soll.»

Das Hochzeitsdatum machte ihr Angst.

Es hätte eigentlich für den Beginn einer wundervollen Zukunft mit Daniel stehen sollen, und vielleicht sogar für den Startschuss ihrer Familiengründung. Jetzt aber wäre es ein Tag, der sie in jeder Sekunde und mit jedem Atemzug daran erinnern würde, dass es genau das niemals geben würde. Keine Zukunft, keine Kinder.

Gedankenverloren schaute Emma auf den kleinen Danny und versuchte sich auszumalen, wie sie eines Tages mit Daniel und einem eigenen Baby in ihrer Mitte hier auf einer Picknickdecke im Garten der Eltern gesessen hätte.

«Ich kann mir vorstellen, dass das Datum eurer geplanten Hochzeit nicht leicht für dich ist.» Lucy streichelte ihr über den Arm. «Das Datum ist fett in unserem Küchenkalender eingetragen, und ich schaue jeden Tag darauf. Das Leben ist manchmal nicht fair.»

Emma sah, wie Lucy blinzelte. Sie war sich nicht sicher, ob es nur wegen der Sonne war, die weiterhin an Kraft gewann.

«Nein, das ist es wohl nicht», sagte sie, «aber es gibt ja auch viel Schönes auf der Welt.» Sie lächelte Danny an und küsste einen seiner winzigen Füße.

Sofort stupste Sam sie mit der Pfote an, als ob er aus Eifersucht ihren Blick ganz allein auf sich lenken wollte. Und erst als Emma ihn erneut kraulte, schloss er wieder die Augen, um weiterzudösen.

Lange saßen sie schweigend auf der Picknickdecke, beobachteten jede Bewegung von Danny und aßen von den Weintrauben.

«Ich bin froh, dass du wieder in meinem Leben bist», sagte Lucy schließlich und griff nach Emmas Hand. «Du hast mir gefehlt.»

«Du mir auch.» Emma schloss ihre Finger fest um die von Lucy.

Mit der anderen Hand streichelte sie weiter Sam, der sich nun auf den Rücken legte, um sich am Bauch kraulen zu lassen. Er streckte seine Pfoten dabei so merkwürdig von sich, dass Lucy und Emma lachen mussten.

«Glaub mir, Emma, wir schaffen das! Es wird alles gut. Anders, aber gut.»

47

Wenn es nach Emma gegangen wäre, wäre sie an diesem Tag, ihrem eigentlichen Hochzeitstag, im Bett geblieben. Zugedröhnt mit Alkohol und Schokolade, die Rollos geschlossen und mit einer Vorratsbox Taschentücher auf dem Nachttisch.

Sie war froh, dass Hannah und Lucy sämtliche Feierlichkeiten abgesagt hatten.

Emma hatte gehofft, an diesem Tag gar nicht aufzuwachen, aber sie war schon um kurz nach 5 Uhr hellwach gewesen. Und bei jedem Blick auf die leuchtenden Ziffern ihres Weckers wurde sie daran erinnert, was nun eigentlich angestanden hätte: das Frühstück mit Hannah und ihren Eltern, der Besuch beim Friseur, das Anziehen des Kleides.

Das bereits gelieferte Kleid hatte das Brautmodengeschäft anstandslos zurückgenommen. Emmas Herz krampfte sich bei der Vorstellung zusammen, dass nun eine andere Frau darin den glücklichsten Tag ihres Lebens verbringen würde. Sie hielt das Gedankenkarussell nicht mehr aus, stand auf und lief unruhig durchs Haus. Sie musste sich bewegen, musste die Zeit irgendwie rumbringen.

In wenigen Stunden wären sie und Daniel vor den Altar getreten. Sie hatte sich so häufig ausgemalt, wie Daniel sie angesehen hätte, wenn sie in ihrem Kleid auf ihn zugeschritten wäre. Lucas und Liam hätten die Traukerze und die Ringe tragen sollen.

Und Sam? Nein, Sam wäre im Normalfall nicht dabei gewesen.

Jetzt folgte er ihr auf Schritt und Tritt durchs Haus. Erst nach unten und dann wieder nach oben. Emma war sich sicher, dass er es anfangs für ein Spiel hielt, doch er wurde zusehends langsamer und wartete schließlich am unteren Treppenabsatz, bis sie die knarzenden Stufen nach oben gegangen und nach einer Runde durch Bad und Schlafzimmer wieder nach unten gekommen war.

Sam legte den Kopf schief. Hinter seinen buschigen Augenbrauen schien es ordentlich zu arbeiten. Er starrte sie an, kam einen Schritt auf sie zu, wich dann aber wieder zurück.

Ihre Unruhe musste sich auch auf ihn übertragen haben.

«Sorry, Sam», sagte Emma und setzte sich auf eine der unteren Treppenstufen.

Vorsichtig rückte er an sie heran, legte seinen Kopf auf ihre Oberschenkel und schaute sie fragend an.

Emma fuhr ihm fahrig durchs Fell.

«Es tut mir leid, ich versuche, mich zu beruhigen, ja?» Sie seufzte. «Heute ist ein schwieriger Tag für mich.» Dabei hätte es *der* Tag ihres Lebens werden sollen. Nur wie sollte sie das einem Hund erklären? Wie sollte sie ihm erklären, dass es eigentlich ein Tag wie jeder andere war – und sie genau damit nicht klarkam? Wie sollte Sam verstehen, dass für sie heute der wohl schlimmste Tag nach der Beerdigung anstand? Der Tag, der ihr mit jeder Stunde, jeder Minute und jeder Sekunde schmerzhaft zeigte, dass sich ihr größter Traum niemals verwirklichen würde. Nicht mit Daniel. Nicht in diesem Leben.

«Ach, Sam», sagte sie deshalb nur und vergrub ihr Gesicht in seinem Fell. Der Herzschlag des Hundes beruhigte sie, brachte ihren Atem in Einklang mit seinem.

Tief durchatmen, Emma, sagte sie sich. *Dir war seit Monaten klar, dass du heute nicht heiraten wirst, also stell dich nicht so an! Es*

ist nur ein Tag. Ein Tag von Tausenden ohne Daniel. Aber du hast es
bis hierhin geschafft – und du schaffst es auch weiter.

Emma war froh, dass sie in letzter Zeit niemand mehr auf den heutigen Tag angesprochen hatte. Dass keiner krampfhaft versuchen wollte, sie an diesem Wochenende auf andere Gedanken zu bringen. Hier, zu Hause, mit Sam ging es ihr am besten. Hier konnte sie die stummen Wände anschreien, Dartpfeile auf die Tumor-Aufnahmen aus dem Krankenhaus werfen und so lange weinen, bis sie vor Erschöpfung einschlief.

«Gib mir noch einen Moment, ja, Sam?», bat Emma und richtete sich langsam auf. Sie musste sich zumindest um Sam kümmern. Daniel hatte dafür gesorgt, dass sie an diesem Tag nicht allein war.

Ganz sicher hätte Emma nicht einmal die Rollos in der Küche geöffnet, wenn sie draußen nicht wiederholt den gedämpften Klang einer Autohupe gehört hätte. Immer und immer wieder wurde die Hupe betätigt.

Emma entschied sich deshalb, doch ein Rollo zu öffnen, und erschrak, als sie eine lange weiße Limousine vor ihrer Haustür entdeckte. Das Fahrzeug hätte sie zur Kirche bringen sollen.

Oh nein! Hatten Hannah und Lucy etwa vergessen, den Wagen abzubestellen?

Emma merkte, wie ihr Herzschlag sich beschleunigte. Tränen traten ihr in die Augen. Eigentlich würde sie jetzt vermutlich noch einen letzten Kontrollblick in den Spiegel im Flur werfen. Würde sich als Braut bewundern und kontrollieren, ob die feinen weißen Perlen, die in bester Sissi-Manier ihr Haar verschönern sollten, auch richtig saßen. Vermutlich würde sie sich dann die Lippen noch einmal nachziehen, ihre

Schwester und ihre Mum an sich drücken und sich endlich von ihrem Dad zum Wagen begleiten lassen.

Aber hatten sie den Wagen nicht zur Adresse ihrer Eltern bestellt? Emma wusste gar nicht mehr, wie weit Daniel und sie überhaupt mit der Planung gekommen waren. Sie konnte sich nur daran erinnern, dass sie mehrfach überlegt hatten, wie sie am besten zu der kleinen Kirche kam, in der sie selbst getauft worden war.

Noch am Tag zuvor war sie dort mit Sam vorbeigegangen und hatte mit Schrecken festgestellt, dass im Aushang für heute die Hochzeit von Nicole & Patrick angekündigt war – ein ihr unbekanntes Paar. Dabei war es doch *ihr* Hochzeitstermin. *Ihr* Tag!

Emma wich vom Fenster zurück, als sie sah, wie ein dunkel gekleideter Chauffeur aus der Limousine stieg, die Beifahrertür öffnete und etwas aus dem Wagen holte. Schon ging er mit langsamen, aber bestimmten Schritten durch das offen stehende Eingangstörchen auf die Haustür zu.

Es klingelte. Einmal – und dann noch einmal.

Sam bellte.

«Na toll, nun hast du uns verraten.» Emma stemmte ihre Fäuste in die Hüften und sah Sam tadelnd an. «Was mache ich denn jetzt?» Sie trug immer noch die Shorts und das T-Shirt, die sie in der Nacht zum Schlafen angehabt hatte.

«Miss Wilson?», rief der Chauffeur durch die geschlossene Tür und begann zu klopfen.

Emma seufzte. «Ich komme ja schon», antwortete sie, bedeutete Sam, in der Küche zu bleiben, und schlurfte Richtung Tür. Kurz blieb sie vor dem Spiegel im Eingangsbereich stehen. Sie sah eine Frau mit müden und geröteten Augen, die heute eine Braut hätte sein sollen, aber wenig von dem Glow versprühte, den dieser Tag eigentlich mit sich bringen würde. Nur dank ihrer zahlreichen Spaziergänge mit Sam hatte sie eine leicht gebräunte Haut, die ihr wirklich ausgesprochen gut stand.

Emma griff nach der Türklinke und drückte sie vorsichtig runter.

Der Chauffeur, ein stämmiger Mann um die 50, mit sorgsam rasiertem Schnurrbart und einem väterlichen Lächeln, nickte ihr freundlich zu. «Miss Wilson, guten Morgen! Sie haben hoffentlich gut geschlafen?»

Es klang gar nicht sarkastisch.

«Äh ... ja ... Guten Morgen», stammelte Emma. «Danke, aber ich ... Also, die Limousine ...»

Der Chauffeur, auf dessen Brust der Name «James Brown» eingestickt war, erklärte: «Die Fahrt mit der Limousine ist ein Geschenk Ihres Mannes Daniel. Das hat schon alles seine Richtigkeit.»

«Aber nein!», rief Emma. «Die Hochzeit ... Wir heiraten heute gar nicht.» Sie schüttelte vehement den Kopf.

Fragend sah der Mann sie an. Dann zuckte er mit den Schultern und zauberte hinter seinem breiten Rücken einen großen Strauß aus rosafarbenen Rosen und weißen Callas hervor. Emmas Lieblingsblumen. Die Blumen, die sie für ihren Brautstrauß gewählt hätte.

«Das hier ist für Sie», sagte er.

Emma nahm den Strauß mit zitternden Händen entgegen. Sie zitterte noch mehr, als sie zwischen den duftenden Blüten einen kleinen Umschlag mit Daniels Handschrift entdeckte. Schon seit mehreren Wochen hatte sie keinen Brief mehr von ihm bekommen. Nicht mehr, seit der kleine Daniel auf der Welt war.

«Ich erwarte Sie also im Wagen.» Der Chauffeur lenkte ihren Blick weg von den Blumen und hin zu der Limousine, die mitten auf der Straße stand. Die Scheiben waren alle verdunkelt. «Lassen Sie sich Zeit», fügte er noch hinzu. «Kommen Sie einfach raus, wenn Sie fertig sind.»

Emma wollte protestieren, doch er hatte schon auf dem Absatz kehrtgemacht und ging zur Limousine zurück.

In dem Moment sprang Sam an Emma vorbei durch die offene Tür. Er nutzte die Gelegenheit und verschwand hinter dem Haus im Garten.

Emma war überfordert mit der Situation und ließ ihn gewähren. Vorsichtig zog sie den hellen Umschlag aus den Blumen, ging mit dem Strauß in der einen und dem Brief in der anderen Hand in die Küche. Dort legte sie alles auf dem kleinen Tisch ab und zog dann auch die restlichen Rollos hoch. Mit jedem Ruck am Gurt der Rollläden strömte mehr Sonnenlicht ins Haus. Bis Emma sicher war, dass sie ohne künstliches Licht Daniels Zeilen lesen konnte.

Dieser Moment gehörte allein Daniel und ihr.

Liebe Emma,

Du glaubst gar nicht, wie häufig ich diesen Brief schon begonnen habe. Dieses Mal fällt mir das Schreiben besonders schwer, gerade weil ich mir immer fest vorgenommen hatte, Dich an unserem Hochzeitstag mit einem Brief zu überraschen. Einem, in dem ich Dir schreibe, dass ich es nicht länger abwarten kann, Dich zu meiner Frau zu nehmen, Dich endlich zu heiraten.

Mein Heiratsantrag mag spontan gewesen sein, aber schon nach unserer ersten Verabredung war ich mir sicher, dass ich

*Dich eines Tages heiraten will. Hätte ich es nur schon früher
getan!*

*Dies hätte unser Tag sein sollen, und ich möchte, dass er trotz
allem etwas Besonderes für Dich wird. Bitte, lass Dich darauf
ein – und sei nett zu James! Er steht Dir heute den ganzen Tag
über zur Verfügung. Und ich habe ihm versprochen, dass Du
eigentlich ein ganz umgängliches Wesen bist.*

Emma lächelte unter Tränen und las dann weiter.

*Mach Dich bereit für eine kleine Tour durch die Stadt. Deine
Mum hat einen Friseurtermin für Dich gebucht. Ich wette, dass
Du seit Monaten kaum noch etwas für Dich tust. Aber Emma,
wenn ich möchte, dass jemand lebt und glücklich ist, dann Du!
Also bitte, mein Schatz, zieh Dir Deine Sandalen an (heute ist
doch hoffentlich gutes Wetter, oder? – Ich kann mich noch an
Deine Angst erinnern, dass es ausgerechnet an unserem Hochzeitstag in Strömen regnet!), schnapp Dir Deine Tasche und
dieses tolle große Strandtuch mit der lächelnden Sonne. Meiner
Meinung nach ist es das schönste und flauschigste von allen in
unserer Sammlung.*

Vertrau mir, das wird ein schöner Tag!

Ich liebe Dich für immer, Daniel

PS: Dein Dad wird sich um Sam kümmern. Er ist eingeweiht.

48

Mit Herzklopfen öffnete Emma die Tür zur Limousine. Sie dachte nicht darüber nach, dass sie eigentlich in ihrem Hochzeitskleid in den Wagen gestiegen und damit zur Kirche gefahren wäre. Für den Moment war sie einfach nur glücklich, dass Daniel ihr wieder geschrieben hatte. Mehr als je zuvor in den vergangenen Monaten hatte sie das Gefühl, dass er noch bei ihr war. Sie war heute nicht allein. Daniel hatte sich um alles gekümmert, sie konnte sich fallen lassen.

Emma quiekte begeistert, als sie feststellte, dass Lucy, Hannah und Carol und sogar ihre Mum im Wagen saßen. Sie alle waren sommerlich und leger gekleidet, und sie hatten ihre Strandtaschen dabei. Erleichtert plumpste Emma in die kitschigen pinken Ledersitze.

«Ich glaub das nicht!», rief sie. «Und keiner hat etwas gesagt? Ich dachte, ihr hättet den Wagen abbestellt.» Kopfschüttelnd schaute sie Hannah und Lucy an. «Das war doch eure Aufgabe!»

«Nichts zu machen.» Hannah zuckte mit den Schultern. «Wir haben natürlich zum Limousinenverleih Kontakt aufgenommen, aber die wussten längst Bescheid. Daniel hatte den Wagen bereits umgebucht.»

Emmas Augen weiteten sich. «*Er* hat ihn umgebucht?»

Lucy nickte. «Ja, auf eine andere Tour als die eigentlich geplante. Er wollte verhindern, dass heute irgendjemand anders als du diesen genialen Wagen benutzt.» Sie strich über das glatte Leder und sah aus wie die aufgeregte Lucy, die damals –

kaum dass sie den Uni-Abschluss in der Tasche hatte – juch-zend in das kleine Golf-Cabriolet gesprungen war, das Simon sich für ein Wochenende geliehen hatte. Heute fuhren sie einen neuen, familientauglichen Kombi, der ganz sicher nicht Lucys Liebe für besondere Fahrzeuge entsprach.

«Aber woher wusstet ihr das alles?» Die Limousine ruckelte an, und Emma hielt sich an der pinken Armlehne fest.

«Von mir.» Ihre Mum lächelte verschwörerisch und schien die neugierigen Blicke zu genießen. Sie strahlte. «Jetzt schaut nicht so. Mütter haben auch ihre Geheimnisse – insbesondere dann, wenn der Schwiegersohn sie darum bittet.» Sie nahm Emmas Hand und drückte einen Kuss auf den Handrücken. «Denn genau das war Daniel für mich. Er hat von Anfang an zur Familie gehört.»

Dann griff sie in eine große, buntgestreifte Tasche, die Emma noch nie bei ihr gesehen hatte, und holte einen mehrfach zusammengefalteten Zettel daraus hervor.

«Zwar kein Brief, aber eine To-do-Liste.» Sie lächelte und schaute Emma so sanft und voller Liebe an, dass diese nun doch mit den Tränen kämpfen musste. «Daniel hat uns genau aufgetragen, was wir heute mit dir machen sollen. Deine Freundinnen sind schon eingeweiht», sagte sie.

«Genau! Und erst einmal gibt es Champagner», rief Carol und beugte sich vor zur Minibar, um eine Flasche herauszuholen. Sie nestelte an dem kleinen Drahtkorb herum, klemmte sich die Flasche zwischen die schlanken Beine, die durch die eng anliegenden, pastellfarbenen Leggings besonders betont wurden. Dann schaffte sie es, den Champagner mit einem einfachen Plopp zu entkorken.

«Hui!», rief sie und beeilte sich, die Champagnerflöten zu füllen, die Lucy und Hannah ihr reichten und gleich weiterverteilten. «So, und jetzt stoßen wir an.» Sie hob ihr Glas. «Auf Daniel!», sagte sie feierlich.

Die anderen stimmten mit ein.

«Auf Daniel», flüsterte Emma und wischte sich verstohlen eine Träne aus dem Augenwinkel.

Selbst Lucy nahm einen großen Schluck des prickelnden Getränkes und erklärte: «Mit dem Stillen habe ich gleich wieder aufgehört. Ich hatte ständig zerbissene Brustwarzen. Und heute ist Simon dran mit Füttern.»

Emma seufzte und dachte an Daniel. Es gelang ihm einfach immer noch, sie zu überraschen und sie selbst in Phasen tiefster Trauer wieder ein klein bisschen glücklich zu machen.

Die Limousine beschleunigte, und Emma wurde in ihren Sitz gedrückt. Etwas von dem Champagner landete auf ihrem Kleid.

Sofort erzählte ihre Mum die Anekdote, wie Emma als kleines Kind mal ihre mit Eis beschmierten Hände am Brautkleid ihrer großen Cousine abgewischt hatte.

Alle brachen in schallendes Gelächter aus. Und auch Hannah ließ es sich nicht nehmen, eine Episode zum Besten zu geben.

«Ich werde deinen Blick nie vergessen, Em, wie du wütend nach Hause gestapft bist, deine Schultasche in die Ecke geknallt hast und verkündet hast, dass du nie wieder ein Wort mit Lucy sprechen würdest – weil ihr Saftpäckchen aus Versehen auf deiner Zeichnung ausgelaufen war.»

«Ernsthaft?», fragte Lucy und schlug sich mit der flachen Hand auf den Oberschenkel. «Dieses Gekritzel, das du immer im Unterricht gemacht hast?»

«Das war kein Gekritzel, das war ein Pferdebild», erinnerte sich Emma.

«Ich will ja nichts sagen», warf ihre Schwester ein, «aber besonders gut zeichnen konntest du noch nie. Dein Glück, dass es dafür Computerprogramme gibt. Sonst wärest du nie in deinem Beruf gelandet.»

«Ihr seid unmöglich», befand Emma und schaute mit verschränkten Armen aus dem Fenster. Sie tat so, als ob sie beleidigt wäre. Doch plötzlich stockte ihr der Atem. Die Limousine fuhr ausgerechnet an der Kirche vorbei, in der sie heute geheiratet hätte.

Emma legte ihre Handflächen ans Fenster und sah, wie ein Florist große Blumengebinde in die Kirche trug. Opulente Blumen, die auf ein ebenso opulentes Fest hindeuteten – nur dass es nicht das ihre war.

Sie hielt die Luft an und zählte bis zwanzig. Bei neunzehn waren sie schon fast an der Kirche vorbei, und Emma atmete wieder aus. Die anderen hatten nicht auf sie geachtet, tranken ihren Champagner und lachten über Carol, die mit blumigen Worten aus ihrem Schulalltag als Lehrerin erzählte.

Schließlich hielten sie vor einem Friseursalon, wobei ihre Mum viel zu früh aufstand und bei dem Einparkmanöver des Chauffeurs direkt auf Emmas Schoß landete.

«Mum, nicht so stürmisch!», rief Emma und bog sich vor Lachen, als es erst mit der Hilfe der anderen gelang, ihre Mutter aus dem Auto zu verfrachten.

«Kommt ihr erst einmal in mein Alter!», mahnte ihre Mum und richtete sich wieder auf. «Mir tun die Knochen weh und alles. Eine Sänfte wäre mir lieber gewesen als eine dieser modernen Limousinen. Aber immerhin gibt es hier etwas zu trinken.» Sie taumelte giggelnd zur Seite, fing sich aber direkt wieder. «Ui, für mich heute keinen Tropfen Alkohol mehr, merkt euch das bitte. Ich bin das einfach nicht gewohnt.»

«Okay, Mum.» Hannah salutierte scherzhaft. Und die anderen taten es ihr gleich.

«Jetzt ist aber gut!» Emmas Mum deutete auf den kleinen Friseursalon an der Ecke, an dessen Fassade Efeu emporrankte. «So, da gehen wir nun hin», sagte sie. «Es war Daniels Idee», fügte sie noch hinzu.

Wieder spürte Emma einen leichten Stich in ihrer Brust, und sie fragte sich, ob es den anderen auch so ging.

Lucy lächelte sie aufmunternd an. «Das lasse ich mir nicht zweimal sagen, ich war seit meiner Schwangerschaft nicht beim Friseur.»

Emma rechnete nach und bemerkte, dass sie sich vermutlich ähnlich lange nicht mehr die Haare geschnitten hatten. Seit Daniels Diagnose hatte sie nichts mehr für sich getan. Und sie ahnte, dass es Daniel heute vielleicht genau darum ging. Sich etwas Gutes zu tun – und natürlich Zeit mit den wichtigsten Frauen in ihrem Leben zu verbringen.

«Nun kommt schon», rief Lucy und ging mit großen Schritten auf den Eingang zu. «Da habe ich heute Morgen nicht ansatzweise mit gerechnet, und ich will mir diese Chance nicht entgehen lassen.»

«Ich auch nicht», rief Carol, zog ihre hochhackigen Schuhe aus und eilte Lucy barfuß hinterher, damit ihr Vorsprung nicht zu groß wurde.

Hannah hakte sich bei Emma und ihrer Mum unter. «Na, da kannst du gespannt auf das sein, was Daniel sich für dich ausgedacht hat, Em.» Und an ihre Mum gerichtet, fuhr sie fort: «Ich wusste gar nicht, dass du dichthalten kannst.»

Alle drei lachten.

Emma musste an ihre Verlobung mit Daniel denken. Sie hatten noch gar nicht darüber nachgedacht, wie sie es ihren

Freunden verkünden wollten, als ihre Mum schon mit we-
delnden Armen auf den Postboten zugestürmt war. «Meine
Emma und ihr Daniel haben sich verlobt!», hatte sie gerufen.
«Kannst du dir das vorstellen? Sie werden heiraten!»

«Tja, aber manchmal gelingt es mir dann doch», sagte ihr
Mum jetzt und schaute Emma verschwörerisch an. «So, und
nun lassen wir uns alle mal schön frisieren.»

49

Dass Daniel noch weitaus mehr geplant hatte, merkte Emma, als sie zwei Stunden später mit Highlights in den Haaren und einer Frisur, die jedem Strandmodel Konkurrenz gemacht hätte, aus dem Laden trat. Denn ihre Mum, die ihren mittellangen Bob nun mit verwegenen Wellen trug, lächelte noch immer verschwörerisch.

«Erst einmal machen wir ein Gruppenfoto», rief sie und holte Daniels Spiegelreflexkamera aus ihrer großen Tasche. Sie tat so, als ob sie Emmas erstaunten Blick nicht bemerkte.

Emma schluckte. Daniel hatte seine Kamera überall dabeigehabt, er hätte sie ganz sicher auch jetzt fotografiert. Also straffte sie ihre Schultern und lächelte, umringt von Carol, Lucy und Hannah, die alle so nah wie möglich an sie heranrückten und sie umarmten.

So war es richtig, dachte Emma, denn die Kamera war stets auch bei den glücklichsten Momenten ihres Lebens dabei gewesen.

Sie schmiegte sich noch etwas mehr an Lucy und Carol, deren frisch frisierte Zöpfe ihr jetzt ins Gesicht baumelten. Daniel hatte die drei Freundinnen immer gerne zusammen fotografiert. «Du brauchst dir Fotos nur genau anzuschauen», hatte er gesagt, «um zu merken, ob die Personen, die darauf abgelichtet sind, sich wirklich mögen oder nicht. Ob sie sich wohlfühlen, ihre Augen synchron zu ihren Lippen lächeln und sie einander zugewandt sind. So wie bei Lucy, Carol und dir. Ihr seid für mich die perfekten Werbebotschafterinnen für Freundschaft.»

Oh ja, Daniel hatte es immer verstanden, für jeden nach noch etwas mehr Glück im Leben zu suchen.

Emmas Mum verstaute die Kamera wieder in ihrer Tasche.

«Ist nur eine Leihgabe», raunte sie Emma zu. Und dann fügte sie hinzu: «Ich hoffe sehr, dass meine Fotos einigermaßen gut geworden sind. Aber ihr seht alle so gut aus, da kann ich nicht viel falsch machen. Und außerdem ...» Sie machte eine Pause. «Für die nächsten Aufnahmen müssen wir dich noch neu einkleiden. Mit einem neuen Bikini und einem Sommerkleid vielleicht?»

Sie bemühte sich, es nach einer spontanen Idee klingen zu lassen, aber Emma lachte.

«Mum, das nimmt dir keiner ab. Also spuck es aus: Was hast du als Nächstes vor?»

«Ich nichts, aber Daniel», antwortete sie vielsagend.

Kurz nach der Mittagszeit kamen Emma und ihre Freundinnen mit Einkaufstüten aus dem kleinen Kaufhaus in der Innenstadt von Inverness.

Emma hatte ihr Outfit gegen ein neues Sommerkleid in Sonnenblumen-Gelb getauscht, das ihre durchtrainierten Oberschenkel umspielte. Seit Sam sie dazu zwang, jeden Tag etliche Meilen durch Felder und Hügel zu stapfen, war sie fitter denn je. Erst kürzlich hatte sie auch wieder mit dem Laufen begonnen. Und da Sam sie, anders als Daniel, unterwegs auch nicht in Gespräche verwickelte, sondern zusammen mit ihr – wenn auch weitaus ungestümer – durch Wiesen und Wälder rannte, hatte sie auch gelernt, besser mit ihrem Atem hauszuhalten.

«Hübsch siehst du aus!» Ihre Mum wirkte mehr als stolz, und Emma wünschte sich für einen kleinen Moment, dass auch Daniel sie so sehen könnte. Dieses Kleid, das sie nur gekauft hatte, weil er sie heute ausführte, würde sie für immer in Ehren halten. Sie strich seitlich am Rock entlang und genoss das Gefühl des fließenden Stoffes unter ihren Händen.

«Danke, Mum», sagte Emma.

In Gedanken schickte sie ein «Danke, Daniel» Richtung Himmel hinterher. Und als in dem Moment die Sonnenstrahlen die nackte Haut ihrer Oberarme berührten, kam es ihr so vor, als ob er ihr geantwortet hätte.

Ja, das war eine Botschaft von Daniel, eindeutig!

Emma berührte die warmen Stellen, die die Sonne auf ihrem Kleid und ihrem rechten Arm hinterließ. Sie hatte ihre Mum, Hannah, Carol und Lucy bei sich und fühlte sich so geliebt und behütet – und das ausgerechnet heute! –, dass sie jetzt sehr froh war, doch vor die Tür gegangen und in die wartende Limousine gestiegen zu sein.

Auch jetzt stand James wieder bereit und hielt die Tür auf, damit sie alle nacheinander einsteigen konnten. Erst Carol, die ihre hochhackigen Schuhe gegen bequeme Sommersandalen mit Blumen-Applikation getauscht hatte, dann Lucy, die neben einem neuen Badeanzug für sich auch eine Schwimmwindel mit Wal-Motiv für Danny gekauft hatte. Und schließlich folgte Hannah, die wie eh und je nur nach einfarbigen, schnörkellosen Oberteilen gesucht hatte.

«Alle zufrieden?», fragte James, als Emma sich gerade in die Polster fallen ließ. «Ich habe den Damen ein paar Snacks vorbereitet. Jetzt müssen wir einige Meilen fahren.»

«Halt! Mum fehlt noch!», rief Emma und beugte sich aus der Tür. Ihre Mutter holte gerade etwas aus ihrer Tasche. Es war die kleine Tüte eines Juweliergeschäfts, die Emma zuvor noch nicht bemerkt hatte. Aufgeregt nestelte sie am Verschluss herum.

«Kleinen Moment noch», sagte sie, griff in die Tüte, zauberte daraus eine Schmuckschatulle hervor, stieg in den Luxuswagen und drückte sie Emma in die Hand.

«Für mich?», fragte Emma.

Ihre Mum nickte. «Aber nicht von mir», antwortete sie und lächelte. «Von Daniel!»

Dann half sie Emma, die viel zu nervös war, um das edle Kästchen zu öffnen. Sie löste den Deckel der rötlichen Samtschachtel und gab den Blick frei auf eine Kette, an der ein schlichter, goldener Ring hing.

Emma traten Tränen in den Augen. So schnell, dass sie keine Chance hatte, dagegen anzublinzeln. Es war der Ring, den sie heute eigentlich Daniel an den Finger gesteckt hätte. Sie schluckte, und es dauerte eine Weile, bis sie die kleine Gravur auf der Innenseite richtig lesen konnte.

Ich liebe Dich für immer! D.

50

Nachdem sie sich von James verabschiedet hatten, schulterte Emma ihre Strandtasche und lief in ihren Sandalen die Dünen hinauf. Der feinkörnige Sand rutschte ihr zwischen die Zehen und war angenehm warm. Emma befühlte die Kette mit dem Ring an ihrem Hals und lächelte in sich hinein.

Carol, Lucy und Hannah hatten auf der Fahrt zum Nairn Beach eine Anekdote nach der anderen erzählt – bis Emmas Mum nicht mehr konnte.

«Bitte, meine Blase macht das nicht mehr länger mit», hatte sie giggelnd gesagt. «Wenn ich noch einmal höre, wie Emma früher immer versucht hat, den Nachbarshund mit Banane zu füttern, kann ich nicht mehr an mich halten. Sam bekommt hoffentlich was Anständiges!»

«Aber natürlich – es sei denn, Dad denkt anders darüber.» Sie vermutete, dass er und Sam gerade ausgedehnte Spaziergänge durch den Wald machten. Noch bevor die Limousine am Vormittag abgefahren war, hatte ihr Dad ebenso überraschend vor ihrer Auffahrt gestanden und erklärt: «Euch allen viel Spaß! Ich kümmere mich heute um Sam!»

Doch plötzlich hörte sie ein vertrautes Bellen.

Sam? Er war hier? Und noch ehe sie darüber nachdenken konnte, ob es sich tatsächlich um Sam handelte, sprang er sie auch schon an und warf sie in den Sand.

Emma schützte ihr Gesicht, aber es war zwecklos. Er schleckte ihr, wie jedes Mal, wenn er sie lange nicht gesehen hatte, über die Wange.

Sie verzog das Gesicht. «Sam, bitte nicht! Was machst du überhaupt hier? Wo ist Dad?»

Sie sah sich zu ihrer Mum um, die lächelnd hinter ihr stand. «Er ist am Strand, so wie die anderen auch.»

«Die anderen?» Emma rappelte sich auf und suchte mit den Augen den Strand ab. Sie entdeckte eine kleine Gruppe, die sich unten am Wasser befand, und erblickte ihren Dad, der zu ihnen herüberwinkte. Grant stand in einem orangefarbenen T-Shirt neben ihm, zusammen mit Liam und Lucas, die jetzt mit ausgebreiteten Armen auf Emma zurannten.

Sie fing die beiden Jungs auf.

«Überraschung!», rief Liam und strahlte über das ganze Gesicht.

«Es sind alle hier», übertönte ihn Lucas. «Wirklich alle, sogar Onkel Steve und Mabel.»

«Mabel?», fragte Emma und versuchte, ihre Arbeitskollegin zu erkennen. Ihre Neffen hatten sie nur ein- oder zweimal getroffen, aber Mabel hatte es verstanden, sie mit Schokolade und dem Erzählen von Witzen um den Finger zu wickeln.

«Ja, sie hat auch schon mit uns gespielt.» Lucas grinste glücklich. Mittlerweile hatte er beide Schneidezähne verloren und konnte es nicht abwarten, dass er endlich neue Zähne bekam. «Weißt du, Tante Emma», hatte er erst neulich zu ihr gesagt, «das ist gar nicht so einfach, in einen Apfel zu beißen. Und ich liebe Äpfel doch. Gerade die aus Grandpas Garten, aber den Kuchen von Grandma mag ich auch.»

Liam hingegen mochte weder Obst noch Gemüse – von Fruchteis einmal abgesehen. Dass er auch hier schon Eis gegessen hatte, sah Emma ihm an den Mundwinkeln an. Sie küsste ihre Neffen aufs Haar und ließ sich dann von beiden runter zum Strand ziehen.

«Was macht ihr alle hier?», rief sie und ließ sich erst von ihrem Dad und anschließend von Grant, Steve und Mabel umarmen. «Ich hätte nie mit euch gerechnet.» Stattdessen war sie davon ausgegangen, den Tag allein bei geschlossenen Rollläden zu Hause zu sitzen und sich alte Videos von sich und Daniel anzuschauen – so wie sie es häufig tat, wenn sie sich nicht mehr richtig an seine Stimme oder seinen Gesichtsausdruck erinnern konnte.

«Was wir hier machen?», fragte Mabel, die ein mit Silberfäden durchzogenes, hellblaues Strickkleid trug und Emma gleich noch einmal in die Arme nahm. «Für dich da sein, wenn du deine Freunde besonders brauchst.»

«Spezialaufgabe», fügte ihr Dad nicht ohne Stolz hinzu. «Mir hat jemand aufgetragen, hier heute die Leute zusammenzubringen, die dir besonders am Herzen liegen.»

«Oh, und er hat bis zuletzt dichtgehalten.» Ihre Mum schüttelte amüsiert den Kopf. «Ein riesengroßes Geheimnis hat er daraus gemacht und uns alle erst in dieser Woche eingeweiht. Ohne dabei irgendwelche Details zu verraten.»

«Wir lassen dich doch an einem Tag wie diesem nicht allein», sagte Carol, die mit Lucy und Hannah nun ebenfalls zu ihnen trat. «Auch wenn ich Steve in Verdacht hatte, irgendwas zu planen. Er war schon seit Tagen schrecklich nervös. Aber er behauptet, hiervon nichts gewusst zu haben.»

Vor den Augen ihres Freundes streifte sie sich dann das neue Strandkleid ab. «Das Kleid ist zwar wunderschön», erklärte sie, «aber der neue Bikini ebenfalls, und ich lasse es mir nicht nehmen, mich hier in die Fluten zu stürzen.»

Sie warf ihre Klamotten zu Steve, der sie kopfschüttelnd auffing, und rannte dann stürmisch wie ein Kind mit fliegenden Zöpfen los. Mabel lachte.

Kurz stockte Carol, als ihr das Wasser bis zur Hüfte reichte. «Das ist definitiv nicht die Adria!», schrie sie, stürzte sich dann aber kopfüber hinein. Als sie prustend wieder auftauchte, jammerte sie: «Oh Mann, ich hab nicht an unsere neuen Frisuren gedacht! Alles umsonst, ich hatte so schöne Zöpfe!»

Sie zog sich die Zopfgummis aus den Haaren. Dann winkte sie Emma zu, die noch immer bei Mabel stand und ihr dabei half, einen Ohrring mit Muschelanhänger aus ihrem Strickkleid zu befreien.

«Nun komm schon, Emma! Du wirst mich doch wohl nicht im Stich lassen?»

«Los, geh schon!», ermunterte Mabel sie. «Ich schaffe das auch alleine. Das ist ja nicht das erste Mal, dass sich bei mir etwas verhakt.» Sie zwinkerte Emma zu, die sich daraufhin ihr sonnenblumengelbes Kleid auszog.

«Los, Lucy, du auch!», rief Carol.

Lucy winkte ab. «Ich habe absolut nicht mehr die Figur», sagte sie und blickte dann auf Emma, die nun im geblümten Bikini vor ihr stand. «Wann bitte hast du solche Bauchmuskeln bekommen?», fragte sie neidisch. «Bei mir schlabbert alles.»

«Du hast auch gerade erst ein Kind geboren», sagte Emma. «Und ich habe Sam, der mich auf Trab hält.» Sie sah ihrem Hund hinterher, der mit wehenden Ohren zum Wasser rannte, mit den Pfoten in die Fluten sprang und dann noch vor der nächsten Welle wieder auf den Strand zurückstob. «Jetzt komm schon, zier dich nicht!»

«Na gut.» Lucy lachte und zog sich aus.

Gemeinsam warteten sie auf Hannah, die sich noch von Grant den Rücken eincremen ließ. Dann folgten sie Carol, tauchten aber nur vorsichtig die Füße ins Wasser.

«Das ist verdammt kalt», beschwerte Hannah sich – bevor sie einmal mit den Schultern zuckte und so schnell im Wasser war, dass Emma nur mit dem Kopf schütteln konnte.

Ihre Schwester wäre auch bei Minustemperaturen ins Meer gegangen. Sie hatte Wellen und Fluten noch nie widerstehen können und sogar Liam per Wassergeburt zur Welt gebracht. Jetzt kraulte sie davon und achtete nicht mehr auf Emma.

«Wow!», sagte Emma, als sie schließlich neben Lucy und Carol schwamm und das Gefühl der kleinen Wellen genoss, die ihren Körper umspielten. «Ich wusste gar nicht mehr, wie toll sich das anfühlt.» Sie tauchte ab und spürte, wie das Salzwasser sie trug. Dann spannte sie ihren Körper an, stieß sich mit den Füßen vom sandigen Meeresboden ab und legte sich, gerade wie ein Brett, auf die Wasseroberfläche. Das Rauschen des Meeres ließ sie die Stimmen von Lucy und Carol nur noch gedämpft wahrnehmen. Ebenso das Bellen von Sam am Strand. Kleine Schäfchenwolken am Himmel verdeckten für einen Moment die Sonne. Als die Wolken weiterzogen und die Sonne wieder strahlte, blinzelte Emma und schloss die Augen. Es war das erste Mal seit Langem, dass sie sich schwerelos fühlte, dass sie problemlos atmen konnte. Sie hoffte, dass das warme Wetter anhalten würde. Denn sie war noch lange nicht bereit für den Herbst mit seinen kühlen, verregneten und dunklen Tagen. Ihr Herz musste noch ganz viel Sonne tanken.

Sie plätscherte mit den Händen leicht im Wasser, um ihren Kurs zu korrigieren, blinzelte wieder und schaute zum Strand.

Ihre Mum und ihr Dad standen Arm in Arm da und blickten aufs Meer hinaus. Grant hatte den Grill aufgebaut und öffnete gerade einen Sack mit Kohle – unter den aufmerksamen Augen von Sam. Mabel unterhielt sich mit einer anderen Frau, die jedoch mit dem Rücken zu ihnen stand und die Emma nicht richtig erkennen konnte.

Plötzlich spürte sie zwei Hände an ihren Schultern, die sie unter Wasser drückten.

Emma schnappte nach Luft, verschluckte sich, tauchte dann prustend wieder auf.

«Wer von euch war das?», rief sie lachend, als sie aufgehört hatte zu husten. Sie spritzte Lucy und Carol nass und erinnerte sich an die Zeiten, in denen sie alle gemeinsam ans Meer gefahren waren. Carol und Steve, Lucy und Simon, sie und Daniel. Die Männer hatten sie auf ihren Schultern getragen, und sie hatten versucht, sich gegenseitig ins Wasser zu stoßen.

«Ich will aber keine blauen Flecken haben», kicherte Emma.

Lucy hob wie zum Schwur die Finger. «Okay, keine Nahkämpfe heute.» Sie drehte sich um, aber nur, um Emma und Carol dann mit beiden Händen Wasser entgegenzuschaufeln.

«Na, warte!», rief Emma und spritzte zurück.

Carol tauchte unter und schwamm ein paar Meter weit weg. «Mädels, ich liebe euch!», rief sie ihnen über die Schulter zu. «Und bitte, erinnert mich nie daran, dass ich das gesagt habe. Ich bin sonst nicht so sentimental.»

«Alles klar, wir lieben dich auch», rief Emma zurück. «Ich bespreche es nur eben mit Steve.» Sie beeilte sich, an den Strand zu kommen, doch Carol war schneller, fasste sie um die Taille und zog sie zurück.

«Untersteh dich», rief sie und kniff die Augen zusammen, als Sam angerannt kam und sich kräftig schüttelte. Sand schleuderte in alle Richtungen.

«Sam, kannst du das nicht woanders machen?» Lucy war ebenfalls aus dem Wasser gekommen und blaffte ihn amüsiert an.

Wie zur Erwiderung schüttelte er sich noch einmal.

«Vergiss es», sagte Emma lachend. «Sam ist einfach Sam.» Sie zog den Hund an sich und setzte sich mit ihm ins flache Wasser, den Rücken zum Strand, den Blick aufs offene Meer. Kein Ort der Welt war so friedlich, kein Ort so ungestüm.

Emma holte tief Luft, stützte sich mit beiden Händen hinter dem Rücken ab. Sie streckte ihre Beine aus und vergrub die Fersen im Sand.

«Danke», sagte sie zu Sam. «Danke, dass du an meiner Seite bist.»

Lucy und Carol tauschten einen vielsagenden Blick, der Emma nicht verborgen blieb.

«Ihr habt euch immer schon gegen mich verschworen», sagte sie. «Aber ich danke auch euch. Es ist – trotz allem – ein wunderschöner Tag.»

Vielleicht sogar der beste in diesem Jahr, fügte sie in Gedanken hinzu. Sie lächelte, als Carol sich neben sie setzte und Lucy Sam zur Seite schob.

«Los, Sam, lass mir den Platz auf der anderen Seite von Emma. Du hast sie die ganze Zeit für dich. Ich will jetzt auch mal.» Als Sam davonstürmte, legte sie ihren Kopf auf Emmas Schulter.

Eine Weile saßen sie so nebeneinander, bis Emma zu frösteln begann.

«Ich glaube, ich muss mir was überziehen», sagte sie bedauernd. «Mir wird kalt. Ist halt doch nicht das Mittelmeer.» Sie selbst war zwar noch nie da gewesen, aber die Wassertemperaturen in Schottland waren eben andere als im Rest der Welt.

Emma ließ sich von Carol und Lucy aufhelfen und zeigte Hannah, die soeben aus dem Wasser kam, ihre Gänsehaut.

«Ich weiß echt nicht, wie du das machst, hier so lange zu schwimmen, aber ich friere.»

«Ich auch», gab Hannah zu, «aber wann bitte kann ich schon in Ruhe schwimmen, ohne auf die Jungs zu achten?»

Emma blickte zum Strand, wo Liam und Lucas mit Drachenschnüren in der Hand herumrannten. Ihr Grandpa war ihnen dicht auf den Fersen, hielt Flugdrachen hoch und versuchte, seine Enkel noch weiter voranzutreiben. Schon ließ er die beiden bunten Drachen mit den ebenso bunten Schleifchen an ihren Schnüren los, und sie sausten in die Höhe.

Emma schaute den Drachen nach. Der Himmel, in den sie emporflogen, strahlte so blau, dass sie unwillkürlich lächeln musste.

«Oh, mein Mädchen lächelt», sagte ihre Mum und hielt mit beiden Händen ein großes Frotteebadetuch auf, um Emma darin einzuwickeln und sie genau so abzutrocknen, wie sie es getan hatte, als Emma noch ein kleines Mädchen war. «Ich habe dieses Lächeln vermisst», fügte sie hinzu und wischte Emma eine nasse Haarsträhne aus dem Gesicht. «Du hast übrigens noch mehr Besuch bekommen», sagte ihre Mum, nachdem Emma sich etwas übergezogen hatte.

Mit einem Kopfnicken deutete sie auf die Frau, die nach wie vor mit Mabel ins Gespräch vertieft war und einen ordentlich gebundenen Zopf, ein türkisblaues Shirt und kurze Hosen trug. Erst jetzt erkannte Emma sie.

«Amber?», rief sie. «Was machst du denn hier?»

Amber drehte sich um und strahlte Emma an. «Dein Dad hat mich eingeladen.» Sie drückte Emma zur Begrüßung. «Und Lisa auch, aber die kann heute leider nicht. Ich soll dich aber ganz doll grüßen.»

«Danke, das ist lieb.» Dann zog Emma die Stirn kraus. «Du kennst meinen Dad?»

«Na klar, du hast ihn doch mal mit Sam zusammen in die Hundeschule geschickt, als du mit deinen Freundinnen zu lang gefeiert hattest.» Sie zeigte auf Lucy und Carol, die sich gerade die nassen Haare trockneten. «Das sind sie vermutlich, oder?»

«Ja, aber wir haben nur Filme auf Netflix gesehen», verteidigte sich Emma mit gespielter Entrüstung. «Das klingt ja fast so, als ob wir bis spätnachts durch die Bars gezogen wären.» Sie ließ unerwähnt, dass ihr Dad auch deshalb einmal eingesprungen war, weil sie ein Wiedersehen mit Benjamin hatte vermeiden wollen.

«Das wäre auch nicht schlimm gewesen», sagte ihr Dad, der nun ebenfalls wieder zu der Gruppe dazugestoßen war und offensichtlich eine Pause vom Drachensteigen brauchte. «Solange ich dich nicht wieder mitten in der Nacht irgendwo abholen muss.»

«Dad!» Emma sah ihn mit einem herausfordernden Blitzen in den Augen an, denn sie wusste, was jetzt kam. Er würde in allen Details von dieser einen Nacht erzählen, als Emma zu Studienzeiten mit einem Date durch die Pubs gezogen war, bis der Kerl betrunken auf dem Barhocker einer Kneipe eingeschlafen war.

«Und dann hat mein Mädel mich mitten in der Nacht angerufen und aus dem Bett geklingelt», beendete ihr Dad seine Geschichte.

Emma zog ihn an sich heran und gab ihm einen Kuss. «Auf dich ist eben immer Verlass, Dad. Ohne dich würde ich da heute noch stehen.» Sie schmiegte sich an ihn und lächelte Amber an. «Wo ist eigentlich Lilly?», fragte sie dann.

«Irgendwo zwischen den Dünen.» Amber verdrehte die Augen. «Du kennst sie ja. Ein Schmetterling – und die Dame ist weg.»

«Tja, das mit der Hundeschule hättet ihr euch also schenken können», warf Emmas Dad ein.

«Du hast mir doch selbst die Anmeldeunterlagen in die Hand gedrückt!», verteidigte sich Emma und knuffte ihm spielerisch in die Seite. «Außerdem habe ich dort so nette Leute wie Amber kennengelernt.» Sie zwinkerte ihr zu.

«Kommen die anderen von der Hundeschule auch?», fragte Emma dann. Ihr wurde bei dem Gedanken schwindelig, dass Benjamin ausgerechnet heute hier auftauchen könnte.

Doch ihr Dad schüttelte den Kopf. «Nein, ich konnte mich nur daran erinnern, dass du Amber und Lisa häufiger erwähnt hast. Und ich dachte, dass du dich sicher über sie freust.» Er lächelte Emma an, und sie erwiderte sein Lächeln erleichtert.

Benjamin hatte in den letzten Wochen zweimal versucht, sie anzurufen, doch sie hatte sich nicht bei ihm zurückgemeldet. Er war ihr zuletzt wieder so nah gewesen, dass sie das Gefühl hatte, Abstand zwischen sie beide bringen zu müssen. Sie war noch nicht bereit.

In dem Moment rannte Sam, gefolgt von Liam und Lucas, an ihnen vorbei. Die Jungs versuchten ohne Hilfe, die Drachen wieder in die Höhe zu bekommen, scheiterten aber kläglich.

«Da muss wohl Grandpa ran», sagte ihr Dad und ließ sie und Amber allein.

«Schön, dass du hier bist», sagte Emma und fragte sich, ob Amber überhaupt wusste, dass heute eigentlich ihr Hochzeitstag gewesen wäre.

«Ich wollte wenigstens den Nachmittag mit euch verbringen», sagte Amber. «Meine Töchter sind heute zu einer Geburtstagsparty eingeladen, und ich habe versprochen, den Fahrdienst zu übernehmen. Aber gegen ein oder zwei Stunden am Strand habe ich nichts einzuwenden. Das tut auch Lilly ganz gut.»

Sie steckte sich zwei Finger in den Mund und pfiff. Aber von Lilly war nichts zu sehen.

«Ich glaube, ich muss sie mal suchen gehen.» Amber seufzte. «Bin gleich wieder da.» Schnellen Schrittes entfernte sie sich dann in Richtung der Dünen und rief dabei immer wieder Lillys Namen.

Endlich tauchte die Pudeldame auf und trabte gemächlich auf Amber zu. Gemeinsam kehrten sie zu der kleinen Feierrunde zurück.

Sam zeigte auch dieses Mal kein Interesse an Lilly und tollte lieber im Sand herum.

«Sam, nein!», brüllte Liam da, und Emma hörte ihm an, dass er mit den Tränen kämpfte. «Sam, nicht den Drachen, nein!»

Sam hatte Liams Drachen mit den Zähnen gepackt und schleifte ihn quer über den Strand, dicht gefolgt von den beiden Jungs und ihrem Grandpa.

Auch Emma rannte nun los.

«Sam, gib das sofort wieder her. Aus!» Doch der Hund, voller Freude über den gemeinsamen Spaß am Strand, beschleunigte sogar noch und blieb erst stehen, als er sich mit der Hinterpfote in der Drachenschnur verhedderte.

Emma nahm den weinenden Liam auf den Arm. «Ich kaufe dir einen neuen Drachen, versprochen», sagte sie. «Und Sam lassen wir zur Strafe da jetzt einen Moment liegen, damit er heute hoffentlich keinen Unfug mehr anstellt.»

Sie ahnte, dass Sam spätestens dann wieder zum Problem werden würde, wenn Grant das Grillfleisch herausholte.

Aber Lucas war längst damit beschäftigt, Sams Pfote aus der Schnur zu befreien.

«Dafür gibst du mir aber den Drachen zurück, Sam!» Er sprach so bestimmt mit ihm, als ob er auf dem Schulhof mit einem Klassenkameraden um Pokémon-Bildchen feilschen würde.

Emma war sich nicht sicher, ob Sam sich auf den Deal einlassen würde. Erst einmal aber blieb er brav im Sand sitzen und kratzte sich mit der freien Pfote hinterm Ohr.

«Heute Abend musst du definitiv in die Badewanne», kündigte Emma an.

Ihr Dad schnaubte amüsiert. «Heute Abend haben wir etwas anderes vor!» Er deutete in Richtung Strandpromenade, auf der Emma jetzt Simon entdeckte, der den Kinderwagen mit Danny schob. Gefolgt von weiteren Freunden, die Klappstühle und Körbe mit Getränken und anderen Lebensmitteln trugen.

«Wir machen es uns richtig schön, mein Schatz!» Er legte den Arm um sie und wich nur kurz zurück, als ihre nassen Haare an sein T-Shirt kamen. «Wir lassen dich heute nicht allein.»

51

Emma war an diesem Tag wirklich alles andere als allein. Carol und Steve waren bei ihr, Lucy und Simon mit dem kleinen Danny, ihre Eltern, Hannah und Familie, Amber, Mabel, Graham und Louise sowie weitere Kollegen, Freunde aus ihrer und Daniels Schul- und Studienzeit – und natürlich Sam.

Sam hatte für sich entschieden, dass der beste Platz direkt neben Grant am Grill war. Denn dass Grant eine Schwäche für ihn hatte, hatte auch Sam längst erkannt. Er legte den Kopf schief, winselte und schaute Grant aus seinen großen dunklen Kulleraugen an.

«Emma, nimm deinen Hund hier weg», rief Grant. «Sonst haben wir nachher alle nichts mehr zu essen.» Er steckte Sam ein Stück frisch gegrillte Bratwurst zu und scheuchte ihn dann halbherzig weg.

«Dein Barbecue, deine Aufgabe», rief Emma ihm amüsiert zu und baute weiter mit Lucas und Liam an einer Sandburg.

Grant zuckte mit den Schultern. «Jedenfalls habe ich es gesagt, und wenn Sam nachher Bauchweh hat, bin ich es nicht gewesen.» Er rieb sich die Hände an seinem T-Shirt ab und schaute dann ebenso unschuldig drein wie Sam, der nun noch näher an ihn heranrückte.

«Gibt euer Dad Sam eigentlich häufig etwas ab?», fragte Emma und kippte etwas von dem Wasser, das Liam und Lucas mit ihren Eimerchen aus dem Meer geholt hatten, über die Burgmauern, damit der Sand feuchter war und sich besser zusammenklopfen ließ.

«Oh ja», sagte Lucas. «Immer. Wenn Dad am Kühlschrank steht, dann ist Sam meist neben ihm.»

Emma lachte. «Das passt zu Sam. Er liebt Kühlschränke.»

«Gibt es in Burgen auch Kühlschränke?», fragte Liam.

«Oh, weiß ich gar nicht.» Emma legte ihren Finger unters Kinn und tat so, als ob sie intensiv nachdachte. «Was meint ihr denn?»

«Nein, die Burgmauern sind so dick, da braucht man nicht noch zusätzlich kühlen.» Lucas setzte seine Denkermiene auf. «Oder aber die Getränke werden im Burggraben gekühlt. Im Wasser ist es doch immer kühl.» Ihr Neffe sah auf. «Gehen wir gleich noch mal ins Meer?»

Emma hob abwehrend die Hände. «Also, ich gehe heute nicht mehr rein.» Sie war bereits zweimal im Wasser gewesen und froh, dass ihr Bikini mittlerweile wieder vollständig getrocknet war.

Eigentlich wäre sie heute gerne auch noch ein wenig alleine am Strand entlanggegangen, aber ihre Freunde und die Jungs ließen nicht eine Sekunde zu, dass sie zu viel Zeit zum Grübeln hatte.

Erst als plötzlich noch zwei weitere Gäste Hand in Hand über die Düne kamen, fühlte Emma mit einem Mal wieder all die Last des geplatzten Hochzeitstages auf sich.

«Jungs, macht ihr bitte alleine weiter?», bat sie. «Ihr seid ja fast fertig, sucht doch noch ein paar Federn und Muscheln, damit die Burg richtig edel wird, ja?»

Langsam richtete sie sich auf, klopfte sich die sandigen Hände ab und zog sich ihr Strandkleid über, das irgendjemand über einen der noch geöffneten Sonnenschirme gehängt hatte.

Dann ging sie los, um Daniels Eltern zu begrüßen.

Nach der Beerdigung hatte sie Claire und Michael nur einmal kurz gesehen, als sie gemeinsam einen Steinmetz besuchten. Daniels Dad hatte mit dem Mann gesprochen, Emma war mehrere Meter auf Abstand geblieben und mit der Hand immer wieder über die kalten Steine gefahren, die überall in der Werkstatt herumstanden. Nein, das wäre nicht Daniel. Er liebte warme Materialien. Er hatte sogar den Findling aus dem Garten abholen lassen, weil er stattdessen einen Komposthaufen haben wollte. Und er hatte Emma davon überzeugt, den Schotter der Auffahrt abzutragen und Rindenmulch zu verwenden.

«Nein, Holz. Daniel hätte sich für Holz entschieden», hatte sie schließlich gesagt. «Ein einfaches Holzkreuz mit seinem Namen.»

Sie wollte keine Steinskulptur mit Daniels Namen. Kein Stein dieser Welt würde Daniel gerecht werden.

Seine Eltern hatten genickt und die Entscheidung, wie so viele nach Daniels Tod, Emma überlassen. Sie durfte die Musik auf der Beerdigung auswählen, den Blumenschmuck aussuchen, und sie war es auch, die sich für eine Grabstelle entschieden hatte, von der aus Daniel einen guten Ausblick auf die umliegende Hügellandschaft gehabt hätte und die jeden Tag von der Sonne geküsst wurde – sofern diese in den Schottischen Highlands denn durchkam.

«Claire! Michael!», rief Emma und näherte sich mit pochendem Herzen ihren Schwiegereltern – die genau das für sie waren und immer sein würden. Beide schienen älter geworden zu sein. Die Haare wirkten grauer, die Falten in den Gesichtern noch tiefer als bei ihrer letzten Begegnung.

Was sie wohl davon hielten, dass Emma hier ausgelassen mit Freunden feierte? Dass sie nach Daniels Tod scheinbar einfach weitermachte?

Aber Claire kam mit einem gewinnenden Lächeln auf sie zu und drückte sie fest an ihre Brust. Emma fühlte sich erleichtert. So erleichtert, dass sie leise aufschluchzte. Denn kaum hatte sie ihre Schwiegereltern entdeckt, hatte sie Angst gehabt, dass die beiden ihr die Feier am Strand zum Vorwurf machen würden.

«Schön, dich zu sehen, Emma», sagte nun auch Michael und strich ihr über den Arm. Seine Stimme klang weich, kein herber oder verbitterter Tonfall schwang mit. Nur sein Blick verriet, dass er sich Sorgen machte, dass er erschöpft war.

Sie umarmten sich, und Emma ließ ihren Tränen freien Lauf.

«Es tut mir so leid, dass ich mich nicht eher gemeldet habe», sagte sie schließlich. Wie oft hatte sie deswegen schon ein schlechtes Gewissen gehabt! Und sie fühlte sich auch Daniel gegenüber schrecklich, weil sie ihn noch nie auf dem Friedhof besucht hatte. Aber sie konnte dort nicht hin! Es ging über ihre Grenzen – und das lag nicht an Sam, der vermutlich auch dort liebend gerne gebuddelt hätte.

Emma wusste, dass sich ihre und Daniels Eltern in den letzten Monaten ein paar Mal getroffen hatten, doch weder ihre Mum noch ihr Dad hatten ihr jemals Details berichtet. Und Emma hatte es gereicht zu wissen, dass es Daniels Eltern einigermaßen gut ging.

Noch einmal drückte Claire sie an sich, begrüßte dann Emmas Eltern und Hannah und winkte in die Runde.

«Wie wäre es mit einem Bier, Michael?», fragte Emmas Dad und klopfte Michael, der ihm in all den Jahren ein Freund geworden war, auf die Schulter.

«Sollen wir ein paar Schritte zusammen gehen?», fragte Claire und hakte sich bei Emma unter. «Daniel hat mir so oft von diesem Strand erzählt, aber ich war zuletzt vor etlichen Jahren hier. Schade eigentlich. Es ist wunderschön.» Sie schaute aufs Meer hinaus und atmete tief durch. «Er hätte es geliebt, mit all euren Freunden hier zu feiern.»

«Ja, das hätte er.» Emma nickte. Sie schaute Claire von der Seite an und fühlte sich ertappt, als diese sie ebenfalls ansah.

«Es ist richtig, dass wir alle heute hier sind», fügte Daniels Mum hinzu. «Ich habe so oft an den heutigen Tag gedacht, aber ich hätte mir nie ausmalen können, ihn am Strand zu verbringen.» Sie hörten Kinderlachen, das Geschrei von Möwen, das Rauschen der Wellen. «Das hier ist genau der Ort, an dem Daniel glücklich gewesen wäre. Er –» Sie stockte. Dann fuhr sie fort: «Ich kann mich einfach immer noch nicht an den Gedanken gewöhnen, dass er nun auf einem Friedhof liegt.»

«Es tut mir so leid, Claire. Und es tut mir sehr leid, dass ich ...» Nun zögerte auch Emma. «Bitte glaube nicht, dass er mir nicht fehlt, nur weil ich ihn nie auf dem Friedhof besuche.»

Claire und Michael mussten schrecklich enttäuscht von ihr sein, dachte Emma.

Aber Claire griff nach ihrer Hand und drückte sie fest. «Mein Mädchen, daran habe ich nie auch nur den geringsten Zweifel gehabt. Daniel ist überall – und ich glaube, dass es ganz viele Orte gibt, die uns an ihn erinnern und an denen wir uns ihm näher fühlen.»

«Oh ja, das stimmt!» Wieder traten Emma Tränen in die Augen. Daniel war für sie wirklich überall. Auch hier, inmitten ihrer Freunde. Denn sie wusste, dass jeder sein Andenken wahren und er in ihrer Mitte immer einen Platz haben würde. Sie musste nicht auf den Friedhof gehen, um sich ihm nahe zu fühlen.

Emma schüttelte ungläubig den Kopf. Hier am Strand, an dem lachende Kinder umherliefen und der Wind alle Sorgen vorübergehend davonpustete, erschien es ihr merkwürdig, über den Friedhof zu reden. «Ich ... Es ist einfach nicht der richtige Ort für mich.»

Und auch nicht für Daniel, dachte sie.

Die Trauer traf Emma mit aller Wucht, obwohl sie seit Monaten über nichts anderes nachgrübelte. Sie spürte den feinkörnigen, weichen Sand unter ihren nackten Füßen und stellte sich vor, wie sie am heutigen Tag vielleicht barfuß um Mitternacht mit Daniel unter dem Sternenhimmel getanzt hätte. Die Erinnerung an ihn war so wertvoll, dass sie es sich nicht gestattete, sich von ihm zu lösen oder weniger an ihn zu denken. Vielleicht würde es ihr auch nie gelingen.

Claire streichelte ihr über die tränennasse Wange. «Das verlangt doch auch wirklich keiner von dir, dass du an sein Grab gehst. Für mich ist es der richtige Ort, um ihm nah zu sein, aber das muss für dich nicht das Gleiche sein.»

«Ich fühle mich ihm zu Hause nah», sagte Emma leise. «Da, wo immer noch seine Müslischale im Regal steht, seine Hoodies im Schrank liegen und die Fotos an den Wänden hängen, die er selbst gemacht hat.» Sie verschwieg, dass sie gelegentlich immer noch seinen Schlafanzug trug, dass seine Zahnbürste weiterhin am Waschbecken stand und sie ihr Kissen an manchen Abenden mit seinem Aftershave einsprühte, damit es ihr leichter fiel, sich zu ihm zu träumen. Das klappte leider nicht immer, aber wenn sie die Augen schloss, konnte sie sich zumindest einbilden, dass er gerade nur kurz aus dem Raum gegangen war und gleich zu ihr unter die Bettdecke kriechen würde – bis sie Sams kalte Hundenase an ihrer Schulter spürte.

Claire lächelte. «Daniel wird nie ganz weg sein. Auch dann

nicht, wenn Sam irgendwann seine Müslischale herunterwerfen sollte.» Sie machte eine kurze Pause, bevor sie fortfuhr. «Emma, ich finde das ganz rührend, dass er noch so eine große Rolle in deinem Leben spielt, aber Daniel hätte nicht gewollt, dass du in einem Mausoleum wohnst.»

«Das ist kein Mausoleum», rechtfertigte Emma sich. «Das ist unser Zuhause.»

«Dein und Sams Zuhause», verbesserte sie Claire. «Wo ist Sam überhaupt?»

Emma sah sich um. «Entweder am Wasser, mit Liam und Lucas unterwegs oder direkt neben dem Grill.» Sie zuckte mit den Schultern. «Es ist auf jeden Fall kein Schoßhund, den Daniel für mich ausgesucht hat.»

Claire lachte. «Nein, das hätte auch weder zu dir noch zu ihm gepasst. Macht er sich denn gut? Hast du dich an ihn gewöhnt?»

«Ich liebe ihn», sagte Emma und merkte in dem Moment, dass es der Wahrheit entsprach. Sam hatte sich auf seinen vier Pfoten in ihr verschlossenes Herz geschlichen.

«Magst du vielleicht mal mit ihm vorbeikommen?», fragte Claire vorsichtig. «Ich würde mich wirklich freuen.»

Emma sah sie von der Seite an. «Könnte aber sein, dass er euch den Garten umgräbt.» Sie konnte sich ein Schmunzeln nicht verkneifen.

«Ach, zur passenden Jahreszeit würde das Michael durchaus helfen.» Claire wirkte amüsiert.

«Ist er immer noch so gerne im Garten?»

Claire nickte, und Emma fragte sich, warum sie sich in den vergangenen Monaten so wenig um Daniels Eltern bemüht hatte. Ja, sie hatte die Liebe ihres Lebens verloren, aber war ein Sohn nicht auch genau das für seine Eltern?

Plötzlich fühlte sie sich Claire mehr denn je verbunden.

«Sam und ich kommen definitiv vorbei», versprach Emma, auch wenn sie Angst davor hatte, dass ein Besuch ihre Trauer nur wieder verschlimmerte.

«Buh!», rief Lucas in dem Moment und sprang sie von hinten an. Liam folgte nur Sekunden später.

Emma schrie spielerisch auf. «Ihr habt mich aber erschreckt!»

Wieder einmal hatten die Jungs sich angeschlichen. Bei Lucas klappte das meist ganz gut, aber Liam verriet sich spätestens einige Meter vor dem Ziel durch sein Kichern.

Auch Liam stürzte sich jetzt auf Emma und ließ erst von ihr ab, als sie ihn durchkitzelte. Er hielt sich vor Lachen den Bauch.

Emmas Blick traf den von Claire. Sie musste schlucken. Daniel war Claires einziger Sohn gewesen, sie würde nun niemals Enkelkinder haben. Emma hätte ihr nur zu gerne welche zusammen mit Daniel geschenkt.

«Hast du schon gehört?», fragte sie. «Daniel, der kleine Sohn von Lucy und Simon, wird mein Patenkind. Lucy hat mich gefragt.»

«Oh, hat sie das?»

«Ja, vor ein paar Wochen bei meinen Eltern zu Hause.»

«Daniel wäre vermutlich stolz, dass ihr ein Patenkind habt.»

Emma nickte. «Das wäre er definitiv. Er wäre ein toller Onkel. Das war er für Lucas und Liam auch.»

Wie aufs Stichwort sprang Liam auf und zog sie am Arm. «Dad hat uns geschickt. Wir sollen euch holen. Das Essen ist fertig – und Stockbrot backen wir später auch noch!»

52

Emma schaute in die lodernden Flammen, in die sie ihren Stock mit dem Brotteig hielt. Mit den anderen saß sie ums Feuer, ihre Gesichter hell erleuchtet. Sam lag, nachdem ihn einige Funken der Glut am Hinterteil erwischt hatten, hinter ihr und döste auf einem Strandtuch. In den Sand gesteckte Fackeln sorgten für zusätzliches warmes, flackerndes Licht.

Das Knistern des Feuers, das Stimmengemurmel ihrer Freunde sowie das Rauschen der Wellen im Hintergrund sorgten dafür, dass Emma sich trotz der aufkommenden Kälte wohl- und geborgen fühlte. Ihre Mum hatte ihr eine Strickjacke um die Schultern gelegt, die Emma nun mit ihrer freien Hand vorne geschlossen hielt.

Sie hatten gegessen, miteinander gelacht und einen wunderschönen Strandtag erlebt. Emma hatte erstmals wieder mit Daniels Kamera fotografiert, die ihre Mum ihr irgendwann in die Hände gedrückt hatte. «Schau, was für ein wunderschöner Sonnenuntergang», hatte sie gesagt. «Emma, du solltest Fotos davon machen. Ich glaube, hier ist es selten so schön wie heute.»

Jetzt funkelten die Sterne über ihnen. Nirgendwo hatte Emma bei klarem Himmel so schöne Sternennächte erlebt wie hier in Schottland, wo tiefste Dunkelheit und beeindruckende Sonnenauf- und Sonnenuntergänge in ebenso starkem Kontrast standen wie die Schroffheit der Küsten zur romantischen Schönheit der Natur.

«Ob Daniel irgendwo da oben ist?», fragte Liam mit seiner

hellen Kinderstimme und deutete in den Himmel. «Sieht er uns da?»

Er schaute mit einem derart hoffnungsvollen Blick in die Runde, dass niemand Zweifel daran aufkommen lassen wollte, dass Daniel genau dort oben war.

«Er ist der hellste Stern von allen», antwortete Grant mit fester Stimme und zog seinen Sohn auf seinen Schoß. Er hatte einen Hoodie über sein orangefarbenes T-Shirt gezogen, und die Jungs hatten ihre Badehosen gegen Jogginganzüge getauscht.

Claire holte tief Luft, schien damit zu kämpfen, ihre Stimme in den Griff zu bekommen. «Das ist ein wunderschöner Gedanke, Liam», sagte sie weich. «Und wie du siehst, ist er da oben in bester Gesellschaft. Es gibt viele wundervolle Menschen, die nicht mehr bei uns sind, und doch wachen sie über uns und sorgen dafür, dass wir uns auch in der Nacht nicht ganz alleine fühlen.»

Emma ahnte, dass Daniels Mum ebenso wie sie in manchen Nächten schlaflos am Fenster stand und in den Himmel schaute.

«Ich glaube, Daniel ist der Mond!» Lucas sprang auf. «Der ist noch viel größer und leuchtender. Außerdem hat er es mir gesagt.»

Hannah lächelte. «Hat er das?» Sie streichelte ihrem Sohn mit der Hand durch die von Wind und Meer verwuschelten Haare.

«Ja! Er hat gesagt, dass er, egal wo er dann sein wird, jeden Abend den Mond anschauen und an uns denken wird.» Lucas blickte in den Nachthimmel. «Und heute sieht man den Mond besonders gut. Bestimmt, weil wir alle heute hier sind.»

Emma lächelte und probierte ein Stück Brot. Ihre Neffen

hatten den ganzen Tag über viel Spaß gehabt. Natürlich vermissten sie Daniel, aber ihnen gelang es besser als den anderen, die Schönheit der Momente auch ohne ihn zu erkennen.

Sie spürte, wie Sam sich seitlich auf ihren Schoß vorarbeitete, die Augen fest auf das nun schon recht knusprige Stockbrot gerichtet. Sie riss mit den Fingern ein Stück davon ab, pustete und gab es dann Sam, der es gierig verschlang. «Du bist ein ganz besonderes Geschenk», flüsterte sie, und Sam schien zufrieden.

«Du hast recht», sagte Simon zu Liam. «Daniel hätte sich gewünscht, dass wir heute alle zusammen sind. Und ich finde, es ist an der Zeit, es einfach mal auszusprechen: Wir haben einen tollen Tag, aber die Situation ist einfach ätzend.» Er blickte betroffen zu Emma. «Was würde ich darum geben, wenn Daniel heute hier wäre und wir eure Hochzeit feiern könnten. Meinetwegen auch mit Wolkenbruch und Dauerregen – aber er fehlt mir wirklich sehr.»

Zustimmendes Gemurmel.

«Du wärst so eine wunderschöne Braut gewesen», ergänzte Carol. «Und ich hätte als Brautjungfer natürlich ebenfalls umwerfend ausgesehen.»

Lucy, die den schlafenden Danny im Arm hielt, knuffte ihr in die Seite. «Hey, ich auch!»

Emma lächelte. «Oh ja, das hättet ihr ganz sicher.»

Sie musste an das Kleid denken, in das sie sich schon bei der ersten Anprobe verliebt hatte, und bedauerte, es nie wieder getragen zu haben. Trotzdem würde sie diesen Tag und die prickelnde Vorfreude auf den Besuch im Brautmodengeschäft nie vergessen. Sie hatte nicht nur Mabel in allen Einzelheiten davon berichtet. Und sie freute sich über die vielen Fotos, die sie für immer daran erinnern würden.

Ihre Mum hatte dafür gesorgt, dass den ganzen Nachmittag und Abend über Daniels Kamera herumgereicht wurde. Es gab Fotos von Emma und Lucy und Carol in ihren neuen Strandkleidern. Und Bilder, auf denen sie mit dem kleinen Danny kuschelte, sowie Bilder von ihrem Dad und den anderen Männern, die um den Grill herumstanden und über den richtigen Gargrad von Würstchen und Steaks diskutierten. Und es gab etliche Momentaufnahmen von Sam beim Versuch einer Fotobombe. Mal hatte er direkt aus nächster Nähe in die Kamera geguckt, mal hatte er von hinten Lucas und Liam angesprungen, um ja mit aufs Foto zu kommen. Und ein anderes Mal hatte er seinen Kopf auf Mabels Schulter geschoben und war neben ihren ausgefallenen Ohrringen abgelichtet worden.

Nur als er die Unaufmerksamkeit der selbst ernannten Expertengruppe um den Grill genutzt hatte, um sich ein Würstchen zu klauen und es dann zwischen den Dünen zu verspeisen, hatte niemand schnell genug für Fotobeweise gesorgt.

Amber war mit Lilly noch vor Beginn der Dämmerung wieder gefahren, aber auch sie hatten beide in die Kamera gestrahlt.

«Vielen Dank, dass ich diesen Tag mit euch verbringen durfte», hatte Amber gesagt. «Die Hundeschule läuft seit heute übrigens wieder.»

«Oh, ein neuer Kurs?»

«Ja, für diejenigen, die noch Hoffnung haben, dass sich ihre Hunde erziehen lassen.» Amber hatte gelacht und demonstrativ nach Lilly gerufen. «Sie macht mich manchmal waaahnsinnig.» Das letzte Wort hatte sie besonders langgezogen.

«Sie ist aber eine Süße», hatte Emma warmherzig betont.

«Genau wie du!» Amber hatte ihr zugezwinkert und sie dann fest umarmt. «Ich bin wirklich froh, dass wir uns kennengelernt haben.»

«Ich auch!»

Als Emma es aussprach, wurde ihr klar, dass Daniel ihr all das ermöglicht hatte. Ihr Leben mit Sam, die Freundschaft mit Amber, die Momente mit Lisa und Benjamin. Aber auch diesen Abend mit all ihren Freunden.

«Emma, kannst du dich noch erinnern», fragte Simon jetzt und holte sie damit aus ihren Gedanken, «als Daniel den Auftrag in Newcastle angenommen hat und dabei gar nicht bemerkt hat, dass er eigentlich ins englische Newcastle sollte?» Simon lachte. «Ich habe ihn all die Jahre immer damit aufgezogen. Egal bei welchem Auftrag. ‹Hey, Dan, schau besser noch einmal nach, ob es nicht mehrere Orte mit dem gleichen Namen gibt, bevor du wieder wer weiß wo landest.›»

«Oh, ich erinnere mich», warf Daniels Dad ein. «Er hatte sich extra mein Auto geliehen und noch betont, dass er gar nicht so weit fahren müsste. Und dann ist er erst mitten in der Nacht dort angekommen. Die Fotos konnte er nicht vor dem nächsten Morgen machen. Aber sein Auftraggeber war sogar mehr als zufrieden, weil ihm die Aufnahmen in der Morgendämmerung so extrem gut gefallen haben. Davon abgesehen konnte Daniel aber auch wirklich gut fotografieren.»

Er wirkte stolz, dachte Emma. Und tatsächlich sprach aus jedem Foto, das Daniel gemacht hatte, seine ganz persönliche Art, einen Augenblick einzufangen.

«Wer bitte hat denn keine Fotos von Daniel zu Hause?», fragte Simon. «Mal abgesehen davon, dass er sie auch einfach gerne verschenkt hat. Meinen letzten Geburtstag hatte er allerdings fast vergessen, oder?»

Emma hob wie zur Verteidigung ihre Hände. «Ich schweige. Das haben wir so vereinbart.» Sie lächelte. Denn Simon hatte recht. Daniel und sie hatten entspannt auf der Couch gesessen und ein Fußballspiel gesehen. Da war er scheinbar noch gesund gewesen, hatte nur wie immer häufiger in letzter Zeit über Rückenschmerzen geklagt. Es war schon Abend gewesen, als plötzlich eine Nachricht von Steve gekommen war: *Hey, Dude, wo bist du? Du hast doch wohl nicht Simons Geburtstag vergessen?*

«Mist!», hatte Daniel gerufen und Emma angesehen. «Sag bitte, dass die neue Druckerpatrone für den Foto-Printer schon angekommen ist!?»

«Yep. Heute», hatte Emma geantwortet. «Sie müsste auf dem Schreibtisch liegen.»

«Gott sei Dank! Aber haben wir auch noch Bilderrahmen?»

«Ja, im Regal. Hast du wieder ein Foto verkauft?» Daniel war immer so stolz, wenn jemand Geld für seine gerahmten Bilder ausgab.

«Emma, du bist ein Schatz», hatte er gerufen und war aufgesprungen. «Ich habe Simons Geburtstag vergessen, aber bitte, erzähle ihm das nie!»

Keine halbe Stunde später war er mit einem gerahmten Schnappschuss von Simon und Lucy aus dem Haus geeilt.

«Wirklich, ich weiß gar nicht, wovon du sprichst», fügte Emma hinzu und wusste längst, dass Simon sie entlarvt hatte.

Ob die Vergesslichkeit zu jener Zeit auch schon Ausdruck seiner Krankheit gewesen war? Noch immer fragte Emma sich, ob sie es nicht vorher hätte erkennen und ihn vielleicht retten können.

«Oh, das klingt ganz nach Daniel», sagte Claire. «Er hat schon als Kind so gerne selbstgebastelte Arbeiten verschenkt.

Und später dann Fotos. Ich bin jetzt so froh, dass ich nicht eins dieser Geschenke weggetan habe.»

«Dabei waren wirklich nicht alle schön», ergänzte Michael und schüttelte lachend den Kopf. «Claire, kannst du dich noch an diese Brosche erinnern, die er für dich gemacht hat? Bunte Papierkügelchen, die er mit irgendeiner klebrigen Masse überzogen hatte ...»

«Oh ja, und dann hat er darauf bestanden, dass ich sie trage. Ich musste mir nachher eine andere Frisur verpassen lassen, weil die Spitzen viel zu verklebt waren.» Sie fuhr sich mit der Hand durch die Haare, die sie mittlerweile zu einem kurzen grauen Bob geschnitten trug.

«Mum, machen wir auch Broschen?», fragte Lucas. «Das klingt cool.»

«Ich weiß ja nicht», wiegelte Hannah ab und gab ihm einen Kuss auf die sandige Wange. «Lass uns lieber noch ein Stockbrot machen.»

Hannah griff nach der Schüssel mit dem Teig, wickelte ein wenig davon spiralförmig um das glatte Ende des Stocks und reichte die Schüssel dann an Mabel weiter, die sich im Gespräch bislang ebenso zurückgehalten hatte wie Graham und Louise, die erst am Abend zu der Gruppe gestoßen waren.

Emma dachte, wie schön es war, so viele kleine Anekdoten über Daniel zu hören. Und dass sie sich bei jeder Geschichte und jedem noch so kleinen Detail, das sie nicht kannte, ihm wieder ein bisschen näher fühlte. Sie alle würden mit ihren Geschichten und ihren Erinnerungen dafür sorgen, dass Daniel mit all seinem Charme, seinem Witz und seiner liebevollen Art nie vergessen werden würde.

Noch immer knisterte das Feuer zwischen ihnen. Liam hatte sich bei Grant angelehnt. Seine Augen waren zugefallen.

Emma räusperte sich. «Daniel hat mich einmal den ganzen Tag über mit einer analogen Kamera in allen möglichen Posen in den Straßen von Edinburgh fotografiert und mir versprochen, dass ich nachher ganz wundervolle Aufnahmen haben werde. Ihr hättet sein Gesicht sehen sollen, als er den Film rausnehmen wollte – und keinen fand.» Sie schüttelte in der Erinnerung daran den Kopf. «Er war wirklich enttäuscht, aber dann haben wir uns spontan Pizza bestellt und es uns mit einem Film auf der Couch bequem gemacht.»

Emma hatte schon damals begriffen, dass Daniel genau der Mann war, mit dem sie auch noch als alte Frau zusammen auf der Couch sitzen wollte. Vielleicht nicht auf so einer durchgesessenen wie der grünen Stoffcouch in seiner Studentenbude, aber sie brauchte keinen Luxus. Daniel an ihrer Seite hatte ihr immer gereicht.

«Habt ihr eigentlich die Fotos gesehen, die er von Sam gemacht hat?», warf Hannah ein. «Wir sind zusammen zum Tierheim gefahren, und er war ganz vernarrt in ihn.»

Sam horchte auf und legte den Kopf schief.

Hannah lächelte. «Da, seht ihr? Genauso hat Sam auch Daniel um den Finger gewickelt. Und ich bin ihm auch direkt verfallen, das muss ich zugeben.»

Emmas Dad runzelte die Stirn. «Aber warum eigentlich ausgerechnet Sam?»

«Sagen wir mal so», erklärte Hannah, «er war der einzige Hund, der nicht direkt auf ihn zugestürmt ist und seinen Knochen interessanter fand als ein neues Zuhause. Das hat Daniel natürlich angespornt. Nicht wahr, Sam?» Sie hielt ihm einen Brotrest hin, den er dankbar fraß.

Simon pfiff durch seine Zähne. «Das hat ihn bei Emma auch angespornt. Auch ihre Taktik ist hervorragend aufgegangen.»

Emma richtete sich auf. «Bitte was?»

«Na, du hast ihn doch anfangs links liegen lassen.»

«Gar nicht!» Emma stemmte ihre Hände in die Hüften. «Ich bin einfach nicht rangegangen, da ich seine Nummer nicht kannte.»

«Auch auf Nachrichten hast du nicht reagiert. Mehrfach nicht. Du hast ihn ewig zappeln lassen. Das hat ihn wahnsinnig gemacht.»

Daniels Eltern sahen amüsiert zwischen Simon und ihr hin und her.

Sie schnaubte spöttisch. «Nun, es ist ja wohl nicht verkehrt, wenn man sich als Frau erobern lassen will, oder?»

«Du gibst es also zu!», rief Simon.

«Gar nichts gebe ich zu», erwiderte Emma, «bis auf die Tatsache, dass ich ihn wirklich richtig geliebt habe.» Sie senkte den Blick. «Und noch immer sehr liebe.»

Ihr Dad legte seinen Arm um ihre Schulter und drückte sie fest an sich.

Steve räusperte sich. «So, bevor wir hier gleich alle sentimental werden, habe ich noch etwas für euch.» Er löste sich aus der Umarmung mit Carol und stand auf.

Er wirkte wirklich nervös, dachte Emma, als sie aufblickte, aber seine Stimme klang feierlich.

«Etwas für euch alle.»

53

Steve öffnete seinen Rucksack und holte seinen Laptop daraus hervor. Er drehte den Computer so, dass alle gut auf den Bildschirm gucken konnten.

Was er wohl vorhatte?, fragte sich Emma. Irgendwie war er den gesamten Tag über seltsam gewesen, ganz so, als ob ihn etwas enorm belastete.

Carol warf Lucy einen fragenden Blick zu, doch diese erwiderte ihn nicht, stattdessen wiegte sie den kleinen Danny, der etwas wimmerte, die Augenlider aber noch geschlossen hielt.

Auch Hannah zuckte unwissend mit den Schultern.

Nur Simon protestierte, während Steve sie alle aufforderte, näher heranzukommen, und mit angestrengter Miene nach einer Datei suchte. «Du willst doch wohl nicht die Stimmung mit einem Video kaputt machen? Da haben wir einmal einen Tag lang nicht auf die Handys geschaut und ...» Simon verstummte.

Auf dem Bildschirm des Laptops war jetzt eine Großaufnahme von Daniel zu sehen.

Emma hörte, wie jemand geräuschvoll den Atem einzog. Sie starrte den Bildschirm an, begann, am ganzen Körper zu zittern, und fing nur Sekunden später an zu schluchzen. Da war sie sich sicher gewesen, ihn nie wiederzusehen – aber jetzt war er da, blickte sie an. Seine Mimik, seine Gestik, seine Stimme. Plötzlich war Daniel wieder lebendig. Als ob er nur am anderen Ende des Großen Teichs saß und sich per Zoom-Call zu ihnen schalten würde.

Hannah verschluckte sich an ihrem Brot und hustete.

«Mein Junge!», sagte Claire mit bebender Stimme. Zum Glück war Michael bei ihr.

Emma schluchzte erneut laut auf. Sie spürte, wie ihr Dad jetzt seinen Arm um ihre Schultern legte. Ihre Mum griff nach ihrer Hand, drückte sie fest. Auf einmal war es bis auf das Knistern des Feuers ganz still.

Daniel lächelte, dann begann er zu sprechen.

«Oh mein Gott, ich … Also, erst einmal hoffe ich natürlich, dass auf Steve Verlass ist und dieses Video überhaupt gezeigt wird. Und zwar zum richtigen Anlass.» Er hob spielerisch den Zeigefinger, holte dann tief Luft – und zögerte.

Er saß in ihrem Wohnzimmer auf seinem Lieblingssessel und trug den dunklen Hoodie der University of Edinburgh, den er besonders liebte und bei dem Emma nicht nur einmal kleine Löcher geflickt hatte. Die große Stehlampe hinter ihm war angeschaltet und verlieh dem Raum eine besondere Wärme, tauchte ihn in heimeliges Licht.

Plötzlich schob sich Sam vor den Laptop und stupste den Bildschirm mit seiner Nase an. Ob er Daniel oder dessen Stimme wiedererkannt hatte? Ob er irgendwas mit ihm verband?

Grant griff nach Sams Halsband und zog den Hund zurück. Wie immer versteifte sich Sam zunächst und gab erst nach, als er merkte, dass Grant nicht aufgeben würde. Also ließ er sich zu dessen Füßen plumpsen.

Das Feuer, dessen Flamme längst kleiner geworden war, knisterte weiter vor sich hin.

«Das ist ja Daniel!», rief Liam, der gerade aufgewacht war. «Wie cool.»

Lucas knuffte ihn in die Seite und hielt dann seinen Zeigefinger an die Lippen des kleineren Bruders. «Pssst!»

Daniels Gesichtsausdruck war so weich, dachte Emma und war selbst überrascht über diesen Gedanken. Er wirkte stark und weniger verletzlich als in den letzten Tagen in seinem Krankenhausbett.

«Emma ...», begann Daniel nun, «dieses Video hier ist vor allem für dich. Aber da ich hoffe und fest davon ausgehe, dass du heute nicht allein bist, möchte ich auch den anderen Danke sagen. Danke an euch alle, dass ihr euch so gut um Emma kümmert. Wenn ihr dieses Video seht, dann bedeutet es definitiv, dass ich es nicht bis zu meinem eigenen Hochzeitstag geschafft habe.» Er senkte die Stimme. «Oh, Emma, ich hätte dich so, so gerne geheiratet! Weil du immer meine Traumfrau warst, die Liebe meines Lebens, aber auch, weil du mein Leben so bereichert hast und das größte Geschenk von allen warst.»

Er wischte sich mit dem Handrücken kurz über die Augen, schaute dann wieder in die Kamera.

«Behaupte also bitte nicht, dass ich mich noch vor der Hochzeit feige aus dem Staub gemacht habe. Das war nie meine Absicht.» Er versuchte zu lächeln, schnitt dabei aber nur eine Grimasse, an der sein Bedauern gut ablesbar war. «Jedenfalls habe ich mir viele Gedanken über dieses Video gemacht. Und was soll ich sagen: Sich plötzlich in eine Zukunft zu denken, an der man selbst nicht mehr teilnimmt, ist schwieriger, als ich vermutet habe. In meiner Vorstellung sitzt ihr jetzt an meinem Lieblingsstrand und habt den Sternenhimmel über euch.»

Emmas Blick schweifte hinauf zum Himmel, und sie lächelte, als sie besonders viele Sterne am Firmament sah.

«Aber – und das wissen wir in Schottland ja – das Wetter ist einfach unberechenbar.» Er lachte kurz. «Während ich also hier im gemütlichen Wohnzimmer sitze und trockene Füße habe, habt ihr heute vielleicht sogar besonders viel Regen abbekommen.»

Michael stimmte in das Lachen seines Sohnes mit ein. Er hielt Claire fest im Arm, die sich mit einem Taschentuch immer wieder die Augen tupfte. Ihr Blick wirkte tränenverschleiert, und Emma war sich sicher, dass sie ihren Sohn nur verschwommen sah. Dabei wirkte er so real, so lebendig und so greifbar. Wenn es eine Möglichkeit gegeben hätte, zu ihm zu gelangen, wäre Emma sofort durch den Bildschirm gekrochen. Doch stattdessen sog sie nur jedes seiner Worte, jede Regung wie Sauerstoff in sich auf.

«Videos wie dieses kenne ich nur aus dem Fernsehen von Testamentseröffnungen», erklärte Daniel. «Aber je nachdem, wie lange ich schon nicht mehr da bin, ist vermutlich längst alles geklärt.» Er seufzte. «Natürlich war ich beim Notar. Nicht dass ich viel zu vererben hätte – dafür hätte ich wirklich ein paar Jahre länger arbeiten müssen.» Er zuckte mit den Schultern und zog spöttisch eine Augenbraue hoch. «Aber – und das habe ich in meinem Testament vergessen – ich möchte, dass Simon und Steve meine Videospielsammlung bekommen.» Er räusperte sich. «Emma, du warst nie sonderlich glücklich, wenn ich mit den Jungs bis tief in die Nacht gezockt habe, und deshalb schaff dir Platz und gib die Spiele weg.»

Lucy und Carol stöhnten. Carol verdrehte dabei so übertrieben die Augen, dass sogar Claire lachen musste. «Na, vielen Dank auch», sagte Carol.

«Aber nicht alle!», warf Daniel jetzt ein und schmunzelte. «Die Konsole und die Spiele, die auch für Kinder geeignet sind, gib bitte an Liam und Lucas! Ich weiß, wie häufig sie den Weihnachtsmann schon darum gebeten haben.»

Die beiden Brüder jubelten, Liam hüpfte dabei sogar so nah ans Feuer, dass Hannah aufsprang und ihn zu sich zog. Sie warf Grant einen Blick zu, den Emma nicht zu interpretieren wusste, doch die Begeisterung ihrer Neffen steckte auch sie an, und sie schüttelte amüsiert den Kopf.

«Apropos Weihnachtsmann. Emma, ich habe wirklich jede denkbare Stelle angefleht und angebetet, dass ich noch mehr Zeit mit dir bekomme. Es tut mir so unendlich leid, dass uns das nicht vergönnt war. Zumindest keine *gemeinsame* Zeit, aber du hast noch so viel Zeit vor dir. Jahre, Jahrzehnte. Nutze sie und mach was draus! Ich habe dir das, glaube ich, auch geschrieben, aber mir liegt viel daran, es dir auch noch mal zu sagen: Gib bitte nicht auf! Du musst mich nicht vergessen – das will ich auch gar nicht –, aber versuche, dein Leben mit so vielen tollen Momenten wie möglich zu füllen. Tu es auch für mich!»

Emma nickte, obwohl sie an vielen Tagen noch immer nicht wusste, wie sie diese bleierne Traurigkeit abstreifen und das Glück wieder in ihr Leben lassen sollte.

Sam trottete zu ihr rüber und drückte sich an ihren Oberschenkel. Sanft streichelte sie ihm über den sandigen Kopf und lauschte weiter Daniels Worten.

«Ich bin so froh, dass wir euch alle haben. Dass ihr meine Freunde wart und Emmas Freunde seid. Und dass Emma zwei so tolle Familien hat. Ich weiß, Mum und Dad, ihr seid immer noch gerne für sie da. Nicht wahr? Emma, sie mögen zwar nie offiziell deine Schwiegereltern geworden sein, aber sie lieben dich wie eine Tochter.»

«Das stimmt», warf Claire ein und schaute Emma so liebevoll an, dass ihr ganz warm ums Herz wurde. «Du kannst immer zu uns kommen!»

«Und Sam natürlich auch», ergänzte Michael.

Als ob Daniel die Worte seiner Eltern mitbekommen hätte, richtete er sich nun an Sam.

«Und Sam, mein vierbeiniger Freund. Ich hoffe so sehr, dass Emma dich nicht zurückgewiesen hat. Hannah, du hast mir mehrfach gesagt, dass das mit Sam ein riskantes Unterfangen ist, aber ich habe ja Liam und Lucas als Komplizen. Und ihr zwei hättet nicht zugelassen, dass Sam im Tierheim bleibt, oder?»

«Nein!» Lucas und Liam schüttelten synchron die Köpfe.

«Definitiv nicht!», brüllte Lucas so laut, dass Sam kurz aufjaulte.

«Hey, alles gut», flüsterte Emma und legte ihre Hand auf Sams Rücken, da ihn das immer besonders beruhigte.

«Vielleicht nimmst du es mir übel, Emma», sprach Daniel weiter, «dass ich das mit Sam über deinen Kopf hinweg entschieden habe. Und sicher überrumpele ich dich auch jetzt wieder. Aber nur mit Sam an deiner Seite kann ich sicher sein, dass du auch vor die Tür gehst. Vor allem, wenn du intensiv an Grahams Projekten arbeitest, dann beugst du dich oft bis tief in der Nacht über deinen Schreibtisch und blendest wirklich alles aus. Selbst mich!» Er legte amüsiert den Kopf schief. Mabel lachte laut auf.

Louise schnaubte. «Ich habe dir doch gesagt, du sollst das Mädchen nicht so viel arbeiten lassen», rief sie und rammte ihrem Mann den Ellbogen wohl etwas zu schmerzhaft in die Rippen. Graham verzog das Gesicht.

«Emma ist einfach wirklich gut, in dem, was sie tut», sagte er, und Mabel pflichtete ihm überschwänglich bei.

Emma lachte. «Danke auf jeden Fall für das Kompliment.»

«Jedenfalls möchte ich nicht», fuhr Daniel fort, «dass du

dich von nun an nur noch in Arbeit eingräbst. Das wäre zwar naheliegend und lenkt sicher gut ab. Aber ich wünsche mir, dass Sam dich vor die Tür lockt, dass ihr Spaziergänge macht und draußen in der Natur seid. All das, was ich bald nicht mehr kann.»

Sam bellte aufgeregt.

Daniel war sein Bedauern darüber klar anzusehen, aber Emma wusste, dass er zumindest zuletzt nicht mehr mit seinem Schicksal gehadert hatte, sondern den Moment vielmehr herbeigesehnt hatte, in dem er endlich keine Schmerzen mehr hatte. Es tat gut, Daniel jetzt noch einmal so voller Leben zu sehen. Auch wenn er das Video vor etlichen Monaten aufgenommen haben musste – Emma fühlte sich ihm plötzlich wieder so unfassbar nah.

«Lass dich also bitte darauf ein, Emma, wenn Hannah, Lucy, Carol oder auch die Jungs dir verrückte Vorschläge machen, dich entführen wollen. Ich kann all das nicht mehr – und ich hätte dich wirklich gerne noch an die entlegensten Orte entführt.»

Daniel richtete noch einige Worte einzeln an seine Freunde, sorgte für Tränen und Gelächter, manchmal auch für beides gleichzeitig. Er sprach mit Liam und Lucas, betonte, wie wichtig es ihm immer gewesen war, ihr Onkel zu sein, und wie viel Spaß er mit ihnen gehabt hatte. Und plötzlich waren die Jungs wieder hellwach – und stolz wie Oskar.

Emma schluckte vor Rührung. Auch nach Monaten schaffte es Daniel noch, den Menschen, die ihm besonders am Herzen gelegen hatten, Gutes zu tun.

«Mum … Dad …», sagte er dann, und Steve drehte seinen Laptop so, dass Claire und Michael nun besonders gut sehen konnten. «Ich weiß, dass ein Kind nie vor seinen Eltern gehen sollte, und es tut mir leid, dass ich euch so viel Kummer bereite. Erst das heimliche Rauchen auf dem Schulhof, das wiederholte Schuljahr und dann die Zeit, in der ich sogar die Schule schmeißen wollte. Und jetzt das. Aber dieses Mal habe ich leider keinerlei Einfluss darauf.» Er seufzte. «Mum, Dad, ihr wärt hervorragende Großeltern geworden! Und du, Emma, die beste Mum, die sich ein Kind nur vorstellen kann. Ach, was sage ich da, wir wären die besten Eltern überhaupt gewesen. Sorry, Simon und Lucy, aber das muss ich einfach mal sagen.»

Lucy lachte und gab den kleinen Danny an Simon weiter, damit sie sich selbst die Nase schnäuzen konnte.

«Ich wünschte, ich hätte Emmas Gesicht sehen können, als sie erfahren hat, dass euer Baby meinen Namen trägt. Sie hat sich hoffentlich ebenso wie ich gefreut?»

Emma senkte beschämt den Blick.

«Jedenfalls bin ich mir sicher, dass sie den kleinen Daniel fest in ihr großes Herz schließt. Kinder sind was Wunderbares. Aber bitte, Mum, gehe jetzt nicht in den Keller und hole meine ganzen alten Bastelarbeiten und Bilder hervor. Die liegen nicht umsonst im Keller.» Er grinste.

«Zu spät», sagte Claire.

«Allerdings!», fügte Michael hinzu und streichelte ihre Hände.

«Ich fürchte Schlimmes», spaßte Simon in die Runde, schaute dann aber direkt wieder auf den Bildschirm.

Emma ahnte, dass Simon weitaus angefasster war, als er hier tat. Denn sie wusste von Lucy, dass er Daniel schmerzlich vermisste und häufig auf den Friedhof ging, um seinen Freund zu besuchen. Ihr gegenüber hatte Simon darüber jedoch nie ein Wort verloren, er versuchte vielmehr, Emma jedes Mal irgendwie aufzumuntern, wenn sie sich begegneten.

Daniel hatte so ein Glück gehabt, dachte sie, Freunde wie Simon und Steve zu haben. Steve musste über Monate von diesem Video gewusst haben, und er hatte sich ganz offensichtlich nicht einmal Simon oder Carol anvertraut. Beide hatten so dermaßen überrascht gewirkt, dass Steve vermutlich nicht einmal etwas angedeutet hatte.

«Emma, eigentlich wäre das jetzt unsere Hochzeitsnacht», fuhr Daniel fort. «Und ich verschweige hier im Video ganz bewusst vor allen anderen, wie ich mir diese Nacht mit dir vorgestellt habe.»

Emma wurde rot und war froh, dass die Nacht ihre Komplizin war und den rötlichen Schimmer auf ihren Wangen nicht verriet.

Daniel lächelte in die Kamera und konnte trotz des diffusen Lichts im Wohnzimmer eine gewisse Röte im eigenen Gesicht nicht verbergen.

«Wir haben leider keine gemeinsame Zukunft als Ehepaar, aber du hast eine Zukunft ohne mich.» Er kämpfte mit den Tränen, lächelte dann wieder und schien darum bemüht, die richtigen Worte zu finden. «Und ich möchte, dass sie genau heute endlich beginnt, deine Zukunft. Damit sage ich nicht, dass du alle meine Fotos entfernen sollst – außer vielleicht das von mir beim Fish-&-Chips-Essen. Aber das hast du hoffentlich wirklich verschwinden lassen?»

Emma schüttelte ertappt den Kopf und ignorierte die fragenden Blicke der anderen.

«Also lass dich bitte wieder auf das Leben ein, Emma! Irgendwann wird auch ein anderer Mann in dein Leben treten, da bin ich ganz sicher. Und das ist okay, es ist wirklich okay! Ich bin ja nicht mehr da, und der Platz an deiner Seite soll nicht leer sein – also falls Sam es zulässt.» Er lächelte.

Sam spannte unter Emmas Hand seinen Körper an, richtete seine Ohren auf.

«Für mich bedeutet das auch, dass du keine weiteren Briefe mehr von mir bekommst.»

Emma hielt die Luft an.

«Ich habe lange überlegt, ob Briefe an dich überhaupt der richtige Weg sind. Aber ich hatte das Gefühl, dir noch so viel mitteilen zu müssen. Ich hoffe also, dass sie dich alle erreicht und dir ein Lächeln ins Gesicht gezaubert haben.» Er beugte sich vor. «Und jetzt kommt noch eine ganz wichtige Info: nämlich die, dass ich unsere Hochzeitsreise nicht storniert habe.»

«Was?», stammelte Emma und starrte den Bildschirm an. Daniel hatte direkt nach der Diagnose darauf bestanden, sich selbst um die gebuchte Reise zu kümmern, da er – so hatte er es formuliert – so gut verhandeln könne, dass er vermutlich die komplette Anzahlung zurückbekäme.

Daniel zog die Augenbrauen hoch. «Da staunst du, was?» Er senkte seine Stimme wieder etwas. «Aber keine Angst, ich habe die Reise umgewandelt. Keine Flitterwochensuite für uns beide, sondern ein kleines Hotel in Cornwall für dich und Sam. Es war gar nicht so einfach, ein Hotel zu finden, das auch Vierbeiner aufnimmt. Ich habe allerdings behauptet, dass Sam ein besonders gut erzogener Hund ist. Nun ja, ich hoffe – auch für dich –, dass die Hundeschule etwas gebracht hat und dass Sam nicht das ganze Hotel demoliert.»

Emma verzog das Gesicht.

«Ja, vielleicht hast du überhaupt keine Lust darauf, aber ich möchte, dass du diese Reise antrittst. Nimm dir Stift und Papier mit, schmiede Pläne für dein Leben und genieße die Zeit! Oh, und lass dir von deiner Mum bitte auch meine Kamera mitgeben! Anfang September soll Cornwall besonders schön sein. Und wenn ich es von da, wo ich dann bin, irgendwie regeln kann, werde ich dafür sorgen, dass ihr auch besonders schönes Wetter habt.» Er verzog spöttisch den Mund. «Davon abgesehen habe ich mir sagen lassen, dass Hunde bei Regenwetter auch nicht besonders gut riechen ...»

«Oh ja!», warf Emma ein und brachte damit die anderen zum Lachen. Denn längst hatten sie alle wahrgenommen, dass Sam manchmal intensiv nach Bergamotte duftete, weil Emma besonders viel Wert auf Fellpflege legte.

«Ach, und Graham, falls du da bist, gib Emma bitte Urlaub, ja? Gebucht habe ich ab kommender Woche für zehn Tage.»

«Selbstredend!», rief Graham. Er hatte für seine Mitarbeiterinnen und Mitarbeiter schon immer alles möglich gemacht. «Dann schnappt mir der Hund in der Zeit wenigstens nicht mein Wurstbrötchen weg.»

Wieder rieb er sich nach Louises Reaktion die Rippen.

«So, und nun muss ich noch etwas loswerden», sagte Daniel. «Es fällt mir nicht leicht, das jetzt zu sagen, aber das hier ist meine letzte Nachricht an dich, Emma. Es wird nicht nur keine weiteren Briefe mehr geben, sondern auch keine Videos. Leute, passt gegenseitig gut auf euch auf, ja? Ich liebe euch alle. Es war toll, gemeinsam mit euch Zeit zu verbringen. Besonders auch mit euch, Mum und Dad.»

Claire schluchzte auf.

«Und du, Emma ...» Daniel zögerte und kämpfte gegen die Tränen an.

Es dauerte etwas, bis er sich wieder gesammelt hatte und ihr sein schönstes Lächeln zeigte. Seine blauen, fein gesprenkelten Augen leuchteten auf, und er schien sich ganz auf Emma zu konzentrieren.

«Du warst mein größtes Glück, und ich hätte mir im Leben nichts mehr wünschen können als dich. Danke für alles, mein Schatz! Danke, dass du dein Leben und dein Bett mit mir geteilt hast!» Erneut wirkte er etwas verlegen. «Danke, dass ich der Mann an deiner Seite sein durfte! Du hast mich zu einem besseren Menschen gemacht, und ich werde das Universum anflehen, dass es viele schöne Momente für dich bereithält. Jetzt aber lasse ich dich gehen, Emma. Genieße dein Leben, mache das Beste daraus!»

Emma hielt erneut den Atem an.

«Ich liebe dich für immer», sagte Daniel sanft und mit Tränen in den Augen. Dann schaltete er die Kamera aus.

Schweigen breitete sich aus, als Steve den Laptop zuklappte.

Das Feuer war fast ausgegangen, und plötzlich war Emma wieder von Dunkelheit umhüllt. Eine Dunkelheit, in der die Sterne, obwohl sie Lichtjahre entfernt waren, wie winzig kleine Hoffnungsschimmer wirkten – in der Daniel aber auch weiter weg war als je zuvor.

54

Zehn Tage später lief Sam auf schnellen Pfoten aus dem kleinen Hotel in St. Ives, in dem Emma und er untergekommen waren. Den Teppich im Eingangsbereich mochte er gar nicht, da er sich unter seinen Pfoten unangenehm anfühlte. Das «Cornwall Cottage Hotel» war ein kleines Haus mit nur wenigen Zimmern, das über eine kühle Steinmauer verfügte, an die sich Sam nach den langen Spaziergängen mit Emma gerne anlehnte.

«Sam, pass auf, die Straße!», rief Emma hinter ihm her und holte dann einen Teil seiner Leine ein. Sam zog längst nicht mehr so wie am Anfang. Er mochte es nicht, wenn das Halsband ihn einschnürte, und er hörte nun viel häufiger auf Emmas Ansagen. Wenn sie zufrieden war und ihn «brav» nannte, bekam er häufig etwas Leckeres zu fressen.

Also blieb Sam stehen und wartete auf Emma.

Er mochte es hier, er mochte die Blumen, die die Häuser und Straßen säumten, den Geruch nach Fish & Chips, der zusammen mit dem nach Salzwasser permanent in den kleinen Gassen hing, und Emmas Stimme, die zusehends fröhlicher und entspannter klang.

Es war das erste Mal, dass er mit Emma für längere Zeit woandershin gefahren war. Es war schön, sie ganz allein für sich zu haben. Sam genoss ihre Nähe und die Sonne, die nicht mehr ganz so heftig auf sein Fell brannte wie noch vor einiger Zeit. Dadurch konnte er viel besser und länger toben, ohne dass er an den Pfoten schwitzte.

Gleich, wenn sie am Strand waren, würde Emma ihn von der Leine lassen. Sam kannte den Weg, den sie nehmen würden. Sie gingen ihn jeden Tag.

Neben Emma überquerte Sam die Straße an der Stelle, an der breite weiße Streifen auf den Asphalt gemalt waren. Dann liefen sie durch eine kleine Gasse, in der rechts und links Geschäfte ihre Waren ausstellten. Manchmal blieb Emma stehen, schaute sich etwas an. Manchmal nahm sie danach etwas in einer Tüte mit. Wie diese Tasche, die sie jetzt auf dem Weg an den Strand immer trug. Sam hatte heute Morgen daran geschnüffelt. Er wusste, dass Emma auch etwas für ihn zum Fressen mitgenommen hatte. Deshalb ging er brav bei Fuß. Und als Emma an einem Blumenladen stehen blieb, hörte er auf ihr Kommando und machte geduldig «Platz».

Emma hatte schon mal mit der Frau gesprochen, die zwischen den Töpfen stand und einige Blütenblätter abzupfte.

«Guten Morgen», sagte Emma, und die Frau erwiderte den Gruß, bückte sich dann zu ihm runter und streichelte sein Fell.

Sam bewegte sich nicht von der Stelle, aber er wedelte mit dem Schwanz. Er mochte es, wenn er Aufmerksamkeit bekam und gestreichelt wurde.

«Wieder auf dem Weg zum Strand?», fragte die Frau.

«Ja, oh, es ist herrlich hier. Da wollten wir das Wetter noch genießen.»

«Dieses Jahr ist es wirklich außergewöhnlich schön», sagte die Frau, die einen langen Rock trug, der sich weit um ihre Beine breitete.

Als Sam versuchte, darunter zu gucken, wurde er von Emma zurückgezogen. Also legte er sich hin und platzierte seine Schnauze auf den Pfoten. Das machte er immer so, wenn er nicht wusste, wie lange Emma stehen blieb.

«Waren Sie eigentlich schon mal hier? Ich habe gestern nur Augen für Ihren Hund gehabt und Sie gar nicht gefragt.» Erneut streichelte sie Sam.

«Ein einziges Mal vor sehr langer Zeit. Wir kommen aus Schottland. Für Sam ist es die erste Reise.» Emma machte eine Pause. «Mein verstorbener Mann hat uns diese Reise geschenkt», sagte sie mit leiser Stimme.

«Oh, das tut mir leid.» Die Frau richtete sich auf und streichelte nun Emma. Allerdings nicht ihren Rücken wie bei ihm, sondern ihren Oberarm. Sam winselte leise. «Das ist aber ein sehr schönes Geschenk», fügte sie hinzu. Ihr Rock wehte bei jedem Windstoß wild um sie herum, und Sam überlegte, ob er danach schnappen sollte. Er war sich aber nicht sicher, ob das eine gute Idee war.

«Ja, das ist es.» Emmas Stimme klang wieder fester. «Das konnte er wirklich gut, mich überraschen. Und es gelingt ihm auch heute noch.»

Sam hörte ein Lächeln in ihrer Stimme. Immer wenn Emmas Mundwinkel hochgingen, klang ihre Stimme fröhlicher und weicher. Sam mochte diesen Klang.

«Da hat er mit Cornwall eine ganz hervorragende Wahl getroffen. Sie machen auch Fotos?», fragte die Frau und deutete auf die Kamera, die schwer um Emmas Hals hing.

«Ja, auch das hat er mir beigebracht. Ihn hätten besonders die Architektur und diese wundervollen Reetdächer hier fasziniert. Er hat in allem die Schönheit erkannt. Mir selbst gefallen diese verwinkelten Gassen besonders gut. Auch Ihr Geschäft ist ein tolles Motiv, und ich würde gerne ein paar Fotos von Ihren Blumen und Ihrem Laden machen, wenn ich darf.»

«Aber gerne.» Die Frau nickte, und kurz darauf klickte der

Fotoapparat. Emma machte mehrere Bilder und konzentrierte sich dabei ganz auf die Blumen, die Sam schon häufiger bei ihr gesehen hatte: rosafarbene Rosen und weiße Callas. Dann wechselte sie noch ein paar Worte mit der Frau und wandte sich schließlich an ihn.

«Komm, steh auf, das Wetter soll später schlechter werden. Nutzen wir die Zeit am Strand, ja?»

Sam ließ sich das nicht zweimal sagen, er sprang auf die Pfoten und zerrte Emma hinter sich her.

«Tschüss», sagte sie schnell zu der Frau, die ihnen noch ein «Bis bald!» hinterherrief.

Sam konnte es nicht abwarten, dass Emma ihn gleich ableinte und er wieder frei über den Strand laufen konnte.

«Jetzt sei nicht so ungeduldig, Sam!», schimpfte Emma, klang dabei aber nicht sonderlich streng. Also zog Sam weiter und freute sich, als der Druck am Hals nachließ, weil Emma nun auch schneller lief.

Kaum hatten sie die Strandpromenade überquert, löste sie die Leine vom Halsband, und Sam rannte los. Er düste die Düne hinab, schlitterte an deren Ende mit dem Po über den Sand, weil er viel zu schnell geworden war, und stürzte dann aufs Wasser zu. Er liebte es, seine Pfoten hineinzutauchen und vor den ankommenden Wellen davonzulaufen. Manchmal erwischten sie ihn, manchmal war er schneller. Dann bellte er laut.

Emma und er waren fast alleine am Strand. Es roch auch nicht nach anderen Hunden. Aber hier waren Möwen. Im Sturzflug kam jetzt eine auf Sam zu, drehte kurz vor ihm ab und flog dann tief über den Sand. Sofort sauste er bellend hinterher, rannte dabei aber auch über die Picknickdecke, die Emma gerade erst ausgebreitet hatte.

«Sam, du schleppst wieder nur Sand an», rief Emma, aber sie lachte.

Sie war auch nicht mehr böse, wenn er in ihrem Bett schlief. Allerdings schob sie ihn meist ans Fußende, was auch bequem war. Doch momentan war Sam gar nicht müde. Er versuchte weiterhin, die Möwe zu jagen, und drehte sich verwirrt um die eigene Achse, als eine zweite hinzukam und laut kreischte. Sam jaulte. Er mochte dieses Geräusch gar nicht.

Weder die eine noch die andere Möwe ließen sich fangen. Sam schüttelte sich. Sand und Wassertropfen stoben in alle Richtungen. Der Wind wehte ihm entgegen, verwuschelte sein Fell und blies es wild durcheinander. Sam blinzelte, als er etwas Sand in die Augen bekam.

Einen Moment noch blieb er mitten im Sand sitzen, lief dann zu Emma, die es sich auf der Picknickdecke gemütlich gemacht hatte und entspannt aufs Meer blickte. Sie hatte die Beine angezogen und balancierte etwas Rechteckiges auf ihren Knien. Sie sah nicht so aus, als ob sie jetzt mit ihm wie am Vortag über den Strand toben würde. Also warf er sich mit dem Bauch nach unten auf die Picknickdecke und streckte alle vier Pfoten von sich. Dann döste er ein.

55

Emma zuckte zusammen, als Sam sich mit einem lauten Platschen neben sie auf die Picknickdecke fallen ließ.

«Da bist du ja», sagte sie lächelnd und fuhr ihm mit einer Hand durchs Fell.

Die Frau vom Blumenladen hatte recht gehabt, dachte sie. All das hier war ein wunderbares Geschenk. Sam, die Reise nach Cornwall und der Blick aufs Meer, der ihr dabei half, ihre Gedanken zu ordnen.

Sie blätterte in dem noch leeren Notizbuch, das sie sich im Ort in einem kleinen Schreibwarengeschäft gekauft hatte. Es war liniert und hatte auf seinem pastellfarbenen Einband etliche bunte Schmetterlinge.

Emma hatte ein Foto davon gemacht und es an Amber geschickt.

Musste hierbei an Lilly denken. Hoffe, es geht euch gut! Ich bin erst in einer Woche wieder zu Hause. Dann treffen wir uns, ja? Viele Grüße aus dem wunderschönen Cornwall.

Amber hatte direkt geantwortet: *Wie toll! Ich liebe diese Gegend. Genießt die Zeit! Ich freue mich auf dich und Sam!*

Ja, sie und Sam hatten einfach eine wunderschöne Zeit hier.

Vor fünf Tagen hatte Emma Sam ins Auto geladen und war mit nur einer Übernachtung den ganzen Weg nach England gefahren. Sie hatte die Musik aufgedreht und irgendwann sogar mitgesungen, während Sam auf dem Beifahrersitz hockte und den Scheibenheber immer dann betätigte, wenn es gerade besonders windig war.

«Mach zu, Sam!», hatte Emma dann stets gerufen, aber Sam hatte sich nicht davon abhalten lassen, seinen Kopf immer wieder nach draußen zu stecken. Er war einfach unverbesserlich.

Emma holte Daniels Füllfederhalter hervor. Vor ihrer Abreise hatte sie seinen Schreibtisch aufgeräumt und etwas mehr Platz für sich geschaffen. Graham hatte ihr den Urlaub direkt bewilligt, auch wenn er darauf bestand, dass sie ihm und Louise wenigstens eine Karte schickte. Zuletzt hatte Emma gemeinsam mit Mabel an einem Projekt gearbeitet, sodass es kein Problem war, dass sie nun ein paar Tage nicht da war.

Als sie den Signalton ihres Handys hörte, holte Emma ihr Smartphone aus der Tasche und freute sich über eine Nachricht von Lucy.

Alles gut bei dir? Danny wartet schon auf deine Rückkehr!

Sie hatte ein Bild des nun fast drei Monate alten Babys angehängt, das so verschmitzt in die Kamera lächelte, dass Emma direkt mehrere Herzen an ihre Freundin zurückschickte.

Dann konzentrierte sie sich auf das Notizbuch, das auf ihren Beinen lag. Mit dem Antritt der Reise hatte sie Daniel ein stummes Versprechen gegeben, das sie unbedingt einhalten wollte.

Sie nahm die Kappe vom Füller und begann zu schreiben.

Meine Vorsätze für das Leben ohne Dich

1. *Das Foto entfernen, auf dem Du Fish & Chips futterst und noch Remoulade am Mundwinkel hast. (Habe ich immer noch nicht gemacht, sorry!)*

2. *Unsere alten Fotos bearbeiten und katalogisieren. (Die freie Stelle an der Wand will ich auf jeden Fall durch ein anderes Foto von Dir ersetzen.)*

3. *Mit Mrs. Campbell über ihren Kater reden. (Sam ist zu Recht wütend, weil der Kater unseren Garten wirklich auffallend oft für seine Geschäfte nutzt.)*

4. *Mehr Zeit mit dem kleinen Danny verbringen. (Er hat so ein Glück, einen Namensvetter wie Dich zu haben, und er ist einfach unglaublich süß – Du würdest ihn lieben!!!)*

5. *Lucas und Liam Deine Videospielkonsole aushändigen. (Sie haben sich so über Dein Geschenk gefreut. Allerdings will ich ihnen auch noch ein Spiel dazu kaufen – ein kindgerechtes! Ehrlich, Daniel, ich war über Deine Spielauswahl wirklich etwas entsetzt!)*

6. *Wieder mehr im Wald laufen gehen – ab dem nächsten Frühjahr! (Ja, ich weiß, dass das nach einer Ausrede klingt, aber beim letzten Waldlauf bin ich klatschnass geworden.)*

7. *Die Auffahrt pflastern. (Sam schleppt nämlich ständig was von diesem Rindenmulch ins Haus, für den Du Dich entschieden hattest. Außerdem regnet es auch einfach zu oft. Aber ich finde eine schöne Alternative, versprochen!)*

8. *Unbedingt noch einmal zur Isle of Skye fahren und das so bald wie möglich. (Ich habe da noch etwas vor, aber hey, das ist eine Überraschung!) Sam darf selbstverständlich mit.*

9. *Noch viele weitere Pläne schmieden!*

Zufrieden legte Emma den Füller zur Seite und blickte wieder aufs Meer hinaus. Ja, sie würde es ohne Daniel schaffen. Irgendwie würde sie es schaffen!

Die Sonne, die Sam und sie zuvor auf der Picknickdecke gewärmt hatte, wurde mit einem Mal verdeckt. Ein langer Schatten legte sich über sie. Emma blickte auf und schützte mit der Hand ihre Augen, um besser sehen zu können.

«Emma? Sam? Das glaube ich jetzt nicht! Ich hätte mit allem gerechnet, aber nicht mit euch!»

56

Es war nur ein Eis. Emma rief sich immer wieder in Erinnerung, dass es nur ein Eis war, das sie mit einem Freund aß.

Sie löffelte in dem großen Erdbeerbecher, den sie sich bestellt hatte, konnte den Geschmack der frischen, vermutlich irgendwo aus Südeuropa importierten Beeren allerdings gar nicht richtig genießen. Sie war mehr als überrumpelt gewesen, als Benjamin plötzlich vor ihr gestanden hatte. Auch ihm war die Überraschung anzusehen gewesen. Er hatte seine Sonnenbrille abgenommen, sie in sein Haar geschoben und Emma angestarrt, als ob er am Loch Ness soeben einen Beweis für die Existenz von Nessie gefunden hätte.

Und nun saßen sie hier in einem Café an der Strandpromenade, und Emma war im Gespräch mit ihm so befangen, dass sie kaum einen Ton herausbekam. Sam dagegen hatte Benjamin gleich stürmisch begrüßt, war um ihn herumgesprungen und hatte dann von irgendwoher ein Stück Treibholz geholt, um es ihm wie ein Geschenk vor die Füße zu legen. Er hatte sich über die unerwartete Begegnung riesig gefreut.

Emma wusste noch immer nicht, was sie von Benjamins plötzlichem Auftauchen halten sollte. Sie hatte sich auf eine Auszeit alleine mit Sam eingestellt.

«Und wieso bist du noch mal genau in Cornwall?», fragte sie und runzelte die Stirn.

«Meine Mum wohnt hier. Ich bin nur ein paar Meilen entfernt aufgewachsen und immer noch mindestens einmal im Monat hier. Oder sagen wir mal alle sechs bis acht Wochen.»

Er verzog das Gesicht. «Es ist ja doch ein ganzes Stück zu fahren. Aber meine Mum geht hier in der Nähe jeden Freitag zum Friseur, und da wollte ich die Zeit für einen Strandspaziergang nutzen.»

Emma nickte.

«Sam hat die Autofahrt gut überstanden?»

«Oh ja, er fährt wirklich gerne Auto», antwortete sie. «Manchmal zu gerne.»

Sam lag zu ihren Füßen unter dem Tisch und hatte es sich auf ihren Sandalen bequem gemacht. Emma spürte sein sandiges Fell an ihren nackten Beinen und machte sich plötzlich Gedanken über den schon leicht abgeblätterten Nagellack auf ihren Zehen. Aber Benjamin schien nicht darauf zu achten. Sie sah zu den anderen Tischen herüber, die bis auf einen alle besetzt waren und an denen die Cafégäste angeregt ins Gespräch vertieft waren.

Warum nur fiel es ihr so schwer, sich unbeschwert mit Benjamin zu unterhalten? Zugegeben, sie hatten sich länger nicht gesehen und zuletzt nur kurze, unverbindliche Nachrichten ausgetauscht. Aber sie freute sich doch, ihn zu sehen!

Die Bedienung, die eine weiße Schürze mit Stickereien über ihrer Jeans trug, näherte sich ihnen und stellte einen Zuckerspender auf den Tisch.

«Den habe ich schon einmal aufgefüllt. Falls Sie nachher noch einen Kaffee oder eine Waffel wollen. Die gibt es auch mit Erdbeeren», sagte sie und schenkte vor allem Benjamin ein strahlendes Lächeln.

Emma schob eine weitere Erdbeere auf ihren Löffel und steckte sie sich in den Mund. Solange sie aß, musste Benjamin das Reden übernehmen. Das war ihr weitaus lieber.

Es war eine Sache, ihm in der Hundeschule oder in seiner Tierarztpraxis zu begegnen, eine andere, privat Zeit mit ihm zu verbringen. Wie lange ein Besuch in der Eisdiele wohl dauerte?

Als hätte er ihre Gedanken gelesen, erklärte Benjamin: «Später nehmen wir vielleicht noch was.» Er nickte der Bedienung freundlich zu. Sie war etwa Anfang 20, hatte einen geflochtenen dunklen Zopf und war so durchtrainiert, dass Emma vermutete, dass sie einen Großteil ihrer Zeit im Fitnessstudio verbrachte oder aber täglich am Strand entlangjoggte.

Emma schaute aufs Meer, das nun stürmischer wirkte als noch am frühen Nachmittag. Das Geräusch der Brandung und der Wellen wirkte auch heute beruhigend auf sie. Es war ein Besuch in einer Eisdiele, nicht mehr und nicht weniger. Eine kleine Eisdiele mit Blick aufs Meer. Und mit einer Terrasse, an deren Tische Mütter und ihre kleinen Kinder saßen, Kollegen, Verliebte und Freunde.

Freunde – sie waren genau das.

Benjamin musste sich mit ihr schrecklich langweilen, dachte Emma. Und ihr war sehr wohl bewusst, dass sie keine sonderlich gute Gesprächspartnerin war.

«Es ist so schön hier», versuchte sie es. «Was für ein Glück, dass du hier aufwachsen konntest.» Sie hätte den Norden Schottlands niemals gegen Cornwall eingetauscht, musste sich aber eingestehen, dass das hier ein weiterer schöner Fleck in Großbritannien war.

«Oh ja, das ist es. Und trotzdem konnte ich es nicht abwarten, hier wegzukommen.» Benjamin zuckte mit den Schultern. «Denn wenn man große Pläne hat, wirkt sogar Cornwall klein.»

«Inverness ist aber auch nicht New York.» Emma schmunzelte und betrachtete ihn herausfordernd. Sie bemerkte erste graue Haare an seinen Schläfen.

«Punkt für dich.» Er lehnte sich zurück. «Ich habe in London studiert und hatte auch wirklich eine tolle Zeit da ...»

«Aber?», fragte Emma.

«Nun ja, irgendwann war da diese Kommilitonin, die mir das Herz gebrochen hat. Und ich wollte nach dem Studium so weit wie möglich von ihr weg – ohne jedoch gleich den Kontinent zu wechseln.»

«Italien wäre eine Option gewesen.» Es machte Emma plötzlich erstaunlich Spaß, ihn ein bisschen zu necken.

«Schon, aber dann hätte ich ...» Wieder schien er nach Worten zu suchen. Er schaute ihr dabei so intensiv in die Augen, dass sie den Blick senkte. «Dann hätte ich so viele tolle Leute nicht kennengelernt. Ihr Schotten seid schon ein besonderes Volk.»

«Das nehme ich einfach mal als Kompliment.» Emma warf ihre Haare zurück und schob sich dann keck eine der nun längeren Haarsträhnen hinters Ohr.

«Solltest du!» Benjamin lachte. «Die Entscheidung, nach Schottland zu gehen, habe ich auf jeden Fall nie bereut. Ich fühle mich mittlerweile auch als Schotte.»

«Davon hört man aber nicht viel.» Sie neckte ihn weiter.

«Wegen des Akzents?»

Emma nickte. «Wobei sich immerhin ein kleiner schottischer Einfluss heraushören lässt.»

Benjamin lachte.

«Och, ich fand den schon immer sehr charmant, und da habe ich mir den wohl unbewusst etwas angeeignet. Mir war aber gar nicht klar, dass man das hört.»

«Oh doch», sagte Emma. Benjamins Stimme würde sie

überall wiedererkennen. «Was ist eigentlich mit der Hunde-schule?», fragte sie dann. «Machst du damit weiter?»

«Ja, aber erst im nächsten Frühjahr.» Er spielte den Ball zu-rück und fragte: «Und du? Oder ist Sam jetzt ein wohlerzoge-ner Vierbeiner, der immer aufs Wort hört?»

Emma nahm die Waffel aus ihrem Eisbecher und reichte sie Sam unter den Tisch. Er schnappte sofort danach.

Dann berichtete Emma von Sams Fortschritten. Sie erzähl-te allerdings auch noch die eine oder andere Episode von der Anfangszeit mit ihm. Davon, dass er ihr einen Teil des Bettes streitig gemacht hatte, aber auch von der Tatsache, dass Sam den Kater von Mrs. Campbell, den er anfangs ignoriert hatte, nun nahezu täglich jagte.

«Weißt du, wenn Sam nicht wäre», fuhr Emma fort, «hätte ich diesen miesen Streuner vermutlich längst mit dem Besen oder der Schaufel verfolgt. Der ist wirklich unerträglich.»

«Nein, so bist du nicht!», rief Benjamin lachend aus. Und Emma fragte sich, ob er sie sich gerade mit Gummistiefeln und Schaufel in der Hand vorstellte, und zupfte dabei unwill-kürlich an ihrer Bluse.

«Vielleicht nicht, aber ich kann Sam so gut verstehen.»

Emma lächelte bei dem Gedanken daran, wie sie und Sam den unsäglichen Kater zusammen aus dem Garten jagten. Dann löffelte sie den Rest Eis aus ihrem Becher. Aber obwohl das Gespräch wegen Sam in die Gänge gekommen war, hatte sie sich noch nicht wirklich entspannt.

Benjamin beugte sich wieder vor. «Er hat wirklich Glück gehabt, zu dir zu kommen. Nicht jeder Hund im ‹Happy Dog Shelter› findet ein so tolles Zuhause.»

Erneut schaute er sie so intensiv an, dass es Emma ganz verlegen machte.

«Weißt du ... Sam ist nicht wegen eines besonderen Glücksfalls zu mir gekommen», sagte sie ungewollt scharf und entschuldigte sich sofort, als sie sah, wie Benjamin sich für einen kurzen Augenblick versteifte. «Das war nicht so gemeint, ich ...»

«Emma!» Nur kurz legte er seine Hand auf ihre und zog sie dann direkt wieder zurück. «Ich weiß, was mit deinem Mann passiert ist. Lisa hat mir davon erzählt, und vielleicht habe ich ihn sogar selbst einmal kurz im Tierheim getroffen. Es tut mir sehr leid, dass du ihn verloren hast.» Er wirkte sichtlich betroffen.

«Er war nicht mein Mann», erklärte Emma leise und wunderte sich, dass sie das überhaupt richtigstellte. Denn sie selbst bezeichnete Daniel gerne so, aber das hier war nicht ihre Hochzeitsreise, das war der Neubeginn. Und Daniel hatte recht, sie musste anfangen, sich von ihm zu lösen.

«Man muss nicht verheiratet sein, um sich jemandem sehr verbunden zu fühlen», sagte Benjamin sanft. «Ich bin sicher, dass er ein ganz besonderer Mann war – der dir mit Sam ein ebenso besonderes Geschenk gemacht hat. Manchmal spielt das Leben nur einfach nicht fair.»

«Nein, das war sogar ziemlich unfair», antwortete Emma und war froh, dass sie doch noch etwas Eis im Becher hatte und sich aufs Auskratzen konzentrieren konnte. Sie wollte nicht vor Benjamin weinen. Das mit Daniel war so privat, und es wäre nicht richtig, hier über ihn zu reden. Nicht mit Benjamin. Nein, es fühlte sich nicht gut an. *Sie* fühlte sich nicht gut dabei.

Emma stand auf und entschuldigte sich. «Ich wasche mir mal kurz die Hände.»

Sam blickte fragend zu ihr hoch.

«Ich komme gleich wieder», sagte sie und tätschelte ihm liebevoll den Kopf. «Du bleibst bei Benjamin, ja?» Dann, an Benjamin gerichtet, fügte sie hinzu: «Also wenn das okay ist? Ich brauche wirklich nur ein paar Minuten.»

Sie brauchte dringend einen Moment für sich, musste sich sammeln.

In dem kleinen Toilettenraum schloss Emma sich ein und ließ sich so lange kaltes Wasser über die Handgelenke laufen, bis sie sich etwas besser fühlte. Dann holte sie ihr Handy hervor und schrieb eine Nachricht an Hannah. Lucy hätte gleich so ein Ding draus gemacht, dass Emma die ruhige Art ihrer Schwester bevorzugte.

Hilfe, ich habe hier Benjamin getroffen. Rein zufällig.

Es war ihr wichtig, zu betonen, dass sie niemals mit ihm gerechnet hätte.

Sind in einer Eisdiele. Ich weiß gar nicht, was ich jetzt machen soll.

Hannahs Antwort brauchte nur Sekunden.

Was du machen sollst? Eis essen! Ist doch ganz einfach!

Sie schickte noch eine zweite Nachricht hinterher.

Genieß die Zeit, Em, und versuche, deinen Kopf auszuschalten. Daniel hätte genau das gewollt.

Emma schaute länger in den Spiegel. Sie sah so viel erholter aus als noch vor ein paar Wochen. Nach wie vor hatte sie diese leichte Sommerbräune, die ihre grünen Augen hervorragend zur Geltung brachte. Auch die kräftigeren Farben in ihrem Kleiderschrank, zu denen sie jetzt wieder griff, standen ihr gut. So wie die rot geblümte Bluse, die sie heute zu blauen Jeansshorts trug.

Aber Spiegelbilder täuschten. Emma war noch immer mit einem Leben ohne Daniel überfordert.

Sie atmete tief durch, straffte ihre Schultern und ging wieder nach draußen.

Benjamin schien sich mit Sam zu unterhalten. Jedenfalls saß der Hund aufrecht vor ihm und hing ihm förmlich an den Lippen.

Emma betrachtete Benjamin einen Moment, bevor sie Platz nahm. Er saß leicht vornübergebeugt am Tisch, streichelte Sam und spielte mit dessen Ohren. Sie registrierte das Lederarmband, das Benjamin am linken Handgelenk trug. Ob er sich das selbst gekauft oder es geschenkt bekommen hatte? Sein Haar war etwas länger als bei ihrer letzten Begegnung, sein Gesicht nicht frisch rasiert – das allerdings stand ihm sehr gut.

Er wirkte tiefenentspannt und ging auch ganz unbefangen mit der Kellnerin um, die gerade herbeitrat und einen Wassernapf für Sam brachte.

«Oh danke», sagte Emma zu ihr und setzte sich wieder an den Tisch. «Das ist aber nett.»

«Sehr gerne», erwiderte die Kellnerin. «Ihr Freund hat gerade darum gebeten.»

Emma sah sie irritiert an. «Mein ...? Er ist nicht mein Freund.»

«Oh, jetzt vielleicht noch nicht, aber irgendwann vielleicht.» Sie zwinkerte ihnen zu.

Emma wurde rot, und Benjamin lachte.

«Hast du echt darum gebeten?», fragte sie, als die Frau wieder verschwunden war, damit die Situation nicht noch unangenehmer wurde.

«Ja, eben, als du kurz auf Toilette warst.» Benjamin lächelte sie an. «Möchtest du noch etwas bestellen? Meine Mum hat nämlich gerade geschrieben, ich muss sie in einer halben Stunde abholen.»

«Tja, so ändern sich die Zeiten.» Emma lachte. «Jetzt holt der Sohn seine Mutter ab.»

Benjamin stimmte in ihr Lachen mit ein, und wieder einmal fiel Emma auf, wie wohltuend seine Stimme auf sie wirkte.

«Ich möchte nichts mehr, danke», sagte sie, «wir können gerne gehen.» Sie bückte sich und fasste nach Sams Leine.

«Ich übernehme die Rechnung.» Benjamin griff nach dem Portemonnaie in seiner Hosentasche, bevor Emma etwas einwenden konnte. «Ich möchte dich wirklich gerne einladen», sagte er und streifte dabei so kurz ihren Arm, dass Emma nicht wusste, ob es Zufall oder Absicht gewesen war. Benjamin winkte die Kellnerin heran, und nur kurze Zeit später verließen sie die Terrasse des Cafés und traten auf die Strandpromenade.

Plötzlich kamen zwei Teenager mit Rollerblades auf sie zugeschossen. Benjamin riss Emma zurück und ließ sie erst wieder los, als er sich versichert hatte, dass keine weiteren Skater folgten.

«Das war knapp», sagte er. «Tja, Cornwall ist eben auch ein Skaterparadies. Aber nicht gerade dafür bekannt.»

«Wohl kaum», antwortete Emma. «Ich habe mich echt erschrocken.» Noch immer pochte ihr Herz bis zum Hals. Sie versuchte, Sam zu beruhigen, der den Skatern hinterherbellte, aber die Jungs waren längst verschwunden. «Das macht er auch mit Möwen», sagte Emma.

«Und mit dem Kater eurer Nachbarin.»

«Ja.» Emma zuckte mit den Schultern und lachte. «Vielleicht täte ihm noch etwas Zeit in der Hundeschule doch ganz gut.»

Sie dachte an die Zeit mit all den anderen Vierbeinern, mit

Lisa und Amber und mit Benjamin, mit dem sie sich sehr wohlgefühlt hatte. Jedenfalls bis zu dem Tag, an dem er sie nach dem Abendessen bei Amber nach Hause begleitet und sie ihn geküsst hatte. Sie errötete bei dem Gedanken daran.

Sam schubste Emma von hinten an.

«Das hat er wohl gehört.» Benjamin lachte. «In welchem Hotel bist du?»

«Im ‹Cornwall Cottage Hotel›», antwortete Emma.

«Der Friseur meiner Mum ist ganz in der Nähe. Dann begleite ich dich jetzt zurück nach Hause.» Er lief los und schien so wenig mit ihrem Widerspruch zu rechnen, dass Emma ihm, ohne weiter nachzudenken, folgte.

«Wie das klingt: *nach Hause*», sagte sie amüsiert. «Ich mache hier doch nur Urlaub.»

«Und doch wohnst du momentan dort. Ist zu Hause nicht ein bisschen überall? Also, überall dort, wo man sich wohlfühlt?» Er legte seinen Kopf schief, wie Sam es manchmal tat, wenn er Bestätigung suchte oder Unfug angestellt hatte.

Emma ahnte, dass Benjamin recht hatte. Der Gedanke war ihr zwar noch nie gekommen, aber zu Hause fühlte sie sich tatsächlich auch hier. In ihrem kleinen Hotelzimmer mit der Rosenbettwäsche und dem Blick aus dem Fenster, bei dem ein blauer Streifen am Horizont vermuten ließ, dass das Meer ganz in der Nähe war. Jeden Morgen wurde sie vom Geschrei der Möwen geweckt, lief barfuß ans Fenster und öffnete die Läden, um die salzige Meeresluft einzuatmen.

«Dann werde ich mein neues Zuhause auf jeden Fall noch etwas genießen», sagte Emma und lächelte Benjamin warm an.

Sie freute sich, noch ein paar Tage hier zu haben. Die bleierne Müdigkeit, die sie in den letzten Monaten oft gespürt hatte, schien immer mehr von ihr abzufallen. Sie schlief viel, lieh sich Romane aus dem kleinen Bücherregal in der Teestube des Hotels und begab sich mindestens einmal am Tag mit Sam an den Strand und auf Fotosafari. Die Bilder hätten Daniel gefallen. Vor allem das Selfie von ihr und Sam am Wasser. Sie würde es im Flur aufhängen. Es war Zeit, mit der Fotostrecke weiterzumachen und schöne neue Erinnerungen hinzuzufügen.

«Ich würde dich sehr gerne wiedersehen, wenn du zurück in Schottland bist, Emma. Dich – und Sam!»

Sie waren vor dem Hotel angekommen. Benjamin sah sie jedoch nicht an, weil er und Sam sich gerade High Five gaben. Der Klang seiner Stimme verriet Emma allerdings, wie viel ihm ein Treffen mit ihr bedeutete.

«Ich will dich nicht unter Druck setzen», fuhr er fort und erhob sich, «aber ich möchte, dass du weißt, dass ich dich wirklich sehr gerne mag.» Diesmal sah er ihr fest in die Augen und lächelte sie an. Feine Fältchen lagen um seine dunklen, freundlich wirkenden Augen.

Bevor Emma jedoch antworten konnte, hauchte er ihr einen Kuss auf die Wange, dann ließ er sich von Sam noch ein letztes High Five geben und ging, ohne sich noch einmal umzudrehen, über die Straße zurück in die Richtung, aus der sie gekommen waren.

57

Es war Oktober, als Emma es tatsächlich zur Isle of Skye schaffte. Genau ein Jahr nach dem Tag, an dem sie mit Daniel, Lucy, Simon, Carol und Steve hier gewesen war.

Lucy hatte angeboten, sie zu begleiten, wenn sie eine Betreuung für Danny fand, doch Emma hatte abgewinkt. Diesen Ausflug musste sie ganz alleine machen – alleine mit Sam.

Sie hatten den breiten Teil des Wanderweges bereits hinter sich gebracht. Jetzt wurde es unbequemer, die kleine Wanderung anspruchsvoller. Emma fixierte den Old Man of Storr, den sie bereits in der Ferne erblickte.

Daniel hatte im vergangenen Jahr unbedingt die Felsformation erreichen wollen, das schlechte Wetter hatte ihnen jedoch einen Strich durch die Rechnung gemacht. Nachdem sie in ihren Autos über eine halbe Stunde gewartet hatten, dass der Regen nachließ, war Daniel schweren Herzens ausgestiegen, hatte sich die Kapuze seiner Wachsjacke tief ins Gesicht gezogen und bei Steve an die Scheibe geklopft.

«Hey, das bringt leider nichts. Ich fürchte, das können wir vergessen.»

Daniel hatte mehr als enttäuscht gewirkt, Lucy dagegen erleichtert. Die Freundin hatte bei diesem gemeinsamen Wanderausflug zuletzt immer wieder mit Müdigkeit gekämpft. Im Nachhinein vermutete Emma, dass Lucy da bereits schwanger gewesen war. Und dass Daniel in jener Zeit bereits gegen die Dämonen in seinem Körper kämpfte. Doch sie war froh, dass sie diesen Ausflug gemeinsam gemacht hatten.

Sie hatte Daniels Stimme im Ohr, der sie auch jetzt weiter antrieb.

Los, Emma, du schaffst das! Es ist nicht mehr weit.

Er hatte ihr immer wieder eingetrichtert, wie wichtig es war, seine Ziele vor Augen zu haben, und wie gut es tat, sich eigene Ziele zu setzen. Selbst wenn es manchmal viel Anstrengung brauchte, um diese dann zu erreichen. Doch mit jedem noch so kleinen Schritt kam man ihnen näher.

Emma hatte Daniel in Gedanken versprochen, hier auf die Isle of Skye zurückzukehren. Sie ging diesen Weg heute auch für ihn.

Daniel, siehst du, ich bin wirklich hier. Ich schaffe es.

Kurz blieb sie stehen und schaute nach Sam, der nur wenige Meter hinter ihr lief. Er folgte nicht mit der Leichtigkeit einer Gazelle, aber immerhin mit dem festen Willen eines sturen Mischlingshundes, dem kein Aufstieg zu schwer war.

«Schau, wie schön es hier ist, Sam!», sagte Emma.

Unterhalb der grünen Hügel, auf denen sie standen, breitete sich tiefblau das Meer aus. Vor ihnen aber lag der majestätische Old Man of Storr, dessen keilförmige Spitze steil in den Himmel ragte.

Daniel hätte es geliebt.

Emma nahm den Rucksack vom Rücken, zog an den Kordeln, die ihn verschlossen, und holte die Kamera daraus hervor.

Hier, wo das tiefe Blau des Meeres und das saftige Grün der Wiesen aufeinandertrafen und schroffe Felsen graue Akzente setzten, war es nicht schwer, die Gegensätzlichkeiten der Natur auf einem einzigen Bild festzuhalten. Die Wolken, die sich sonst so oft an den Felsen rieben, hatten am heutigen Tag eine Pause eingelegt und überließen der Sonne das Feld,

die die Landschaft mit einem goldenen, warmen Licht über-
zog.

Emma atmete die frische Meeresluft ein. Der Wind rüttelte
an ihrem Haar und ihrer Jacke. Nicht ganz so heftig wie vor
einem Jahr, aber doch so fest, dass Emma wieder einmal spürte, wie klein der Mensch im Vergleich zu der ihn umgebenden
Natur war.

«Komm, Sam, den Rest des Weges schaffen wir auch noch.»
Sie spornte mehr sich selbst als ihren Hund an.

Während des letzten Teils des Weges hielt sie nur noch
kurz inne, schaute nach Sam oder machte schnell ein paar Bilder. Dann endlich stand sie unterhalb des Old Man of Storr.

Emma spürte ein überbordendes Glücksgefühl, das fast
ebenso mächtig schien wie die Felsformation. Von hier aus
hatte sie einen atemberaubenden Ausblick auf die umliegen-
den Inseln, die mal dramatisch und mal mit sanfter Anmut
aus dem dunkelblauen Meer ragten.

«Daniel, das ist so wunderschön», flüsterte sie und hoffte,
dass der Wind ihre Worte zu ihm tragen würde. Sie sog den
Anblick in sich auf und erfreute sich an dem schönen Wetter,
das auf ihrer Seite gewesen war. Ja, Daniel hatte recht gehabt,
das Leben war immer noch lebenswert.

Emma stieg wieder etwas ab, bis sie eine Stelle fand, an der
ihr der Ausblick besonders gefiel. Sie breitete eine Isomatte
aus, setzte sich und rückte dann ganz nah an Sam heran, dessen Fell vom Wind ebenso durchgepustet wurde wie ihr Haar.
Sie lehnte ihren Kopf an seinen, atmete seinen Geruch ein und
lachte. «Sam, du riechst ausnahmsweise mal weder nach nassem Hund noch nach Bergamotte, sondern einfach nur nach
Freiheit und Meer.»

Als Antwort schleckte er ihr über die Hand.

Lange saßen sie so da, bis die Sonne etwas schwächer wurde.

Jetzt war er gekommen, der Moment des endgültigen Abschieds, dachte Emma und drehte sich zu ihrem Rucksack um.

Obwohl der Wind immer wieder versucht hatte, ihn loszureißen, hing der kleine rote Heliumballon noch an der Schlaufe des Rucksacks. Emma band ihn los, holte einen Umschlag aus ihrer Jackentasche und befestigte ihn an der Schnur. Sie wusste nicht, wie weit der kleine Ballon fliegen würde, aber sie hoffte, dass er ihre Worte hinauf in den Himmel zu Daniel tragen würde.

Lieber Daniel,

ich habe es geschafft. Wenn Du diese Zeilen liest, dann bin ich tatsächlich bis zum Old Man of Storr gelangt. Wie gerne wäre ich hier mit Dir gewesen, aber Sam ist an meiner Seite – wenn er nicht vorher schlappgemacht hat. ☺

Du hast mich in meinem Leben so viel angespornt und so sehr an mich geglaubt. Es wird Zeit, dass ich das nun auch selbst tue.

Oh Daniel, Du glaubst gar nicht, wie sehr ich Dich vermisse! Wir hatten doch noch so viel vor! Aber das Schicksal ist ein hinterhältiger Verräter, und ich schwöre Dir, wenn ich es irgendwann in die Finger bekommen sollte, dann kann es was erleben!

Ich hatte solche Angst vor unserem Hochzeitstag und bin froh, dass Du ihn mir etwas leichter gemacht hast. Du weißt, wie gerne ich Deine Frau geworden wäre und wie gerne ich mit Dir unsere Kinder im Kinderwagen geschoben hätte. Die Isle of Skye hätten wir sicher für ein paar Jahre aussparen müssen, aber vielleicht hätten wir zusammen Cornwall besucht. Das ist um einiges kinderwagenfreundlicher.

Mir fällt es immer noch schwer, mir eine Zukunft ohne Dich auszumalen, aber ich arbeite daran. Benjamin, Sams Tierarzt, hat mich zu einer Pizza eingeladen. Und Du glaubst gar nicht, wie lange Hannah auf mich eingeredet hat, damit ich diese Einladung annehme.

Dabei weiß ich, dass kein Mann der Welt etwas an meiner Liebe zu Dir ändern kann. Vielleicht werde ich eines Tages wieder jemanden lieben können, aber noch bin ich nicht so weit. An dem Abend mit Benjamin habe ich natürlich Pizza mit Zwiebeln bestellt, weil ich nicht vorhatte, ihn zu küssen. Auch wenn ich das Gefühl habe, dass er es gern getan hätte. Aber er lässt mir Zeit, ist mir ein guter Freund geworden und drängt mich zu nichts.

Hoffentlich schickst Du mir kein Donnergrollen vom Himmel, wenn Du das liest. Aber ich finde es richtig, dass Du Bescheid weißt. Noch brauche ich Zeit für Dich und mich, weil ich Dich noch immer nicht richtig loslassen kann.

Vor ein paar Tagen habe ich übrigens Deine Eltern besucht. Du hattest recht, Deine Mum hat etliche Deiner Bastelarbeiten aus dem Keller hervorgeholt und im Haus verteilt. Es ist gut, dass Du Fotograf geworden bist. Zeichnen ist wirklich nicht Deine Stärke.

Jedenfalls haben wir ausgemacht, dass ich Deine Mum bald einmal auf den Friedhof begleite. Ich möchte mich wenigstens kurz versichern, dass Du ein schönes Grab hast. Aber bei uns zu Hause oder hier in der Natur fühle ich mich Dir einfach viel näher. Ich spreche immer noch manchmal mit Dir. Mal in Gedanken und mal mit lauter Stimme in der Nacht. Sam legt dann immer so lustig seinen Kopf schief. Vermutlich denkt er, ich sei durchgeknallt. Und irgendwie bin ich das ja auch wirklich.

Es macht mich wahnsinnig, dass Du nicht mehr da bist. Du fehlst uns allen – und sosehr ich mich anfangs auch gesträubt habe, ich bin froh, dass Lucy und Simon ihren Sohn nach Dir benannt haben. Es tut so gut, dass Du in dem kleinen Danny irgendwie weiterlebst und dass wir auch in Jahrzehnten noch erzählen können, wie wundervoll sein Onkel Daniel war.

Daniel, ich liebe Dich so sehr! Glücklicherweise haben wir viele wundervolle Freunde, und ich habe unsere Familien um mich, die sich um mich kümmern und immer noch meine Tränen aushalten, gegen die ich mich auch nach Monaten manchmal nicht wehren kann. Ich weiß, dass die Trauer um Dich nie ganz verschwinden wird, aber ich habe gelernt, sie auszuhalten, und versuche, die Zeit mit vielen schönen Momenten zu füllen. Flinty ist übrigens weiterhin mit dabei. Er hat ein paar Runden in der Waschmaschine gedreht, nachdem ich ihn beim Spazieren im Craig Phadrig Forest verloren hatte. Aber ein Rugby-Spieler kann so ein bisschen Dreck natürlich ab. ☺

Sam hat sich gut bei mir eingelebt. Ich danke Dir so sehr für dieses wunderbare, wenn auch oft anstrengende Geschenk! Zugegeben: Anfangs war ich sogar wütend auf Dich, weil Du das einfach über meinen Kopf hinweg entschieden hast, aber im Nachhinein war es die beste Entscheidung überhaupt. Du hast gleich etwas ganz Besonderes in ihm gesehen, ich habe dafür etwas Zeit gebraucht. Nachdem er Deine geliebten Pantoffeln zerkaut und Dein Kissen zerfleddert hat, hätte ich ihn fast aus dem Haus geschmissen, aber jetzt hat er einen festen Platz bei mir – für immer. Wir sind ein supergutes Team geworden, und ich liebe ihn heiß und innig. Meistens auf jeden Fall.

*Daniel, die Zeit mit Dir war wunderwunderschön! Ich muss
nur noch richtig lernen, voller Dankbarkeit und nicht mit so
viel Trauer zurückzublicken. Die gemeinsame Zeit kann uns
niemand nehmen, an die Zukunft ohne Dich muss ich mich
allerdings noch gewöhnen. Aber – und das verspreche ich Dir
hiermit – ich werde alles geben, damit es mir gelingt!
Ich hoffe, dass es Dir da, wo Du jetzt bist, gut geht! Ich liebe
Dich für immer!*

Deine Emma

Emma drückte Sam an sich, dann ließ sie den Ballon los und
folgte ihm mit ihrem Blick, bis er nur noch ein kleiner roter
Punkt am Horizont war.

Epilog

Der kleine Daniel schrie, als der Pfarrer ihn taufte. Emma stand mit Lucy, Simon und Steve, der ebenfalls Pate war, um das Taufbecken herum. Sie hörte, wie Sam leise jaulte. Er hatte sich in den hinteren Teil des Kirchenschiffes verzogen und lag dort unter einer Sitzbank, die Pfoten über seine Ohren gelegt. Denn so laut Sam auch selbst oft bellte: Wenn Danny einen seiner Schreianfälle bekam, zeigte er sich äußerst geräuschempfindlich.

Danny, den Lucy in ihren Armen hielt, war jetzt zehn Monate alt. Noch lief er nicht, aber er krabbelte und robbte wie ein Weltmeister. Wenn er zu Besuch bei Emma war und seinen Mittagsschlaf machte, legte sich Sam manchmal neben ihn. Spätestens aber, wenn Danny seine kleinen Hände in Sams Fell vergrub und daran zog, nahm dieser Reißaus.

«Sam braucht definitiv noch eine Runde in der Hundeschule», hatte Emma gesagt, als Benjamin sie das erste Mal zum Essen ausgeführt hatte. Es war ein sehr schöner Abend gewesen, und Emmas anfängliche Nervosität war bald verflogen.

Ihrem ersten Restaurantbesuch waren etliche weitere gefolgt, und irgendwann hatte Benjamin vorsichtig nach ihrer Hand gegriffen.

«Emma, ich mag dich wirklich sehr.» Er hatte die Worte wiederholt, die er schon in Cornwall zu ihr gesagt hatte. «Und ich wünschte, wir hätten uns unter anderen Umständen kennengelernt, aber ich möchte sehr gerne mehr Zeit mit dir verbringen.»

«Noch mehr Zeit?»

Emma hatte gelächelt und nach einigem Zögern den Druck seiner Hand erwidert. Sie hatten lange Gespräche geführt, auch über Daniel. Und darüber, dass er für immer einen Platz in ihrem Herzen hatte. Benjamin verstand das. Er akzeptierte auch ihre plötzlichen Stimmungsumschwünge, wenn die Trauer sie überrollte, und wusste, dass manchmal ein Bild oder eine Begegnung auf der Straße reichten, um Emma an Daniel zu erinnern.

Oft zog er sich dann zurück, war ihr mehr Freund denn Partner, hörte ihr zu oder nahm sie einfach nur in den Arm, um sie zu trösten.

In seiner Tierarztpraxis hatte Benjamin zwei von Daniels Fotografien aufgehängt. Eine zeigte das frühlingshafte Inverness, die andere Sam. Benjamin hatte beide Bilder mit einem Passepartout versehen und rahmen lassen.

«Daniel hatte ein ganz besonderes Auge. Das sieht man an den Fotos von Sam, aber auch an den Bildern, die er von dir geschossen hat.»

Emma hatte Benjamin einige der Aufnahmen gezeigt, die Daniel gemacht hatte. Und sie wusste, Daniel hätte nichts dagegen, dass seine Bilder nun mehr Publikum bekamen. Zumal Benjamin darauf bestanden hatte, dass auf dem Passepartout auch der Name des Fotografen stand: Daniel Elliott.

Die Bilder aber, die Emma besonders heilig waren, verwahrte sie in einer Kiste in ihrem Schlafzimmer und holte sie nur hervor, wenn ihre Sehnsucht nach Daniel so groß war, dass sie es nicht mehr aushielt.

Aber Emma war auf einem guten Weg – auch dank ihrer Freunde. Es war zuletzt ein Gespräch mit Lucy gewesen, das ihr die Augen geöffnet hatte.

«Daniel musste dich verlassen», hatte die Freundin gesagt, nachdem Emma ihr von ihrem ersten Date mit Benjamin berichtet hatte, «er hatte keine Wahl. Aber du hast sie jetzt. Du kannst entweder für immer allein bleiben oder zumindest versuchen, jemand anderen in dein Leben zu lassen.»

«Benjamin ist aber nicht Daniel!», hatte Emma eingeworfen. Ihre wachsenden Gefühle für ihn kamen ihr nach wie vor wie ein Betrug an Daniel vor.

«Natürlich nicht. Daniel ist einzigartig, aber das ist Benjamin auch. Mit ihm wird es anders sein, aber das heißt nicht, dass es schlechter ist. Und glaub mir, Daniel würde nicht wollen, dass du den Rest deines Lebens allein verbringst.»

«Deshalb habe ich ja Sam.»

«Sam wird dir auch keiner nehmen. Aber ich glaube, Daniel wäre sogar sehr glücklich, dass du jemanden gefunden hast, der sowohl für dich als auch für Sam da ist.»

Die Taufzeremonie war nun vorbei – und auch Danny beruhigte sich allmählich wieder. Emmas Blick schweifte über die kleinen Sträuße aus gelben Narzissen und filigranem weißen und zartlilafarbenen Wiesen-Schaumkraut, die aufgrund des feierlichen Anlasses die Kirchenbänke schmückten. Als sie in die Kirche gekommen waren, hatte Sam freudig an den Blüten gerochen – bis er dann heftig niesen musste.

Jetzt entdeckte sie Sam, der nun unter seiner Bank hervorgekrochen kam und sich zu Benjamin gesellte. Den Hund bemerkte er erst, als dieser ihn am Ärmel seines Sakkos zog und wieder einmal Streicheleinheiten einforderte. Sam hatte Benjamin längst als neues Herrchen akzeptiert, und Emma war auf dem besten Weg, Benjamin eine immer größere Rolle in ihrem Leben einzuräumen – und ihn mehr und mehr in ihr Herz zu lassen.

«Wir haben alle Zeit der Welt», hatte Benjamin ihr versichert.

Emma hatte genickt – auch wenn sie mit Daniel schmerzhaft hatte erfahren müssen, wie endlich Zeit war und wie schnell sich alles ändern konnte. Natürlich wusste sie nicht, wo das Leben Benjamin und sie hinführen würde, und sie vermisste Daniel noch immer sehr, aber sie hatte keinen Zweifel mehr daran, dass sie es ohne ihn schaffen würde. Und dass sie bereit war, sich wieder zu öffnen. Für mehr Freude und Glück in ihrem Leben. Und für die Liebe.

Danny hatte aufgehört zu schreien, nachdem Lucy ihm mit einem weißen Handtuch vorsichtig den Kopf getrocknet hatte. Er sah in seinem Taufanzug herzallerliebst aus, trug weiße Strumpfhosen, ein weißes Hemd und darüber eine beige Kurzlatzhose.

Emma wurde ganz warm ums Herz, als er seine Ärmchen nach ihr ausstreckte. Liebend gerne nahm sie ihn in ihre Arme.

Sie lächelte erst das Baby und dann Benjamin an, der ihr Lächeln erwiderte. Sie waren seit wenigen Wochen ein Paar, und nach wie vor hatte er nur Augen für sie.

Als er sie nach einigen Treffen vorsichtig das erste Mal geküsst hatte, hatte Emma die Augen geschlossen, den Schmetterlingen in ihrem Bauch nachgespürt und versucht, alles andere auszublenden.

Jetzt spürte Emma den weichen Babyflaum an ihrer Wange. Sie gab dem kleinen Danny einen Kuss und dann noch einen.

«Du kannst dich auf mich verlassen, Danny», flüsterte sie. «Hörst du? Wenn du das willst, dann bin ich für immer an deiner Seite – und Sam auch.»

Danny gluckste und griff mit seinen Fingerchen nach ihrer

Kette, an der er leicht zog. Emma trug Daniels Ehering noch immer um den Hals, um den Teil ihres Lebens zu würdigen, den sie mit ihm verbracht hatte.

«Bitte alle hergucken!», rief der Fotograf, den Lucy und Simon für die Feier organisiert hatten.

Alle drehten sich zu ihm um. Sie standen gemeinsam vor dem Altar. Simon und Steve nahmen Lucy und Emma in die Mitte, Steve winkte dann auch Carol heran und legte liebevoll den Arm um sie. Die drei Freundinnen trugen aufeinander abgestimmte pastellfarbene Kleider, die leicht ihre Knie umspielten. Die Männer hatten sich für dunkle Anzüge und fliederfarbene Krawatten entschieden.

Sie rückten für das Foto noch näher zusammen. Auch Benjamin zückte nun sein Handy, um den Täufling zusammen mit Eltern und Taufpaten zu fotografieren.

Lucy legte ihren Arm um Emmas Taille und lächelte Carol zu. Carol und Steve hatten entschieden, noch dieses Jahr zu heiraten, und Emma freute sich darauf, mit beiden Freundinnen zusammen zum Brautkleidkauf zu gehen.

«Und jetzt bitte alle lächeln!», rief der Fotograf.

Genau in dem Moment nahm Sam Anlauf, sprang vor Emma und schmiegte sich wohlig brummend an ihr Bein.

«Er liebt Fotos einfach!» Emma lachte und reichte den strampelnden Danny an Lucy weiter. Dann kniete sie sich zu Sam und streichelte lächelnd sein Fell.

Danksagung

Dass Sam hier auf seinen Pfoten durch die Seiten und in die Buchwelt tapsen konnte, hat er vielen wunderbaren Personen zu verdanken. Den fiktiven Personen dieses Romans, für die er eine große Rolle spielt, aber auch konkreten realen Personen, die dazu beigetragen haben, dass seine und Emmas Geschichte veröffentlicht wurde.

Das sind insbesondere meine Agentin Petra Hermanns, die ihn im Herbst 2023 mit auf die Frankfurter Buchmesse genommen hat (heimlich natürlich, denn Hunde sind dort eigentlich nicht erlaubt!). Oder auch meine Lektorin Ditta Friedrich sowie das gesamte Rowohlt-Team, die ihm schon kurz danach ein liebevolles Zuhause angeboten haben.

Statt im schottischen Inverness war Sam fortan auch ein wenig bei Rowohlt in Hamburg zu Hause, wo so viele Verlagsmitarbeiter sich voller Elan und Begeisterung um ihn und natürlich auch um Emma gekümmert haben. (Ich wette, Sam ist auch dem ein oder anderen von ihnen auf leisen Pfoten in die Teeküche gefolgt!)

Sie alle haben dabei geholfen, dass Sam ein gutes Jahr später, bestens aufgepäppelt und ausgestattet, auf die Reise gehen konnte. Im Gepäck der Vertriebsmitarbeiter (Autofahren verträgt er ja glücklicherweise sehr gut!) und mit dem Ziel, in vielen großartigen Buchhandlungen ein schönes und gemütliches Plätzchen für ihn zu finden.

Ihnen, liebe Buchhändlerinnen und Buchhändler, herzlichen Dank dafür, dass Sie Sam bei sich aufgenommen und ihm einen Platz im Regal oder auf einem Ihrer Büchertische zur Verfügung gestellt haben. (Ich hoffe sehr, dass er sich auch benommen und keine Regale ausgeräumt hat!)

Danke auch Ihnen, liebe Leserinnen und Leser: dafür, dass Sie Sam in einer dieser Buchhandlungen entdeckt und mit nach Hause genommen haben! Darüber freut er sich sehr – insbesondere, wenn es eine gemütliche Couch oder einen bequemen Lesesessel gibt und er dort zusammen mit Ihnen Platz nehmen und auf ein paar Streicheleinheiten hoffen darf.

Für Emma ist durch Sam vieles einfacher geworden. Und ich wünsche mir, dass auch jede und jeder von Ihnen jemanden – ob Zweibeiner oder Vierbeiner – an der Seite hat, die/der das Leben und das Herz in schweren Stunden etwas leichter macht.

Bei mir sind es vor allem meine Familie, aber auch Freunde, die mein Leben bereichern. Und während ich Sam den ein oder anderen fiktiven Hundekeks zugesteckt habe, gab es für mich in langen Schreibstunden liebe motivierende Worte und viel reale (und leckere) Schokolade. So viel, dass ich jetzt, nach Abschluss des Manuskripts, dringend ein paar lange Runden drehen müsste – gerne auch mit Sam. Denn ihn habe ich ebenso wie die anderen Figuren dieses Romans richtig lieb gewonnen, und ich hoffe, dass es Ihnen auch so geht!

Sam jedenfalls richtet nochmals ein herzliches Dankeschön aus! Danke für das Interesse an ihm und Emma. Danke für die Zeit, die er bekommen hat. Danke auch dafür, dass er seine und Emmas Geschichte hier erzählen durfte!

Kristina Moninger
Neun Tage Wunder

Anni war sich noch nie so sicher: In
Lukas hat sie die Liebe ihres Lebens
getroffen. Dabei wollte sie ihrem Nach-
mieter doch nur die Schlüssel für die
Wohnung in die Hand drücken – und
ganz bestimmt nicht ihr Herz. Doch
vom ersten Moment an spürt sie eine
einzigartige Verbindung zu Lukas. Neun
magische Tage und Nächte verbringen
sie zusammen – bis Anni einer Wahrheit
auf den Grund kommt, die ihre Liebe
unmöglich macht.

432 Seiten

Zehn Jahre später ist Anni eine andere geworden. Zusammen mit dem
aufstrebenden Schriftsteller Ben und seiner Tochter lebt sie in einem
kleinen Häuschen an der Elbmündung. Hier in Glückstadt scheint
alles perfekt – bis Anni von der Vergangenheit eingeholt wird. Aber
wie hätte sie ahnen können, dass Ben und Lukas sich begegnen? Und
dass damit ein Teil ihres Lebens ans Licht kommt, den sie bisher auch
vor Ben verheimlicht hat ...?

«Eine wunderschöne Liebesgeschichte – herrlich gefühlvoll, roman-
tisch und fesselnd.» Meike Werkmeister, Spiegel-Bestsellerautorin

Weitere Informationen finden Sie unter **rowohlt.de**